COMME UN ROI

JENNIFER SUCEVIC

Comme un roi

Couverture par Mary Ruth Baloy de MR Creations

Traduit de l'anglais par Manhon Tutin et Valentin Translation

Home | Jennifer Sucevic ou www.jennifersucevic.com

1

IVY

Mesdames – et quelques Messieurs aussi 😉 –, observons ces magnifiques clichés de Roan King. Surtout ceux de l'entraînement de football. Il est sexy, transpirant, avec un extrashot de magnifique, et c'est exactement comme ça que j'aime mon Roan King. Ne m'en voulez pas de taper ce message avec une seule main... KingOfCampus.com

— Chérie ! hurlé-je à tue-tête en fermant la porte. Je suis à la maison !

Mes paroles sont accueillies par un hurlement alors que Lexie apparaît dans le couloir en lançant son petit corps à pleine vitesse dans ma direction. Elle m'offre environ deux secondes pour poser mes valises en prévision de l'impact. Elle a de la chance que j'aie...

Je perds le souffle lorsque nous tombons à même le sol.

Apparemment, les réflexes n'entrent pas en compte si quelqu'un se dirige vers nous à la vitesse de la lumière. Question de physique, je suppose. Raison pour laquelle je me retrouve étendue sur le dos, avec ma meilleure amie et colocataire étendue sur moi dans notre tout nouvel appartement. Il y a une étincelle presque maniaque qui brille dans ses yeux bruns. Je ne peux m'empêcher de sourire, parce que c'est tellement agréable de contempler son magnifique visage.

Ça fait exactement quinze mois que nous n'avons pas partagé une chambre. En réalité, ça fait quinze mois que nous n'avons pas été sur le même continent. J'ai passé une année à étudier au Conservatoire de Paris. Inutile de dire que c'était aussi incroyable et spectaculaire que ce que l'on peut imaginer. Rien que d'y penser, je ressens une grosse bouffée de nostalgie.

— Bon sang, c'est sexy ! Est-ce que je peux prendre une photo pour l'afficher dans ma chambre ?

Nous pivotons toutes les deux pour regarder le grand et beau garçon qui nous sourit. Ou peut-être que le bon terme serait plutôt « lorgne ». Ses yeux glissent terriblement lentement sur nos corps enlacés comme s'il essayait de graver ce moment dans sa mémoire pour l'éternité. Mais pas de façon perverse... Enfin, de qui suis-je en train de me moquer ? Bien sûr qu'il agit de façon totalement perverse. C'est précisément à cet instant que je me rends compte que ma chère amie, Lexie, a oublié d'enfiler la moitié inférieure de sa tenue.

Elle ne porte rien de plus qu'un string.

Elle ravale son rire en se raclant la gorge. De façon assez impressionnante, sa voix s'élève en l'imitation parfaite d'une mère sermonnant son enfant de trois ans.

— Tu ferais mieux de ne pas prendre de photos, ou tu n'auras plus la possibilité de contempler ce cul avant très longtemps.

Pour souligner ce point, elle se dandine. Son petit ami gémit en réponse.

— S'il te plaît ?

Impossible de manquer son ton plaintif. Ce qui est plutôt hilarant, parce qu'il mesure plus d'un mètre quatre-vingts et qu'il est très large de torse et d'épaules. C'est clairement un homme. Lexie, bien sûr, m'a parlé via FaceTime de ce petit ami footballeur qu'elle s'est dégotté il y a environ sept mois. Inutile de dire qu'elle n'exagérait pas. Il est carrément sexy.

Si on aime les types du genre imposants et musclés.

Ce que, je ne vais pas mentir, j'apprécie énormément.

— Cette image mentale que tu es en train de graver dans ton esprit devra suffire.

Croisant ses bras musclés sur son torse tout aussi solide, il murmure, dépité :

— Pourquoi dois-tu toujours être si dure en affaires ?

Lexie m'adresse un clin d'œil.

— Tu ne m'aimerais pas autant si ce n'était pas le cas, bébé.

— Vrai, soupire-t-il. Très vrai.

Puisque ma meilleure amie ne montre aucun signe indiquant qu'elle souhaite s'écarter de ma personne, je suis obligée de souligner l'évidence.

— Tu as peut-être envie de me lâcher avant que ton petit ami ne vive un moment embarrassant dans son short.

Je plaisante, bien sûr.

En quelque sorte.

— Vous n'allez pas vous en tirer à si bon compte, ajoute-t-il rapidement, tout en continuant de nous reluquer.

Lexie lève les yeux au ciel.

— Ai-je mentionné à quel point tu as l'air sexy dans ce string ?

Sa voix pue le désir. J'envisage sérieusement de pousser Lexie avant que quelque chose de malheureux, pour ne pas dire maladroit, ne se produise. J'ai envie d'être capable de regarder ce mec dans les yeux à nouveau.

— Bon sang, Lex, et-tu obligée de me molester en portant seulement un string ?

Pas étonnant que son petit ami réagisse ainsi de là où il se trouve.

— Sois heureuse de ne pas être arrivée dix minutes plus tôt. Je ne portais rien du tout.

Je secoue la tête pour refouler cette image mentale.

— Ce n'était pas quelque chose que je devais savoir.

Lexie plaque un gros baiser humide et sonore sur mes lèvres.

— Bon sang, tu m'as manqué, Ivy.

Puis elle fait de son mieux pour m'écraser et me faire crever, avant de rouler gracieusement à mes côtés.

— Je suis heureuse d'être de retour.

Alors que les mots s'échappent naturellement, je me rends compte que je ne parle pas nécessairement d'être de retour auprès de ma famille. Il y a une grande partie de moi qui souhaite pouvoir encore vivre ma vie à Paris. Avec un océan entre mon père et moi, pour que je n'aie pas à m'attarder sur lui et sur la nouvelle famille qu'il s'est créée très rapidement après la mort de maman.

La vie de mon père a continué, tandis que la mienne s'effondrait. Même si ma mère est morte il y a cinq ans, la douleur est toujours aussi cuisante. Rentrer à Barnett signifie que je n'ai plus d'excuse pour ne pas leur rendre visite.

En chassant ces pensées, je me rends compte que je suis toujours étendue sur le sol. Je cligne des yeux à quelques reprises quand un beau visage me contemple, avant de m'adresser un sourire amical. Je ne me donne même pas la peine de me relever immédiatement. Je déclare à la place, de mon intonation la plus formelle :

— Monsieur Sullivan, je présume.

Son sourire s'intensifie, le faisant paraître encore plus séduisant que je ne le trouvais au départ. Lexie n'a eu de cesse de me vanter la beauté de son nouveau mec. Et ce n'est pas comme si je ne la croyais pas, mais c'est évident, en me trouvant juste devant lui, qu'elle n'exagérait pas.

Genre, pas du tout.

Parce que Dylan Sullivan est carrément sexy.

Cheveux blonds, les yeux bruns intenses, mâchoire sculptée et corps athlétique.

Selon ma meilleure amie, il la traite comme une princesse. C'est ainsi que les choses doivent être. Lexie mérite quelqu'un qui apprécie à quel point elle est intelligente, loyale et magnifique. C'est une très bonne amie et j'ai énormément de chance de l'avoir dans ma vie.

— Le seul et unique, réplique-t-il en m'adressant un clin d'œil charmeur pour faire bonne mesure.

Putain, ce mec est terriblement dangereux.

Pourraient-ils être plus adaptés l'un à l'autre ?

— Euh, ton père Dylan Sullivan n'est-il pas le premier de la lignée ?

Il hausse les épaules. Je dois admettre que je suis une personne qui se pâme devant de larges épaules et des bras bien dessinés. Et ceux de Dylan Sullivan le sont parfaitement.

— Chut, tu gâches le moment, bébé.

Ceci étant dit, Dylan me tend la main, que je saisis, avant de me soulever de terre et de me reposer sur mes pieds. Je fais mine de me dépoussiérer en posant mes prunelles sur Lexie. Les larmes inattendues qui scintillent dans ses grands yeux bruns me prennent de court et me font écarquiller les miens de confusion.

— Lex, pourquoi...

Je n'ai pas l'occasion de terminer ma phrase qu'elle se précipite dans ma direction. Ses bras s'enroulent autour de mon corps et me serrent.

— Tu m'as manqué, Ivy girl, chuchote-t-elle férocement à mon oreille. Tellement ! Quinze mois, c'est beaucoup trop long. Ne me laisse plus jamais comme ça.

Je ne suis normalement pas une personne du genre émotive, mais ses paroles sincères m'émeuvent et me poussent à l'enlacer en retour. Elle recule pour sonder mon regard, et admet tranquillement :

— J'avais vraiment peur que tu décides de rester là-bas.

Ce qui prouve que Lexie me connaît très bien. Je décide de ne pas mentionner que j'ai fait de mon mieux pour que cela se produise. Pour finir la fac, trouver un endroit permanent où vivre, un travail, tout ça pour que je puisse reporter mon retour à la maison indéfiniment. Être de retour ici, même si c'est dans un nouvel appartement, me rappelle que ma mère est morte, que mon père a déménagé, et que je n'ai plus d'endroit où retourner.

Aucun endroit qui me donne l'impression d'être à la maison.

— Je suis tellement contente que tu sois enfin de retour.

— Moi aussi.

L'émotion me submerge, les larmes me gagnent. Je serre Lexie dans mes bras une dernière fois, avant de la relâcher.

Elle et moi sommes meilleures amies depuis que sa famille a emménagé dans mon quartier. Notre amitié a survécu au collège et au lycée. Elle est demeurée intacte. Raison pour laquelle nous avons décidé de postuler dans certaines des mêmes universités, afin que nous puissions y loger ensemble. Fort heureusement, Barnett figurait sur nos deux listes. Cette université possède un programme de conception de mode très réputé pour Lexie, et un programme de danse reconnu pour moi.

Il n'y a absolument personne au monde sur qui je puisse compter sinon Lexie Abbott. J'ai un peu honte de ne pas m'en être souvenue avant. En essayant d'échapper à tous mes souvenirs douloureux, j'ai aussi tiré un trait sur les bonnes choses.

Lexie recule jusqu'à se poster directement devant Dylan. Dès qu'elle est assez proche de lui, il enroule ses énormes bras autour d'elle pour la plaquer contre son corps. En paraissant ridiculement satisfait, il pose son menton sur le sommet de sa tête comme s'il l'avait déjà fait une centaine de fois auparavant.

Comme si c'était la chose la plus naturelle au monde pour lui.

Je ne peux m'empêcher d'être ravie que Lexie ait trouvé quelqu'un qui apprécie la femme incroyable qu'elle est.

Ne voulant devenir plus pâle que je ne le suis déjà, je secoue la tête.

— Est-ce que vous fournissez des sacs pour vomir ? Je ne suis ici que depuis dix minutes et vous me rendez déjà malade.

Ils m'adressent tous les deux des sourires de connivence. J'ai envie de lever les yeux au ciel et d'enfoncer mon doigt dans ma gorge comme si je m'apprêtais à me faire vomir.

— Je suppose que tu vas pratiquement vivre ici avec nous ?

Ouais, je vois déjà parfaitement comment les choses vont se passer. Dylan sera notre mascotte non officielle.

— N'ai-je pas mentionné que Dylan vit dans l'appartement à côté du nôtre avec deux gars de l'équipe de football ?

— Non. Tu n'as pas dû le mentionner. Je suppose que ça rend les choses pratiques.

— Tout à fait pratiques, ajoute Dylan avec un sourire narquois dans ma direction.

Cette fois-ci, je ne peux m'empêcher de lever les yeux au ciel.

— C'est laquelle, ma chambre, déjà ?

Dans son exubérance, Lexie s'écarte des bras de son petit ami pour me conduire dans un petit couloir. En la suivant, je me rappelle qu'elle ne porte qu'un string. Certes, elle a un beau cul, mais quand même...

— Peut-être que tu devrais remettre ton short avant de me faire la visite.

Du coin de l'œil, je vois Dylan ouvrir la bouche. Je plonge mon regard dans le sien.

— Tais-toi, l'avertis-je.

En se mordant la lèvre, Lexie étouffe un ricanement et se précipite dans sa chambre. En vingt secondes, elle nous rejoint, vêtue d'un minuscule short blanc. Puis elle ouvre la voie et me mène dans une petite pièce ensoleillée, me faisant sa meilleure imitation de mannequin dans un salon de l'automobile, avec de grands gestes, balayant toutes les commodités merveilleuses que ma chambre a à offrir.

Elle désigne du doigt les énormes fenêtres qui bordent le mur.

— Regarde tous les magnifiques rayons de soleil qui s'y déversent !

Elle ouvre ensuite les portes du placard à deux volets.

— Et cet énorme placard pour tous les vêtements que tu as ramenés de Paris.

Ses bras retombent à ses côtés tandis qu'elle pivote vers moi. Son imitation de modèle d'exposition automobile est oubliée au profit de nouveaux vêtements européens élégants.

— Tu m'as ramené des vêtements, pas vrai ?

Pendant un moment, mes yeux se déplacent dans la pièce, observant tout ce qui se trouve autour de moi. La chambre n'est pas très grande, mais après avoir vécu à Paris, j'ai l'impression qu'elle est énorme. J'ai l'habitude d'occuper environ un tiers de cette surface. Cette chambre me paraît donc très luxueuse. Je ne peux même pas imaginer ce que je vais pouvoir faire de tout cet espace. Mes prunelles tombent sur le matelas énorme plaqué contre le mur le plus éloigné, et mon cœur se gonfle de joie.

Mon Dieu, il est si grand ! Je dors sur un petit lit depuis quinze mois. J'ai littéralement hâte de m'étendre sur cet énorme matelas.

Peut-être même m'y rouler un peu. Faire des anges de neige. Sans la neige. J'ai tellement hâte de me glisser dans mes draps ce soir.

J'ai passé un peu plus de huit heures dans un avion avec une escale de deux heures à Amsterdam. La France a six heures d'avance sur nous. Je ne rêve donc de rien de plus que m'effondrer dans mon lit pour une belle et longue sieste.

Lorsque je ne réponds pas, un filet d'incertitude s'infiltre dans la voix de ma meilleure amie.

— Ivy ?

Son inquiétude palpable me tire de mes pensées.

— Bien sûr que oui. Je t'ai ramené une jupe courte plissée, deux foulards tissés à la main, un chandail en cachemire, un magnifique haut en tricot noir et un pantalon de couleur crème que tu vas apprécier.

Si contempler Lexie étendue sur moi, ne portant rien de plus qu'un petit string en dentelle et un débardeur, est l'idée que se fait Dylan d'un rêve sexy, entendre parler de tous les beaux vêtements que je lui ai ramenés de Paris a le même pouvoir sur ma meilleure amie. Elle a les joues rouges, les pupilles dilatées.

Et oui, il est tout à fait possible que Lexie puisse actuellement vivre un moment embarrassant dans son short. Mais j'espère bien que non.

— J'ai tellement hâte de les voir ! hurle-t-elle de joie.

Les créations de mode, c'est toute la vie de Lexie. Elle était déjà une véritable fashionista en herbe au collège, avant même que je ne me soucie que mon haut soit assorti avec mon pantalon. Grâce à ma meilleure amie, je n'ai pas été un désastre ambulant.

J'ai rassemblé suffisamment d'argent et parcouru quelques boutiques vintage pour lui dénicher des pièces uniques qu'elle ne pouvait pas trouver ici aux États-Unis. J'espère qu'elle les aimera autant que je le pense.

— Qu'en est-il de la lingerie française sexy ? s'enquiert son petit ami.

Puisque Dylan se tient directement derrière elle, elle ne se donne pas la peine de se retourner pour le réprimander. Au lieu de cela, elle enfonce son coude dans son ventre. Il grogne en réponse. Si elle ne l'avait pas fait, je l'aurais certainement fait moi-même.

— Tiens-toi là et sois joli, murmure-t-elle.

Mes lèvres se crispent, parce que c'est clairement ce qu'il est. Lexie m'adresse un petit clin d'œil comme si elle lisait dans mes pensées.

— Ne laisse pas sa beauté te tromper. Il est également intelligent.

Bien sûr que oui.

Parce que les garçons magnifiques et intelligents, ce sont exactement ceux que ma meilleure amie attire. Moi, d'un autre côté, j'ai eu le triste malheur de tomber sur un sportif canon qui m'a assuré qu'il allait rester fidèle à sa petite amie qui faisait ses études à l'étranger, alors qu'en réalité, il a commencé à sortir avec d'autres filles dès l'instant où ladite petite amie a atterri en France.

J'ai eu quatorze mois et demi pour me remettre de Finn Mackenzie. Et je l'ai fait. J'en ai terminé avec lui.

Malheureusement, il m'appelle et m'envoie des messages presque sans relâche depuis une semaine, ce qui signifie qu'il occupe mes pensées bien plus que je ne le voudrais.

Je devrais peut-être avouer à Lexie qu'il a essayé de m'appeler et de m'envoyer des messages. Je n'ai bien entendu pas pris la peine de lui répondre. Je veux dire, vous y croyez, vous ? Il a du culot de revenir vers moi après ce qu'il m'a fait. Est-il assez bête pour croire que nous allons reprendre là où nous nous sommes arrêtés maintenant que je suis de retour à Barnett ?

Apparemment, oui.

Nous étions ensemble depuis environ six mois avant mon départ pour l'Europe. Et oui, je savais que ce serait terriblement difficile de vivre une relation à distance, mais j'étais prête à essayer. Je pensais l'aimer suffisamment. Et qu'il m'aimait sincèrement lui aussi. Malheureusement, je n'étais pas partie depuis plus de deux semaines lorsque Lexie m'a appelée en FaceTime pour m'expliquer ce que Finn avait fait...

Et d'apprendre qu'il s'est tapé mes amies, ça a été la cerise sur le gâteau.

Ma meilleure amie m'a conseillé d'oublier ce connard en sortant avec un tas de mecs français et sexy.

Pour tout dire, j'ai couché avec deux Français presque séduisants, après quoi je me suis noyée dans la danse, raison pour laquelle j'ai été acceptée au Conservatoire de Paris. Après quelques mois, mon chagrin s'est atténué. J'ai arrêté de penser à lui, à mon père, à sa nouvelle femme, à leurs enfants, et je me suis concentrée sur la danse autant que je le pouvais.

Il m'a fallu du temps pour m'adapter, mais après deux mois, je me suis retrouvée avec une toute nouvelle vie étonnante, dans une ville réputée pour son art et sa culture. Je ne comptais pas laisser quoi que ce soit gâcher cette occasion unique. Rapidement, j'ai cessé de penser à Lexie, et au fait de retourner à l'université Barnett, en me demandant si je pouvais vivre là-bas pour le restant de mes jours.

Ou, à tout le moins, pour les prochaines années.

Lorsque j'ai mentionné cette possibilité à mon père, il m'a très clairement fait comprendre qu'il ne paierait pas pour ma vie à Paris. Il m'a dit, en termes non équivoques, qu'il voulait que je revienne à Barnett dès le mois d'août. Sans me laisser décourager par sa directive, ou peut-être à cause de cette dernière, j'ai cherché à obtenir des bourses et des subventions pour continuer à étudier à Paris. Inutile de dire que je n'ai pas réussi, raison pour laquelle je suis de retour à Barnett.

— Alors, est-ce que ça te plaît ?

Mon regard se pose sur Lexie, qui se tient debout face à moi, avec toutes ces attentes qui illuminent son visage. Un petit sourire naît sur mes lèvres, parce que c'est vraiment agréable de la voir après tout ce temps passé loin d'elle.

— C'est absolument parfait.

Ressemblant trait pour trait à la meilleure amie que j'ai laissée derrière moi il y a quinze mois, son beau visage affiche un énorme sourire, avant qu'elle ne se jette sur moi pour la troisième fois depuis mon arrivée.

2

IVY

Accrochez-vous à votre culotte, Mesdames, parce que Roan King donne le coup d'envoi du premier jour du semestre d'automne en retirant sa chemise... et oui, c'est vraiment un spectacle majestueux à contempler. Est-il possible qu'il soit encore plus musclé et sexy que l'an passé ? Que quelqu'un me tende une serviette, je commence à baver...
KingOfCampus.com

COMMENT AI-JE pu oublier que le décalage horaire est une vraie saloperie ?

C'est terriblement éprouvant, pire qu'une épine dans le cul pour être plus précise, puisque mon cul se traîne littéralement sur le sol et qu'il est seulement 9 h 50. J'ai une sacrée journée devant moi.

Cette simple pensée me bouleverse.

J'ai envie de m'allonger en plein milieu du campus et de chialer.

Aucune quantité de boisson fortement caféinée ne m'aide à me réanimer. J'en verse régulièrement dans ma gorge depuis que j'ai ouvert mes yeux flous ce matin. Mes doigts sont crispés autour de ma boisson numéro trois en ce moment même.

Je déteste le dire, mais j'ai déjà l'impression que les choses tournent mal. Le voici, le premier jour des cours. Et je suis pratiquement contrainte de traverser le campus en courant parce que je suis en retard. Pourquoi ai-je pensé qu'emballer les affaires de toute ma vie en France et rentrer chez moi la veille du début du semestre d'automne était une idée si brillante ?

Oh, c'est vrai… je désirais passer chaque dernier instant à Paris avant d'être obligée de la quitter. Ce dont, allez, vous ne pouvez pas me blâmer. À cause de ça, j'ai passé toute la journée d'hier à déballer mes affaires et à tout organiser. En gros, j'ai couru partout comme le ferait un poulet avec la tête tranchée, puis je me suis effondrée sur mon beau lit double vers minuit. Ensuite, j'ai dormi huit heures d'affilée.

Oui. Huit heures de bonheur, dans l'inconscience du reste du monde.

Et voilà que je me traîne comme si je n'avais pas autant dormi d'une traite.

Sortir mon cul du lit ce matin a représenté un accomplissement monumental de ma part. Je voulais récupérer mes livres à la librairie du campus avant qu'il n'y en ait plus, ce qui m'est arrivé en première année. Malheureusement, la file d'attente à la librairie était beaucoup plus longue que je ne l'avais prévu, ce qui m'a mis en retard pour mon cours d'éthique des affaires de dix heures. Je n'arrive pas à croire qu'une vraie bande de tarés, comme moi, ait choisi consciemment cette matière !

Par contre, j'ai une raison tout à fait légitime d'avoir attendu la dernière minute pour aller récupérer mes livres. D'accord, très bien. Techniquement, j'aurais pu les commander en ligne. Mais je n'ai pas voulu penser à Barnett avant d'y être absolument obligée. Penser à Barnett signifiait que je devais accepter le fait que la vie que je m'étais construite à Paris devait s'arrêter brusquement.

Et voilà que je suis là, à essayer de traverser le campus en un temps record.

Percevant le besoin urgent que quelque chose parvienne à me tirer de mon brouillard mental, je hisse mon frappuccino à mes lèvres. Au lieu de me fournir la secousse d'énergie nécessaire, ça me rend encore plus nerveuse que je ne le suis déjà. Mes lunettes de soleil reposent sur l'arête de mon nez, protégeant mes yeux fatigués. Mon café glacé surdimensionné est dans une de mes mains, mon portable dans l'autre. Ce dernier ne cesse d'ailleurs pas de m'indiquer des messages entrants. Mon sac pend mollement à mon épaule. Alors que je me déplace le long du large trottoir en direction du hall Adler, j'ai l'impression de lutter contre l'épuisement à chaque pas.

Honnêtement, je ne sais pas comment je vais survivre à une journée entière comme ça, sans m'effondrer dans une sorte de narcolepsie. Mes paupières sont sur le point de se clore lorsque je fonce littéralement dans un corps dur. Instinctivement, j'empoigne mon portable dans une main et mon café à moitié rempli atterrit sur la personne qui a eu le malheur de me heurter.

Je n'étais peut-être pas complètement éveillée avant cette collision inattendue, mais je le suis très certainement à présent. Ma bouche s'ouvre. Je suis en état de choc, et une bonne quantité d'horreur me saisit ; j'observe les gouttelettes brunes qui se fraient un chemin le long d'un large torse couvert par un T-shirt.

— Mon Dieu, laissé-je enfin échapper.

Je meurs presque de mortification. Ma honte met le feu à mes joues normalement très pâles.

— Je suis vraiment désolée.

Ce serait le moment idéal pour que le sol s'ouvre et m'engloutisse.

Oui, tout de suite.

Tout de suite, bon sang.

Ce qui aggrave la situation, c'est qu'il n'a pas encore prononcé un seul mot. La dernière chose que je souhaite, c'est lever les yeux et établir un contact visuel. En ce moment même, je me creuse désespérément et énergiquement la tête pour trouver une stratégie de sortie. Comme courir loin de ce désordre humiliant que je viens d'occasionner en plein milieu du campus. J'entends des éclats de rire en arrière-plan, tel le rugissement sourd d'un océan m'emplissant les oreilles.

Juste au moment où je pense pouvoir mourir de honte, une voix profonde et rauque retentit :

— J'apprécie généralement quand une fille me mouille, mais pas comme ça.

Je dois secouer la tête pour laisser ces paroles s'imprimer dans mon esprit.

Attendez une minute...

Est-ce qu'il... est-ce qu'il a vraiment dit ça ?

Ou est-ce moi qui invente ce genre d'insinuation ?

Embarrassée ou pas, je lève la tête, et mon regard écarquillé croise le sien.

Mon souffle se coince dans ma gorge. J'avale ma langue. Si je n'avais pas déjà été étourdie par toute cette horrible situation qui se joue devant moi, ce visage m'aurait plus que certainement plongée dans cet état, parce que le type debout face à moi est absolument magnifique. Il fait passer le petit ami de Lexie, Dylan, pour un troll hideux à la recherche d'un pont sous lequel se planquer.

Ses cheveux noirs sont ébouriffés, et ses yeux arborent la nuance turquoise la plus intense que j'aie jamais vue. Figée sur place, je me retrouve incapable de me détourner. Alors que je continue d'étudier la teinte unique de ses iris, je me rends compte qu'il affiche un sourire de connivence. Je ne peux m'empêcher de remarquer que ses cils sont assez longs et épais pour me faire grincer des dents de jalousie. Ses pommettes sont hautes, et de magnifiques lèvres pleines complètent le tableau.

Même si je trouve qu'il est assez difficile de détourner le regard de son superbe visage, mes yeux tombent sur son large torse, qui est souligné par un T-shirt en coton rouge incroyablement moulant qui l'étreint dans tous les bons endroits.

Comme si ce type avait de mauvais endroits...

Croyez-moi, ce n'est très certainement pas le cas.

Je commence sérieusement à me sentir plus qu'étourdie. J'ai presque besoin de m'asseoir et de placer ma tête entre mes genoux pour pouvoir respirer correctement. C'est là que je remarque l'énorme tache brune qui épouse son torse parfaitement ciselé. Son jean, porté plutôt bas sur ses hanches, dégouline également de mon café.

Ça ressemble à l'un de ces cauchemars horribles du premier jour d'école dont les gens se réveillent avec des sueurs froides. Puis, une fois que ces personnes réalisent que ce n'est rien de plus qu'un cauchemar, ils retombent contre leur oreiller en poussant un soupir de soulagement.

Sauf que c'est bel et bien en train de m'arriver.

Ce qui rend les choses encore mille fois pires.

Je suis sur le point d'ouvrir la bouche et de bégayer quelque chose, sans doute des excuses boiteuses, lorsque j'entends :

— Hé, King, qu'est-ce qui t'est arrivé ?

Entendre ces mots brise heureusement le sort étrange qui s'est abattu sur moi. Je cligne des yeux à plusieurs reprises et secoue légèrement la tête. J'espère que ce mouvement réenclenchera mon cerveau. Je me rends brutalement compte que ce petit incident attire beaucoup d'attention indésirable. Dieu merci, je porte d'énormes lunettes de soleil qui couvrent mes yeux et la moitié de mon visage. Sinon, ce type pourrait me regarder bien en face.

L'anonymat est la seule chose qui me permet de supporter ce moment.

— J'ai... peut-être une serviette dans mon sac.

Ce n'est pas une serviette ou un mouchoir qui va pouvoir nettoyer tout ce gâchis dégoulinant, mais c'est tout ce à quoi je peux penser. Mis à part m'enfuir et ne plus jamais croiser ce magnifique garçon. Ce qui serait dommage. Je glisse mon téléphone dans mon sac et commence à fouiller.

C'est un vrai bordel à l'intérieur. Mes doigts entrent en contact avec des livres, une calculatrice, une paire de collants supplémentaire pour mes cours de danse, quelques élastiques à cheveux (également pour les cours de danse), une paire de ballerines (oui, vous l'avez deviné... cours de danse), de la lotion pour les mains, du désinfectant, mon portefeuille, une barre protéinée, des médicaments contre la douleur, un tampon...

Apparemment, j'ai tout sauf de quoi le nettoyer.

— Ne t'inquiète pas, chérie.

Eh bien, je dois le reconnaître, ce type accepte cette situation comme un champion. Si quelqu'un avait renversé un verre tout entier sur moi, je serais furieuse.

Mon regard se lève juste à temps pour le voir retirer son T-shirt, exposant un torse incroyablement nu à la place. Ma bouche s'assèche alors que mes yeux s'écarquillent et s'abreuvent de chaque centimètre exquis de son corps embrassé par le soleil.

Oh.

Mon.

Dieu.

Quelqu'un a dû ciseler ce type dans du marbre. Il me faut faire preuve d'un effort considérable pour ne pas tendre la main et le caresser. Parce que c'est exactement ce que j'ai envie de faire.

Peut-être le lécher aussi.

Oui... j'ai vraiment envie de passer ma langue sur ses pectoraux musclés.

Et ses abdominaux...

Une tablette de chocolat ?

Ah !

Le corps de ce type est littéralement incroyable.

En tant que personne qui utilise son corps pour l'expression artistique, je suis à même d'apprécier la beauté absolue d'une silhouette bien sculptée.

Mon Dieu, je peux...

— Tu vois quelque chose qui te plaît, ma belle ?

Même quand son ton narquois m'atteint, je ne peux m'empêcher de le dévorer des yeux. Il utilise son T-shirt pour essuyer une partie de l'humidité qui a coulé sur son ventre.

Oui, je me sens vraiment mal.

Et ce n'est pas le décalage horaire qui fait que mon cerveau prend une pause mentale momentanée.

Bien que je vive un petit moment de plaisir coupable face au corps incroyable de ce type, je prends conscience des sifflements nous atteignant de toutes les directions. En regardant autour de moi, je me rends compte qu'il y a des groupes de filles qui se sont arrêtées pour contempler le torse nu de cet Adonis.

J'ai l'impression que le bout de mes oreilles irradie de chaleur. Voulant m'éloigner de cette calamité, je fais un pas hâtif en arrière.

Puis un autre.

— Je suis vraiment désolée.

Je continue à reculer. Il est sur le point d'ouvrir la bouche quand je pivote et remonte à la hâte le large trottoir. Je ne peux m'empêcher de lui jeter un dernier coup d'œil par-dessus mon épaule. Nos regards se croisent juste l'espace d'un instant avant qu'il ne se retrouve englouti par une foule déferlante de spectateurs.

Ses iris turquoise restent posés sur moi pendant que je presse l'allure vers mon cours de dix heures, pour lequel je suis maintenant largement en retard. Ce qui vient de se passer n'a absolument rien de bon, mais à présent, je suis bien réveillée. Je suppose que c'est un bonus inattendu pour compenser le désastre duquel je suis en train de m'éloigner. En posant la main sur mes joues, je me rends compte qu'elles irradient encore des suites de mon humiliation.

La seule chose que je peux faire, c'est m'efforcer de passer à autre chose.

Barnett compte environ vingt mille étudiants, donc mes chances de tomber sur ce type à nouveau sont plus que minces, voire inexistantes. Du moins, c'est ce que je continue de me dire, parce que ça m'aide à me sentir nettement mieux.

Il me faut cinq minutes pour franchir les lourdes portes du hall Adler, l'un des bâtiments d'affaires du campus. J'observe mon emploi du temps. Salle 305. Je gravis deux volées de marches en courant, puis descends dans un long couloir jusqu'à trouver enfin la bonne salle. C'est une petite classe. Elle compte environ vingt-quatre étudiants, puisqu'il s'agit d'un cours de commerce de niveau supérieur.

Heureusement, la professeure discute encore avec un étudiant et n'a pas officiellement débuté son cours. En poussant un long soupir de soulagement, je m'installe derrière un bureau à l'autre bout de la pièce et dépose mon sac par terre, avant de faire glisser mes lunettes sur le sommet de ma tête. Ce qui vient de se passer avec ce type me saoule.

Mais c'est terminé à présent. Je ne veux plus jamais penser à lui ou à cet incident mortifiant – quoique, je m'autoriserai à fantasmer sur son incroyable torse (certainement tard dans la nuit, quand je me sentirai sexuellement frustrée).

En ce qui me concerne, ça ne s'est jamais produit.

Une fois que la docteure Paulson démarre son cours, je sors mon ordinateur portable et commence à prendre des notes. Au bout de quinze minutes, les battements de mon cœur se sont apaisés. Je ne pense plus au fait d'avoir renversé mon café entier sur un inconnu, lorsque la porte de la salle s'ouvre et que monsieur abdominaux d'acier entre. J'ai l'impression que mes yeux sortent de ma tête. Je l'observe à deux reprises, parce que je peine à croire que c'est vraiment lui. Toute la classe se tourne vers lui. Même la professeure arrête son cours en plein milieu d'une phrase.

Inconsciemment, je m'effondre dans ma chaise en me protégeant subtilement le visage en une tentative boiteuse pour me cacher, même si je sais qu'il ne peut pas me reconnaître. J'avais d'énormes lunettes de soleil qui engloutissaient mon visage. Et il ne regarde même pas dans ma direction.

J'attends que notre professeure lui parle, le sermonne pour avoir interrompu sa classe. En le scrutant attentivement à travers mes doigts, je remarque qu'il porte à présent un T-shirt bleu et que son pantalon a également été changé. Ce qui veut certainement dire que s'il est en retard en cours, c'est entièrement ma faute.

Fort heureusement, il fixe toujours la professeure. Je me trouve à l'autre bout de la pièce, près des fenêtres, à plusieurs rangées de l'endroit où il se tient.

— Désolé, docteur P. J'ai été retardé en chemin.

Je parie que c'est le moment où la professeure l'embarrasse devant toute la classe. J'ai presque peur d'attendre que cela se produise, parce que, de toute évidence, c'est moi qui suis responsable de son retard. Non pas que je m'excuserai. Je ne compte plus jamais parler avec lui.

Mon corps se contracte alors que j'attends qu'elle fasse de lui un exemple pour effrayer tout le monde, afin que l'on soit prompts à se pointer à l'heure pour le restant du semestre.

À ma grande surprise, la professeure ne se lance pas dans une tirade effrayante qui tourne autour de la ponctualité et du respect. Je fronce les sourcils, confuse.

Cette femme a l'air...

Est-ce qu'elle est en train... de rougir ?

Ce n'est pas possible.

Pour l'amour du ciel, notre professeure doit être âgée d'au moins quarante ans. Je plisse les yeux comme si je ne parvenais pas à croire ce dont je suis témoin. Oui, elle rougit vraiment, telle une groupie face à un des chanteurs des One Direction. Et la voilà qui replace une mèche de cheveux derrière son oreille en se dandinant d'un pied sur l'autre.

— Ne vous inquiétez pas, monsieur King. Venez me voir après le cours, et je vous ferai rattraper ce que vous avez manqué.

En réponse, il l'éblouit d'un grand sourire. Même si son regard n'est pas dirigé vers moi, je suis gênée d'admettre que ma culotte s'en retrouve inondée. Je pense qu'un bon nombre de femmes autour de moi soupirent également en réponse.

— Merci, madame P.

Il lui adresse un petit clin d'œil.

— Vous êtes la meilleure.

Ce type est totalement impertinent.

Je dissimule rapidement mon visage tandis qu'il jette un coup d'œil dans la pièce avant de déambuler dans la première rangée la plus proche de la porte et de s'installer. Toutes les filles de son voisinage gravitent autour de lui comme s'il dégageait une sorte d'attraction magnétique. Tous les types lui offrent des poignées de main et des tapes dans le dos.

C'est un peu ridicule.

C'est qui, ce type ?

— Tu ne sais pas qui est Roan King ?

Surprise, je me tourne vers la fille assise dans la rangée juste devant moi. À moins que cette fille ne soit capable de lire dans les pensées, j'ai dû murmurer ma question à haute voix. Je secoue la tête.

Elle me regarde bizarrement, comme si j'avais remué ciel et terre juste pour assister à ce cours. Ce qui me pousse à dire, sur la défensive :

— J'ai suivi un programme d'études à l'étranger l'an dernier. Je suis rentrée en ville hier.

Apparemment, c'est parfaitement logique, et je ne suis plus une énorme perdante à ses yeux.

— C'est Roan King. Un senior. Un dieu qui joue au football. Il était tellement doué sur le terrain qu'il a été rapidement promu quarterback. Dès sa deuxième année.

Elle se penche dans ma direction. On aurait dit qu'elle allait me révéler des informations trop secrètes que personne d'autre sur le campus ne connaît. Me laissant emporter par le moment présent, je m'incline vers elle, tout ouïe.

— On dit qu'il va participer au repêchage en janvier, même s'il pourrait jouer à Barnett pour une année de plus.

Ses yeux brillent d'excitation, comme si elle éprouvait un intérêt personnel à ce qui se passe sur le terrain. Elle pousse un soupir, rêveuse.

— Il suffit de le regarder, il est absolument magnifique.

Mes pupilles glissent vers cette friandise, dont nous discutons actuellement. Elle a raison. Il est carrément magnifique. Mais je parierais également que c'est un enfoiré arrogant. Je veux dire, allez, c'est un joueur de football. Qui ressemble à un putain d'Adonis.

— Si tu es intéressée...

Elle m'adresse un regard, l'air de dire : « Qui ne le serait pas ? »

— Il y a un site Internet uniquement consacré à Roan King. Il y a des photos très sexy de lui, histoire de baver un peu.

Maintenant que ma brume mentale a commencé à se dissiper et que mes hormones ont retrouvé un niveau gérable, je fronce les sourcils d'incrédulité.

— Ce type a créé un site Internet pour faire sa promo ?

Mon Dieu, c'est allé trop loin, même pour un magnifique joueur de football jouant comme un dieu, paraît-il. Je grimace presque face à mes pensées incontrôlées.

Est-ce que j'ai vraiment pensé ça ?

Coupable.

Terriblement coupable.

Elle secoue la tête.

— Bien sûr que non. Roan King a un énorme public ici, à Barnett. La personne qui a créé le site permet aux gens de suivre et de poster les observations et les derniers ragots à son sujet. Si tu veux savoir ce qu'il fait, va sur le site Internet. Je regarde toujours où il se trouve tout au long de la nuit pour pouvoir le croiser.

À d'autres...

Je crois que cette fille veut faire plus que simplement le croiser. Ce qu'elle décrit, c'est à la limite du harcèlement. Je ne peux même pas croire qu'elle l'admette devant une étrangère. C'est clairement embarrassant. Bien sûr, cette pensée m'amène à me demander si elle se moque de moi, parce que ce type n'est pas une célébrité.

C'est juste un athlète.

Bien qu'un athlète universitaire très séduisant.

Sceptique, les yeux fermés, je demande :

— Et tout ça parce qu'il joue au football ?

J'ai vraiment du mal à comprendre. Et je n'ai certainement pas exclu le scénario où je me fais baiser. Elle secoue la tête comme si j'étais folle.

— Non, il ne fait pas que jouer au football. Il joue au football ici. À Barnett. Comme je te l'ai déjà dit, il participe au repêchage en janvier... Regarde-le.

Elle tend la main dans sa direction.

— C'est le gars le plus sexy du campus. Si Roan King va quelque part, tout le monde s'intéresse à cet endroit.

Sur quoi, elle pivote sur son siège pour se tourner complètement vers notre professeure. Et Roan. Évidemment.

Au cours des trente-cinq prochaines minutes, je fais de mon mieux pour me concentrer sur ce dont parle la docteure Paulson, mais je mentirais si je n'admettais pas que mon regard continue de s'égarer dans la pièce pour se reposer à intervalles réguliers sur la légendaire star du football de Barnett. Chaque fois que je me surprends à contempler ses larges épaules, son T-shirt moulant et ses cheveux noirs, je dois me réprimander mentalement, avant de me concentrer sur le cours. Après la septième fois, je suis plus qu'un peu irritée par mon comportement. Je déteste agir comme toutes ces idiotes qui bavent pratiquement sur leur bureau.

Même si j'ai été présente au début de ma première année, je ne me souviens pas avoir entendu parler de lui. Au lieu de prêter attention à ma professeure, qui décrit ce que nous allons apprendre ce semestre, je suis trop occupée à me creuser les méninges pour essayer de me souvenir de quelques informations au sujet de ce type.

Toutefois, je continue à faire chou blanc.

Ce qui ne devrait pas me surprendre, car je n'ai jamais aimé le football. Je ne connais absolument rien à ce sujet. De plus, je n'ai aucun intérêt à en apprendre davantage. Lorsque j'ai été forcée d'assister à des matchs du lycée avec Lexie, je me suis très clairement ennuyée.

Mon regard s'assombrit tandis que je continue à le fixer.

Je me hasarderais à dire qu'il ne se passe pas grand-chose sous toute cette splendeur. Et si son comportement envers notre professeure en est une indication, il a certainement passé les trois dernières années d'université à se comporter comme un type sexy et à se focaliser sur ses compétences de joueur de football.

Comme si jouer au football pouvait être considéré comme une compétence.

Chaque fois que j'ai été forcée d'assister à un match, les types sur le terrain ne semblaient rien faire d'autre que courir pour jeter une balle de forme oblongue à l'autre bout du terrain. Et le jeu est constamment arrêté, ce qui le rend encore plus abrutissant. Comme s'ils essayaient délibérément de torturer tous les fans présents dans les gradins.

Sérieusement, combien de compétences un tel sport peut-il demander ? Ce n'est pas comme exécuter une pirouette parfaite, un adage ou un ballonné. Ça, ça demande des années de pratique et de dévouement.

Donc, même si je ne connais pas ce type personnellement, c'est évidemment quelqu'un que je vais m'efforcer d'éviter. Non pas que monsieur football puisse s'intéresser à moi, mais après ce qui s'est passé avec Finn l'année précédente, je refuse de m'embrouiller l'esprit avec un autre crétin.

Je veux dire, sportif.

Surtout pas un joueur de football néandertalien qui pense sans doute être un cadeau de dieu fait à la population féminine de l'université Barnett.

Argh.

Merci, mais non merci. Je passe mon tour.

3

IVY

Une proposition de nature sexuelle de quelqu'un comme Roan King... J'accepte immédiatement ! KingOfCampus.com

LA TÊTE PENCHÉE vers l'avant, mes cheveux couleur caramel tombant devant mon visage comme un épais rideau, me protégeant, je tape nerveusement du pied. J'attends que monsieur abdominaux d'acier s'avance pour parler à notre professeure. Alors que je suis sur le point de marquer un temps d'arrêt, il retourne à sa paillasse afin de prendre son sac à dos et de quitter la pièce comme s'il avait tout le temps du monde devant lui.

Je n'ai aucune idée de la façon dont il a été informé si rapidement sur ce qu'il a manqué. Quoi qu'il en soit, je veux juste placer autant de distance que possible entre lui et moi. Une fois qu'il s'en va, mon corps entier se détend.

Avec le temps, il finira par oublier le fiasco du café glacé. Ou, au moins, il ne se souviendra pas de moi comme étant celle qui a causé cet incident. Je fonde tous mes espoirs là-dessus. Et je compte bien m'y accrocher jusqu'à preuve du contraire.

Mis à part la professeure qui lit des articles à l'avant de la salle de classe, je suis la dernière étudiante qui s'attarde. Il doit être parti depuis le temps, ce qui veut dire que je peux enfin sortir d'ici en toute sécurité. En ramassant mon sac, je trottine dans les escaliers, parcourant mentalement mon emploi du temps pour le restant de la journée.

J'ai un cours de français et de danse tous les lundis, mercredis et vendredis. J'ai eu énormément de chance de décrocher un emploi au studio de danse locale pour enseigner le ballet et les claquettes à des enfants de quatre et cinq ans. Moins j'aurai besoin de l'argent de mon père, mieux je me porterai.

De plus, je vis et je respire pour la danse. Donc, enseigner environ dix heures par semaine me convient parfaitement. Le studio n'est qu'à environ un kilomètre et demi, ce qui le rend tout à fait accessible à pied.

Perdue dans mes pensées, je pousse les doubles portes menant à l'extérieur, avant de descendre le large escalier en ciment. Ce faisant, je fais glisser mes lunettes de soleil devant mes yeux. Aujourd'hui, c'est une très belle journée pour un mois d'août. Avec l'automne qui approche, je sais que le beau temps ne restera pas éternellement. Je dois l'absorber et bien en profiter avant que le froid de septembre ne s'installe.

— Hé, la fille au café !

Puisque je ne m'appelle clairement pas comme ça, je ne me donne pas la peine de regarder autour de moi. Je continue à avancer. Malheureusement, j'ai oublié de récupérer un livre en littérature, alors je dois retourner à la librairie pour...

— Hé, la fille au café !

Cette fois, ces mots sont presque hurlés. Les gens tournent la tête pour voir ce qui se passe. Je me sens mal pour qui que puisse être cette fille. Il est très embarrassant de se faire alpaguer ainsi. Il doit certainement s'agir d'une pauvre serveuse qui travaille dans l'un des cafés du campus. Sérieusement. Certaines personnes sont si grossières. Je ne fais pas exception à la règle, je pivote pour voir de quoi il retourne.

Imaginez mon choc et ma consternation lorsque j'aperçois Roan King et que nos regards se croisent. Super. C'est là que je me rends compte que je suis la pauvre et malheureuse fille au café. Inconsciemment – parce que, bon sang, il exerce un effet horrible sur moi –, je m'immobilise et ne peux m'empêcher de le contempler quelques secondes comme une sorte de fangirl complètement idiote.

Heureusement, je semble déjà m'être habituée à son allure éblouissante. Je ne suis plus complètement estomaquée. Je me reprends rapidement. Il porte un T-shirt. Je ne peux donc pas me perdre en contemplant son torse.

D'un ton hautain, je réplique :

— C'est à moi que tu parles ?

Son sourire redouble d'ardeur, ce qui me fait grincer des dents, parce que ce n'était vraiment pas la réponse que j'attendais.

— Ah, elle parle.

Mon visage rougit.

— Je ne m'appelle pas « fille au café ».

J'ai la tête qui tourne. Révélant des dents d'un blanc éclatant, il s'écarte tranquillement du mur de brique sur lequel il est appuyé. Il se tourne vers l'épaisse foule qui l'entoure. Comment ai-je fait pour ne pas remarquer l'énorme groupe dont il fait partie ? Et ce ne sont pas uniquement des filles qui composent son fan-club, il y a également beaucoup de gars. Ce type a certainement l'effet le plus étrange sur moi. Je ne l'aime pas du tout. Je n'ai pas l'habitude de me sentir aussi coincée et maladroite. Ça ne me ressemble absolument pas.

Je n'ai pas la moindre idée de ce qu'il leur dit. Ses lèvres bougent, la foule se disperse à contrecœur, avant qu'il n'amenuise la distance qui nous sépare. La façon dont il bouge son corps puissant et imposant m'assèche instantanément la bouche. Il est si grand et musclé. De manière inattendue, il est très gracieux. J'aimerais ne pas apprécier les belles lignes de son corps bien défini, mais je suis incapable de m'en empêcher. Alors qu'il court vers moi, des mèches de couleur d'encre tombent devant ses yeux brillants. Lorsqu'il est à environ deux mètres de distance, il ralentit en se passant une main dans les cheveux.

Le regard qu'il lance dans ma direction me rend presque fébrile.

Oh... ce type est carrément dangereux. Et il est clairement conscient des réactions qu'il suscite chez les femmes.

C'est sûr et certain.

Heureusement, ça me fait l'effet d'une gifle en plein visage. Je me redresse en essayant de soumettre mes hormones traîtresses. Ce qui n'est pas une tâche facile lorsqu'on fait face à... eh bien... à lui.

Ses pupilles s'attardent sur moi pendant un moment de silence. C'est presque comme si ses yeux me caressaient. Ce qui est complètement ridicule, je le sais. Mais tout de même, c'est exactement ce que je ressens. Mon cœur manque un battement en réponse à toute cette sensualité emballée si joliment face à moi.

Il dresse le menton comme s'il s'attendait à ce que je lui réponde. J'espère qu'il ne m'a pas posé de question alors que j'étais trop occupée à baver pour m'en rendre compte.

— Comment est-ce que tu t'appelles si ce n'est pas « fille au café » ?

Je regarde intensément le groupe croissant de filles qui analysent avidement notre échange. Pendant un instant, j'ai l'impression d'être Alice au pays des merveilles, tombant dans le trou du lapin. Mon estomac se soulève comme si j'étais vraiment en train de chuter.

Comment est-ce possible ?

— Est-ce que c'est vraiment important ?

D'accord. Bien. Ma voix paraît assez cool pour donner l'impression que je ne suis pas émoustillée. Même si je le suis totalement et sans la moindre équivoque.

Quand il suit mon regard, un autre sourire dévastateur naît sur son beau visage avant qu'il ne hausse les épaules, m'informant essentiellement qu'il pense le contraire. Il s'approche, envahissant mon espace personnel jusqu'à ce que mon cœur tambourine douloureusement contre mes côtes.

Ses beaux yeux soutiennent les miens, les retiennent captifs. Comme s'il était capable d'une sorte de magie vaudou complètement dingue.

— J'ai deux heures à tuer avant mon prochain cours. Pourquoi n'irions-nous pas chez toi un petit moment ?

Chez moi ?

Deux heures à tuer ?

Attendez une minute...

Est-ce qu'il est en train de me demander...

Je me crispe si rapidement que c'est comme si quelqu'un m'avait enfoncé un énorme poteau dans le cul. Je suis presque certaine que mes yeux sont écarquillés au point de me sortir de la tête.

— Suggères-tu que nous allions chez moi pendant quelques heures et que nous...

Je marque un temps d'arrêt, je baisse d'un ton, parce qu'il y a, après tout, une douzaine de personnes qui scrutent notre échange.

— Baisions ?

Ses belles lèvres affichent un sourire de connivence.

— Oui, bébé, c'est ce que je fais.

Ses yeux serpentent le long de mon corps. Je peux les sentir lécher chaque centimètre de ma personne. En revenant lentement vers mon visage, ils se posent sur ma poitrine. Je suis quasiment certaine que mes mamelons se sont tendus sous l'intensité cuisante de ses iris turquoise. Je me maudis intérieurement de ne pas m'être donné la peine d'enfiler un soutien-gorge rembourré ce matin. À la place, j'ai opté pour une brassière de sport, parce que c'est très confortable.

Heureusement, il ne laisse rien échapper. Peut-être que ce n'est pas si grave que je l'imagine. Je ne peux très certainement pas baisser la tête et vérifier par moi-même, car cela ne ferait qu'attirer son attention sur mes tétons. Je m'efforce de soutenir son regard.

Il se penche légèrement pour admettre :

— Je préfère d'habitude les femmes avec davantage de formes, mais tu feras l'affaire.

L'indignation me traverse de part en part, me fait haleter.

Je n'ai jamais, et je veux dire jamais, été traitée comme ça auparavant.

J'enfonce mes ongles dans les paumes de mes mains en faisant un pas dans sa direction. J'ai l'impression que mes yeux sont en feu, comme s'ils avaient le pouvoir de le brûler vif. Incapable de me contrôler, je plaque un doigt vengeur sur son torse magnifique.

En serrant les dents, je siffle :

— Je ne sais pas qui tu crois être, et franchement, je m'en fous. Mais ne me parle plus jamais comme ça ! Apparemment, tu me prends pour une des groupies que tu as l'habitude de baiser quand tu le veux. Ne te méprends pas, connard, je n'en suis pas une.

S'il est surpris par mon accès de rage inattendue, il ne dit pas un mot. Au lieu de cela, son regard lumineux plonge dans le mien, presque comme s'il m'évaluait à présent avec un peu plus d'intérêt.

J'ai le souffle court, comme si je venais de courir un marathon. Je lui adresse un dernier coup d'œil glacial qui, je l'espère, lui ratatine les bourses, avant de m'éloigner.

Le culot de certaines personnes !

— À bientôt, fille au café.

Même si je ne peux réfréner le grognement qui s'échappe d'entre mes lèvres, je ne prends pas la peine d'offrir à ce crétin le moindre adieu. Monsieur abdominaux d'acier peut aller se faire foutre en ce qui me concerne.

4

IVY

Il y a une tonne de fêtes de rentrée ce soir. Roan King fera-t-il une apparition à l'une d'entre elles ? Restez à l'écoute pour le savoir ! King-OfCampus.com

EN GLISSANT ma nouvelle clé en laiton dans la serrure, j'ouvre la porte de notre appartement. Il est sept heures passées, je reviens tout juste de mon premier jour d'enseignement de danse au studio « Sur la Pointe ». Passer deux heures avec toutes ces petites filles adorables suffit à peine à apaiser ma colère des suites de ma dispute avec un certain crétin doublé d'un connard plus tôt dans la journée. Ça me tue littéralement que nous ayons un cours en commun, de savoir que je vais devoir endurer sa présence trois jours par semaine pendant tout le semestre.

Argh !

L'éviter. L'éviter. L'éviter.

C'est mon plan désormais.

— Lexie-lou, chantonné-je depuis le hall d'entrée.

Mon Dieu, c'est tellement bon d'être de retour à la maison. Je me traîne très sérieusement le cul. Tout ce dont je rêve à cet instant, c'est prendre une douche chaude, me blottir dans mon lit, lire un livre ou regarder un peu la télé avant de m'effondrer.

Hmm. C'est étrange. Pas de réponse. Même si je n'en attends pas vraiment une. Seulement, le simple fait de penser à ce connard odieux a ravivé mon irritation.

Je jette mes clés dans un petit récipient en céramique, car je suis connue pour les perdre. Apparemment, le petit bol coloré placé juste à côté de la porte dans notre entrée est censé guérir cette affliction.

Nous verrons.

Je ne me fais pas trop d'illusions.

J'égare mes clés de la même manière que je repousse les gentils.

L'une des premières choses que j'ai faites aujourd'hui a été de réaliser deux copies de la clé de notre appartement. Mon plan est d'en donner une à Dylan, puisqu'il vit à côté. J'espère que ses colocataires ne sont pas des types chelous qui me feront réévaluer cette décision.

En jetant un coup d'œil au courrier empilé proprement à côté du bol, je crie :

— J'ai eu l'honneur de rencontrer le royal crétin du campus aujourd'hui.

Lorsque je suis entrée, j'aurais juré avoir entendu la télévision. Je supposais donc que ma meilleure amie était dans le salon en train de la regarder. Puisque je ne reçois pas la moindre réponse, je continue d'une voix plus forte, me demandant si elle est peut-être dans sa chambre à coucher :

— Tu parles d'un trou du cul ! Roan putain de King ! Sérieusement, c'est comme ça qu'il s'appelle. On m'a dit qu'il était l'enfant chéri de Barnett.

Sauf qu'il est sombre comme le péché et diablement sexy.

Bon sang.

D'où me vient cette idée ?

En retirant le pull que j'ai enfilé par-dessus mon justaucorps noir après avoir enseigné le ballet, je me faufile dans le couloir pour entrer dans le salon. Je m'immobilise alors que trois regards tombent sur moi.

Et pas un seul n'appartient à ma colocataire.

Comme c'est embarrassant.

Ce sont tous des garçons.

Cette foutue journée n'a été rien de plus qu'une humiliation après l'autre. Je donnerais sérieusement n'importe quoi pour être de retour à Paris en cet instant. Afin de pouvoir engloutir une délicieuse pâtisserie. Au lieu de cela, voilà que je vis un moment mortifiant de plus.

Le premier type que mon regard croise n'est autre que Dylan. Pour une raison étrange, je remarque qu'il a mis le jeu sur pause. Ce qui est bizarre. Je connais suffisamment bien les garçons et les jeux vidéo pour me rendre compte que c'est un comportement sans précédent. Une sensation de naufrage balaie mes intestins. D'autant plus que mes pupilles glissent ensuite sur ...

Oh.

Par l'enfer.

Non.

Qu'est-ce qu'il fout ici ?

— Qu'est-ce que tu fous ici ?!

Mon tempérament s'enflamme. Pourquoi ce type est-il assis sur mon canapé ? Dans mon appartement ?

Un énorme sourire naît sur son visage. Il glousse. Crétin.

— C'est donc toi la colocataire de France, hein ? Parfait.

Mon regard noir se pose sur Dylan. Il pâlit visiblement lorsque mes yeux retombent sur lui. Ce qui, dans d'autres circonstances, m'aurait fait éclater de rire. Après tout, c'est un sacré morceau. Alors que moi, je suis un poids plume.

Lentement, comme s'il ne comprenait pas bien ce qui est en train de se passer, il marmonne :

— Hmm... je suppose que tu as déjà rencontré Roan. C'est un de mes colocataires.

Il désigne ensuite le dernier garçon d'un geste du menton, celui qui est assis tranquillement sur un fauteuil bien trop rembourré. Mes prunelles se posent sur lui.

— Et lui, c'est Sam. Il vit également avec nous.

Je jette un coup d'œil à Sam, qui ne prononce pas un seul mot. Mon attention retourne vers Dylan.

— Où est Lexie ?

— Sous la douche. Nous partons bientôt. Tu viens ?

Même si je n'avais pas l'intention de sortir ce soir, mon regard passe sur Roan, qui sourit toujours. Je le désigne du doigt.

— Il sera présent ?

Dylan se déplace sur le canapé, mal à l'aise.

— Hmm, oui.

— Alors, non, répliqué-je en secouant la tête avec insistance. Je ne viens pas.

Il lance un regard interrogateur en direction de Roan, avant de murmurer :

— Lexie ne va pas être contente.

Comme si on venait de la convoquer, la porte de la salle de bain s'ouvre et dégage une tonne de vapeur en faisant apparaître ma colocataire. Elle est enveloppée dans une serviette surdimensionnée de couleur beige. Dylan détourne les yeux de l'écran de télévision et se lève précipitamment.

— Je vais aider Lex à s'habiller.

— Hé, bébé.

Inconsciente de l'épaisse tension qui s'est abattue sur nous, elle déclare :

— Va te changer, ma fille. Il y a quelques fêtes organisées le premier jour des cours. Nous devons célébrer ton retour en Amérique.

Elle entreprend quelques gestes de la main qui visent à m'envoyer dans ma chambre pour que j'aille me changer.

— Vas-y, et plus vite que ça.

Puisque le fléau de mon existence est présentement assis dans mon salon, souriant face à mon irritation évidente, je secoue la tête.

— Non merci. La journée a été longue. Je suis fatiguée.

J'aurais pu facilement être persuadée de sortir boire un verre ou deux pour fêter mon retour à Barnett. Mais je n'irai nulle part avec ce crétin. Cela dit, je me dirige vers ma chambre, avant de fermer doucement la porte derrière moi. Même si je meurs d'envie de la faire claquer contre son chambranle, je ne le fais pas. La dernière chose que je veux, c'est offrir à cet égocentrique la satisfaction de m'entendre claquer la porte de ma chambre comme une enfant de deux ans en plein milieu d'une crise de colère.

C'est très difficile d'y résister.

En m'effondrant sur mon lit, je me rends compte que je vais devoir constamment tomber sur ce type. C'est totalement inévitable. Le fait d'avoir un cours en commun avec lui pour le reste du semestre me paraissait déjà difficile à gérer. Et voilà que maintenant je découvre qu'il vit à côté. Et que son ami sort avec ma meilleure amie.

Parfait.

Tout simplement parfait.

Cette journée ne cesse de devenir de plus en plus merdique. Chaque fois que je pense avoir atteint le fond du baril, je parviens d'une façon ou d'une autre à m'enfoncer davantage. Je sens les larmes affluer dans mes yeux. Cinq minutes plus tard, on frappe doucement à ma porte. Sans attendre une réponse, Lexie l'ouvre et glisse sa tête dans l'entrebâillement.

— Allez, Ivy, tu dois sortir avec nous. Nous ne pouvons pas célébrer ton retour à Barnett sans toi.

Ses lèvres affichent un petit sourire avant qu'elle ajoute :

— Enfin, nous pouvons, mais ça ne sera pas aussi amusant.

En croisant son regard, je dis :

— Je suis vraiment fatiguée. Je pense que je vais aller me doucher, regarder un peu la télévision et me mettre au lit. Nous célébrerons mon retour ce week-end.

Elle sonde mon regard, comme si elle y cherchait la vérité. Sans un autre mot, elle entre dans la pièce et referme la porte derrière elle. Elle s'allonge à mes côtés sur le lit. Le matelas s'affaisse sous notre poids combiné.

Lexie et moi sommes meilleures amies depuis très longtemps. Elle me connaît assez bien pour comprendre que quelque chose ne va pas. De plus, je parie que Dylan vient de la tenir au courant en l'aidant à s'habiller. Honnêtement, je suis surprise qu'ils soient sortis aussi rapidement.

— C'est quoi le souci avec Roan ? Il s'est passé quoi aujourd'hui ?

Avant que je ne puisse le nier, elle fronce les sourcils et m'interrompt :

— Dylan m'a dit que vous avez eu une sorte de dispute. Ça ne s'est pas bien passé aujourd'hui ?

En levant les yeux au ciel, je me lance dans la débâcle embarrassante du café. À la fin de mon histoire, ses lèvres sont plus que crispées. De toute évidence, elle a du mal à garder son calme. Je m'insurge avec le plus d'indignation possible :

— C'est un crétin totalement égocentrique qui m'a proposé de baiser avec lui.

Ce sont ces derniers mots qui la font éclater de rire. Ce qui ne fait qu'aggraver mon ennui.

— Ce n'est pas drôle ! C'est insultant, reniflé-je. Pour toutes les femmes.

Aucune de nous ne mentionne que je ne suis pas vraiment une féministe active. Après que son éclat de rire s'est calmé, elle lève la main.

— Je sais, je sais. Tu as absolument raison. Totalement insultant. Pas seulement pour toi, toutes les femmes seraient contrariées par ce qui s'est passé.

Mon regard s'assombrit.

— Tu es encore en train de rire, souligné-je. Et tu ne sembles pas le moins du monde offensée par ce qui m'est arrivé.

Elle tente de se calmer et d'afficher une légère détresse. Bien qu'il soit à noter que ma meilleure amie a pris des cours de théâtre au lycée, elle est vraiment très, très nulle pour jouer la fille compatissante en cet instant.

— Non, tu as raison. Il n'aurait pas dû faire ça. Mais...

Mon Dieu, est-ce qu'elle va vraiment le défendre ?

— N'essaie même pas de le défendre. Me demander de le conduire chez moi pour baiser est indéfendable.

Mes joues brûlent d'embarras quand je repense à ce qu'il m'a dit.

À la manière dont il a insinué que je finirai par céder. Que je le voudrai.

Il n'imagine même pas ce que j'ai envie de lui faire ! Il aurait eu de la chance s'il avait fini uniquement en boitant, ses couilles encore intactes.

Ouais... apparemment, il y a encore de l'eau dans le gaz.

Elle hausse les épaules.

— Je n'essaie pas de lui trouver des excuses, ce n'est vraiment pas ce que je fais. Si tu avais été là l'an dernier, tu comprendrais. Les filles le suivent partout. C'est comme s'il était une rock star. C'est complètement ridicule.

En attrapant un mouchoir sur la table de chevet à côté de mon lit, je fais semblant d'essuyer quelques larmes.

— Oh, pauvre Roan... toute cette attention. Comment le supporte-t-il ?

Suite à quoi, je lève les yeux au ciel. Je suis sûre et certaine qu'il adore être le chouchou de Barnett. Toutes ces filles qui halètent après lui comme des chiennes en chaleur...

Elle ricane.

— Je parie qu'il s'attendait à ce que tu sois ravie de son offre.

— Ce n'était clairement pas le cas, murmuré-je.

Quelle femme saine d'esprit voudrait sérieusement qu'on lui parle comme ça ? Il ne se souciait même pas de mon prénom. Il a fait genre de vouloir le découvrir, puis a admis que ça n'avait pas la moindre importance.

J'ai l'impression que les filles qui se tenaient à ses côtés, et celle qui était en classe avec moi, bavent toutes sur lui. Même notre professeure paraissait éblouie par sa présence.

Et ce site Internet qui lui est exclusivement dédié, c'est complètement ridicule. Ça ne fait qu'alimenter son immense ego.

— Je me hasarderai à dire que tes pensées sur le sujet étaient parfaitement claires parce que tu étais à quelques secondes de lui trancher les couilles avant de les lui enfoncer dans la gorge.

Je pince les lèvres.

— S'il aime que ses couilles soient attachées à son corps, il se tiendra à distance.

— D'accord. Bien. Je suis heureuse que ce soit réglé. Roan King n'est plus un problème. Maintenant, tu peux venir avec nous ce soir, et nous pouvons célébrer le retour de ma meilleure amie comme il se doit.

Sachant exactement comment obtenir ce qu'elle veut, elle m'adresse un regard suppliant.

— Ce sera tellement amusant. La fête à laquelle nous allons va être complètement dingue. Tu n'y verras même pas Roan. Tu feras ton truc, il fera le sien. Fais-moi confiance.

5

———

IVY

Pour tous ceux qui sont intéressés (ce qui veut dire à peu près n'importe qui), la présence de Roan King à la fête organisée sur Hudson Street vient d'être confirmée. Allez-y, les gars. KingOf-Campus.com

J'aurais dû m'en douter.

Je veux dire, bien sûr que j'aurais dû mieux évaluer la situation. Cette journée a commencé comme un énorme bordel et, apparemment, va terminer de la même manière.

À cet instant précis, je suis coincée à l'arrière du camion de Dylan, entre Roan et Sam. Ils sont tous les deux très musclés. Si je devais supposer, je dirais qu'ils doivent peser tous les deux plus de cent kilos. Bien que, curieusement, je touche à peine Sam, quand bien même j'essaie inlassablement de me frayer un chemin jusqu'à lui sur la banquette.

Je crois que je l'ai effrayé lorsque je suis arrivée à l'appartement. Il pense certainement que je suis une psychopathe. Raison pour laquelle il s'efforce de ne pas croiser mon regard durant ce trajet en voiture. Roan, d'un autre côté, est presque plaqué contre moi. Au moment où je pense que ça ne peut pas empirer, il glisse son bras à l'arrière du siège et l'étend derrière moi.

Et oui, au cas où vous vous le demanderiez, son odeur est appétissante.

Je serre les dents pour m'efforcer de l'ignorer. Mais c'est impossible : son corps puissant est pratiquement collé au mien.

Maudit soit-il...

— À propos d'aujourd'hui...

Son souffle se perd contre le lobe de mon oreille. Un léger frisson me traverse. Pour l'amour du ciel, je ne peux même pas le tolérer. Pourquoi mon corps réagit-il ainsi ?

C'est complètement dingue. Je n'ai pas envie d'être attirée par lui.

Ne voulant pas regarder dans sa direction, je continue à garder mes yeux fixés droit devant moi.

— Oublions tout simplement ce qui s'est passé.

L'alternative est d'en parler dans une voiture pleine de monde.

Merci, mais non merci.

— Est-ce que tu es sûre ?

Même si je ne le regarde pas dans les yeux, il me paraît douter. Il me fait ainsi comprendre qu'il est assez intelligent pour ne pas tomber dans le panneau.

— C'est déjà oublié, murmuré-je.

Oui, je suis une grosse menteuse, parce que je n'oublierai jamais ce qu'il a été assez impoli pour me dire. L'un de mes pires défauts est que j'éprouve énormément de difficultés à passer à autre chose, mais ça n'a pas vraiment d'importance, car nous ne serons pas amis. En ce qui me concerne, Roan King n'existe pas.

Quelque chose de doux s'abat sur moi alors que je me rassure avec ces pensées réconfortantes. Un instant plus tard, je ressens la pression ferme de ses doigts sur mon épaule. Ce simple contact se répercute directement jusqu'à mes régions inférieures. Inconsciemment, je serre les cuisses. Quelque chose d'étrangement similaire au désir s'empare de moi.

Fils de...

En pivotant dans sa direction, je siffle :

— Qu'est-ce que tu crois faire ?!

Il affiche un sourire en coin.

— Rien.

En pinçant les lèvres, je lui adresse un regard meurtrier avant de me détourner. Ses doigts ne bougent pas de mon épaule. Je peux les sentir à travers le tissu très fin du haut que je porte.

Ça me rend dingue.

Ce trajet en voiture est insupportable, il donne l'impression de durer une éternité. J'ai vraiment besoin de m'éloigner de ce type. Je suis presque tentée de demander à Dylan d'arrêter la voiture pour marcher le reste du chemin.

En me raclant la gorge, j'incline mon corps en direction de Sam. Depuis que je suis écrasée contre Roan, mon téton effleure son torse à chaque secousse, le faisant durcir. J'ose jeter un coup d'œil dans sa direction pour voir s'il a remarqué quelque chose.

J'espère vraiment que ce n'est pas le cas.

Ses yeux turquoise s'ancrent immédiatement aux miens.

Clairement... ça n'est pas passé inaperçu.

Grrr.

Je ne gagnerai pas aujourd'hui. J'aurais dû rester à la maison. Sortir était une énorme erreur. Je lui adresse un autre regard glacial. Ensuite, je me tourne de l'autre côté.

— Alors, Sam, tu es aussi un senior ?

Il me dévisage, puis Roan, qui est à présent assis derrière moi, puisque je lui tourne complètement le dos. Bien que sa foutue main soit toujours sur mon épaule et qu'il ne donne pas l'impression de vouloir la déloger. Je suis toujours hyperconsciente de sa présence. Je ne pense pas avoir jamais été aussi consciente de la présence de quelqu'un au cours de ma vie. Et je n'ai très certainement pas envie de réfléchir aux raisons qui me poussent à l'être.

— Oui, répond-il assez succinctement avant de se tourner vers la vitre...

Sérieusement ?

C'est tout ?

Dans l'espoir de le décoincer, je décide de lui poser des questions sur quelque chose qui ne m'intéresse absolument pas.

— Et tu joues au football avec Dylan ?

Je suis à peu près certaine que c'est ce que Dylan a mentionné plus tôt.

Cette fois-ci, il ne me regarde même pas.

— Oui.

Exaspérée, je me retrouve à claquer des doigts et, incapable de m'en empêcher, je dis :

— Tu es un homme de peu de mots, pas vrai, Sam ?

Ce n'est même pas une question. C'est plutôt une observation frustrante.

Ses yeux bleus intenses plongent dans les miens avant de s'assombrir. Au moment où je pense qu'il va encore se détourner, il finit par me sourire. Et c'est à ce moment précis que je me rends compte qu'il est plutôt mignon, avec ses cheveux blonds, légèrement bouclés, ses yeux bleu océan et son corps musclé, affiné par des années d'entraînement et de pratique du football. Curieusement, je pense que je l'aurais réalisé avant, mais je veux bien avouer qu'il est difficile de remarquer quelqu'un d'autre quand Roan se trouve dans les environs. Ça doit être nul d'être son ailier.

— Non, pas vraiment.

Je sens un petit sourire naître sur mes lèvres en réponse.

Enfin.

On arrive à quelque chose. Encore une fois, son attention se porte sur mon épaule. Son sourire disparaît, et il se tourne silencieusement vers la vitre.

Je m'apprête à lui demander ce qui se passe quand Dylan gare le camion sur le trottoir. Je suis presque ravie que nous finissions par nous garer. Mes yeux se posent sur le voisinage immédiat. Les gens sont dispersés sur le trottoir en deux grands groupes. Tout le monde se dirige vers le bâtiment. La maison en question me donne l'impression d'être déjà pleine à craquer. La pelouse à l'avant déborde alors que les étudiants se déversent sur le trottoir et la rue. De là où je me trouve, je peux déjà entendre les basses de la musique à travers les fenêtres ouvertes.

Lexie avait peut-être raison. Avec autant de monde, il est impossible que je tombe sur Roan pour le restant de la soirée. Puisque Sam est assis côté trottoir, je glisse vers lui. Je suis en réalité quelque peu surprise quand il me tend la main pour m'aider à sortir. Dès que mes pieds sont bien ancrés sur le sol, il me relâche.

— Merci.

Nos regards se croisent et se soutiennent pendant un moment alors qu'il m'offre un autre sourire ainsi qu'un signe de tête rapide. Nous remontons tous le trottoir en direction de la fête. Lexie et Dylan sont devant nous, tandis que je suis toujours postée à côté de Sam. Je suis sur le point de presser l'allure, lorsqu'un bras puissant s'enroule autour de mes épaules. La petite étincelle d'électricité qui me parcourt de part en part ne fait qu'ajouter à mon ennui cuisant.

Ne comprend-il pas que je ne suis pas intéressée par le fait de devenir l'une de ses groupies ? Que dois-je faire ? Lui envoyer une lettre notariée ?

— Qu'est-ce que tu fais ?

Il m'adresse un sourire éclatant, avant d'énoncer l'évidence.

— Je marche avec toi.

J'adresse un regard noir à son bras massif drapé sur mes épaules. Encore une fois.

— Est-il possible pour nous de nous rendre à pied à la fête sans que tu m'accostes ?

Son sourire croît, et quelque chose d'indésirable se forme dans mon bas-ventre. Je déteste ce qu'il me fait ressentir. D'autant plus que je n'aime pas cet homme. Quelqu'un doit informer mon corps que nous ne sommes pas censés être excités par lui.

— Ce n'est pas ce que je fais. J'essaie simplement d'être sympa avec ma nouvelle voisine.

Je tente de passer sous son bras, mais c'est impossible. C'est comme s'il était ancré à mes côtés, et que je n'avais absolument pas la force de me libérer. Il éclate de rire. Puis il me rapproche tout simplement de lui. L'odeur boisée de son eau de Cologne agresse mes sens. Sans même m'en rendre compte, j'inspire profondément pour en savourer l'odeur, et mes yeux se ferment.

Pourrais-je être plus pathétique ?

Je ne crois pas.

— Je suis encore plus délicieux que mon odeur.

Mes yeux s'ouvrent quand j'entends ces mots murmurés juste à côté de mon oreille. Ses pupilles pétillent de malice et d'humour. Je me rends compte qu'il me taquine. Au lieu de me comporter comme une garce, je décide de continuer et de ne pas le laisser gâcher ma soirée.

Je n'ai absolument aucun doute quant à la véracité de ses paroles. Mais je me fiche de le découvrir moi-même.

De qui je me moque ?

Bien sûr que j'ai envie de savoir s'il a aussi bon goût que son odeur le laisse supposer, mais je suis également assez intelligente pour savoir qu'on ne joue pas avec le feu. Et Roan King est pire qu'un incendie incontrôlable. Je me détesterais seulement au matin d'avoir couché avec un mec qui n'est rien de plus qu'une pute à femmes. Je suis quasiment certaine qu'il oublierait immédiatement mon existence et que je ne représenterais à ses yeux rien de plus qu'une fan pathétique.

Non merci.

J'ai besoin de traiter Roan comme une grande maladie vénérienne ambulante.

Pour ce que j'en sais, il en a peut-être une.

Il a certainement couché avec la plupart des filles de Barnett. Je n'ai jamais été une fille de ce genre, et je ne vais certainement pas commencer maintenant... même s'il est plus que tentant. J'ai presque peur de moi-même lorsque cette pensée me traverse l'esprit.

— Je suis surprise que tu puisses tenir debout avec un ego aussi surdimensionné.

Un sourire illumine son visage.

— Ne te méprends pas, ma chérie, ce n'est pas la seule chose massive en ce qui me concerne. Et je parviens à très bien me mouvoir avec les deux.

Tellement sûr de lui.

Je ne peux que secouer la tête et lever les yeux au ciel.

Voyons voir… Jusqu'ici il m'a surnommée « bébé », et maintenant, « chérie ».

Si typique… Je ne peux m'empêcher de lui demander :

— Est-ce que tu connais au moins mon prénom ?

Je suis certaine que ce genre de type ne se donne pas la peine d'apprendre le nom d'une fille. Je veux dire, pourquoi devrait-il le faire ?

Avant que je ne puisse faire marche arrière, il dit simplement :

— Ivy.

Complètement choquée, je le regarde dans les yeux. Il soutient mon regard, m'attirant dans ses magnifiques profondeurs bleues, alors qu'un sourire s'installe sur ses lèvres. Son expression se fait sournoise. Il sait.

— Tu ne pensais pas que je le savais ?

— Non.

Son étreinte se resserre autour de moi.

— J'ai fait quelques recherches.

Son aveu me surprend. J'ai presque peur de demander…

— Qu'as-tu découvert exactement ?

— Voyons voir. Tu as étudié à l'étranger à Paris l'année dernière. Tu es une danseuse.

Quelque chose de chaleureux brille dans ses yeux qui glissent le long de mon corps.

— Je ne peux pas nier que cela ne me dérangerait pas d'obtenir une *lap dance* privée.

J'ai la bouche entrouverte. Avant que je ne puisse l'insulter, il poursuit :

— Tu fais une double spécialisation en danse et en affaires.

Je dois bien l'avouer, je suis stupéfaite.

Et un peu effrayée.

Mon regard s'assombrit.

— Pourquoi ?

Il prétend ne pas comprendre ma question. Je lui demande lentement :

— Pourquoi t'embêter à découvrir autant de choses à mon sujet ?

Ses prunelles me tiennent captive alors que nous continuons à progresser le long du trottoir. Au lieu de regarder où je vais, je ne regarde que lui. C'est presque comme contempler le soleil. J'ai mal aux yeux. Il y a des tonnes de gens qui nous entourent, qui se bousculent, qui ricanent entre eux et qui discutent, mais je ne les connais pas. J'aimerais que ce soit le décalage horaire qui me rend si perplexe, mais je sais que ce n'est pas le cas.

C'est Roan King. Il est à l'origine de ma confusion.

Lorsqu'il hausse ses épaules incroyablement larges, j'en ressens un soulagement.

— Je suis simplement curieux de connaître ma nouvelle voisine.

Je laisse échapper le souffle qui s'était coincé dans ma gorge. Un peu de curiosité ne pose pas problème. Tout le reste est effrayant. Sans parler du désastre de notre rencontre.

Lorsque nous atteignons finalement le porche, les gens semblent se rendre compte que le roi de Barnett a décidé de les honorer de sa présence estimée. Nous sommes assaillis par au moins une douzaine de fans. Des claques dans le dos, des bourrades, des gens qui réclament son attention comme si sa popularité ou ses prouesses au football pouvaient déteindre sur eux. Ce mec est comme un spectacle de cirque à lui tout seul.

Je saisis cette occasion idéale, lui échappant pour retrouver ma meilleure amie, qui a déjà disparu à l'intérieur de la maison. Comme je ne veux pas la perdre, je me faufile par la porte d'entrée. Alors que je le fais, je ne peux m'empêcher de jeter un coup d'œil par-dessus mon épaule. Roan a été avalé par la foule frénétique de ses admirateurs.

C'est un réel soulagement pour moi de m'éloigner de lui.

Du moins, c'est ce que je me dis en manœuvrant dans le hall d'entrée.

Chassant Roan de mon esprit pour ce qui ressemble à la milliardième fois aujourd'hui, j'entre dans le salon bondé, à la recherche de Lexie. Je commence à me demander si je vais finir par la trouver, lorsque j'aperçois ses cheveux auburn, empilés sur le sommet de sa tête en un chignon désordonné.

Après m'être frayé un chemin pendant quelques minutes, je saisis son bras pour attirer son attention.

— Je t'offre un verre ?

Bon sang, si quelqu'un a besoin qu'on lui offre un verre aujourd'hui, c'est moi.

— Non, j'en partage un avec ma meilleure amie, réplique-t-elle en soulevant un gobelet en plastique rouge empli de liquide doré et mousseux pour me le tendre.

Avec le nombre de personnes entassées dans cette maison, sans parler de celles qui se trouvent à l'extérieur, je dois admettre que je suis assez impressionnée qu'elle ait déjà récupéré une bière pour nous deux.

— Tu es très rapide.

Elle fait un signe de tête vers la gauche.

— Je dois cette rapidité aux joueurs de football. Pauvres débutants.

Lorsque je fronce les sourcils, elle poursuit en expliquant :

— C'est leur travail de rendre les joueurs plus âgés de l'équipe heureux. Ce qui veut dire Dylan. Et puisque le travail de Dylan est de me garder heureuse, cette suprématie s'étend jusqu'à moi.

Elle sourit avant d'en avaler une énorme gorgée.

— Et toi.

En inclinant son gobelet vers moi, elle dit :

— Je suis tellement heureuse que tu sois à la maison, à ta place !

Sa main frappe la mienne. La bière bave sur les bords de nos deux gobelets. En prenant une gorgée, je me détends immédiatement. Cette journée a été carrément merdique. Mais je ne compte pas m'attarder là-dessus. Je vais me détendre et y prendre plaisir.

— Merci, Lex. Tu m'as manqué, toi aussi.

Mes yeux se posent sur tous les corps qui tournoient dans la salle à manger. La musique gagne en intensité, les lumières se tamisent, et je commence à me sentir dans l'ambiance. En avalant le restant de ma bière d'un seul trait, je saisis la main de ma meilleure amie et l'entraîne vers la piste de danse improvisée.

Cette nuit n'a pas d'autre issue.

6

ROAN

Roan King a été vu en train de disparaître avec trois chanceuses. C'est agréable de voir que le roi du campus est de retour en force et répand de l'amour autour de lui ! KingOfCampus.com

À CE STADE, j'ai arrêté d'essayer de me détourner d'elle. Chaque fois que je founis un effort conscient pour le faire, mon regard retrouve son chemin vers elle.

Le désir qui bourdonne dans mon corps est complètement déconcertant. Cette fille n'est même pas mon style habituel.

D'une part, elle a cette forte personnalité... je ne peux pas vraiment dire que je suis déjà tombé sur une fille comme elle. Elle ne donne absolument pas l'impression de vouloir me fréquenter. Ce qui est une autre première. Je ne devrais certainement pas autant aimer la taquiner. Mais je n'arrive pas à agir autrement. C'est tellement facile. Et divertissant.

En essayant d'être objectif, je laisse mon regard errer sur son corps. Cette fille est tout en longueur, maigrichonne, avec un cul ferme. Je suis le premier à admettre que je préfère généralement les femmes avec beaucoup plus de courbes. Des gros seins, une taille serrée et un cul bien arrondi.

Celle-ci... Ivy... n'est pas du tout construite comme ça.

Elle a l'air plutôt... eh bien... plate.

En plus, elle n'a pas le moindre cul.

Et ses jambes donnent l'impression de faire des kilomètres.

Pourtant, il y a quelque chose chez elle. Quelque chose qui pousse mon attention à se tourner constamment vers elle. Comme un casse-tête que je ne parviens pas à résoudre. Apparemment, je n'arriverai pas à laisser couler, jusqu'à découvrir de quoi il retourne, ou jusqu'à ce que je la baise.

Même si j'aimerais beaucoup la baiser et passer à autre chose, je ne pense pas qu'une telle chose se produise. Ceci dit, je peux me tromper. Pour autant que je sache, cela pourrait être un grand spectacle qu'elle a mis en place. Jouer les dures pour obtenir quelque chose...

Vous savez ce qui est le plus drôle ?

Dès l'instant où je suis entré dans mon cours d'éthique des affaires, je l'ai repérée, avec sa main couvrant son visage comme si elle essayait de se cacher de moi.

Même maintenant, je souris en y repensant.

C'est trop mignon. Sérieusement.

— Mec, je n'aime pas ton regard.

Ledit regard se tourne vers Dylan, qui s'est approché de moi. Je suis plutôt du genre nonchalant.

— De quoi tu parles ?

Il exécute un signe de tête en direction des filles qui sont actuellement dehors en train de danser. Même si Dylan prétend ne pas être jaloux, il ne laisse pas sa femme dehors sans surveillance. Elles ont déjà attiré une foule de gars excités.

Qui peut les en blâmer ?

Ces deux copines qui dansent ensemble sont diablement sexy. Lexie avec ses courbes aguichantes, et Ivy avec son corps athlétique. Je dois bien avouer qu'Ivy se déplace avec tellement de grâce qu'elle en devient hypnotique.

Ou en tout cas, fascinante. À mes yeux.

Je jette un coup d'œil rapide autour de moi et remarque que je ne suis pas le seul à la mater. Ma main se contracte autour de la bouteille en verre que je tiens.

— Déconne pas avec elle, mec. C'est une mauvaise idée.

J'avale une longue gorgée de bière, ne désirant pas entendre ce que Dylan a à dire sur le sujet. En toute honnêteté, je sais pertinemment que Dylan se fiche que je puisse baiser avec Ivy. Il se soucie seulement du fait que, si je la baise, ça pourrait affecter sa relation avec Lexie. Si je couche avec la meilleure amie de sa copine, il finira par en entendre parler.

Apparemment, mon visage neutre n'est plus ce qu'il était, parce qu'il continue de jacasser.

— Lexie te bottera le cul si tu joues au con avec Ivy. Tu le sais, pas vrai ?

Ouais... il ne ment pas.

Lexie le fera très sérieusement. Elle est peut-être petite, et du genre fofolle, mais elle peut devenir carrément dangereuse. Je l'ai déjà vue en action. Beaucoup de fois. Ce n'est pas beau à voir. Bien sûr, quand sa colère n'est pas dirigée contre soi, c'est hilarant.

Je suis passé par là.

Même si je devrais le nier, je demande :

— Et si elle est intéressée ?

Parce que, allez... elles le sont toujours. Je n'ai pas encore rencontré une jeune femme qui ne veut pas coucher avec moi.

Mes yeux se posent sur elle pour la énième fois. La manière fluide dont elle se déplace contracte mes bourses et fait tressauter ma queue d'intérêt. Je parie qu'elle est du genre sauvage au lit. Je me demande si elle est capable de plier son corps en un tas de positions sexy.

Je devrais certainement arrêter d'y penser pendant que je suis avec Dylan.

Il rit avant de porter sa bouteille à ses lèvres.

— Ouais. Elle est carrément à fond sur toi. Je n'ai jamais vu une fille te désirer autant. En réalité, c'est presque hilarant. Putain. Ne crois pas que je n'apprécie pas le spectacle, mec.

Il ricane.

— C'est ça le truc, pas vrai ?

Je croise son regard.

— Putain, mais de quoi est-ce que tu parles ?

— Elle ne veut pas de toi, grogne-t-il. Merde... elle représente un challenge à tes yeux.

Puisque je ne peux pas nier, je ne dis rien du tout. C'est ce qu'on appelle le déni plausible.

— Salut, King.

Une jolie blonde s'enroule autour de moi. Je lui offre un sourire alors que mon regard se perd sur elle. Cette fille est carrément mon type. Sensuelle, avec des courbes à tous les bons endroits. Un T-shirt rose moulant avec des lettres grecques s'étend sur ses seins joliment arrondis, présentant un large décolleté très agréable.

Je devrais vraiment apprécier cette fille.

Pourtant, pour une quelconque raison, mon attention s'éloigne de son corps, pour se porter sur les deux jeunes femmes qui dansent à une vingtaine de mètres de moi. Plus précisément, je me concentre sur Ivy. Un mec s'est faufilé derrière elle et a posé ses mains sur sa taille étroite. Oubliant instantanément la blonde nichée contre moi, je manque de peu de foncer là-bas lorsque je vois Ivy s'éloigner.

— King ?

La nana glisse sa main délicate sur mon torse. Mon regard se pose sur le sien. Elle est très certainement jolie, je dois le lui accorder. Et n'importe quel autre soir, je lui aurais offert plus que ça. Mais là, je ne le sens pas. Ce qui est pour le moins étrange.

Je ne sais pas quoi faire, j'avale une autre gorgée de ma bière. Normalement, ce serait le moment dans la soirée où j'attendrais qu'une fille vienne me voir avant de trouver une chambre à l'étage pour m'amuser.

Je sais d'ores et déjà que ça n'arrivera pas ce soir.

Pour une raison ou une autre, cette fille qui n'est même pas mon genre gâche tout mon jeu habituel. Je n'aime pas ça. Je pense que Dylan a raison... Elle est la première fille depuis une éternité, peut-être depuis toujours, qui n'est pas intéressée par une partie de jambes en l'air avec moi. Ce qui, malheureusement, m'a fait perdre tout intérêt pour toutes les autres désireuses d'attirer mon attention. Et il y en a beaucoup.

C'est vraiment pervers, non ?

Je ne suis pas diplômé en psychologie, mais je suis à peu près certain qu'il y a un nom pour désigner le fait de vouloir quelque chose que l'on ne peut pas avoir. Bien que, très honnêtement, je prévoie de l'avoir. Avec un peu de chance, ce soir. Tout son cinéma visant à me faire croire qu'elle ne veut pas de moi n'est certainement que ça... du cinéma.

— Hé, King. Tu nous as manqué cet été.

Une autre fille canon s'approche de moi et presse fermement sa poitrine contre mon bras. Je ne me plains pas, j'énonce simplement les faits. Les deux jeunes femmes m'observent toutes les deux avec du désir et des promesses enflammées.

Normalement, je serais monté avec elles pour leur offrir ce qu'elles attendent de moi.

Sauf que... je sais que ce n'est pas vraiment moi qu'elles désirent. Elles veulent Roan King. La star du football de Barnett. Le gars qui, espérons-le, participera au premier tour du repêchage de la NFL plus tard au cours de l'année. Toutes les filles désirent une part de ma notoriété. Elles veulent être baisées par le roi du campus.

Ouais, ouais. Je sais, bouhou. Pauvre Roan.

Vous savez quoi ? Il y a un an, deux ans, cette merde ne m'aurait pas du tout dérangé. La raison pour laquelle ces filles écartaient les jambes si facilement n'avait pas la moindre importance à mes yeux. J'aimais simplement qu'elles le fassent.

Croyez-moi, j'ai apprécié chaque week-end. Parfois plus. Maintenant, j'ai l'impression d'être vieux et fatigué par tout ça. Je sais, c'est difficile à comprendre.

Tous ces inconnus sans visage qui veulent traîner avec moi. Tout le temps. Ils ne me connaissent pas. Bon sang, ils ne savent rien de moi. Ils ne connaissent pas le vrai moi. Je pourrais être un tueur en série... ils s'en ficheraient.

Vous voyez à quel point c'est tordu ?

Mon regard se déplace de la blonde accrochée à moi à la magnifique brune recroquevillée sous mon autre bras. Il est évident qu'elles veulent que je les baise. Bon sang, il est évident qu'elles y prendraient leur pied. L'une photographierait l'autre en train de se faire défoncer. Et les photos finiraient placardées sur ce putain de site Internet qui retrace l'ensemble de mes mouvements.

Je ne vais pas mentir, tout comme les filles faciles qui se jettent à mes pieds, et ma notoriété de prospect de la NFL, le site Internet consacré uniquement à ma personne était flatteur au début. Maintenant, son existence me contrarie énormément. Mon coach m'est tombé plusieurs fois sur le cul pour des photos de moi faisant la fête, ayant été postées sur ce site ou par quelqu'un d'autre sur Instagram.

Je dois faire plus attention. J'ai commencé à porter une casquette de base-ball pour pouvoir me déplacer sur le campus sans être remarqué. C'est complètement ridicule.

Même moi, je sais que je ne suis pas aussi intéressant.

Je suis venu ici ce soir pour célébrer le début d'une autre excellente année à l'université. Certainement ma dernière. Je comptais boire quelques bières, peut-être baiser, mais je réalise que ça ne va pas se passer ainsi. Même si j'ai deux jolies jeunes femmes accrochées à mes bras, les baiser est la dernière chose qui me vient à l'esprit.

Comme un missile à la recherche de chaleur, mon regard se concentre sur la raison de mon désintérêt.

C'est à ce moment-là que j'aperçois ce putain de connard de joueur de lacrosse, Finn Mackenzie, qui entraîne Ivy au loin. Merde, je n'aurais jamais dû la quitter des yeux.

— Hé, halète la blonde alors que je m'éloigne des deux jeunes femmes sans la moindre explication.

— King ! gémit la brune. Où est-ce que tu vas ? Je pensais que nous allions...

Comme je n'ai pas envie de la dévisager, je lui présente des excuses sans me retourner.

— Désolé, mesdames. Une amie a besoin de moi.

Eh bien... cette déclaration est sujette à interprétation.

Ce que j'ai appris sur Ivy, c'est qu'elle peut être piquante et n'est absolument pas impressionnée par mon statut comme tout le monde semble l'être. Tant que je ne sais pas quel est mon plan de match, je ne vais pas autoriser un connard comme Mackenzie à débarquer pour me la voler. Une fois que j'en aurai terminé avec elle, il sera plus que bienvenu pour me l'enlever des mains.

Même si cette fête est bondée, la foule se sépare sur ma route, m'offrant un chemin menant directement à Ivy. Les gens me frappent l'épaule et m'accueillent en passant. Je ne prends pas la peine de les saluer. Mes yeux sont totalement concentrés sur la manière dont Finn malmène son bras.

Je n'aime pas ça. Pas du tout.

Ce n'est qu'une des nombreuses différences entre Mackenzie et moi. Il est tout en force brute, je suis plus fin. À moins que je ne sois sur un terrain de football. Sur le terrain, je botte le cul de n'importe qui pour ne serait-ce que me regarder de travers.

Au cas où vous ne vous en seriez pas encore rendu compte... je ne me soucie pas le moins du monde de Finn Mackenzie. Ce type est un crétin complet. C'est un joueur de lacrosse. Il pense qu'il a une influence ici. Clairement, ça le fait chier que je sois le roi du campus. Ce type pense que tout ce qui se passe entre nous est une compétition de celui qui pissera le plus loin. Normalement, je suis plus qu'heureux de rentrer dans son jeu débile.

Mais ce ne sera pas le cas avec Ivy. Tant que je n'aurai pas obtenu ce que je veux, elle est à moi.

La musique est trop forte. Les gens rient dans tous les sens. Je me glisse à côté d'Ivy et tends mon bras dans sa direction. Finn paraît surpris de mon arrivée soudaine sur les lieux. Je ne peux m'empêcher de sourire.

Bien sûr, il y a une partie de moi qui ne veut pas voir Ivy en compagnie de Finn, tandis qu'une autre aime se foutre de ce connard. Parfois, l'on doit vraiment accepter les plaisirs simples de la vie et prendre le temps d'en profiter.

Finn me dévisage avec colère.

— Tu connais ce type ?

J'ai envie de sourire, mais je ne le fais pas. Parce que même si je suis allé à cette fête avec cette fille, et que j'ai mon bras enroulé autour d'elle, ses yeux papillonnent à mon intention comme si elle ne savait pas qui je suis. Ce qui me ferait passer pour un idiot devant lui. Ce n'est pas un risque que je suis prêt à prendre.

Je tire Ivy et la rapproche, avant de déclarer :

— Nous sommes en cours ensemble.

J'ajoute avec un sourire narquois :

— Et nous sommes également voisins.

Si c'est possible, son regard s'assombrit davantage. Et si le spasme soudain dans sa mâchoire est une indication, oui, je l'énerve complètement.

— Cool. Mais nous avions une conversation privée. Pourquoi est-ce que tu ne dégages pas, King ? Je suis certain qu'il y a une douzaine de groupies qui font la queue pour se faire baiser par le roi du campus.

À ces mots, Ivy se crispe.

Je plonge mon regard dans celui de Finn, au moment où je lui demande :

— Est-ce que ce type te fait chier, chérie ?

Le visage de Finn est à présent rouge écarlate, comme s'il était sur le point de péter les plombs. Sa réaction ne me plaît pas.

Il désigne la porte d'un signe de tête.

— Partons d'ici, Ivy, pour que nous puissions discuter sans tout ce bruit.

Inconsciemment, mon emprise sur elle se raffermit. Pour la première fois depuis que j'ai glissé mon bras autour d'Ivy, elle prend la parole :

— Ce n'est vraiment pas le bon moment, Finn.

Frustré par sa réponse et certainement par le fait que je suis ici avec mon bras enroulé autour d'elle, Finn s'entête :

— Tu ne réponds à aucun de mes appels, à aucun de mes

messages. Comment pouvons-nous discuter si tu continues à m'ignorer ?

Hmm. Ça donne l'impression qu'ils se connaissent. Puisque Ivy vient de rentrer d'un séjour à l'étranger de plus d'un an, je suppose qu'ils avaient une relation avant son départ. Elle se dandine d'un pied sur l'autre. Enfin, elle répond :

— Nous discuterons cette semaine, d'accord ? Je ne veux vraiment pas en parler maintenant.

— Pourquoi pas ? Tu fais tout à coup partie de la bande de groupies de King ?

Ses yeux s'écarquillent, puis se plissent. J'aurais pensé que sa voix serait aiguisée et emplie de colère, comme elle l'était lorsqu'elle me parlait aujourd'hui. Mais ce n'est pas le cas. Elle paraît juste blessée.

— C'est vraiment ce que tu penses de moi, Finn ?

Elle attend l'espace d'un battement de cœur.

— Si c'est le cas, alors je ne comprends pas pourquoi tu essaies inlassablement de me reconquérir.

Il a la bonne grâce de reculer, avant de secouer la tête. Ce qui est un peu hilarant, parce que Finn est du genre balèze. Toutefois, je suis plus grand que lui et plus large d'épaules.

Quoi ? Je précise simplement.

Malheureusement, ce que j'apprends au cours de cette conversation confirme mes soupçons sur leur passif. Je suis curieux de savoir ce qui s'est passé entre eux pour qu'Ivy ne réponde pas à ses appels ou à ses messages.

Je suis sur le point de passer ma main dans son dos lorsqu'elle s'esquive sans ajouter quoi que ce soit. Elle nous laisse là avec nos queues dans les mains comme deux connards.

Bien que cela ne signifie certainement pas que nous n'allons pas échanger quelques coups de feu. Les vieilles habitudes ont la vie dure.

Finn pénètre dans mon espace vital, le regard sombre.

— Ne t'approche pas d'elle, King.

Amusé, je hausse les sourcils. Est-ce qu'il est sérieux ? Il pense vraiment qu'il peut m'effrayer comme si j'étais un gamin de première année intimidé par des types comme lui ?

Aucune chance que ça arrive.

Je n'ai pas peur de me battre avec Mackenzie. Je suis plus lourd et plus musclé que lui. Et au cas où vous vous poseriez la question, Finn n'est pas du genre à lésiner sur les muscles. Il se trouve simplement que j'en ai plus que lui. Aucun de nous n'a peur de lancer un coup de poing, ce qui signifie que notre échange pourrait exploser en un enfer sanglant en un clin d'œil.

— Et si je m'approche d'elle ?

Mes paroles sont prononcées discrètement, mais il parvient à les entendre très clairement par-dessus le bruit qui nous entoure.

— Je m'en prendrai tellement violemment à toi que tu ne pourras pas participer au repêchage de la NFL.

Je serre les poings, mon regard s'assombrit, et la chaleur de la rage se répand en moi. J'adorerais botter le cul de ce connard. Ce serait cathartique.

— Tu me menaces, Mackenzie ?

Il s'éloigne d'un pas tandis qu'un sourire inattendu orne le coin de ses lèvres.

— Non. Je te dis simplement de faire marche arrière. Ivy n'est pas l'une des groupies dans lesquelles tu trempes constamment ta queue. Elle est beaucoup trop bien pour quelqu'un comme toi.

Avec ça, il me laisse tout seul...

En le regardant partir, je me demande soudain ce que je suis en train de faire. Je ne connais pas du tout cette fille. Cette Ivy. Je viens tout juste de la rencontrer. Aujourd'hui même. Pourquoi penser à elle me retourne l'estomac ?

En secouant la tête, je pivote sur moi-même et réalise que Dylan est en train de m'observer.

Il paraît vraiment énervé.

Merde.

Peut-être que j'ai besoin de baiser finalement. Peut-être que ce sera suffisant pour me sortir cette fille de l'esprit. Alors que la foule se sépare, trois jeunes femmes que je reconnais s'accrochent à moi.

Ouais.
Je pense que c'est exactement ce dont j'ai besoin.
Ivy qui ?
C'est exact.
Tout à fait exact.

IVY

*Ê*tes-vous l'une des jeunes femmes chanceuses avec qui Roan était lundi soir ? Si c'est le cas, soyez sympas et donnez-nous tous les petits détails pour que nous puissions vivre les choses à travers vous. Allez, vous savez que vous mourez d'envie de les partager... *KingOf-Campus.com*

Je suis désolé. Est-ce que tu me pardonnes ?

Me mordant la lèvre, j'observe fixement le nouveau message de Finn. Il n'a de cesse de faire sonner mon téléphone depuis des jours. Il veut que nous nous retrouvions pour parler. Ce qui signifie certainement qu'il souhaite arranger les choses. Le problème, c'est qu'il m'a vraiment blessée, et je ne sais pas si je peux passer outre. Assez naïvement, j'ai pensé que nous avions quelque chose de spécial, alors qu'une semaine à peine après mon départ pour Paris, il couchait avec d'autres filles.

Lexie ne l'a jamais apprécié, elle était donc plus qu'heureuse de m'envoyer une photo chaque fois qu'elle le voyait avec une autre fille. Inutile de dire que j'ai rapidement obtenu une quarantaine de clichés.

Je ne sais pas trop quoi faire au sujet de ma situation avec Finn. Je décide d'ignorer son message et de ranger mon portable dans mon sac. Nous sommes samedi matin, et je viens de donner trois cours de claquettes et de ballet consécutifs. Je suis épuisée. Enseigner à des enfants de quatre et cinq ans pendant cinquante-cinq minutes est épuisant. J'avais oublié à quel point leur temps d'attention pouvait être court, mais les petites sont tellement adorables et pleines de vie que leur énergie est contagieuse.

J'enfile un T-shirt rose pâle par-dessus mon justaucorps, puis un legging noir et une paire de ballerines à imprimé léopard. En m'emparant de mon sac, je dis au revoir à Donna, la propriétaire du studio, avant de me frayer un chemin jusqu'à la porte et de laisser le soleil brillant caresser ma peau de sa chaleur.

Je n'ai pas fait plus de deux pas pour m'éloigner du studio que je vois Finn appuyé contre le mur du bâtiment, ses mains profondément enfoncées dans les poches de son short cargo. Il se redresse de toute sa hauteur dès que nos yeux se croisent. Surprise de le trouver ici, je m'arrête.

— Salut, Ivy.

Un timide sourire naît sur son visage, comme s'il n'était pas certain de ma réaction, ce qui le rend presque doux et clairement hésitant. Son côté habituellement présomptueux et arrogant est aux abonnés absents. Ce qui est certainement pour le mieux. Je me rappelle à quel point Finn est beau et comment il m'a été facile de tomber amoureuse de lui en première année. C'est précisément cela qui m'a attirée.

— J'espérais que nous pourrions peut-être prendre un café.

Il se racle la gorge.

— Enfin, si tu n'es pas occupée.

Lexie et moi prévoyons de faire un peu de shopping pour l'appartement après le déjeuner, ce qui signifie que oui, j'ai le temps de prendre un café, mais ça ne signifie pas nécessairement que je suis prête à m'asseoir avec lui pour discuter de notre passé.

Quand il se rend compte que je garde le silence, il affiche une expression emplie de supplication, ce qui le rend carrément adorable. Comme un chiot en peluche. J'ai envie d'enrouler mes bras autour de lui pour le serrer contre moi.

— S'il te plaît, Ivy ? Je veux juste discuter.

Son expression implorante me fait ployer, avant même que je ne puisse y réfléchir à deux fois. Je ne peux que me consoler en me disant qu'à un moment donné, nous nous serions certainement assis pour parler de ce qui s'est passé entre nous. Si ce n'était pas maintenant, alors plus tard. Donc mieux vaut en finir.

Je lui adresse un signe de tête et serre mon sac plus près de mon corps.

— D'accord, mais je ne peux pas rester longtemps. J'ai des projets.

Ce n'est pas que j'essaie de jouer à quoi que ce soit, mais ce que je fais de mon temps ne le regarde plus, tout comme ce qu'il fait du sien ne me concerne pas. L'émotion s'enflamme dans ses yeux noisette avant qu'il ne l'étouffe rapidement. Au lieu d'insister pour obtenir des renseignements, il désigne la boutique de l'autre côté de la rue d'un geste du menton.

— Que dirais-tu d'un smoothie ?

Il me connaît si bien.

Après trois heures au studio avec juste de l'eau pour m'hydrater, un smoothie me paraît tout bonnement fantastique. Je dois admettre qu'il y a quelque chose de confortable à retrouver une amitié certaine avec quelqu'un qui connaît toutes les petites choses que vous aimez. Je m'assène une claque mentale, parce que ce n'est certainement pas une raison pour me remettre avec lui.

— Oui. Pourquoi pas.

Sans un mot, nous traversons la rue afin de rentrer dans la petite échoppe pour commander nos boissons. Je prends un smoothie aux baies et Finn opte pour un aux fraises et à la banane, ce qui est exactement ce que nous avons toujours commandé quand nous étions ensemble. Une fois que nous avons récupéré nos boissons, nous nous rendons à l'extérieur pour nous asseoir à l'une des petites tables devant le bâtiment en briques. Je veux m'imprégner de toute la chaleur possible avant que les beaux jours ne se fassent rares.

Avec les rayons du soleil qui se posent sur nous, nous nous asseyons tous les deux, sirotant nos boissons pendant un moment. Finalement, Finn prend la parole :

— Écoute, Ivy, je veux m'excuser pour mon comportement de l'autre soir. Honnêtement, je ne voulais pas t'énerver.

Il ose me jeter un coup d'œil, puis continue.

— Ça m'a surpris que tu sembles aussi proche de King. Que tu sois déjà sous son radar. Je veux dire, tu viens tout juste de rentrer de France.

Ce n'est pas que je lui doive une explication, mais je pense que c'est justifié. Nous sommes sortis ensemble pendant environ six mois au cours de ma première année avant que je quitte Barnett.

Honnêtement, je ne connais pas du tout Roan.

Je hausse légèrement les épaules.

— Il vit à côté de chez moi. Et il est dans un de mes cours. Nous nous sommes tout juste croisés. Voilà l'étendue de notre relation.

Semblant légèrement agité, Finn passe une main à travers ses épais cheveux acajou, coupés court sur les côtés et un peu plus longs sur le dessus, tandis que son regard brun perce le mien.

— Fais-moi une faveur et reste loin de lui, Ivy. Roan n'est rien de plus qu'un connard de joueur de football. Tout le monde à Barnett le sait. Il couche avec n'importe qui en un battement de cœur, et il ne regarde pas une seule fois en arrière après l'avoir fait. Tu es beaucoup trop bien pour lui.

Je ne sais pas si c'est de la jalousie, ou une inquiétude sincère, qui le pousse à me mettre en garde.

— J'apprécie ton conseil, Finn. Mais ce type ne m'intéresse pas du tout.

D'accord. Ce n'est pas l'entière vérité, puisqu'il est absolument magnifique, mais après notre première entrevue...

Avec lui (et évidemment après la seconde entrevue), j'ai rapidement compris toute seule qu'il était le pire des aimants à problème. Et au cours des jours qui ont suivi, mon opinion à ce sujet n'a fait que se consolider. Les gens affluent naturellement vers lui. Surtout les filles. Chaque fois que je l'aperçois sur le campus, il y a au moins trois ou quatre nanas en lice pour attirer son attention.

Heureusement, nous n'avons pas eu le moindre échange depuis la fête. Non seulement j'ai évité Finn du mieux que je le pouvais, mais j'ai fait de même avec Roan. Ça aide qu'en plus de mes études, je travaille dix heures par semaine et que je passe chaque moment libre dans le studio de danse à travailler sur ma chorégraphie.

Je n'ai aucunement le temps de m'attarder sur un ex infidèle ou sur le demi-dieu du campus.

Apparemment satisfait de ma réponse, Finn se détend tandis qu'il s'enfonce sur sa chaise. Son regard sonde le mien avant qu'il n'avoue tranquillement :

— Tu m'as vraiment manqué, Ivy.

Maintenant que nous avons réglé toute la question concernant Roan King, son regard triste à pleurer est de retour en force.

Je manque de peu de renifler. Toutes les foutues photos rangées dans un dossier d'ordinateur intitulé « mon connard d'ex-petit ami » racontent une histoire différente. Je ne sais même pas pourquoi il prend la peine de reprendre cette voie.

Au lieu de répondre, je fronce les sourcils et aspire ma paille.

Ses pupilles tombent sur mes lèvres et restent là un moment, avant de plonger à nouveau dans les miennes.

— Je sais que j'ai rompu juste après que tu es partie pour Paris.

Il marque un temps d'arrêt.

— Je suppose qu'il m'était trop difficile de penser à une relation à distance alors que nous n'étions ensemble que depuis six mois.

En réalité, j'avais les mêmes pensées. J'aimais vraiment Finn et je voulais essayer de faire fonctionner les choses entre nous. Assez naïvement, j'avais espéré qu'il m'aimait assez pour le vouloir lui aussi. Au lieu de quoi, il a fait marche arrière dans les deux semaines (sinon plus tôt), me laissant toute seule et déprimée. Ce qui, avec le recul, avait été tout simplement fou, parce que j'étais à Paris, pour l'amour de Dieu. Mais enfin, qui peut être triste à Paris ? Eh bien... oui. Moi, apparemment. Après quelques semaines de tristesse, je m'étais sortie du trou dans lequel je m'étais glissée en me promenant dans la ville et en même perdant dans sa riche culture.

— J'espérais que nous pourrions essayer à nouveau, tu sais ? Là où nous nous sommes arrêtés.

Il pose sa main sur la mienne.

— Je tiens toujours à toi, Ivy.

Quelque chose change dans ses yeux. J'y perçois de la vulnérabilité, et je la trouve presque impossible à ignorer.

— As-tu encore des sentiments pour moi ?

J'observe fixement nos mains en réfléchissant à sa question. Est-ce que j'ai encore des sentiments pour lui ?

Nous avons rompu il y a près de quinze mois, et nous n'avons pas eu le moindre contact pendant toute la durée de mon absence. J'ai relégué Finn Mackenzie dans la catégorie du gars avec qui je sortais autrefois. Personne n'a été plus surpris que moi quand il a commencé à me bombarder de SMS environ une semaine avant mon retour à la maison.

Après la manière dont il m'a blessée, je ne pouvais lui faire face. En fait, je crois que les mots « il peut aller se faire foutre » ont été utilisés au cours de mes conversations avec Lexie plus de quelques fois.

Oui, une partie de moi ressent toujours la même chose... mais je ne peux pas nier le fait que je suis déchirée. Nous avons été ensemble pendant six mois. Sans parler de son regard de chiot pathétique qu'il continue de me lancer.

Je peux pratiquement me sentir faiblir.

En prenant une profonde inspiration, je trouve la force de répondre honnêtement :

— Je ne sais pas, Finn.

Mes yeux fixent les siens, j'ai envie ainsi de lui laisser un petit aperçu de mon chagrin.

— La manière dont tu as mis fin à notre histoire... J'étais loin de tout, de tous ceux que je connaissais, j'essayais de m'acclimater à une culture totalement différente. Ce que tu m'as fait, c'était dévastateur.

Même en y pensant maintenant, je me rappelle la vague de colère et de tristesse qui s'est abattue sur moi. En paraissant plein de remords, il hoche la tête, comme s'il comprenait parfaitement que ce qu'il m'a fait est mal. Peut-être que c'est vraiment le cas.

Qui sait...

— Je veux avoir la chance de te prouver que je ne suis pas le même gars que j'étais à l'époque.

Il se penche plus près, son regard implorant le mien.

— Je suis certain que tu as grandi et changé au cours des quinze mois où tu n'étais plus là... C'est mon cas à moi aussi. Accorde-moi une chance de te le prouver. Nous étions si bien ensemble, Ivy.

Ses yeux scrutent les miens.

— Pas vrai ?

Des centaines de souvenirs indélébiles me trottent dans la tête. Nous nous sommes bien amusés ensemble. J'étais tombée très fortement amoureuse de lui. Enfonçant mes dents dans ma lèvre inférieure, je considère la possibilité de recommencer quelque chose avec lui.

Si Lexie savait que j'envisage d'offrir une autre chance à Finn, elle m'étriperait. Pour une quelconque raison, elle ne l'a jamais vraiment aimé. Pas même au début, quand j'ai commencé à sortir avec lui. Elle pensait qu'il n'était rien de plus qu'un joueur arrogant, qui se jouait de moi.

Je n'ai jamais perçu les choses ainsi. Pas avant qu'elle commence à m'envoyer toutes ces photos, tout du moins. Il était si gentil. Il m'emmenait manger. Il venait me chercher après les cours. Il m'offrait des fleurs. Des petites choses comme ça. Des gestes qui s'étaient enfouis facilement sous ma peau. Et je suppose qu'à cause de la situation avec mon père, je cherchais désespérément quelqu'un à aimer.

Quelqu'un avec qui me sentir connectée, puisque je n'avais pas nécessairement cette possibilité auprès de ma famille. Quand je suis arrivée à Barnett, même si Lexie et moi étions déjà colocataires, je me sentais quelque peu perdue. La mort de ma mère quand j'avais quinze ans m'avait pratiquement anéantie, et le fait que mon père se soit remarié six mois plus tard n'avait fait qu'empirer la situation.

Juste avant la fin du premier semestre, j'ai rencontré Finn à une fête, et il m'a littéralement transportée. Je veux dire, tout le monde sur le campus savait qui il était. C'était la superstar des joueurs de lacrosse. Il était brillant, mignon et apprécié.

Le fait qu'il m'ait demandé de passer du temps avec lui m'a fait me sentir spéciale à une époque où je ne me sentais plus spéciale aux yeux de quiconque. Ça n'était plus le cas, plus depuis la mort de ma mère. Pendant les six premiers mois où nous étions ensemble, je n'ai jamais soupçonné qu'il me trompait ou qu'il voyait d'autres filles dans mon dos.

Pas avant que ma meilleure amie commence à me bombarder avec toutes ces photos. Après un moment, j'ai tout simplement cessé de les regarder. Je les ai conservées dans un dossier, et j'ai vu leur nombre augmenter jusqu'à ce que tout ce que je ressentais pour Finn disparaisse.

Et maintenant, il est là. Quinze mois plus tard. Il veut une seconde chance.

Il a changé ?

Il a mûri ?

Je dois bien avouer qu'il paraît effectivement plus mûr. Lorsque je suis partie, il arborait encore des traits physiques de jeunot. À présent, son beau visage est ciselé. Son corps plus imposant. Ses épaules plus larges. Sa taille plus fine. Il est encore plus séduisant qu'au moment de notre rencontre il y a deux ans.

Est-ce que les changements sont uniquement de nature physique ?

Je ne peux m'empêcher d'admettre qu'il y a quelque chose de facile à replonger dans une relation avec un homme qui a autrefois signifié quelque chose à mes yeux. Une personne qui sait ce que j'aime, ce que je n'aime pas. Une relation qui possède déjà ses propres bagages.

Je ne sais pas pourquoi, mais je ressens le besoin de savoir lequel l'emporterait sur l'autre.

— Je ne sais pas, murmuré-je finalement.

Pas parce que j'essaie d'être timide, mais parce que je ne sais vraiment pas quoi faire.

Son regard noisette brûle le mien.

— Je te demande une chance, Ivy. Juste une. Pour te prouver que j'ai grandi et mûri.

Incapable de soutenir son regard plus longtemps, je pose les yeux sur nos mains entremêlées. Tous les bons moments que nous avons vécus me traversent l'esprit et, avant même que je ne m'en rende compte, les mots franchissent la barrière de mes lèvres :

— D'accord. Un rencard.

Il sourit en serrant doucement ma main.

— Tu ne le regretteras pas, je te le promets.

J'ai le sentiment qu'au contraire, je regretterai certainement de lui avoir accordé une seconde chance...

Surtout quand je le dirai à Lexie.

8

———

IVY

Je viens d'apprendre qu'une fille chanceuse s'est associée à notre propre légende du terrain de football dans un cours d'éthique des affaires. Bon sang... je savais que j'aurais dû tenter de devenir major de promo... KingOfCampus.com

— Pendant les six prochaines semaines, vous travaillerez avec un partenaire sur un projet qui vaudra 60 % de votre note finale.

La professeure marque un temps d'arrêt tandis que des halètements choqués s'élèvent à travers toute la pièce. Apparemment, s'attendant à une telle réaction, la docteure Paulson hoche la tête, comme pour confirmer ce que nous espérons tous avoir mal compris d'une manière ou d'une autre.

— Oui, c'est exact. 60 %. Cela comptera plus que tout ce que vous faites ici, alors gardez cette information à l'esprit lorsque vous travaillerez sur votre projet. Non seulement votre sujet doit être bien étudié, mais il doit également être complètement étoffé pour soutenir votre idée principale.

Une autre salve de gémissements et de bavardages incrédules

parcourt l'ensemble de la classe. Les yeux de notre professeure nous englobent tous lentement.

— Le résultat final de votre temps et de votre énergie consacrés à la recherche devra correspondre à un document de vingt pages qui suscitera la réflexion.

Levant la main, elle interrompt les conversations soudaines qui surgissent.

— Très bien, calmez-vous. Calmez-vous, s'il vous plaît.

Elle se racle la gorge et jette un coup d'œil au porte-bloc qu'elle tient dans sa main.

— Je vais parcourir la liste des élèves. C'est moi qui constituerai les groupes de deux. Nous allons passer dix minutes à parler de mes attentes plus en profondeur, vous aurez environ quinze minutes pour commencer à en discuter avec votre partenaire.

Tout aussi stupéfaite que le reste de ma classe, je reste tranquillement et silencieusement assise sur mon siège pendant que la docteure Paulson passe en revue la liste des étudiants inscrits à son cours. Après avoir lu les premiers noms, il devient rapidement évident pour tout le monde qu'elle associe les gens par ordre alphabétique. Quelque chose dans mon cœur se contracte quand elle en vient à mon nom de famille. À moins qu'il n'y ait quelqu'un d'autre qui se trouve entre Kaster et King, je...

— Ivy Kaster et Roan King.

... suis foutue.

Mon regard se dirige à contrecœur vers Roan. Je suis surprise de constater qu'il a déjà incliné son corps vers moi. Et qu'il y a un soupçon de sourire qui se dessine sur son beau visage.

Je déglutis.

Non.

Non. Non. Non.

Je ne peux pas travailler avec lui.

C'est un projet énorme, et je n'ai pas envie de me retrouver coincée à devoir effectuer le travail toute seule. Avec l'université, plus mes dix heures effectuées au studio de danse, je n'ai absolument pas le temps de réaliser toutes les tâches moi-même.

Avant que je ne puisse surmonter mon désarroi, madame Paulson nous remet à tous un document sur ce sur quoi nous allons travailler au cours des six prochaines semaines. Mon cœur se serre d'autant plus lorsque je lis ses attentes.

Merde.

60 % de ma note est entre les mains de Roan King. Je ris presque face à l'absurdité de cette pensée. Le roi du campus, avec – comment les appelle Finn ? Oh, c'est vrai – sa bande de groupies, est celui qui tient ma note pour l'éthique des affaires entre ses énormes mains.

Non. Je ne peux pas permettre qu'une telle chose arrive. Je dois travailler avec quelqu'un qui se soucie de ses études et qui va faire sa part du travail. J'ai besoin de quelqu'un qui prenne ce cours au sérieux… et les études en général, d'ailleurs.

Et je ne pense pas que ce soit le cas du joueur de foot que l'on considère ici comme un demi-dieu.

Il prend à peine des notes en classe, alors que je ne fais que taper sur mon ordinateur du début à la fin des cours. Je pense qu'il est ici en raison d'une bourse d'études qu'il a obtenue grâce au football. D'après ce que j'ai entendu, il n'aura même pas à terminer ses études avant de devenir professionnel. Il se fiche donc certainement de savoir s'il réussit ou s'il échoue.

Mais pour moi, c'est important.

Je suis ici grâce à une bourse d'études, et je ne peux pas me permettre de la perdre.

Une fois que la professeure termine son laïus, nous avons le droit de nous réunir avec nos partenaires. Moi, je prévois de me précipiter vers son bureau. Je ne veux surtout pas croiser le regard de Roan, je regarde droit devant moi.

Malheureusement, ça ne fonctionne pas.

— Hé, où est-ce que tu vas ? me dit-il quand je me précipite vers l'avant de la pièce.

Je lui accorde un coup d'œil sans pour autant m'arrêter.

— J'ai quelques questions à poser à la prof. Je te rejoins bientôt.

Une fois à côté d'elle, je lui offre un regard empli d'excuses puisque nous ne sommes qu'à la deuxième semaine de cours et que je ne veux pas qu'elle pense que je suis quelqu'un de difficile. Par contre, je veux qu'elle sache que je ne compte pas rester coincée avec un poids mort.

Je déteste vraiment le travail de groupe.

Assise à son bureau, elle observe les montures noires de ses lunettes.

— Une question, mademoiselle Kaster ?

Je me sens mal à l'aise à l'idée de discuter avec elle alors que Roan ne se tient qu'à quelques mètres de nous.

— Je me demandais s'il était possible de me réaffecter à un autre partenaire.

Si le fait qu'elle cligne lentement de ses yeux bleus est une indication, je viens de l'estomaquer. Elle a certainement supposé que je suis venue la voir pour la remercier de m'avoir associée à lui. Elle ne peut pas être plus loin de la vérité.

— Avez-vous un problème à l'idée de travailler avec monsieur King ?

En entendant son nom, je ne peux m'empêcher de jeter un coup d'œil par-dessus mon épaule en direction de l'endroit où il est assis. Mon visage se retrouve inondé de chaleur quand mon regard capte le sien, empli de curiosité. Je me tourne à nouveau vers la professeure, je baisse d'un ton afin de lui révéler mes préoccupations :

— Je... ah... C'est un projet vraiment énorme et je veux être associée à quelqu'un qui va faire sa juste part du travail.

Quand elle ne répond pas immédiatement, la nervosité se répand dans mon corps et me force à me dandiner d'un pied sur l'autre. Elle fronce les sourcils en me contemplant pendant un long moment de silence. Elle déclare ensuite avec des mots tranchants :

— Et vous ne pensez pas que monsieur King pourra contribuer de façon équitable à ce projet ?

Si je ne rougissais pas déjà, je le ferais en cet instant. Je me détourne.

— Eh bien, je pensais simplement...

Sa fine main s'élève entre nous.

— Il n'y aura absolument aucune réaffectation des partenaires. À moins que ladite personne abandonne mon cours. Et je ne pense pas que monsieur King abandonne cette classe.

Si c'est possible, son regard s'assombrit encore plus jusqu'à être glacial.

— Une dure vérité qu'il vous faut apprendre, mademoiselle Kaster, c'est que nous ne travaillons pas toujours avec qui nous le voulons. Les patrons, les collègues… nous sommes souvent en désaccord avec eux, mais c'est à nous de trouver un moyen de faire des compromis et d'arriver à travailler ensemble pour le bien commun.

Elle me jette un dernier regard glacial qui me fait me flétrir sur place.

— Je vous suggère de rapidement trouver un moyen de travailler avec monsieur King pour le bien de ce projet, sinon vos deux notes en pâtiront.

Elle observe attentivement la fine montre en or qui orne son poignet, me signalant ainsi que le sujet est clos.

— Maintenant, vous feriez mieux d'utiliser les dix prochaines minutes à bon escient pour discuter de sujets possibles avec votre partenaire.

Récalcitrante, je hoche la tête avant de me faufiler dans l'allée jusqu'à l'endroit où Roan est assis, ses longues jambes écartées devant lui. Il fronce légèrement les sourcils, se concentrant sur moi. Même si je baisse les yeux, je sens le poids de son regard peser sur moi.

— Tout est réglé ?

Mon visage rougit tandis que je me force à plonger mes yeux dans les siens.

— Oui.

Jetant un coup d'œil au paquet de cinq pages agrafées, je me racle la gorge, mal à l'aise. Il est évident que je vais être le cerveau de cette opération. Et, malheureusement, il m'incombera de faire tout le travail. Roan ajoutera son nom une fois le projet terminé, ce qui représentera apparemment sa plus grande contribution.

Même si j'ai été presque réprimandée par la docteure Paulson pour avoir essayé de changer de partenaire, je réalise que je vais devoir me surpasser encore une fois parce que ma bourse d'études est basée sur ma capacité à maintenir une moyenne de 3,5 / 5. Je ne peux pas me permettre de la perdre. Et je ne vais très certainement pas laisser cet homme de Neandertal m'empêcher d'obtenir un A dans ce cours. Ce qui signifie que je vais devoir abattre le travail de deux personnes pour obtenir cette note, et c'est exactement ce que je vais faire.

— Je pensais que nous pourrions suivre la voie des études de cas plutôt que celle de l'analyse informelle du contenu.

Parce que l'élément principal de l'analyse d'une étude de cas concerne la recherche. Et la recherche est quelque chose que je peux effectuer par moi-même. Même si cela va me prendre énormément de temps et que je n'en ai pas beaucoup. Mais je n'ai pas d'autre choix. Je ne peux pas tirer un trait sur ce cours. C'est une exigence. J'en ai besoin pour obtenir mon diplôme.

Roan continue de me fixer attentivement, avant de hocher la tête en signe d'accord.

— Ça me semble bien.

Puisqu'il ne contribuera certainement pas plus que cela, je ne suis pas vraiment certaine de ce dont nous pouvons discuter. En observant l'horloge sur le mur, je constate qu'il nous reste environ cinq minutes. Je ne vois pas l'intérêt de m'attarder plus longtemps. Je dois déjeuner avec Lexie, ensuite j'ai cours de français et de danse. Et je...

— Tu pars déjà ?

— Eh bien, oui.

Je fourre les feuilles dans mon sac.

— Ne veux-tu pas discuter du genre d'étude de cas sur lequel nous allons nous concentrer ou du moment où nous pouvons nous réunir pour travailler sur ce sujet ?

Pendant un instant, je me fige sur place et l'admire en silence.

— Hmmm, est-ce que c'est ce que tu veux faire ?

Sa mâchoire se crispe, sa bouche se pince en une grimace montrant qu'il est irrité par mon comportement.

— Oui, Ivy... exactement. C'est un projet énorme qui vaut plus de la moitié des points de cette matière. J'ai un emploi du temps serré avec ma charge de cours, mes entraînements, le sport et les matchs, donc j'aimerais avoir quelque chose de solide mis en place dès que possible. Je ne peux pas me permettre d'attendre la dernière minute.

Je cligne des yeux, totalement surprise par ce qu'il dit, parce qu'il ressemble à quelqu'un qui prévoit de contribuer à ce projet. Quand je ne réponds pas immédiatement, il se penche en avant, ses yeux brûlant de colère.

— Tu n'as pas à avoir l'air aussi choquée. Contrairement à ce que tu sembles croire, j'ai l'intention de faire ma part.

Ma bouche s'ouvre et se referme. Il ramasse ses livres, les glisse dans son sac à dos et sort de la pièce avant que je ne puisse lui présenter des excuses. Dès qu'il met un pied à l'extérieur, trois filles se pressent autour de moi, me bombardant de questions, tout en me vantant la chance que j'ai de travailler avec Roan King.

Je ne fais que leur sourire brièvement. Je ramasse mes affaires et m'en vais. Je pense que je viens de commettre une énorme erreur tactique concernant ce type. Est-il possible qu'il ne soit pas le sportif débile que je supposais ? Je suis presque en train de me morfondre, parce qu'habituellement je ne porte aucun jugement sur les gens. Pour une quelconque raison, j'ai supposé que Roan avait atteint ce niveau d'études uniquement grâce à ses compétences sportives et sa belle gueule.

Ce n'est peut-être pas le cas.

Il y a peut-être plus à découvrir en lui que je ne le pensais.

9

IVY

Qui peut être invité à la petite réunion qui se déroule actuellement à l'appartement de Roan King ? Si c'est votre cas, vous avez le devoir de partager des informations croustillantes avec nous tous. Les photos sont, comme toujours, bienvenues et appréciées. De préférence les photos de lui entièrement nu...
KingOfCampus.com

— Quand comptes-tu venir nous rendre visite, Ivy ? Tu es de retour en ville depuis environ trois semaines et nous ne t'avons toujours pas vue.

Je suis debout sur le petit balcon de notre salon, face au ciel de l'Ouest. Je ne pensais pas que je serais aussi heureuse de posséder un espace extérieur. Chaque fois que je suis à la maison le soir, je m'installe ici quand le soleil se couche. J'adore observer les différentes nuances de rouge et de rose qui se dessinent à l'horizon. Habituellement, ça m'aide à retrouver la paix intérieure. Mon propre petit espace zen.

Ce n'est malheureusement pas le cas ce soir.

— Ivy, tu es toujours là ?

— Oui, oui.

J'ajoute :

— Je réfléchis à mon emploi du temps. Il est très chargé, en ce moment, entre les cours et mon travail.

Ce qui est tout à fait vrai.

— J'ai vraiment envie de me dégager du temps pour venir vous voir.

Je pense que nous savons tous que c'est un mensonge. Même si j'aime mon père, ça ne m'intéresse pas de passer du temps avec sa femme et ses enfants.

— Je ne sais pas quand je pourrai venir. Je vais me pencher sur la question et je te recontacterai.

— Bien sûr, ma chérie.

J'essaie de ne pas me concentrer sur la déception que je parviens à entendre dans sa voix. Je ne m'opposerai absolument pas à ce qu'il vienne ici pour dîner ou quoi que ce soit, mais Leah, sa femme, trouve nécessaire d'être incluse dans tout ce que nous faisons. C'est ennuyeux d'avoir affaire à elle pour entretenir une relation avec mon père. Elle ne supporte pas l'idée d'être laissée de côté, même si elle est avec lui vingt-quatre heures sur vingt-quatre, sept jours sur sept. Ils ont ensemble des jumeaux de quatre ans. Nora et Nolan. Ils n'étaient encore que des bambins quand je suis partie pour l'Europe. Je ne peux qu'imaginer à quel point ils sont grands à présent.

— Comment est ton appartement ? Est-ce qu'il est agréable ?

Je pivote lentement, et mon regard se pose sur les murs désormais décorés de notre salon. Le canapé et le fauteuil assortis, récupérés chez les parents de Lexie, se trouvent face à la télévision de cent centimètres pour laquelle Dylan a rapidement acheté une Xbox. Je secoue la tête à cette pensée. Je savais qu'il allait vivre avec nous la plupart du temps.

— Oui, il est vraiment bien. Il y a deux chambres, une salle de bain, une petite cuisine et un salon. Il y a même un balcon assez grand pour accueillir une petite table et deux chaises.

— Es-tu dans une zone sécuritaire ? Je sais que tu dois te rendre au travail à pied.

Je lève les yeux au ciel, non pas qu'il puisse le voir. J'ai vécu à l'étranger pendant plus d'un an et j'ai réussi à survivre sans la moindre implication parentale. Je pense pouvoir survivre à Barnett.

— C'est parfaitement sécuritaire. Notre appartement se trouve à deux rues du campus, et mon travail à environ un kilomètre de là. Le studio de danse est situé au centre-ville, donc il y a toujours beaucoup de gens qui s'y promènent. Et souvent, Lexie m'accompagne.

— C'est bien. Je suis heureux que tout se passe à merveille pour toi, Ivy.

Nous retrouvons un silence gênant. La distance qui nous sépare est palpable. Vivre à l'étranger pendant près d'un an et demi n'a fait qu'accroître l'écart entre nous. Alors que je me creuse les méninges pour trouver quelque chose à dire, de la musique s'élève depuis l'appartement à côté de chez nous.

— As-tu allumé la radio ?

Je renifle. Un petit sourire orne mes lèvres.

— Plus personne n'a de radio, papa. Et non, ce sont les garçons qui vivent à côté de chez nous.

En avançant vers le bord de la terrasse minuscule, je me penche sur la balustrade en fer noir, essayant de voir au-delà du mur d'intimité qui sépare notre balcon de celui de Roan, Sam et Dylan.

— Eh bien, ils sont bruyants.

— Oui, c'est vrai.

Une porte coulissante s'ouvre et se ferme avant que des voix ne s'élèvent.

— Je ferais mieux de te laisser, papa. J'ai encore du travail.

Comme c'est vendredi soir, je n'ai pas l'intention de faire quoi que ce soit lié à l'école. Mais ça me fournit une bonne excuse pour mettre fin à cette conversation.

— Je te recontacte bientôt.

— Pense à venir nous rendre visite à la maison, d'accord ? Leah sera ravie d'en apprendre davantage sur ton appartement et ton voyage à Paris. Elle a acheté un cadeau de pendaison de crémaillère pour Lexie et toi.

— Très bien. Je te dirai quand je peux venir.

Je pense que ce ne sera jamais le bon moment. Même si je sais que je devrai planifier une visite chez eux à un moment donné, ma stratégie est de reporter cette date le plus loin possible. Comme à Thanksgiving, par exemple.

Nous nous disons tous les deux que nous nous aimons, avant de raccrocher. Un instant plus tard, Lexie passe sa tête par la porte coulissante.

— Qu'est-ce que tu fais, Ivy girl ?

Parler avec mon père me met toujours d'humeur maussade. Ça ne manque jamais de me rappeler que nous ne sommes plus la famille soudée que nous étions autrefois. Et c'est une pilule amère à avaler dans le meilleur des jours. Devoir regarder Leah se blottir contre mon père est toujours un rappel douloureux qu'il est allé de l'avant en un clin d'œil.

Nolan et Nora sont nés à peine un an après la mort de ma mère, donc je sais qu'ils se sont mis ensemble presque immédiatement après le décès de maman. Et après que papa m'a prise à part pour lâcher la bombe, je n'ai plus jamais été la même.

Je n'ai jamais vraiment donné une chance à Leah.

Chaque fois que je la regardais, que je *les* regardais, elle ou ses enfants, tout ce à quoi je pouvais penser, c'était la manière dont elle s'est insinuée dans notre famille en deuil sans le vouloir avant même que le corps de ma mère ne soit froid. Je pose mon téléphone sur la petite table en verre et hausse les épaules comme si de rien n'était.

— Je discutais avec mon père.

Lexie ouvre grand les yeux. Elle connaît tout des questions non résolues avec lesquelles mon père et moi sommes encore aux prises. Elle était là quand ma mère est tombée malade. Et elle était là pour me réconforter quand ma mère est morte l'été précédent ma deuxième année. Elle était également là quatre mois plus tard, lorsque mon père a annoncé, de nulle part, qu'il avait mis Leah enceinte et qu'ils allaient se marier.

Après ça, j'ai passé le plus clair de mon temps à camper chez Lexie. Si j'avais pu, j'aurais emménagé avec sa famille, mais mon père ne m'y a pas autorisée. Donc, je me suis forcée à retourner vivre avec lui, cette femme et leurs jumeaux criards qui sont nés avant le début de ma première année de lycée. Le mode opératoire de mon père est de balayer toute la laideur du passé sous le tapis et prétendre que tout est beau à présent. C'est juste plus facile pour tous les participants d'avoir de fausses conversations et que je garde mes distances jusqu'à ce que je sois enfin capable de tenir le coup.

Le joli visage de ma meilleure amie est empli de compassion.

— Tout va bien avec lui ?

— Tout est toujours ensoleillé et parfait dans la vie de John Kaster, répliqué-je avec un sourire moqueur.

Elle pince les lèvres en guise de sympathie en croisant les bras devant sa poitrine.

— Est-ce qu'il va venir ici pour te voir ? Ça fait plus de seize mois que tu ne l'as pas vu.

Je détourne le regard et murmure :

— Je lui ai dit que je regarderai mon emploi du temps et que je lui donnerai une date qui fonctionnera.

Parce qu'elle me connaît bien, elle renifle.

— As-tu l'intention de retourner vers lui en jour ?

— Non.

Elle secoue la tête.

— C'est ce que je pensais.

Lexie se déplace de la porte à la petite table, qui est presque trop grande pour notre minuscule petit balcon, avant d'en sortir une chaise et de s'affaler dessus. Elle ajoute alors gentiment :

— Il est peut-être temps pour toi de laisser tomber, Ivy. Tu as déjà perdu un parent, veux-tu vraiment perdre le seul qui te reste ?

Ces paroles me prennent de court, je suis tellement prise au dépourvu qu'on dirait que je viens de recevoir un coup de poing en plein dans le ventre. Mes yeux brûlent instantanément d'émotions refoulées. Quand je suis enfin capable de former des mots, ma voix paraît rude même à mes propres oreilles.

— Est-ce que tu viens vraiment de dire ça ?

Elle, plus que quiconque, sait ce que j'ai traversé. Elle sait que mon père a tout simplement continué sa vie en s'attendant à ce que je fasse la même chose. Seule une personne qui vous connaît par cœur peut se permettre le genre de regard qu'elle me lance tout à coup.

— Oui, soupire-t-elle. Je suppose que oui. Écoute, tu sais à quel point j'aimais ta mère. Elle était comme une mère pour moi aussi. Ce que ton père a fait était vraiment nul. Il n'y a aucun doute là-dessus. Et tu peux continuer à agir comme tu le fais, ou tu peux décider d'enfin faire amende honorable et d'essayer de reconstruire une relation avec lui. Une vraie relation.

Je lève la main pour effleurer l'emplacement de mon cœur, qui palpite à présent d'une douleur...

— Comment pourrais-je ne serait-ce qu'envisager de lui pardonner, Lex ?

Même si ça me semble impossible, je me force à poursuivre :

— Comment a-t-il pu trouver quelqu'un dans les mois qui ont suivi la perte de sa femme ?

Elle secoue la tête avant d'admettre doucement :

— Je ne sais pas. Mais peut-être que c'est quelque chose dont vous devez parler. Tous les deux. Il est peut-être temps pour vous de discuter enfin de toutes ces choses que vous avez essayé d'ignorer pendant des années.

Cette simple idée me met mal à l'aise. Je ne parviens pas à imaginer une telle conversation.

— Merci pour les conseils, docteur Phil. Je vais réfléchir.

Je n'ai absolument aucune intention de considérer les paroles de ma meilleure amie ou de réparer ce qui est brisé. Mon père se fiche de moi, sinon il n'aurait pas épousé quelqu'un d'autre aussi rapidement.

Heureusement, nous sommes sauvées toutes les deux quand Dylan se penche par-dessus la barrière séparant nos balcons.

— Hé, beauté.

Il adresse un sourire à Lexie. Si je n'aimais pas cette dernière comme une sœur, je serais jalouse d'elle, vu la manière dont Dylan semble être dans son élément. En réalité, j'adore ça. J'aime le fait qu'elle ait trouvé quelqu'un qui tienne autant à elle. Elle lui adresse un petit clin d'œil et lui sourit en retour.

— Salut, mon beau.

Juste comme ça, j'entreprends une nouvelle virée vers vomiville.

— Vous deux, vous venez ici ou quoi ?

Je lance un regard interrogatif à Lexie. Bien entendu, avec la musique qui s'échappe de l'autre appartement, je peux à peu près deviner ce qui s'y passe. Ces trois-là semblent avoir des gens qui vont et viennent tout le temps chez eux. Non pas que j'y prête attention, bien que ce soit difficile de ne pas le faire, mais beaucoup sont des femmes. Quand ça arrive, Dylan se réfugie chez nous, d'où la nouvelle Xbox.

Lexie fait la sourde oreille, avant de dire :

— Oui, nous arrivons.

— À tout à l'heure.

Et juste comme ça, Dylan disparaît de nouveau de l'autre côté de la clôture. Une fois que nous nous retrouvons seules toutes les deux, elle dit :

— Ils ont invité quelques personnes. Tu viens ?

Ça ne me dérangerait pas de traîner un peu, mais je sais que Roan sera là. Nous n'avons pas parlé depuis qu'il m'a verbalement remise à ma place il y a quelques jours de ça dans notre cours d'éthique des affaires. Donc, ça ressemble à une situation gênante en devenir qui n'attend que de m'exploser au visage.

Et je suis épuisée de tout ce qui m'arrive quand il s'agit de lui.

À un moment donné, nous allons devoir travailler ensemble sur ce projet. Puisque c'est moi qui ai supposé qu'il n'était rien de plus qu'un sportif, je devrais certainement être celle qui tend une branche d'olivier pour que nous puissions arranger les choses et aller de l'avant.

Mon Dieu, je n'ai vraiment pas envie de faire ça.

Vraiment pas.

— Oui, je vais venir. Un peu, murmuré-je.

Avec un sourire qui éclaire son visage, elle paraît agréablement surprise de ma capitulation facile.

— Génial.

Elle se relève, avant de se diriger vers les portes coulissantes.

— Je vais me changer. Et nous pourrons y aller.

— OK.

J'observe brièvement le short confortable et le débardeur que je porte. Je devrais peut-être me changer pour quelque chose de plus agréable.

Quinze minutes plus tard, nous sommes prêtes à nous rendre à l'appartement des garçons. On dirait qu'il y a une centaine de personnes entassées à l'intérieur. Lexie porte un short noir avec une chemise rouge sans manches qui accentue sa poitrine. Une paire de sandales noires à talons la fait paraître légèrement plus grande. Ses cheveux auburn sont empilés en un chignon sur le sommet de sa tête.

Lexie est une spécialiste de la mode. Elle a d'ores et déjà fouillé dans les vêtements que j'ai ramenés de Paris et n'a de cesse de m'en emprunter pour une durée indéterminée. Ce qui veut dire que je ne les reverrai plus jamais.

Elle aime évaluer ce que j'ai choisi et me renvoyer dans ma chambre avec une nouvelle tenue qu'elle pense appropriée. Dans une erreur de jugement de jeunesse, je l'ai laissée faire en m'en amusant les deux premières fois que cela s'est produit, ce qui semble avoir maintenant établi un schéma de comportement que je trouve difficile à briser.

Comme prévu, ses yeux balaient de manière critique ma sélection pour la soirée.

— J'espérais que tu porterais la petite jupe bleue et le chemisier à fleurs avec épaules dénudées.

Ses yeux brillent d'excitation.

— Avec tes ballerines roses.

Elle tape dans ses mains avec enthousiasme.

— Oh, mon Dieu, ça sera magnifique ! Il faut que tu ailles te changer !

Parce qu'elle est tellement excitée à cette idée et qu'elle a certainement raison de toute façon, je retourne dans ma chambre sans protester. Quand je réapparais cinq minutes plus tard, elle saute pratiquement dans tous les coins.

— Je savais que ça serait incroyable !

Je déteste devoir l'admettre, mais elle a raison. Et comme c'est habituellement le cas, je me donne rarement la peine d'argumenter avec elle à ce sujet. J'essaie de voir cela comme le fait d'engager ma propre styliste, et ça m'aide à me sentir légèrement mieux. Comme la jupe est courte et que j'ai des jambes assez longues, je peux m'en sortir en portant des ballerines, que j'adore. La danse, surtout le ballet, est difficile, et c'est douloureux pour les pieds. Je porte des chaussures plates chaque fois que je peux me le permettre. Je lui suis donc reconnaissante de prendre cela en considération.

Maintenant que nous sommes prêtes à partir, Lexie glisse son bras sous le mien et nous fait avancer dans le couloir bien éclairé menant à l'appartement des garçons. Elle ne se soucie pas de frapper à la porte, elle l'ouvre directement.

Des rires, des bavardages, de la musique se déversent jusqu'à nous. La plupart des locataires de cet immeuble sont des étudiants d'université, donc la musique et le bruit un vendredi soir représentent une norme parfaitement acceptable.

En entrant, je me fraie un chemin à travers les personnes amassées qui se tiennent debout en train de discuter. Dès que Dylan aperçoit Lexie, il se dirige vers nous. Une fois qu'il l'atteint, il l'attire dans ses bras et l'embrasse profondément. Ils restent scotchés ensemble pendant une bonne minute, avant que je ne me racle la gorge. Oui, il y a beaucoup trop de langue impliquée à mon goût. Ce qui n'est pas du tout gênant...

Lexie m'adresse un sourire embarrassé tandis que Dylan la garde contre lui comme s'il ne pouvait pas supporter d'être séparé d'elle ne serait-ce qu'un instant.

— Je ne peux m'empêcher d'admettre que vous êtes totalement dégoûtants. Vous le savez, pas vrai ?

Le sourire de ma meilleure amie s'intensifie.

— Ne t'inquiète pas, nous te trouverons un homme à toi aussi. C'est l'une de mes missions de cette année.

J'espère sincèrement qu'elle plaisante.

— Je n'ai pas besoin d'un homme, me plains-je.

La dernière chose que je veux, c'est que ma meilleure amie essaie de pratiquer sa magie vaudou sur moi. Elle l'a déjà fait. Ça ne marche jamais très bien. Je suppose que si je suis assez désespérée, je pourrai toujours lui parler du rencard que j'ai prévu demain soir avec Finn.

Puisque je connais exactement le genre de réponse que cela va susciter, je décide de garder ma bouche close. J'espère pouvoir m'en tirer sans lui en parler, car la dernière chose dont j'ai besoin, c'est qu'elle me montre toutes les photos qu'elle a prises de lui l'an dernier.

— Bien sûr que si.

Je secoue la tête.

— Non. Vraiment pas.

Ressentant l'envie soudaine d'échapper à cette conversation avant qu'elle ne commence à attirer des gars pour une version improvisée de *The Dating Game* (elle aime évoquer des histoires embarrassantes de notre enfance), je murmure :

— Je vais me chercher à boire.

Les mots franchissent à peine la barrière de mes lèvres que je m'en vais déjà. La foule semble amassée à l'intérieur. Il doit y avoir au moins cinquante personnes coincées dans leur salon-salle à manger. Le niveau sonore est à la limite de l'assourdissant. En jetant un coup d'œil autour de moi, je me rends compte que la plupart des types ici sont du genre musclés. Un d'entre eux semble même n'avoir aucun cou. Ce qui est très étrange. Je suppose qu'il s'agit là d'un de leurs coéquipiers de l'équipe de foot.

Et les filles... J'ai remarqué qu'il y a beaucoup plus de femmes que de garçons présents, et que beaucoup d'entre elles sont légère- ment vêtues et s'accrochent à n'importe quel être humain de sexe masculin. Par paires.

Je lève presque les yeux au ciel. Je doute de rester ici très long- temps. Alors que je récupère une bière dans le frigo, j'aperçois Roan dans le salon. En raison de sa taille, c'est difficile de ne pas le voir. Bien évidemment, il est entouré par énormément de monde.

Et oui, la plupart sont des femmes avec de minuscules T-shirts exposant leurs énormes poitrines et des jupes qui couvrent à peine leurs culs. Que Dieu leur vienne en aide si elles doivent se pencher.

Mon intention en venant ici était de trouver le courage de m'excuser d'avoir tiré des conclusions hâtives à son sujet. C'est exactement ce que je compte faire, afin de pouvoir me tirer d'ici. Ce n'est vraiment pas ma tasse de thé. Honnêtement, avant que Lexie ne sorte avec Dylan, ce n'était pas la sienne non plus.

Nous traînions habituellement avec des personnes plus artistiques.

Lentement, en me dirigeant vers lui, je répète mentalement une excuse courte mais douce, qui permettrait d'apaiser les choses entre nous. Quand je suis environ à quelques mètres de distance, nos regards se croisent. Plus surprenant encore, ils se soutiennent alors que je me force à combler la distance qui nous sépare. Un petit frisson dévale ma colonne vertébrale au moment où ses yeux couleur turquoise m'épinglent.

Un instant plus tard, il s'éloigne de la foule qui réclame toujours son attention, se dirigeant vers moi.

— Hé.

Ses prunelles me transpercent. Pendant un instant, il s'attarde sur mes jambes dénudées. On m'a toujours dit que j'avais des jambes interminables. Aujourd'hui, je suis à l'aise avec ça, mais quand j'étais enfant, j'étais constamment en train de tirer sur mon pantalon. Ma mère avait du mal à trouver des pantalons à ma taille, ce qui signifiait qu'il y avait des moments où j'avais l'air de m'attendre à une inondation.

— Tu as bonne mine, Ivy.

— Merci.

Tout à coup, ma gorge se serre. Qu'il soit damné d'avoir toujours ce genre d'effet sur moi.

Avec ses pupilles rivées aux miennes, il avale une gorgée de la bière qu'il tient dans sa main. Je me sens prise dans le viseur de son attention, ce qui est un sentiment étrange. J'ai envie de retenir ma respiration jusqu'à ce qu'il me libère de son regard. Mais il ne se détourne pas. Et je ne peux décemment pas retenir ma respiration indéfiniment.

Même s'il y a de nombreuses personnes qui se bousculent autour de nous, nous avons presque l'impression d'être juste tous les deux. Je peux sentir la force gravitationnelle qui l'entoure. Comme si j'étais attirée par lui contre ma volonté. Il y a quelque chose d'indescriptible chez Roan qui séduit aussi bien les hommes que les femmes dans son orbite, et les maintient captifs.

Ayant besoin de briser le sort qu'il a tissé autour de moi, je secoue la tête pour me reconcentrer. Je dois me forcer à prononcer mes excuses et me tirer d'ici avant que mon cerveau ne se transforme en bouillie. La façon dont son regard a léché mon corps est suffisante pour me faire brûler spontanément sur place. Une chaleur incandescente se rassemble déjà dans un endroit auquel je ne voudrais même pas penser. Avoir toute cette sensualité brute en ébullition dirigée vers moi est presque aussi addictif qu'une drogue.

Pas étonnant que toutes les femmes veuillent avoir un morceau de lui.

Peu importe à quel point ce morceau est petit, insignifiant.

Essayant de tempérer la réaction naturelle de mon corps, je garde mes yeux résolument fixés sur son épaule. De temps en temps, mon regard se dirige vers le sien. Dès que ça arrive, je me détourne nerveusement. Je me racle la gorge, me forçant à prononcer ces mots :

— Je suis désolée pour l'autre jour.

Il penche la tête en portant la bière à ses lèvres. Alors qu'il en avale une autre longue gorgée, son attention reste focalisée sur moi. Quand il baisse finalement sa bière, il se rapproche. Si près que je peux apercevoir les taches de vert et de bleu qui composent la nuance brillante et magnifique de ses yeux.

C'est complètement fascinant.

Même si la fête autour de nous est plus que bruyante, il répond à voix basse :

— Pourquoi est-ce que tu t'excuses, exactement ?

J'ai l'impression que ma bouche est remplie de coton. Comment fait-il ça ? Comment fait-il pour me rendre aussi nerveuse chaque fois ?

— Je ne pensais pas que tu voulais faire ta part de travail dans ce projet.

Quelque chose brille dans ses yeux. Mais ça disparaît si rapidement que je ne suis pas capable d'identifier l'émotion. Il se montre désinvolte en répondant :

— Tu pensais que j'allais te laisser tomber et te laisser faire tout le travail par toi-même, pas vrai ?

Mal à l'aise, ainsi mise sur la sellette, je danse d'un pied sur l'autre avant de croiser son regard.

— Oui.

Il envahit mon espace personnel et glisse ses doigts puissants sous ma mâchoire. Il fait pivoter mon visage jusqu'à ce que mes yeux soient retenus captifs des siens.

— Tu as pensé que je n'étais rien de plus qu'un crétin de sportif qui a été admis dans cette université grâce au football.

Ce n'est pas une question. Nous savons tous les deux que c'est exactement ce que j'ai supposé. Son regard se fait implacable. Je ne peux pas dire si c'est la colère qui anime toute cette émotion tourbillonnante que je vois briller dans ses yeux.

— Oui, murmuré-je. C'est ce que je pensais.

Quand j'essaie de me détourner de lui, il agrippe davantage mon menton jusqu'à me positionner là où il le souhaite.

Directement face à lui.

Il se penche vers moi pour me chuchoter à l'oreille :

— Je suis plus qu'un joueur de football, Ivy.

Alors qu'il prononce ces paroles, ses doigts me relâchent. J'inspire une énorme bouffée d'air. Ayant besoin de placer une certaine distance physique entre nous, je recule d'un pas. Pour une quelconque raison, mon cœur me donne l'impression d'être sur le point d'exploser.

Peu importe ce qu'il y a entre nous... je n'aime pas ça.

Je sais très bien que c'est un jeu auquel il joue avec moi. Pour l'amour de Dieu, il a cet effet sur tout le monde. Je parie que si je demandais à toutes les filles présentes dans cette pièce de retirer leurs culottes, la plupart d'entre elles s'exécuteraient. Je ne représente rien de spécial à ses yeux, et la dernière chose que je souhaite, c'est de succomber au sort qu'il est capable de me jeter aussi facilement.

Dans ma hâte de m'éloigner de lui, je trébuche. Roan me rattrape pour m'attirer à lui. Aucun de nous deux ne prononce un mot lorsque ses bras s'enroulent autour de moi. Il me faut un moment pour me rendre compte que je suis presque écrasée contre son torse imposant. Mon Dieu, il est aussi dur que le granit, exactement comme je le pensais. Cela fait monter en flèche ma température, et accélérer les battements de mon cœur. Je me débats rapidement pour quitter soigneusement son étreinte.

— Désolée.

Je dois vraiment sortir d'ici avant de devenir encore plus idiote et de m'embarrasser davantage. Pour une quelconque raison, je suis exactement comme une de ces greluches qui le cajolent constamment.

Et je ne vais pas mentir en disant que je ne suis pas attirée par Roan, parce que clairement, je le suis. J'ai été captivée dès l'instant où j'ai renversé mon café sur lui. Il faudrait être aveugle pour ne pas penser qu'il est l'un des hommes les plus attirants que vous ayez jamais vus. Le problème, c'est qu'il est très conscient de sa beauté. Il est habitué à avoir toutes les filles qu'il désire. Il les utilise pour son propre plaisir égoïste sans aucune pensée pour leurs sentiments.

Non pas que je ressente de la sympathie envers ces femmes. Elles savent exactement ce qu'elles font quand elles acceptent d'être avec lui, uniquement pour pouvoir s'en vanter.

Et oui, il vient de m'avouer qu'il compte abattre sa part de travail pour ce projet, mais est-ce que ça veut dire que ça arrivera ? Ou que son travail sera de qualité ?

Non.

J'ai envie de le croire, mais ce n'est pas le cas. Pas encore. Il n'a fait que me prendre par surprise. Le temps nous dira s'il parviendra à changer l'opinion que j'ai de lui.

Il tend la main.

— Donne-moi ton portable.

Maintenant que ma brume sexuelle s'est éclaircie suffisamment pour que mes cellules cérébrales fonctionnent à nouveau correctement, je fronce les sourcils. Je ne veux pas qu'il ajoute mon numéro à la liste de ses conquêtes.

Merci, mais non merci.

Je secoue la tête.

— Je ne crois pas.

En arquant un sourcil, il m'adresse un sourire.

— Je veux juste ton numéro pour que nous puissions trouver des moments pour nous réunir et travailler sur notre projet d'éthique. C'est tout.

Mon visage rougit. Je ne pensais absolument pas qu'il voulait mon numéro pour cette raison. Maintenant, qui ressemble à une crétine ? Je suis contrariée. Je lui donne mon téléphone et l'observe tandis qu'il ajoute son nom et son numéro dans mes contacts. Il appelle son portable avant de me le tendre.

— Voilà. Est-ce que le dimanche après-midi, ça irait pour toi ? Nous avons besoin de quelques heures pour nous asseoir et générer des idées sur l'étude de cas que nous allons considérer pour le projet.

Je fixe mon portable, puis je le regarde, lui.

— Le dimanche après-midi, ça me va.

Je perds le souffle quand il s'avance vers moi jusqu'à ce que nous soyons si proches que je doive incliner la tête pour pouvoir soutenir son regard.

— Je t'enverrai un message avec l'heure et le lieu.

Je fais un pas de côté en hochant la tête. Deux filles se faufilent entre nous pour s'enrouler autour de lui. Concentré sur moi, il glisse un bras autour de chacune d'entre elles.

— On se voit dimanche, Ivy.

Je perçois le ton moqueur qu'il laisse échapper. Mon regard s'assombrit. Sans un mot de plus, je pivote sur moi-même et me fraie un chemin vers la porte de l'appartement. Je dois sortir d'ici. Je dois me trouver loin de lui.

Roan King n'est rien de plus qu'un joueur. Qu'un goujat.

Je l'ai compris bien avant que Finn ne me mette en garde à son sujet. Je ne serai jamais membre titulaire du club des athlètes du campus. Je ne veux pas coucher avec tous les sportifs de la fac. Ce n'est pas la personne que je suis. Et quoi qu'il se soit passé entre nous, je ne veux pas que ça se reproduise. Je ne suis pas intéressée par ce jeu ridicule du chat et de la souris.

Je veux travailler sur ce projet et en finir avec lui.

Oui, je veux en finir avec lui.

10

IVY

On dit que Roan King baise comme il joue au football, avec habileté, finesse et une détermination étonnante. *Grand soupir* j'aimerais tellement le découvrir moi-même... KingOf-Campus.com

— Es-tu sérieuse ?

Lexie est allongée sur le ventre en plein milieu de mon lit et feuillette le dernier numéro de *Vogue*. Ce magazine n'est autre que sa bible de la mode, elle traite tout ce qui est écrit à l'intérieur comme si c'était parole d'évangile. Puisque je peux bénéficier des conseils d'une styliste gratuitement, je ne vais pas m'en plaindre. Lexie est aussi passionnée par la mode que je le suis par la danse. Nous nous comprenons donc assez bien.

En essayant d'être sournoise, j'ai spontanément mentionné mon rencard avec Finn tandis qu'elle était absorbée par son magazine. J'espérais qu'elle ne me prêterait pas trop grande attention. Malheureusement, elle m'a entendue. Dès que j'ai prononcé son prénom, elle s'est mise en position assise avant que ses yeux ne me jettent des éclairs.

Je lui ai donc avoué qu'il m'a attendue devant le studio samedi dernier, et que nous nous sommes assis autour d'un smoothie pour discuter. Il veut une autre chance, et après une séparation de quinze mois, peut-être que nous avons suffisamment mûri pour essayer à nouveau.

Je l'aimais vraiment.

Il m'attirait.

Et il m'attire toujours.

Pourquoi ne pas faire une nouvelle tentative ?

Avec détermination, elle se lève du lit.

— Tu ne me laisses pas d'autre choix que d'aller récupérer toutes les photos que je t'ai envoyées.

— Non.

Je me tourne vers elle et soutiens son regard.

— J'apprécie que tu veuilles prendre soin de moi. Vraiment. Mais ce n'est qu'un dîner. Nous n'allons pas nous remettre ensemble. Nous voulons simplement discuter.

Elle fronce les sourcils et pince les lèvres en murmurant :

— Je n'aime pas Finn. Il est arrogant, et c'est un vrai connard. Il a couché avec toutes ces autres filles derrière ton dos. Comment peux-tu oublier ça ?

Je ne peux décemment pas être en désaccord. C'est un véritable crétin. Comme je l'ai dit plus tôt, il a peut-être changé. Je sais que moi, je l'ai fait. Et ce n'est qu'un dîner. Rien de plus.

— Je ne sais même pas si je le reverrai après. Détends-toi.

En réponse, elle lève les yeux au ciel. Je tourne dans tous les sens en m'observant dans le miroir.

— Est-ce que tu aimes cette chemise avec ce short ?

Même si nous sommes début septembre, il fait encore chaud dehors. Au moins 26 °C. Je porte donc un petit haut blanc et un short bleu pastel avec une paire de sandales argentées qui possèdent de petits talons.

Il prend ma question au sérieux, et ses yeux me parcourent de haut en bas.

— Oui, mais si j'étais toi, je relèverais mes cheveux en un chignon et j'ajouterais des boucles d'oreilles.

Elle plisse les yeux.

— Peut-être tes grosses créoles argentées.

En souriant, je fouille ma boîte à bijoux pour y piocher les boucles dorées dont elle me parle. Une fois que j'ai rassemblé mes cheveux en un chignon, je me tourne vers elle avec les mains tendues en une question silencieuse.

— Oui. Tu es carrément sexy.

Elle grommelle :

— Finn ne mérite pas cet effort.

— Oui... tu m'as parfaitement fait comprendre ce que tu ressens à son propos. Tu n'as pas besoin d'en dire davantage, tu sais ?

— Je ne veux pas que tu sois blessée à nouveau. Même si tu étais à Paris et que je n'étais pas là pour t'aider à traverser toute cette situation, je me souviens à quel point tu étais dévastée lorsqu'il a rompu avec toi.

Je soupire, avant d'ajouter avec douceur :

— Je sais. Et j'apprécie que tu te fasses du souci pour moi et que tu t'occupes de moi, sincèrement. Tu es une très bonne amie, Lexie. La meilleure. Mais c'est juste un dîner.

Toujours sceptique, elle hoche la tête en signe d'acceptation.

— D'accord.

Une seconde plus tard, mon téléphone m'indique un message entrant. C'est Finn qui m'apprend qu'il est en bas et qu'il m'attend dans sa Jeep.

Lexie déclare d'un ton pince-sans-rire :

— Monsieur romantique ne peut même pas se donner la peine de venir te chercher ici ?

Je lui adresse un regard exaspéré en récupérant mon sac à main et en me dirigeant vers la porte.

— Ce n'est rien. Je te verrai plus tard.

— Très bien. Envoie-moi un message à ton retour si je ne suis pas à la maison, dit-elle.

En ouvrant la porte, je m'écrie en réponse :

— Je le ferai. Amuse-toi bien ce soir.

Je m'immobilise sur le seuil pour lisser mon short et redresser mon haut. Je m'apprête à franchir le couloir, or la porte de l'appartement à côté du nôtre s'ouvre, et Roan apparaît. Pendant un long moment, aucun d'entre nous ne prononce le moindre mot.

Je ne sais pas quoi faire. Je lève ma main pour le saluer en silence alors qu'il s'avance vers moi. Ses yeux, comme hier, piègent les miens et refusent de lâcher prise. Lorsqu'il s'arrête à deux mètres de moi, son regard prend plaisir à glisser sur moi de haut en bas avant de croiser le mien. Je sens mes joues rougir sous son examen.

Pourquoi ce type a-t-il un tel effet sur moi ?

Je ne l'apprécie même pas.

En toute honnêteté, je ne le connais pas assez bien pour faire ce genre de déclaration, mais de ce que j'en sais, je ne m'en soucie pas particulièrement. Pourtant, il me met dans tous mes états chaque fois. C'est exaspérant.

— Tu es sexy, Ivy.

— Merci, murmuré-je. Je dois y aller.

J'essaie de pivoter rapidement, mais il se poste juste à côté de moi, pressant l'allure pour suivre mon rythme. Apparemment, je ne vais pas pouvoir m'en débarrasser aussi facilement.

— Rencard ce soir ?

C'est tellement plus facile quand son regard n'est pas capable de capturer le mien. Au moins, je suis capable de maîtriser mon esprit.

— Hmm.

Je m'immobilise un instant.

— Je vais juste voir un ami.

Il hoche la tête en marchant. Alors que le silence s'installe entre nous, je demande :

— Qu'est-ce que tu fais ?

Non pas que je m'en soucie réellement.

— Je vais m'entraîner au gymnase, ensuite je sortirai certainement avec Sam.

Je laisse mon regard glisser sur lui. Il porte un short de sport et un débardeur noir qui fait ressortir ses bras. Je l'ai déjà dit, mais il faut le répéter... ses bras sont littéralement incroyables. Énormes. Ils doivent faire au moins quarante centimètres de diamètre. Je ne plaisante pas. Roan a des biceps gigantesques. Je ne peux m'empêcher de me rappeler ce que j'ai ressenti lorsqu'ils m'enveloppaient la nuit passée.

Je ne devrais pas penser à ça maintenant.

Peut-être même jamais.

Je dois faire de mon mieux pour éteindre l'incendie, pas pour l'attiser.

En arrivant au niveau de l'ascenseur, puisque nous sommes au troisième étage, j'appuie rapidement sur le bouton. Pendant que nous attendons, je regarde partout sauf dans sa direction. Même si je ne permets pas à mes yeux de se poser sur lui, je sens la chaleur de son regard sur moi. Je suis pratiquement en train de remuer. Mon malaise s'accentue pour atteindre des niveaux sans précédent. J'ai juste envie que ce putain d'ascenseur arrive pour pouvoir m'éloigner de Roan et de son corps magnifique.

Merde ! Je dois vraiment arrêter de penser au corps de Roan.

Mais il est d'une grande beauté. Il n'y a aucun doute.

Heureusement, l'ascenseur bipe, signalant son arrivée. Dès que les portes s'ouvrent, je me précipite à l'intérieur avant de frapper sur le bouton menant au hall environ sept fois comme une acharnée. Quand je regarde Roan, il affiche un grand sourire.

Je déteste vraiment quand il fait ça.

Tandis que les portes se ferment, nous enfermant à l'intérieur, je baisse le regard. C'est tellement plus facile d'accepter mon irritation que mon attirance.

Merde.

Je n'ai pas envie d'être attirée par Roan. Et je veux encore moins qu'il soupçonne que je peux l'être. Il finirait par penser pouvoir m'utiliser. Et ça n'arrivera jamais.

— Quelque chose de drôle ?

Ses yeux turquoise plongent dans les miens.

— Non, pas du tout.

Une lueur brille dans leurs profondeurs. Ce qui suffit à me faire grincer des dents.

— Crache le morceau, King.

Ce type m'agace vraiment. Comment est-il possible d'être aussi excitée un instant et si complètement irritée le suivant par la même personne ?

Nos regards s'ancrent l'un à l'autre. Il tend la main pour appuyer sur le bouton d'arrêt d'urgence. Je perds le souffle quand l'ascenseur s'immobilise.

— Qu'est-ce que tu fais ?!

Mes yeux s'écarquillent. Ma voix ne ressemble même pas à la mienne. Elle est profonde, rauque et légèrement tremblante.

— Ce que je crève d'envie de faire depuis que tu m'as renversé ce foutu café dessus.

Avant que je ne puisse réaliser ce que ses paroles signifient, ses bras s'enroulent autour de moi, m'attirant plus près de la chaleur de son corps. Ses lèvres trouvent les miennes, les caressant avec une telle intensité que tout s'enflamme en moi. Je ne peux m'empêcher de laisser échapper un gémissement étouffé, qui peine à s'élever puisque sa bouche s'abat rapidement sur la mienne. C'est comme s'il attaquait chacun de mes sens.

Mes lèvres s'écartent pour pousser un second gémissement. J'ai envie – non, besoin – d'obtenir davantage de lui. Dès l'instant où j'ouvre la bouche, sa langue se glisse à l'intérieur pour caresser la mienne, d'une manière si sensuelle que j'ai l'impression que mes yeux roulent dans leurs orbites. Le plaisir explose comme une série de feux d'artifice et rebondit sur tout mon être.

Il fait quelque chose d'inattendu.

Au lieu de continuer son assaut, il s'éloigne et me tient à bout de bras, sondant mon regard ébahi. Après un long moment, il m'attire à nouveau à lui pour pouvoir grignoter le coin de mes lèvres, avant de murmurer :

— Tu as bien meilleur goût que je ne l'imaginais.

Sa voix rauque me submerge, faisant naître un incendie en moi. Sa bouche écrase à nouveau la mienne et je ne... ne peux pas... réfléchir. Je ne veux pas m'attarder sur autre chose que son goût addictif qui inonde mes sens, ce sentiment qu'il me vole chacun de mes souffles. C'est le son strident de l'alarme de l'ascenseur qui me fait prendre conscience de ce que nous faisons et me pousse à reculer. À m'écarter de Roan. Son regard incandescent retient captif le mien. Il tend la main vers le panneau de contrôle sur le mur et appuie sur le bouton menant au hall. Alors que l'ascenseur poursuit sa descente, il me ramène à lui jusqu'à ce que je sois à nouveau plaquée contre son torse.

— Tu dois savoir qu'un avant-goût ne sera pas suffisant.

Je déglutis.

Qu'est-ce que ça veut dire ?

La confusion que je ressens doit être inscrite partout sur mon visage, parce qu'avec son prochain souffle, il ajoute :

— Entre nous, il va se passer quelque chose, Ivy.

Je secoue la tête.

— Non.

Il me sourit.

— Ça ne t'a pas plu, chérie ?

Avant même que je ne puisse formuler une réponse, il poursuit, de sa voix basse et sexy. La cadence de sa réplique fait vibrer quelque chose de profondément enfoui en moi.

— Parce que moi, je pense que si.

Il dépose un doux baiser au coin de ma lèvre.

— Tu gémissais contre moi, tu me suppliais.

À ce stade, si je mens, je passerai pour une idiote et une grosse menteuse. Certes, c'était idiot d'avoir laissé cet événement se produire, je ne suis pas pour autant une menteuse.

— Profiter de ce baiser n'a rien à voir avec le fait de ne pas être le genre de filles que tu te tapes habituellement.

Même si c'est la dernière chose que je veux faire, je m'écarte de lui alors que les portes de l'ascenseur s'ouvrent. Je suis sur le point d'entrer dans le hall, quand Roan enroule ses bras autour de moi pour m'empêcher de m'enfuir. Il me fait pivoter vers lui, nos regards se croisent et mon souffle se coince dans ma gorge.

Ses yeux sont emplis de promesses sensuelles.

— Je pourrais te faire tellement de bien.

J'inspire et laisse échapper un souffle tremblant.

— Je n'en doute pas. Je ne suis tout simplement pas du genre à faire l'amour à la légère.

Il me tente pourtant de la pire des façons. Plus que quiconque ne l'a fait. Il m'adresse un clin d'œil et finit par me relâcher.

— Et moi, je ne suis pas intéressé par le fait d'avoir une petite amie. J'aime que les choses restent simples.

Simples ?

Il aime que les choses restent simples ?

Je ne peux m'empêcher de rire.

Donc, en gros, il est simplement intéressé par l'idée de me baiser une ou deux fois. Si j'ai vraiment de la chance, peut-être trois fois avant qu'il ne passe à autre chose. Parce que Roan King aime que les choses restent simples.

Quel.

Putain.

De crétin !

Je suis une idiote d'avoir laissé les choses dégénérer ainsi. J'aurais dû le repousser dès qu'il a pressé ses lèvres contre les miennes.

Mais bon sang, c'était un sacré baiser !

Inconsciemment, mes mains se portent à mes lèvres. Ne voulant pas qu'il voie à quel point je suis affectée, je me tourne sur le côté.

En pivotant vers le hall et les portes qui mènent à l'extérieur, je me sermonne presque... mon Dieu... Est-ce que je suis sérieusement déçue ? Argh ! J'ai envie de me foutre une bonne raclée.

Ce type vient de me faire une proposition (pour la deuxième fois), et je me retrouve déçue parce qu'il a laissé tomber le sujet aussi rapidement, quand je lui ai dit que je n'étais pas intéressée.

Alors que nous sortons silencieusement du bâtiment, je ne peux pas me sortir ses paroles de la tête.

Simples !

Ce type est un sacré numéro.

Je vais lui en donner, du simple... en frappant directement son cul.

Je serre les dents et réalise que mes mains forment des poings qui pendent inutilement à mes côtés. Dès que l'on arrive à l'extérieur, je cherche Finn dans le parking. Il conduit toujours une Jeep verte. Presque immédiatement, je l'aperçois à environ six mètres de l'entrée. Alors que nos regards se croisent, je dois consciemment me détendre pour lui adresser un signe de tête ainsi qu'un sourire.

— Finn Mackenzie ? Hmm... voilà un choix sans inspiration.

Le commentaire de Roan me fait grincer douloureusement des dents. En me redressant, je décide de l'ignorer et de m'avancer sur le trottoir qui longe le parking.

— J'ai apprécié notre petit trajet en ascenseur, Ivy. Nous devrions recommencer un jour.

Ma mâchoire me fait mal à force d'être contractée. Je suis tellement tentée de lui présenter mon majeur, mais je ne le fais pas. Je n'ai pas envie d'avoir à m'expliquer auprès de Finn.

Ça m'énerve énormément d'avoir laissé ce type s'insinuer sous ma peau comme il l'a fait. À nouveau ! Bon sang, à présent, je devrais le savoir. Il est évident que Roan n'est rien de plus qu'un type à la recherche de sa prochaine baise. Et je refuse d'être ça pour n'importe quel mec.

En ouvrant la porte de la Jeep, je fournis de gros efforts pour me calmer.

— Salut.

Finn me sourit, avant d'apercevoir Roan qui passe devant nous. Il fronce les sourcils.

— Vous étiez ensemble ?

Je ne peux m'empêcher de lui jeter un coup d'œil. C'est comme si mes pupilles étaient irrésistiblement attirées vers Roan, et ce contre ma volonté. Comme un papillon de nuit devant une flamme vacillante. Alors que nos regards se croisent, il m'adresse un putain de sourire sournois. Il abaisse son menton pour saluer Finn et continue son chemin. Quand il est à environ dix mètres de nous, il se retourne, fait quelques pas en arrière et s'écrie :

— On se voit demain après-midi, Ivy.

Pour énerver Finn davantage, il m'adresse un clin d'œil, avant de disparaître dans un énorme SUV noir. Le sourire que Finn affichait il y a quelques instants se transforme en une irritation évidente alors qu'il continue de fixer Roan avec colère.

Je me racle la gorge.

— Non. Je t'ai dit qu'il habite à côté de chez moi. Je l'ai croisé dans le couloir en sortant.

Il ne répond rien. Je n'ai pas envie de gâcher notre soirée, alors j'essaie de faire preuve de légèreté.

— Finn, je le connais à peine.

Mon esprit se dirige vers ce qui s'est passé dans l'ascenseur, au moment où ses lèvres ont glissé si délicieusement sur les miennes. Je repense à l'électricité qui m'a traversée de part en part. Pour une quelconque raison, il me vient à l'esprit, lorsque mon regard tombe involontairement sur la bouche de Finn, que ce dernier ne m'a jamais fait ressentir ça.

Avec lui, je n'avais jamais l'impression d'être hors de contrôle.

C'est comme comparer une pluie légère de printemps à un tsunami. Impossible.

Me faisant sortir de ma rêverie silencieuse, Finn grommelle :

— Je n'aime pas la manière dont il se comporte avec toi.

Je suis tellement tentée de lever les yeux au ciel. Cette soirée ne commence pas exactement de la bonne manière. La dernière personne dont j'ai envie de parler, c'est Roan. Je tente de le tempérer une dernière fois.

— Comme je te l'ai déjà dit, je le connais à peine. C'est juste un voisin.

Il m'observe avec un air suspicieux, comme si je lui mentais. Ce qui, je suppose, est la vérité.

— Tu vas le voir demain ?

Je me dandine, mal à l'aise, sur mon siège, et je réponds, de la manière la plus neutre possible :

— Oh... hmm, oui. Nous sommes partenaires dans le cadre d'un projet pour notre cours d'éthique des affaires. Nous devons commencer à travailler dessus.

— Est-ce que tu as demandé à être associée à lui ?

Il me faut un moment pour me rappeler que nous ne sommes pas ensemble. Je n'ai donc rien à me reprocher. Même pas pour le baiser qui a eu lieu il y a cinq minutes. Finn est celui qui a mis fin à notre histoire. Pas moi. Je ne lui dois absolument aucune explication sur ce que je fais ou avec qui je passe mon temps.

Je fronce les sourcils et déclare d'une voix franche :

— En fait, j'ai demandé à ma professeure si je pouvais changer de partenaire. C'est un projet énorme et je veux travailler avec quelqu'un qui va assumer sa juste part de la charge de travail. Mais elle ne m'y a pas autorisée.

Finn renifle en réponse, avant de tendre la main et de glisser ses doigts dans mes cheveux.

— Ce type est un vrai crétin. Tu as bien fait d'essayer de te débarrasser de lui. Tu vas devoir certainement faire tout le boulot.

Même si je ne pense plus que ce soit vrai, je ne me donne pas la peine de le corriger. Je me demande quel est son problème avec Roan. Il est évident que les deux hommes ne s'aiment pas. Je l'avais déjà senti à cette fête il y a quelques semaines.

Mais je n'ai pas envie de parler de Roan King ce soir. Je préfère passer une bonne soirée avec Finn pour voir où cela peut nous mener.

11

ROAN

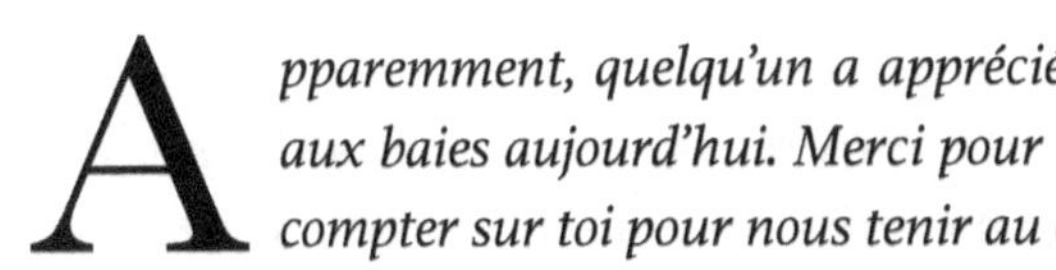

pparemment, quelqu'un a apprécié un smoothie à la grenade et aux baies aujourd'hui. Merci pour l'info, Chad. On peut toujours compter sur toi pour nous tenir au courant ! KingOfCampus.com

— SALUT, dis-je à la femme plus âgée assise à la réception. Est-ce qu'Ivy est là ?

Elle cligne des yeux à quelques reprises avant qu'un sourire effronté n'étire le coin de ses lèvres.

— Eh bien, bonjour, mon beau.

Je ne peux m'empêcher de ricaner en réponse.

Désirant mieux me regarder, elle se penche de l'autre côté du bureau. Son regard entreprend un examen tranquille de ma personne et finit par revenir à mon visage :

— Je sais qui vous êtes.

Je me demande si Ivy m'a mentionné. Et ne me demandez pas pourquoi le fait qu'elle puisse parler de moi me fait frissonner.

— Vous êtes Roan King. Quarterback des Barnett Bulldogs. Je viens de lire un article sur vous dans le journal. Premier match de la saison hier et vous avez presque écrasé l'équipe d'Ohio.

Je garde une expression neutre, même si quelque chose qui ressemble étrangement à de la déception me traverse.

— Oui, l'équipe est en forme en ce moment. Nous avons les yeux rivés sur la victoire et la préparation du championnat.

En hochant la tête, elle ajoute :

— Je ne me souviens pas de la dernière fois où il y a eu autant de bruit au sujet de notre équipe de football. Toute la ville en parle.

Ouais... pas de pression.

Je continue de sourire en me raclant la gorge.

— Alors, Ivy ?

— Ah, oui, Ivy.

Sa bouche s'étire en un sourire plus large.

— Elle termine juste un cours de ballet.

Elle me désigne un ensemble de couloirs avec plusieurs portes.

— Dernier studio sur la gauche.

Avec un dernier sourire, je la remercie et me rends au bout du couloir. Nous avons accepté de nous retrouver à la bibliothèque vers treize heures, mais quand je me suis arrêté à l'appartement des filles ce matin en compagnie de Dylan, Lexie m'a informé qu'Ivy donnait quelques cours au studio du centre-ville.

Apparemment, elle s'y rend habituellement à pied. En apprenant ça, j'ai décidé de passer la récupérer pour que nous puissions nous mettre au travail plus rapidement.

Puisque je suis certain qu'Ivy aurait refusé, je ne lui ai pas posé la question.

Ça semble être son *modus operandi* habituel en ce qui me concerne.

Elle se fout royalement que je sois Roan King. L'enfant chéri de l'université Barnett. Le receveur qui cherche à devenir pro à la fin de l'année et qui a une sacrée chance de devenir un choix de premier ordre.

Du moins, c'est ce que mon agent ne cesse de me répéter.

Jusqu'à présent, cette fille a renversé son verre sur moi et a essayé de me laisser tomber en tant que partenaire parce qu'elle pense que je suis un idiot complet. Et elle a également mis à mal toutes mes tentatives de drague.

Si j'avais un tant soit peu de cervelle, j'éviterais Ivy Kaster. Malheureusement, je sais d'ores et déjà qu'une telle chose n'arrivera pas. Même si je déteste l'admettre, cette fille m'intrigue totalement. Le simple fait que je sois debout à l'extérieur du studio où elle enseigne, parce que j'étais impatient à l'idée de la revoir, le prouve avec une cruauté à laquelle je ne m'attendais pas.

C'est quoi ce bordel ?

En jetant un coup d'œil à l'intérieur, je la vois diriger une classe devant un miroir. Ses doigts sont enroulés autour d'une barre en bois qui s'étend sur tout le long du mur. Il y a six petites filles en justaucorps et collants roses à ses côtés. Il est évident que chacune d'entre elles essaie de l'imiter. Et alors que toutes ces petites filles portent des jupes transparentes, Ivy ne porte rien de plus qu'un justaucorps noir.

Ma bouche s'assèche tandis que mes yeux contemplent son corps maigre tout en longueur.

Mon Dieu... est-ce que je pensais vraiment qu'elle n'était pas mon genre ?

Qu'elle n'avait pas la moindre courbe ?

Debout, là, dans sa tenue en Lycra et ses collants, avec ses cheveux relevés en un chignon sur le sommet de sa tête, elle ne pourrait pas être plus sexy si elle essayait. J'écoute attentivement pendant qu'elle demande à sa classe de suivre ses mouvements. Les talons de ses pieds sont pressés ensemble alors qu'elle se plie au niveau des genoux et glisse gracieusement vers le sol. Un de ses bras agrippe toujours la barre ; l'autre est tendu. Les petites filles, debout à ses côtés en une petite rangée bien ordonnée, tentent de reproduire ses gestes.

Je ne peux m'empêcher de sourire. Normalement, je ne trouve pas les enfants charmants ou mignons. La plupart des interactions que j'ai avec des gamins de ces âges-là se limitent au moment où je signe leur ballon de football. Ou quand l'équipe met en place une action de charité pour les gosses de la communauté.

Sinon, je les évite généralement.

Ivy leur demande de tenir la pose tandis qu'elle se déplace pour vérifier leur positionnement. Souriante, elle fait l'éloge de chaque petite fille.

Même si son sourire n'est pas dirigé dans ma direction, il me transperce. Je ne l'ai jamais vue sourire comme ça auparavant. Et certainement jamais à moi. J'ai l'impression d'avoir été trompé.

Lorsqu'elle tape dans ses mains, les gamines mettent fin à leur pose. Elle leur parle tranquillement ; elles hochent toutes la tête à l'unisson. Ensuite, elle va récupérer un petit bol à l'avant de la salle, et sans qu'on le leur dise, toutes les petites filles posent leurs mains sur le sommet de leur tête alors qu'elle s'avance avec des autocollants qu'elle leur offre.

En un clin d'œil, elles s'éparpillent toutes. Quelques-uns de leurs parents s'attardent pour discuter avec Ivy. Je suppose qu'ils lui posent des questions. Elle paraît tellement sérieuse en prenant le temps de leur répondre.

Lorsque toutes les petites filles et leurs parents ont finalement quitté le studio, Ivy se dirige vers l'avant de la pièce et récupère une bouteille d'eau pour en avaler une longue gorgée. Je m'attarde toujours dans le couloir, elle ne m'a pas vu. Je devrais lui annoncer ma présence, mais je ne le fais pas.

Pas encore.

Pour une raison ou une autre, j'ai envie de rester ici et de l'observer un peu plus longtemps pendant qu'elle n'est pas au courant. Ivy est tellement pleine de grâce. En posant sa bouteille, elle se dirige vers la barre, place ses deux mains dessus, se penche en avant et étire une de ses jambes derrière elle. Après avoir tenu la pose pendant un long moment, elle entreprend quelques étirements supplémentaires et finit par se déplacer au milieu du parquet.

Les bras tendus, elle exécute une série de sauts qui s'étendent sur toute la longueur de l'espace. Au moment où je ne pense pas pouvoir être plus impressionné par sa souplesse, elle exécute ce qui ressemble à un grand écart en plein air. Quand elle atterrit, elle effectue une pirouette à même le sol après un saut périlleux, avant de tournoyer sur un de ses pieds.

Je suis presque certain que ma mâchoire repose à terre.

Je suis incapable de la quitter des yeux alors qu'elle se penche, se replie, faisant faire à son corps tout ce qui lui plaît. Je n'ai jamais vu quelqu'un avec autant de contrôle physique sur lui-même. C'est peut-être tout à fait inconvenant de l'admettre, mais mon souffle se coince réellement dans ma gorge. Je continue à la regarder. À la contempler. Je ne pense pas pouvoir me détourner d'elle, même si j'essayais.

Je suis complètement époustouflé et subjugué par ce qu'elle est capable de faire. Bien sûr, j'avais déjà entendu dire que c'était une danseuse, mais je ne savais pas qu'elle était douée à ce point. Comme une... professionnelle ou quelque chose du genre.

Et le sort est rompu.

Tout mouvement cesse lorsque nos regards se croisent. Je ne m'étais même pas rendu compte que j'étais entré dans la pièce au lieu de rester à l'extérieur, mais me voilà. Elle paraît confuse.

— Qu'est-ce que tu fais ici ? Je pensais que nous nous retrouvions à la bibliothèque dans environ quarante-cinq minutes ?

Est-ce que c'est mal d'avouer que la regarder danser est un énorme plaisir à mes yeux ? Et ce justaucorps moulant n'aide certainement pas. Le baiser brûlant d'hier me traverse l'esprit. Il me faut faire preuve d'incommensurables efforts pour ne pas réduire la distance qui nous sépare et l'attirer dans mes bras pour pouvoir l'embrasser à nouveau.

— Roan ?

Sa voix grimpe dans les aigus comme si elle savait exactement ce qui me passe par la tête. En me raclant la gorge, vaincu par mes pensées indisciplinées, je réponds :

— Je... Ah, j'ai pensé qu'on pourrait directement y aller ensemble.

Elle m'étudie. Presque comme si mon offre pouvait être une ruse de ma part.

— Comment savais-tu où me trouver ?

Avant même que j'aie la chance de formuler une réponse, elle murmure :

— Je vais tuer Lexie.

Je ne peux m'empêcher de sourire.

— Oh, ne sois pas trop dur avec elle. J'ai réussi à lui faire cracher l'info avant qu'elle n'engloutisse sa première tasse de café.

Un léger sourire naît au coin de ses lèvres.

— Je suppose que c'est une bonne explication.

Dylan et moi sommes colocataires depuis la première année, et j'ai rencontré Lexie quand ils ont commencé à sortir ensemble l'an dernier. C'est une fille cool. Je l'aime bien. Et elle a dormi suffisamment de fois par le passé dans notre appartement pour que je sache qu'elle a un problème majeur de dépendance à la caféine. Si l'on veut obtenir des infos de sa part, il faut frapper avant qu'elle ingurgite sa première tasse de café. Elle est si grognon qu'elle est capable de nous dire tout ce qu'on veut savoir.

Raison pour laquelle j'ai découvert où était Ivy cet après-midi.

J'ai également profité de l'occasion pour creuser un peu plus la situation au sujet de Finn Mackenzie. J'ai été très malheureux d'apprendre qu'il a rompu lorsqu'elle était en France, après six mois de relation. Clairement, il cherche à se réconcilier. Est-ce que cette nouvelle information me dérange ?

Oui, je pense que c'est sincèrement le cas. Surtout parce que je ne peux pas blairer ce connard. C'est un sacré crétin, doublé d'un énorme menteur.

Je comprends que ça puisse paraître un peu hypocrite, mais quand même...

Lorsque je sors avec une fille, je lui fais part de mes intentions. Je lui apprends que c'est l'histoire d'une fois. Je ne suis pas présent sur le marché à la recherche d'une petite amie. J'ai beaucoup trop de choses à faire. Ce qui ne veut pas dire que je n'aime pas baiser plus que de raison. Ça veut simplement dire que je ne veux pas avoir à me prendre la tête avec une fille qui se plaint de ce que je fais, d'où je vais, et que je ne passe pas assez de temps avec elle. Je n'ai pas le temps pour toutes ces conneries. Je dois rester concentré sur mes études et le football.

Mais Finn... j'ai entendu des choses peu reluisantes au sujet de ce type. Il sort avec des filles et s'en tape d'autres à côté. Je n'ai aucun respect pour ce genre de comportement. S'il a envie de sauter tout ce qui bouge, il ne devrait pas avoir de petite amie. C'est aussi simple que ça.

Ne sachant pas quoi dire d'autre, je glisse mes mains dans mes poches.

— Prête à partir ?

Elle paraît en conflit avec elle-même. Elle ne bouge pas un muscle. J'aperçois juste un soupçon de confusion sur son visage, comme si elle n'était pas tout à fait certaine de devoir accepter mon offre. Et le fait que je l'ai embrassée dans l'ascenseur la veille ne doit certainement pas aider.

Aucun de nous ne dit un mot pendant que nos regards continuent de se soutenir. C'est si calme que je peux presque entendre l'horloge sur le mur. Apparemment, décidant que je suis une escorte acceptable, elle acquiesce finalement.

— OK. Laisse-moi récupérer mon sac et nous pourrons y aller.

Incapable de me retenir, je laisse mon regard admiratif serpenter sur son corps quand elle se détourne de moi. Quelques secondes plus tard, elle trottine jusqu'au coin du studio, là où son sac repose contre le mur. Elle retire ses ballerines, enfile un T-shirt surdimensionné et un legging. Elle glisse ses pieds dans une paire de chaussures, et range ses ballerines dans son sac.

Cette fille est incroyablement sexy. Et la voir danser n'a fait que lui accorder une plus grande place dans mon esprit. Malheureusement, je souffre d'une situation critique à l'intérieur de mon jean. Dieu m'en préserve, je suis complètement raide lorsque nous sortons d'ici. Il est peu probable que la jeune femme soit flattée par mon désir. Si elle savait, elle refuserait certainement de m'accompagner.

Je m'efforce de me concentrer sur des choses qui n'ont rien à voir avec Ivy... ou la danse... ou les cheveux couleur caramel... ou les justaucorps moulants.

Bon sang.

Je me concentre sur le match d'ouverture de la saison que nous avons joué hier. Je songe à l'entraînement des bras et du torse que je dois effectuer ce soir. Mon attention se tourne vers le long projet d'éthique des affaires sur lequel Ivy et moi devons commencer à travailler.

Hmm.

Voilà que ça me ramène à passer du temps avec Ivy.

Ce qui me fait penser à son corps magnifique.

Et à ses foutues pirouettes qu'elle a effectuées dans les airs.

Putain… je parie qu'elle est terriblement souple.

Maintenant, j'ai vraiment besoin de me libérer de mes pensées parasites. Ce n'est pas bon du tout. Alors que nous sortons, la femme qui m'a accueilli quand je suis entré au studio semble se préparer à le fermer pour la journée.

— Au revoir, Donna. À demain soir.

— À plus, ma chérie.

Le regard de Donna se déplace vers moi. Elle m'adresse un petit clin d'œil coquin.

— C'était un réel plaisir de vous rencontrer, Roan. Bonne chance pour le reste de la saison.

Ses prunelles oscillent entre nous. Je lui adresse un signe de main en guise de remerciement.

— Merci, c'était également un plaisir de vous rencontrer.

Nous franchissons la porte d'entrée et nous glissons sous le soleil éclatant. Même si j'ai choisi de retrouver Ivy ici pour que nous puissions rapidement nous mettre au travail, cette idée ne me plaît pas nécessairement pour le moment. En apercevant l'échoppe de l'autre côté de la rue, je la désigne du doigt.

— Est-ce que tu veux un smoothie ou un autre truc ? Tu dois mourir de faim après tout ça.

Je sais très bien ce que je ressens moi-même après un entraînement. Putain, j'ai la dalle.

Elle marque un temps d'arrêt, son regard se pose sur la petite devanture jaune et orange de l'autre côté de la rue, puis s'incline vers le mien. Au moment où je pense qu'elle va accepter, elle se contente de secouer la tête. Pourtant, je suis persuadé qu'elle en veut un. Dès que j'ai mentionné le mot « smoothie », ses beaux yeux verts se sont mis à pétiller d'intérêt.

— Est-ce que tu en es sûre ? la taquiné-je. Parce que je pourrais bien opter pour un smoothie à la grenade et aux baies.

Maintenant que je prononce ces paroles à voix haute, je me rends compte qu'elles sont véridiques. Je pourrais en prendre un de suite. Ce serait le parfait remontant avant de devoir nous rendre à la bibliothèque pour quelques heures.

L'incertitude peut se lire sur son visage quand elle tourne son regard vers moi.

— Vraiment ?

Au lieu de répondre, j'attrape ses doigts pour l'attirer de l'autre côté de la rue en direction du petit immeuble. Alors que nous nous dirigeons vers le comptoir, je lui demande :

— Tu es d'humeur pour quoi ?

Son regard croise le mien, se détourne. Elle fait ça souvent.

— Comme toi.

Mon sourire fait son grand retour lorsque je passe notre commande à tous les deux. Le type derrière le comptoir me regarde avec un grand sourire au coin des lèvres.

— Pas de problème, King !

Ivy fronce les sourcils et me dévisage lorsque le type nous adresse à celle qui va préparer nos boissons. Avant que je ne puisse engager la conversation, il est de retour. En secouant la tête, il se penche sur le comptoir comme s'il voulait entreprendre une longue et agréable conversation.

— C'était un sacré match hier.

Il regarde rapidement par-dessus son épaule et se rapproche légèrement de moi.

— Je dois surveiller mon langage ici. Le gestionnaire me sermonnerait s'il m'entendait.

Même si je hoche la tête comme si j'étais complètement fasciné par ce qu'il dit, j'aimerais vraiment qu'il s'en aille. Au lieu de cela, il continue à parler comme s'il était totalement inconscient du fait que je pourrais être en train d'essayer de passer du temps avec la fille à mes côtés. Il ne regarde d'ailleurs pas une seule fois dans la direction d'Ivy. Il ne se rend certainement même pas compte qu'elle est présente.

— Nous sommes tous devenus complètement dingues lorsque tu as réussi cette passe de quinze yards, et lorsque tu es parvenu à atteindre cinq. Avant de marquer ! C'était le mouvement le plus incroyable que j'aie jamais vu de ma vie !

Souriant comme un fou, il secoue à nouveau la tête.

— Il n'y en a pas deux comme toi, King ! Tu es le seul à pouvoir faire ce genre de choses.

Je souris. Lui continue à jacasser sur l'un des matchs à venir. Ivy suit notre échange avec un regard curieux, comme si nous étions des primates dans un zoo. Je n'aime pas ça. Je ne veux pas qu'elle m'observe comme si je faisais partie d'un cirque.

Il me vient soudain à l'esprit que j'aime vraiment qu'Ivy ne soit pas friande de tout ce battage médiatique autour du football. Au cours des quelques échanges que nous avons eus, pas une seule fois elle ne m'a parlé de football, et encore moins de la NFL. C'est comme si elle était totalement inconsciente de tout ça.

Chad, le type qui a pris notre commande et qui m'a pratiquement tenu la jambe pendant les cinq dernières minutes, nous tend finalement nos boissons. Je sais qu'il s'appelle comme ça, parce qu'il me l'a déjà dit trois fois. La fille qui a préparé nos boissons a dû se racler la gorge à deux reprises avant de se résoudre à lui tapoter l'épaule pour attirer son attention parce qu'il ne s'arrêtait pas de parler.

En les remerciant, je tends sa boisson à Ivy et me détourne du comptoir.

— Hé, King ?

Je grince presque des dents quand Chad hurle mon nom avec une note d'espoir qui fait vibrer sa voix. Ces gens aiment me regarder jouer, et ils dépensent leur argent durement gagné au stade. J'apprécie. Alors même si je suis contrarié, je m'efforce de lui sourire.

— Qu'est-ce qu'il y a ?

— Est-ce que ça te dérangerait de signer ce bout de papier pour mon petit frère ? me demande-t-il en rougissant. C'est un grand fan. Et je sais que tu vas devenir pro cette année.

— Aucun souci.

Je retourne au comptoir pour m'emparer du stylo qu'il me tend.

— Comment est-ce qu'il s'appelle ?

— Oh… euh, Chad.

Mon regard plonge dans le sien. À tout moment, son visage va prendre feu.

Pas de problème.

Ensuite, je m'efforce d'écrire son nom pour qu'on puisse foutre le camp d'ici. Une fois que j'ai terminé, je lui rends son stylo et lui dis au revoir. En parcourant la petite boutique, je remarque que quelques autres personnes m'observent. Glissant ma main dans le dos d'Ivy, je la conduis vers la sortie. Lorsque la porte se referme derrière nous, j'inspire une profonde bouffée d'air frais et entreprends d'avancer jusqu'à mon SUV, qui est garé dans le parking à côté du studio de danse. Ivy ne dit pas un mot. Elle continue de siroter son smoothie. Je ne peux même pas imaginer ce à quoi elle pense.

Lorsque nous sommes assez près, je déverrouille ma voiture et ouvre sa portière. Elle m'adresse un regard empli de surprise et me remercie rapidement. Je contourne alors le véhicule et me faufile à ses côtés.

Est-ce que c'est bizarre d'aimer qu'elle soit dans mon SUV ?

Vous voulez savoir ce qui est encore plus bizarre ?

Je n'ai jamais laissé la moindre fille monter dans cette bagnole.

Quand je dis que je ne suis pas du genre à faire des rencontres, je ne plaisante pas. Et je ne commets jamais l'erreur de ramener mes conquêtes chez moi. Je l'ai fait une fois, et il m'a fallu une éternité pour convaincre la jeune femme qu'il était temps de partir et que nous en avions terminé.

Je laisse échapper un soupir soulagé lorsque nous nous retrouvons finalement seuls dans mon véhicule, à l'écart de Chad et de tous les autres curieux. Parfois, j'ai vraiment l'impression d'être un animal de foire.

Je tourne mon attention vers Ivy, seulement pour découvrir que la sienne est déjà braquée sur moi, comme si elle essayait silencieusement d'évaluer la situation. Elle aspire quelques gorgées avec sa paille. Mes yeux glissent vers ses lèvres couleur rubis. Mon attirail se réveille à nouveau, en se demandant ce que ça ferait de la contempler en train de me sucer avec la même détermination qu'elle entreprend pour aspirer son smoothie. Ouais... ce n'est certainement pas le meilleur moment pour fantasmer au sujet d'une pipe.

— Je vais garder ça pour une autre fois.

Mon regard plonge dans le sien, lorsqu'elle me dit :

— Alors... tu joues au football, hein ?

Je ne peux m'empêcher de rire, surpris par ce qui vient de s'échapper d'entre ses lèvres. Je souris en lui répondant.

— Oui, un peu, mais je ne suis pas très doué.

Elle me sourit en retour, ce qui transforme son visage et la fait passer pour la plus belle fille que j'aie jamais vue. Et comme dans le studio de danse, quand je la regardais s'envoler à travers la pièce, j'en perds le souffle. C'est un sentiment étrange et inattendu.

— J'en ai en quelque sorte déduit ça de ta conversation avec le serveur. Ça craint de devoir réchauffer le banc.

Je pince les lèvres pour ravaler mon sourire. Ça ne fonctionne pas. En me raclant la gorge, je réplique finalement :

— Ouais, ça craint. Je récolte la gloire, alors que je me bouge même pas le cul.

— Eh bien, continue de travailler, je suis sûre que tu vas t'améliorer. Avec un peu de chance, tu pourrais devenir le Rudy de Barnett.

Je m'étouffe pratiquement. Il me faut un moment pour être capable de dire :

— C'est un conseil solide. Merci.

Rudy... j'aime tellement ce film. Je veux dire, qui ne l'aime pas ? J'observe la jeune femme à mes côtés, appréciant qu'elle ait été en mesure d'intégrer ce joyau cinématographique à notre conversation. Et croyez-moi, ce n'est pas peu dire.

Puisque la tension est brisée entre nous, je récupère mon smoothie et en avale une bonne gorgée. Même si Ivy et moi avons discuté plusieurs fois, je n'ai jamais pensé qu'elle pouvait avoir le même sens de l'humour que moi. D'habitude, elle s'efforce de ne pas le montrer.

J'aperçois la curiosité qui brille dans son regard. Elle me demande :

— Est-ce que ce genre de choses arrive souvent ?

Elle plaisante, pas vrai ?

Je hausse les épaules. Au fil des ans, je me suis habitué à être le centre de l'attention. D'ordinaire, ça ne me dérange pas du tout. Mais encore une fois, je n'ai jamais eu une fille comme elle à mes côtés. C'est la première fois que je me suis senti irrité que quelqu'un veuille me parler de football.

— Assez souvent.

Elle semble en pleine réflexion.

— Et ça ne te dérange pas ?

Eh bien, avant ça, non…

— Pas vraiment. Ça fait partie du jeu d'être un athlète de haut niveau, je suppose.

— Ça doit être épuisant.

Au lieu de répondre à ce commentaire, j'avale une longue gorgée de ma boisson et laisse ses mots tournoyer dans mon esprit. Une fois encore, je hausse les épaules. Ça fait partie du jeu. C'est ce qui arrive quand on est l'un des meilleurs et qu'on est sous les projecteurs de la NFL, quand de nombreuses personnes parlent et font des prédictions à votre sujet. C'est ce pour quoi j'ai travaillé toute ma vie.

— Ça ne me dérange pas, répété-je, presque comme si j'essayais de me convaincre plutôt qu'elle.

En lui jetant un coup d'œil, je réalise qu'elle observe la boutique de l'autre côté de la rue.

— Je pense que ça me dérangerait. J'aime être dans l'anonymat.

Même lorsque j'étais au lycée, je ne pouvais aller nulle part sans que les gens me parlent de football, d'université et de mes chances de devenir pro.

Dylan m'a avoué il y a quelques semaines qu'il y avait une photo de moi disparaissant dans les toilettes des hommes postée sur un site idiot.

Vous y croyez ?

Dieu merci, celui qui a pris la photo ne m'a pas suivi.

Ne désirant plus discuter de mon statut de pseudo-célébrité, j'oriente la conversation dans une autre direction.

— Voilà le plan. On va retourner chez toi. Tu pourras te changer et récupérer ton ordinateur, ensuite nous pourrons partir pour la bibliothèque.

Elle aspire à nouveau sa boisson, la finissant, et accepte mon plan. Encore une fois, quelque chose remue dans mon caleçon.

Deux heures plus tard, nous campons à la bibliothèque. Nous avons tous les deux allumé nos ordinateurs portables et nous écrivons au fur et à mesure que nous formulons un aperçu de ce que notre projet impliquera. Ça peut sembler un peu évident, mais nous avons décidé de plonger dans le système de Ponzi de Bernie Madoff.

Ce type n'aurait pas pu être plus immoral s'il avait essayé. Il y a tellement de matière à analyser que c'en est presque écrasant. Des livres entiers, ainsi que des articles dans des revues commerciales et des journaux, ont été écrits sur ce sujet, de sorte que notre travail de recherche est considérable. Je ne pense pas être le seul à trouver cela intéressant. Ivy est rivée à son écran d'ordinateur depuis une heure. De temps à autre, elle secoue la tête, me partageant des bribes de ce qu'elle découvre.

Pendant un instant, je reste assis là à l'observer. Ses cheveux bruns sont encore relevés sur sa tête en un chignon désordonné, comme c'était le cas hier soir. Quand elle s'apprêtait à aller passer du temps toute seule avec Finn Mackenzie. Je grince des dents.

Je parie que si je rangeais toutes mes affaires et que je m'en allais, elle ne le remarquerait même pas. Je manque de peu de renifler.

Ça ne devrait pas m'exciter... mais, bon sang, c'est le cas.

J'ai l'habitude que les filles trébuchent sur elles et sur les autres juste pour m'atteindre. En fronçant les sourcils, je me creuse la tête pendant un instant pour essayer de trouver un moment où j'ai dû faire un effort pour attirer l'attention d'une fille. Au collège, peut-être ? Il est certain que ça ne m'est pas arrivé au lycée ou à l'université. Les candidates ne manquent pas.

Être avec Ivy, c'est un peu... sympa. Elle est intelligente. Et jolie.

En plus d'être vraiment souple... Ce qui nous est arrivé avec le vendeur de smoothies me pousse à demeurer plus prudent, raison pour laquelle j'ai décidé que nous devions nous installer au second étage. La dernière chose dont j'ai besoin, c'est d'être interrompu par des gens qui veulent m'informer que l'équipe de football est sur un bon départ et me demander comment je pense que nous allons nous en tirer le week-end prochain face à l'équipe de Buffalo, l'un de nos plus grands rivaux lors de cette compétition.

J'ai aussi enfilé une casquette de base-ball, que j'ai rabaissée sur mon front. Mes lèvres se crispent lorsque je repense à notre rencontre plus tôt dans le couloir, en chemin pour la bibliothèque. Elle m'a simplement regardé avant de me demander à quoi ressemblait la version incognito de Roan King.

Sans prendre la peine de lui répondre, je me suis emparé de sa main pour la conduire jusqu'à mon SUV.

Comme je l'ai déjà dit, j'aime beaucoup son sens de l'humour. Et j'apprécie qu'elle me permette enfin d'en avoir un aperçu. J'ai l'impression qu'elle me montre peu à peu qui est la vraie Ivy Kaster.

Enfin, après avoir rassemblé une quantité astronomique de recherches, elle se détourne de son écran d'ordinateur pour croiser mon regard. C'est certainement mieux qu'elle ne se rende pas compte que je la fixe depuis au moins cinq bonnes minutes.

Ça pourrait la faire flipper.

Je jure qu'elle devient plus attirante chaque fois que je la regarde.

Quelqu'un doit sérieusement m'expliquer comment c'est possible.

Quelque chose d'inexplicable me tord les intestins. Je me racle la gorge.

— Je pense que nous avons effectué un bon travail avec toutes les recherches que nous avons recueillies aujourd'hui. De plus, nous avons établi une stratégie solide concernant l'orientation que nous allions prendre avec ce projet.

Elle hoche la tête en se mordant la lèvre inférieure. En se détournant, elle se dandine sur sa chaise et murmure :

— Je suis sincèrement désolée d'avoir supposé que tu n'étais pas sérieux à propos de ce projet.

Sans dire un mot, je m'enfonce dans ma chaise et étire mes longues jambes face à moi. Je suis en réalité surpris qu'elle soulève cette question. Elle lève les yeux avec hésitation pour les plonger dans les miens.

— Je n'avais pas envie d'être coincée avec quelqu'un qui n'allait pas s'investir de la même manière que moi dans ce projet.

Je suis vraiment curieux de savoir comment elle a tiré cette conclusion sans me connaître. Raison pour laquelle je m'efforce de garder un ton neutre.

— Pourquoi pensais-tu ça ?

Elle secoue la tête et hausse légèrement les épaules. Je ne peux pas résister à la tentation d'insister pour obtenir une réponse.

— Parce que je suis doué au football, tu as supposé que je n'avais pas grand-chose dans la tête ?

Dès que les mots franchissent mes lèvres, ses joues rougissent.

— Eh bien, ce n'est pas comme si je te voyais prendre beaucoup de notes en classe.

Elle pensait que je ne prenais pas cette matière, ou toute ma putain de scolarité d'ailleurs, sérieusement parce qu'elle ne m'a jamais vu prendre des notes ?

— J'enregistre tous les cours sur mon ordinateur, pour pouvoir écouter attentivement la conférence et participer aux discussions en classe. C'est ce qui me convient le mieux.

Sa bouche s'ouvre brusquement.

Pour une raison étrange, je ressens le besoin de le lui prouver, alors je clique sur le fichier qui contient toutes mes notes, rangées dans l'ordre. Je fais pivoter mon ordinateur vers elle, puis utilise le pavé tactile pour ouvrir notre cours d'éthique commerciale. Son regard scrute la liste des notes datées avant de revenir au mien.

Si elle ne paraissait pas aussi honteuse, ce qui, bon sang, est sexy, je serais encore plus énervé.

— Je suis sincèrement désolée, Roan. J'ai tiré des conclusions hâtives à ton sujet qui n'étaient manifestement pas vraies.

Je fronce les sourcils.

— Tu veux parler du stéréotype selon lequel tous les sportifs sont bêtes et rejoignent l'université en raison de leurs capacités sportives ?

Même si je n'avais pas l'intention d'être aussi sec, elle grimace. Après tout, ça ressemble énormément à tout ce que j'ai entendu toute ma vie. Mais je trouve que ça craint qu'elle ait pu penser cela de moi.

— Oui, je suppose que oui.

Elle mâchonne sa lèvre inférieure. Finalement, elle déclare :

— J'ai demandé au docteur Paulson si elle acceptait de me réaffecter à un partenaire différent.

Ivy soutient mon regard pendant qu'elle me fait cet aveu.

Dois-je avouer que je le sais déjà ?

Vous savez quoi ? Je crois que je vais le faire. Elle doit comprendre que je ne suis pas aussi idiot qu'elle le pense.

— Oui, je sais.

Ses yeux s'écarquillent. Je peux apercevoir toutes les taches du vert aux multiples facettes qui en composent le spectre. Avant qu'elle ne puisse ajouter quoi que ce soit, je poursuis :

— Je savais que c'était ce dont tu parlais avec le docteur P. J'arrive facilement à lire sur les lèvres.

Au lieu de paraître impressionnée par ma révélation, parce que c'est une sorte de talent, elle reste sceptique.

— Sérieusement ?

Je saute de ma chaise et franchis la distance qui nous sépare. M'emparant de sa main, je la force à se mettre debout, et nous nous déplaçons.

— Où est-ce que nous allons ?

Elle semble à bout de souffle alors que je l'entraîne à ma suite.

— Je veux te montrer quelque chose.

Avec sa main libre, elle désigne nos ordinateurs.

— Et toutes nos affaires ?

— Il n'y a personne ici. Nous ne serons partis que quelques minutes, promis.

Il nous faut un moment ou deux avant d'entrer dans la partie principale de la bibliothèque, où une vingtaine de tables sont regroupées. Abaissant ma casquette, je scanne la zone environnante jusqu'à apercevoir un couple assis à l'une des tables en bois. Il y a de nombreux livres répartis entre eux, mais ils sont trop profondément ancrés dans leur conversation pour réellement étudier. En réalité, on dirait qu'ils sont en plein milieu d'une dispute houleuse.

— Parfait.

Mes doigts et ceux d'Ivy sont encore entremêlés. À mes yeux, c'est très agréable. Un peu comme s'ils se trouvaient à leur place. Elle se traîne derrière moi alors que je trouve une table pour nous installer. Une fois que nous sommes tous les deux assis du même côté, je regarde autour de moi, m'assurant que je suis passé inaperçu.

Je désigne ensuite le couple que j'ai choisi pour ce petit exercice.

— D'accord, dis-je, en étudiant ses lèvres. Il lui demande simplement pourquoi elle est aussi énervée.

Mon regard pivote vers la jeune femme. En me rapprochant d'Ivy, je parle à voix basse :

— Elle lui dit qu'elle n'aime pas la fille qui vient de lui parler.

Le corps d'Ivy se détend au fur et à mesure que je continue. Mon attention retourne vers le jeune homme.

— Il prétend qu'il la connaît à peine.

Je marque un temps d'arrêt.

— Oh, voilà qu'elle dit qu'il semble connaître cette fille assez bien et que s'il préfère être avec quelqu'un comme ça, il y a beaucoup d'autres garçons qui seraient intéressés par une relation avec elle.

Ivy étouffe un petit rire. Je ne peux m'empêcher de sourire en suivant leur conversation. Même si Ivy observe le couple comme s'il s'agissait d'une émission de télévision, elle me demande avec un scepticisme certain :

— Tu lis vraiment sur les lèvres ?

Son souffle se perd sur mon oreille, ce qui me fait frissonner de la tête aux pieds. En détournant mon regard du couple qui se dispute, je plonge dans le sien. Mon Dieu, elle est si proche. Seulement à quelques centimètres de moi. Alors que je sonde ses profondeurs verdoyantes, je note qu'elle perd le souffle.

Je le ressens jusque dans mes orteils. C'est carrément ridicule.

Presque de son propre chef, mon corps se penche vers elle. Au moment où je m'apprête à l'embrasser, elle halète.

— Regarde.

J'observe le couple en question, à temps pour voir une autre fille passer devant eux. En réalité, cette dernière secoue ses hanches de manière aguicheuse. Elle fait courir légèrement sa main sur l'épaule du gars en continuant sa route. La fille assise à sa table lui assène un coup de poing dans le biceps avant de ranger ses affaires et de filer vers l'entrée principale de la bibliothèque.

— Je n'arrive pas à croire que tu lises vraiment sur les lèvres.

En pivotant vers Ivy, j'affiche un sourire satisfait. Je m'empare de sa main et la tire à nouveau.

— Allez, nous ferions mieux de retourner à notre table avant que quelqu'un ne nous vole nos ordinateurs.

Avec ses doigts fermement ancrés aux miens, nous nous dirigeons vers le second étage. J'aime la sensation de sa peau douce pressée contre ma paume calleuse. Je n'ai pas envie d'abandonner l'emprise que j'ai sur elle. Une fois que nous atteignons notre table, il n'y a pourtant aucune raison pour que je continue à la toucher. À contre-cœur, je la relâche et la vois s'installer face à moi.

Nous observons tous les deux nos ordinateurs portables et les papiers éparpillés sur la table.

— Je pense que nous avons pris un bon départ, déclare-t-elle.

— Certainement.

En hochant la tête, je ferme mon ordinateur.

— Alors... ça ne te dérange pas de gérer le reste du projet par toi-même, pas vrai ?

Ses yeux s'écarquillent avant de plonger dans les miens. Pendant un instant, elle ne dit pas un mot. Mes épaules tremblent. Je ne peux retenir le rire qui vibre déjà dans ma poitrine. Elle secoue la tête alors que je perçois un soupçon de malice dans sa voix :

— Tu es vraiment con.

Mon rire s'accentue.

— On m'a traité de bien pire que ça.

Elle m'adresse un sourire sincère.

— Je n'en doute pas.

En me levant, je ne peux m'empêcher de lui tendre la main une dernière fois.

— Allez, fichons le camp d'ici.

12

IVY

Voici une nouvelle de dernière minute : Roan King a été photographié à plusieurs reprises en compagnie d'une certaine jeune femme aux cheveux bruns. Quelqu'un sait-il qui est la coquine en question ? KingOfCampus.com

— OH, mon Dieu ! s'écrie Lexie en me secouant si fort que mes dents s'entrechoquent.

Je gémis en essayant de l'assommer.

— Bon sang, Lexie ? Il est sept heures du matin. Sors d'ici.

J'essaie de fuir, mais elle n'arrête pas son agression.

— Lève ton cul ! Tu dois voir ça !

Sa voix monte dans les décibels.

— Dans une heure, je verrai ce que tu as à me montrer.

J'agite la main en direction de la porte de ma chambre.

— Maintenant, dégage avant que je ne te matraque avec mon coussin jusqu'à ce que mort s'ensuive.

Ce n'est pas vraiment une simple menace... Je suis prête à le faire. À l'aide de ses deux mains, elle me secoue à nouveau jusqu'à ce que j'aie l'impression que mon cerveau s'agite dans ma boîte crânienne.

— Tu as envie de le voir. Maintenant, me promet-elle.

Peut-être que le moyen le plus rapide d'amener ma meilleure amie à quitter ma chambre est d'accéder à sa demande. Elle agit comme une folle. Ce qui n'est pas son style habituel.

— J'ai reçu des SMS toute la matinée, ajoute-t-elle.

Le regard flou, je me hisse finalement en position assise. Mes cheveux vont dans tous les sens, je dois les écarter de mon visage pour pouvoir la voir. De plus, je ne porte pas mes lentilles de contact. Donc, même sans mes cheveux éparpillés devant mon visage, je ne vois toujours rien.

— Tu m'as réveillée pour m'apprendre à quel point tu es populaire ? Ce n'est pas nouveau.

Je tente de me rallonger alors que mes yeux se referment.

— Réveille-toi ou je jure devant Dieu que je vais te gifler. Je vais te gifler pour ne pas m'en avoir parlé. Je n'arrive pas à croire que j'aie dû le lire sur Internet. Quel genre d'amie tu es, murmure-t-elle.

Bien qu'elle parle anglais, je ne trouve rien de cohérent à ses paroles. De quoi est-ce qu'elle parle ? C'est comme si elle s'exprimait par énigmes, et je n'ai plus du tout de patience, puisqu'il est sept heures du matin.

— Mais de quoi est-ce que tu parles ?

— Ça !

Elle brandit son écran d'ordinateur devant mes yeux. Mais je peux à peine y voir sans mes lunettes ou mes lentilles de contact.

— Juste une minute, grogné-je avant de m'étirer en direction de ma table de nuit pour récupérer mes lunettes.

En les glissant sur mon nez, je cligne des paupières en direction de l'écran jusqu'à ce que mon regard parvienne à se concentrer.

— Comment as-tu pu ne pas me le dire ? Je pensais que j'étais ta meilleure amie !

Sa voix se situe quelque part entre irritable et irritable. Sans parler du crissement qui résonne à mes oreilles. Ça commence sérieusement à me faire mal aux tympans.

Les photos présentes sur son ordinateur se fraient lentement un chemin à travers mon cerveau encore ensommeillé. Même si j'aimerais me détourner, j'en suis incapable. C'est comme être témoin d'un horrible accident de voiture.

Ses mains se posent sur ses hanches.

— Ne prétends pas que ce n'est pas toi.

Oh, c'est indéniable. Les photos de moi sont très claires. Tout comme celles de Roan. Il y en a cinq au total.

C'est quoi ce bordel ?

C'est.

Quoi.

Ce.

Putain.

De bordel !

Je secoue la tête pour essayer de comprendre ce que j'ai devant les yeux. Finalement, je dis :

— C'est toi qui l'as envoyé me chercher au studio hier. Tout ça, c'est ta faute !

— Je l'ai simplement envoyé pour que tu n'aies pas à rentrer à la maison à pied.

Elle agite la main vers son écran de portable.

— Ça donne l'impression que vous faisiez plus que travailler sur un simple projet de classe.

À contrecœur, j'admets qu'elle a raison.

La première photo nous montre en train de sortir du studio de danse ensemble. Il me tient la porte. D'accord. Pas de problème. Passons à la suivante...

La deuxième photo, c'est lui qui me tend un smoothie.

Encore une fois... rien à voir ici, mesdames et messieurs.

La troisième photo a été prise lorsque nous étions assis dans son SUV. On dirait que nous avions une conversation sérieuse.

Alors quoi ?

Les gens s'asseyent et discutent tout le temps, c'est bon !

La quatrième, c'est lorsqu'il me tient par la main pour m'entraîner dans la bibliothèque. Ce qui... Eh bien, peut-être pourrait-on penser que c'est plus que ça.

Mais qui s'en soucie ?

La cinquième... elle nous montre en train d'observer le couple pendant qu'il lisait sur leurs lèvres.

Sauf qu'en réalité, on ne regarde absolument pas le couple.

Non.

Nous nous fixons, et même si Roan porte sa casquette, ses vêtements sont les mêmes que sur les photos précédentes qui ont été prises, ce qui rend tout à fait évident le fait que c'est lui.

Nos visages sont si proches. Comme si nous étions sur le point de nous embrasser.

Oh, mon Dieu !

C'est vraiment à ça qu'on ressemblait ?

Nous étions aussi sexy ?

Avec un peu trop de vigueur, je ferme l'écran de son ordinateur. Je ne veux plus regarder ces photos... intrusives. Et je ne peux très certainement pas lire tous les commentaires qui ont été postés. Il doit y en avoir environ trois cents.

Sérieusement ? Les gens n'ont-ils rien de mieux à faire que de traîner sur le site Web de Roan King pour obtenir des renseignements sur lui ? Ou pour y publier des photos ?

Apparemment, au vu du nombre ridicule de commentaires qui ont déjà été postés, partagés et...

— Si ça peut t'aider à te sentir mieux, ils ne savent pas qui est la fille mystère.

Elle se tait, avant d'ajouter :

— Pas encore.

Pas encore...

Génial.

Mes yeux croisent les siens. Très doucement, elle me demande :

— Tu es certaine qu'il n'y a rien entre vous deux ?

Je secoue la tête.

— Je te l'ai déjà dit. Nous sommes ensemble en classe, et nous avons été appariés pour un projet. C'est tout.

Techniquement, je ne suis pas en train de mentir à ma meilleure amie. Brusquement, je me souviens de la soirée de samedi et du baiser que nous avons partagé dans l'ascenseur. Vous savez... celui où il a écrasé ses lèvres incroyablement talentueuses contre les miennes, m'offrant le meilleur baiser que j'aie jamais connu de toute ma vie, juste avant que je ne sorte avec Finn ?

Ouais… *ce baiser*.

Pour votre information, ce rencard a été un échec total. Finn n'a pas réussi à passer outre le fait que Roan et moi sommes associés pour ce foutu projet ou qu'il vit juste à côté de chez moi. Aussi ridicule que ça puisse paraître, Roan King n'était même pas présent à ce *date*, et pourtant il a dominé toute la soirée. À la fin de la nuit, j'ai été soulagée d'être déposée à mon appartement, où je suis sorti de sa Jeep avant qu'il ne puisse avoir l'idée de me raccompagner jusqu'à la porte.

En plus, je n'arrêtais pas de penser à ce baiser sexy que Roan m'a offert.

Alors oui… peut-être qu'il se passe quelque chose entre nous. Mais ce n'est pas comme si c'était réel. Il veut une histoire d'un soir. J'ai besoin d'une vraie relation. Nos deux perspectives ne pourront jamais se combiner.

Peu importe combien d'étincelles volent entre nous.

Et qui a dit que je voulais une relation avec lui ?

Hmm… personne, voilà qui.

Apparemment, tout ce qui se déroule sous mon crâne peut se lire aisément sur mon visage bien trop expressif. Lexie me regarde et dit :

— Fais attention, Ivy. Roan est un sacré joueur. C'est le roi des coups d'un soir. Je ne l'ai jamais vu avec la même fille plus d'une ou deux fois.

La chaleur m'inonde les joues, parce que j'en suis plus que consciente. Pour l'amour du ciel, il m'a dit lui-même qu'il ne faisait pas dans les relations. Je crois que le mot qu'il a utilisé était « simple ». Comme dans « j'aime que les choses restent simples ». Mais alors que je repense à ce commentaire, tout se fige en moi.

— Il n'y a aucune raison pour que je fasse attention, parce qu'il ne se passe rien entre nous.

Quand elle sourit enfin, je perçois son soulagement évident.

— Je suis heureuse de l'entendre. Roan est un bon gars, mais pas du tout un bon petit ami. La dernière chose que je veux, c'est que tu finisses à nouveau blessée.

— Roan et moi sommes juste partenaires pour ce cours. Nous allons devoir passer du temps ensemble sur notre projet. Il n'y a rien de plus.

Ne voulant plus discuter de lui ou de ses photos, je la pousse hors de ma chambre.

— Maintenant, va-t'en. Je suis fatiguée. Il me reste encore quarante-cinq minutes avant de devoir me lever.

Embarquant son ordinateur avec elle, elle ferme doucement la porte. Ce n'est que lorsqu'elle est partie que je relâche le souffle que je retenais, en m'écrasant contre mes oreillers.

Je n'arrive pas à croire que les gens traquent Roan ainsi. À quel point est-ce effrayant ? Pour ensuite, quoi, publier des photos en ligne pour que tout le monde puisse les voir ? Sans parler des commentaires. Comme si sa vie était matière à discussion pour des gens qui ne le connaissent même pas. Comme si ces personnes pouvaient se prononcer sur tout ce qu'il fait...

C'est tout simplement bizarre.

M'affalant dans les coussins, j'essaie de fermer les yeux.

Je me console en me disant qu'au moins ces personnes ne savent pas qui je suis. Je suis toujours plongée dans l'anonymat. Roan est habitué à recevoir ce genre d'attention bizarre. Ça ne semble pas du tout le déconcerter. Mais moi, je n'en veux pas.

Je suis sur le point de m'endormir quand le premier SMS arrive.

13

IVY

*M*esdames, Mesdames, s'il vous plaît... nous ne pouvons pas harceler cette fille simplement parce qu'elle a été vue quelques fois avec l'amour de nos vies. Même si je veux...
KingOfCampus.com

AVEC DES LUNETTES de soleil énormes couvrant mon visage, je garde ma tête inclinée vers le bas tandis que je m'empresse de rejoindre ma salle de classe. Mes cheveux cascadent sur mes épaules et le long de mon dos. J'essaie de paraître différente de la fille sur les photos qui ont été postées sur ce putain de site Internet.

Toute la matinée, j'ai reçu des SMS de la part de mes amis qui m'ont reconnue. Honnêtement, je ne pensais sincèrement pas que ça allait poser problème. Je veux dire, même si j'ai été photographiée avec lui, et alors ? Qui s'en soucie ? Il doit être pris en photo avec des filles tout le temps, pas vrai ?

Faux.

Bien sûr, lors des soirées. Autour du campus, ou en groupe avec plusieurs femmes souriantes (et leurs seins monstrueux). Il y a des tonnes de photos de ce genre partout, mais il n'y en a pas où il quitte un studio de danse, un café ou la bibliothèque. Celles-ci, elles sont toutes avec la même fille.

Pour les personnes qui suivent les moindres faits et gestes de Roan King, c'est une sacrée affaire.

Et l'identité de la mystérieuse élève sur les photos semble être l'affaire de tout le campus. Ou, en tout cas, des filles. Apparemment, puisque Roan est considéré comme le prince sacré de Barnett, ça rend toute cette affaire publique. Toute personne photographiée avec lui, par association, devient un bien public sur lequel commenter et discuter. Ou sur qui se déchaîner. À mon grand regret, Lexie a lu tous les commentaires. Bon nombre de ces derniers étaient de nature hostile.

Genre, à me donner envie d'obtenir une ordonnance restrictive.

Alors, me voici, essayant de me rendre en classe sans être aperçue. Jusqu'à présent, tout va bien. J'espère que je n'ai pas à sincèrement m'inquiéter de RoanLover565, cette dernière a dit (je cite) qu'elle était prête à poignarder cette salope, s'ils découvraient qui elle est.

Je suis malheureusement on ne peut plus sérieuse.

— Ivy !

En pressant l'allure, j'ignore la personne qui m'appelle. Je veux finir mes cours pour pouvoir me cacher dans le studio pendant quelques heures et prétendre que ma vie est aussi simple qu'il y a vingt-quatre heures.

— Ivy !

Reconnaissant cette voix, je m'arrête et pivote alors que Finn court dans ma direction avec de longues enjambées pour réduire la distance entre nous. Il nous faut environ quinze secondes avant de nous remettre en route. À cause de sa réaction ridicule de samedi soir, j'espère qu'il ne va pas être trop lourdingue.

— Mais que se passe-t-il entre King et toi ?

Voilà que ça ressemble étrangement à une répétition de notre conversation de samedi soir. Parfait. Juste ce dont j'ai besoin. Il fronce les sourcils.

— Tu m'as dit que tu connaissais à peine ce crétin.

Je grince presque des dents face à ses mots crus. Gardant la tête baissée, je murmure :

— Finn, je t'ai déjà dit qu'il n'y avait rien entre nous.

Ou peut-être qu'il y a eu quelque chose, mais ça n'ira certainement pas plus loin. Je veux dire... regardez ce qui se passe maintenant ! Je ne peux même plus quitter mon appartement sans avoir à me soucier d'être poignardée par une cyberespionne trop zélée.

Je n'ai pas besoin de ce genre de drame dans ma vie. Et je n'ai certainement pas besoin que Finn m'interroge sur ma pseudo-relation avec Roan.

— Écoute, nous devons parler.

Sans attendre une réponse, il enroule ses doigts autour de mon bras pour m'éloigner de la circulation étudiante. La dernière chose dont j'ai envie, c'est d'être en retard pour mon cours. Ça ne fera qu'attirer davantage d'attention indésirable.

— Finn, dis-je avec exaspération. Je n'ai pas le temps pour ça en ce moment. Je dois aller en classe.

Je parviens à lire la colère sur son visage.

— J'ai vu les photos.

Derrière mes lunettes surdimensionnées, je fronce les sourcils. Son visage rougit avant qu'il ne marmonne :

— Quelqu'un me les a montrées. C'est la seule raison pour laquelle je connais l'existence de ce site Web.

Bien sûr...

Je ne peux m'empêcher de soupirer. Toute cette situation est tellement ridicule.

— Écoute, il m'a raccompagnée après le travail et nous avons fini par aller récupérer des smoothies. Ensuite, nous avons fait des recherches sur notre projet à la bibliothèque. C'est tout. Fin de l'histoire. Ces photos ont été prises hors contexte.

Voulant qu'il puisse apercevoir le sérieux de mon expression, je retire brièvement mes lunettes.

— Je ne sais pas pourquoi quelqu'un prendrait des photos de nous et les posterait en ligne, en faisant croire qu'il se passe quelque chose alors que ce n'est pas le cas, c'est exactement ce qui s'est passé. C'est ridicule.

Ses épaules se détendent tandis qu'une partie de sa tension déserte son corps. Il s'empare de ma main.

— J'ai passé un très bon moment samedi soir.

Ses yeux couleur noisette sondent les miens.

— J'ai encore envie de sortir avec toi, Ivy.

Je ne suis plus certaine que ce soit une bonne idée. Et non, ça n'a rien à voir avec un certain joueur de football aux cheveux foncés auquel je ne devrais pas penser.

Ou à ses baisers qui me contractent les orteils…

En me mordant la lèvre inférieure, je finis par cracher :

— Ce n'est pas le moment. Il se passe beaucoup trop de choses dans ma vie entre les cours et la danse.

Quand son expression s'assombrit, je m'empresse d'ajouter :

— Peut-être dans quelques semaines, quand tout sera plus clair.

Je m'en veux vraiment d'avoir dit ça. Je ne pense plus aimer Finn autant qu'avant. Il a changé, et se voir plusieurs fois n'arrangera pas les choses.

J'aurais dû lui dire la vérité.

La déception se lit sur son visage.

— OK. Ça me paraît bien. Je t'enverrai un message.

— D'accord.

En regardant autour de moi, je me rends compte que la foule d'élèves s'est amincie, ce qui signifie que je suis certainement en retard pour mon cours. Excellent.

— Écoute, je dois vraiment y aller.

Sans attendre, je me précipite sur le campus. En arrivant dans le hall Adler, j'aperçois Roan entouré par un groupe de personnes. Même si je me sens mal d'agir ainsi, je baisse la tête, espérant ainsi éviter d'avoir à lui parler. Nous n'avons pas discuté depuis qu'il m'a déposée hier après-midi, donc j'ignore s'il est au courant des photos qui ont été postées en ligne.

Quoi qu'il en soit, ça ne change rien pour lui.

Pour moi, par contre, ça change tout.

J'apprécie la tension et l'adulation que je reçois en offrant une performance incroyable sur scène. Mais là, ce n'est pas du tout pareil. C'est une notoriété gagnée simplement en étant avec quelqu'un de célèbre.

Et je n'aime pas ça.

Je tire la lourde porte vitrée qui mène à l'intérieur du bâtiment, quand un bras musclé le fait pour moi. Je reconnaîtrais ce biceps ridiculement épais n'importe où. Je n'ai même pas besoin de regarder par-dessus mon épaule pour savoir que c'est Roan qui se tient debout derrière moi.

Est-ce que c'est mal que je sache reconnaître son odeur ?

Je ne devrais certainement pas l'admettre, mais je trouve son parfum complètement enivrant. Ces pensées capricieuses me donnent envie de grincer des dents d'irritation. Mon attirance pour lui est inutile. Je dois avoir une prise ferme sur mes hormones indisciplinées avant que ma vie ne devienne incontrôlable.

— Merci, murmuré-je en me précipitant vers l'avant.

Il aligne sa foulée sur la mienne.

— Alors, sommes-nous toujours d'accord pour demain soir ?

Je hoche la tête. Je n'ai pas vraiment le choix. Nous devons travailler sur notre projet d'éthique et cela signifie passer du temps à collaborer et à mettre en commun nos informations. Bien que nous n'ayons pas nécessairement à aller en public pour le faire, pas vrai ?

— Oui, mais je pense que ce serait mieux si nous travaillions à mon appartement plutôt qu'à la bibliothèque.

Son bras s'enroule autour de ma taille pour m'attirer à ses côtés. Son souffle chaud se glisse sur ma nuque.

— Si tu veux être seule avec moi, ma belle, dis-le. Tu n'as pas à inventer de raison pour m'attirer chez toi.

Il sourit diaboliquement. Je me fraie un chemin hors de son étreinte. Je plonge mon regard dans le sien.

— Je n'essaie pas d'être toute seule avec toi.

Je jette un coup d'œil alentour. Je refuse d'être de nouveau prise en photo. Je l'attire dans la salle plongée dans l'obscurité pour pouvoir parler en privé.

— Écoute.

Je ne peux m'empêcher de me dandiner d'un pied sur l'autre avant d'ajouter :

— Je ne veux pas être vue avec toi.

Son sourire sournois se transforme en une expression choquée. Ça me donne l'impression d'être une vraie conne. Mais que suis-je censée faire d'autre ? Je dois prendre mes distances avec lui. Ce dont je n'ai pas besoin, c'est davantage de photos me faisant passer pour l'ennemi public numéro un.

La façon dont sa voix se pare d'incrédulité me fait grimacer.

— Tu ne veux pas être vue avec moi ?

Mon Dieu. Est-ce que c'est une pointe de douleur que je perçois dans son ton ? Malgré mon sentiment de culpabilité, j'enchaîne :

— Pas après toutes les photos qui ont été prises de nous.

— Quelles photos ?

Il secoue la tête, confus.

— De quoi est-ce que tu parles, Ivy ?

— Quelqu'un a pris des photos de nous hier et les a placardées sur ton putain de site Internet.

Il me regarde comme s'il ne comprenait pas tout à fait de quoi je parle.

— D'abord, ce n'est pas mon site Internet. Ensuite, en quoi est-ce un problème ? Je veux dire, nous étions en train d'étudier à la bibliothèque.

Haussant les épaules, il ajoute :

— Et nous sommes allés chercher des smoothies. Pourquoi es-tu aussi énervée, sérieusement ?

En sortant mon portable de mon sac, j'affiche son site Internet et clique sur les photos pour les lui brandir devant le visage. Il s'en empare et fait défiler lentement chaque image. Il ne faut qu'un instant pour que ses sourcils se froncent. En paraissant malheureux, il me rend mon portable.

— Tu comprends maintenant pourquoi je suis aussi contrariée ?

— Oui, je comprends.

Il m'adresse un signe de tête en glissant ses doigts dans ses cheveux noirs.

— Nous n'avons pas le temps d'en discuter maintenant. Nous devons aller en classe.

— Oui, d'accord.

Il semble distrait alors que nous nous dirigeons vers notre salle de cours. Malheureusement, je peux dire par l'absence de personnes dans le couloir que le cours a déjà commencé.

Est-ce trop demander que nous puissions nous y faufiler en passant inaperçus ?

Certainement.

J'aurais dû savoir que c'était impossible. C'est un fait bien connu que Roan ne passe jamais inaperçu. Pour l'amour du ciel, il y a un site Internet consacré uniquement au suivi de ses allées et venues.

Même si nous n'avons qu'une minute ou deux de retard, la docteure Paulson a déjà débuté sa conférence. Elle ne s'arrête pas quand elle nous voit, mais presque tout le monde se tourne pour apercevoir l'élève qui n'est pas arrivé en classe à l'heure. Alors que mes yeux scrutent tous les visages qui pivotent vers nous, je vois deux filles commencer à chuchoter.

La tête baissée, je me glisse rapidement derrière un bureau, mais pas avant que quelques autres filles sortent leurs téléphones pour prendre des photos, je suppose. Mes yeux scintillants se tournent vers Roan. Il ne me regarde pas, il garde son regard fixé droit devant lui.

En prenant place, je fais de même.

14

IVY

e sais de source sûre que la fille avec qui Roan a été photographié n'est rien de plus qu'une partenaire pour un projet de classe. Je pense que nous pouvons tous pousser un énorme soupir de soulagement en nous disant qu'il n'y a rien entre eux. Je veux dire, allez... c'est de Roan King que nous parlons. Il ne fait pas dans les relations. Dieu merci 😌
KingOfCampus.com

JE SUIS ASSISE au milieu de mon lit avec mon ordinateur portable et mon livre de français ouverts face à moi. J'ai un examen dans deux jours et j'essaie de me préparer au maximum. On frappe à la porte de ma chambre. Comme il est près de vingt heures, j'ai déjà pris ma douche, et je me suis changée en un débardeur confortable et un petit short.

Je me dis qu'il doit s'agir de Lexie. Bien qu'elle débarque habituellement sans frapper à la porte. Pour elle, c'est au diable la vie privée et toutes ces conneries... Pour sa défense, je pense qu'on sait toutes les deux que je ne suis pas enfermée dans ma chambre pour faire l'amour avec quelqu'un.

Je suppose que ça aurait dû être le premier indice m'indiquant que ce n'était pas ma meilleure amie.

— Depuis quand est-ce que tu t'embêtes à frapper ?

Alors que la porte s'ouvre, Roan glisse sa tête dans l'entrebâillement.

— Puisque tu es en colère contre moi, je me suis dit que je ferais mieux de ne pas tenter le diable.

Nos regards se croisent tandis que ses jambes réduisent la courte distance qui nous sépare. Ma chambre paraît rétrécir autour de lui. Je ne l'avais jamais considérée comme minuscule, mais c'est certainement ce que je ressens en sa présence.

— Salut.

Je me creuse la tête pour essayer de me remémorer notre planning de travail.

— Devions-nous bosser ensemble ce soir ?

Je ne serais pas assise avec une telle tenue... et sans soutien-gorge, si c'était le cas.

— Non.

Il se rapproche un peu plus du lit et s'installe précautionneusement à son bord. Mon livre et mon ordinateur sont présents entre nous, et pour une quelconque raison, j'en suis heureuse. Le baiser que nous avons échangé dans l'ascenseur me traverse l'esprit. Il est certainement préférable d'avoir une barrière entre nous. Peu importe sa taille.

— J'ai pensé que nous devions discuter... en privé.

Il affiche un petit sourire. En me redressant, je plonge mes yeux dans ses iris turquoise. Mon Dieu, ils sont tellement magnifiques. C'est une teinte si inhabituelle, un bleu vert intense. Je penche inconsciemment vers lui. Je me rends rapidement compte de ce que je fais et me sermonne intérieurement. Je me racle la gorge.

— Oui, c'est certainement une bonne idée.

— Je...

Il effleure sa barbe avant de continuer.

— Je suppose que je devrais m'excuser pour tout ce gâchis.

Je fronce les sourcils.

— Pourquoi ? Rien de tout ça n'est ta faute. Ce n'est pas ton site Internet.

Mon Dieu, faites que ce ne soit pas le cas.

— Pas vrai ?

Mon regard s'assombrit. S'il a quelque chose à voir avec ce foutu site, pour essayer d'intensifier la hype autour de lui, je jure que je vais le frapper.

À plusieurs reprises.

En plein dans son joli visage.

Il doit apercevoir la lueur meurtrière dans mon regard, parce qu'il secoue immédiatement la tête.

— Non, bien sûr que non. Je prête à peine attention à toutes ces conneries. Mais je sais que ce site existe. L'année dernière, j'ai eu des ennuis quand certaines photos ont fait surface. Donc, je sais que je dois agir correctement quand je me trouve en public. Il ne m'est jamais venu à l'esprit que le fait de venir te chercher au travail et d'aller faire des recherches à la bibliothèque s'avérerait être une si grosse affaire.

Je hausse les épaules. J'ai envie de minimiser tout ce qui s'est passé depuis ce matin, mais ce n'est pas facile. J'ai l'impression que ma vie en a été bouleversée. À part garder mes distances avec lui, je ne sais pas quoi faire.

— J'essaie de ne pas me laisser déranger par ça.

— Pour ce que ça vaut, je te suis reconnaissant d'être bonne joueuse. Des photos de filles sont affichées en ligne tout le temps, mais elles sont en général plusieurs.

Il marque un temps d'arrêt avant d'abaisser sa voix.

— Je suppose que c'est la raison principale pour laquelle les photos de nous deux sont plus importantes. Ça ressemble à plus qu'un coup d'un soir. Je ne suis pas connu pour agir autrement avec les femmes.

Charmant.

— Mais nous ne sortons pas ensemble, et nous ne sommes très certainement pas en train de nous brancher, souligné-je.

Peut-être que je prononce ces paroles à voix haute pour mon

propre bien. Comme si j'avais besoin d'un rappel supplémentaire qu'il n'y a absolument rien entre nous. Nous sommes partenaires pour ce projet, voilà tout.

— Je sais, Ivy. Mais les photos donnent l'impression qu'il se passe quelque chose. Et pour une quelconque raison, les gens s'intéressent constamment à ce que je fais et avec qui je passe mon temps.

— OK, je comprends. Si nous effectuons un effort concerté pour ne pas être vus ensemble, alors tout devrait s'arranger, pas vrai ?

C'est en tout cas ce que j'espère. Les gens ne vont pas rester assis à parler de nous s'il n'y a aucune nouvelle photo pour alimenter leurs spéculations. Son regard plonge dans le mien avant qu'il ne reconnaisse finalement :

— Certainement.

Même si cela ne dure que depuis environ douze heures, je sais déjà que ce genre de mise en avant n'est pas quelque chose que je voudrais vivre au quotidien. Je reçois des tonnes de SMS de gens qui ont obtenu mon numéro je ne sais comment, et ma page Facebook a été inondée par les demandes d'amis ainsi que par une quarantaine de messages me demandant si Roan et moi vivions une histoire. Je continue de le nier, mais pour l'instant, mon manque de réaction ne permet pas d'annuler le buzz entourant toute cette situation ridicule.

— Laisse-moi te poser une question.

Il attend que je croise son regard pour poursuivre :

— Est-ce vraiment important que les gens parlent de nous ? Nous connaissons la vérité.

Je m'assieds un peu plus droit et ramène mes genoux contre ma poitrine.

— Les gens pensent que nous sommes… ensemble. Pourquoi voudrais-tu ça ?

— Je n'ai pas dit que je le voulais. Mais qui se soucie de ce que les gens affichent sur un site Internet débile ? Ils ne nous connaissent même pas.

Il laisse ses mots planer avant d'ajouter :

— Je veux dire, nous sommes amis, pas vrai ?

En l'observant avec curiosité, je ne peux répondre à sa question que par l'une des miennes :

— Je ne sais pas. Sommes-nous amis ?

Il sourit légèrement.

— Eh bien, je pensais que c'était le cas.

— Est-ce que tu as ne serait-ce que des amies filles ?

Au vu du sourire carnassier qu'il m'adresse, je sais que ce qu'il est sur le point de dire est destiné à provoquer une réaction en moi.

— Non, mais cela ne veut pas dire que nous ne pouvons pas nous engager dans une relation amicale avec des avantages sociaux. Je serais tout à fait d'accord avec cette idée.

Il ne me déçoit pas le moins du monde. Je secoue la tête.

— Nous ne serons pas ce genre d'amis.

Son regard tombe sur mes lèvres. Puis il glisse sur mes jambes nues et remonte à nouveau vers mes yeux. Sa voix s'approfondit comme si elle avait baissé de quelques octaves. Ce qui fait résonner quelque chose en moi. Quelque chose que je n'aime pas nécessairement ressentir, ou que je ne veux pas ressentir.

— Tu es sûre de toi, Ivy ?

— Affirmatif. Je pense que nous devons garder les choses strictement platoniques.

Il se penche plus près, et mon cœur rate un battement.

— Tu dois admettre que c'était un sacré baiser.

Ma bouche s'assèche, parce que ce putain de baiser ne cesse de revenir en première loge de ma conscience dans les moments les plus inopportuns. Au lieu d'admettre que c'était bon, je me racle la gorge.

— Quel baiser ?

Le sourire qu'il affiche en cet instant est on ne peut plus prédateur. Mes yeux s'écarquillent. Je me rends compte que je viens de commettre une erreur tactique.

— Je devrais peut-être te rappeler à quel point c'était agréable.

En un clin d'œil, je quitte précipitamment mon lit et cours vers la porte de la chambre. Il sourit de plus belle. Comme s'il savait exactement ce qui me trotte dans la tête. Je déteste vraiment qu'il soit capable de nouer mes entrailles comme il le fait. Je n'ai jamais connu ça. Et je ne sais pas trop comment y réagir ou faire disparaître ce sentiment.

Comment peut-on neutraliser une attirance comme celle-ci ?

— Je vais chercher une bouteille d'eau.

Je balance ces mots par-dessus mon épaule, parce que je ne veux plus le regarder dans les yeux. Je crains qu'il ne remarque le mensonge qui brille dans les miens.

— Tu en veux une ?

Je suis déjà à mi-chemin dans le couloir, pourtant son rire me poursuit.

— Bien sûr.

Au moment où j'entre dans le salon, j'aperçois Lexie et Dylan blottis l'un contre l'autre sur le canapé.

— Merci de l'avoir laissé entrer, murmuré-je en me rendant à la cuisine.

Lexie hausse les épaules en m'adressant un regard qui me dit tout.

— Je pensais que vous aviez des choses à vous dire.

Grommelant face à sa réponse, je m'empare de deux bouteilles d'eau dans le frigo. Pendant que j'y suis, je m'autorise à fermer les yeux et à me concentrer sur ma respiration. Encore une fois. Et une autre fois pour faire bonne mesure. Inspirer, expirer.

Est-ce que je veux encore l'embrasser ?

Oui. Bien sûr que oui.

Ce baiser était spectaculaire. Mais je sais que le fait de m'approcher de lui serait une énorme erreur. Il me dévorerait vivante et me recracherait sans même y penser à deux fois.

Une fois que ma libido est à nouveau sous contrôle, je retourne à contrecœur dans la chambre. Je suis à quelques pas de la porte lorsque j'entends sa voix riche et profonde. Comme s'il parlait au téléphone. Je me demande presque si je devrais lui accorder un peu d'intimité – peut-être que je devrais aller m'asseoir avec Lexie et Dylan –, quand j'entends ce qui ressemble étrangement à la voix de mon père. Je fronce les sourcils, je presse l'allure, parce que je dois forcément me tromper. C'est impossible que mon père discute avec Roan.

En franchissant la porte, je le vois étendu sur mon lit avec un téléphone – le mien – dans sa grande main. Il fixe l'écran, un large sourire plaqué sur son visage tout en discutant de la saison... avec mon père.

— Non, j'ai regardé beaucoup de vidéos et je pense que nous allons pouvoir les battre.

Je grimace lorsque mon père répond avec enthousiasme :

— Je l'espère. Tout le monde parle de la force des lignes offensives et défensives cette année. Leur quarterback possède une sacrée force. C'est très excitant. Est-ce qu'Ivy a mentionné que j'ai joué au football pendant ma dernière année à Barnett ?

Son regard amusé glisse vers le mien.

— Non, elle ne m'en a pas parlé. Chaque fois que vous voudrez assister à un match, monsieur Kaster, faites-le-moi savoir et je vous achèterai des bons billets sur la ligne des cinquante yards.

— Ce serait formidable ! Je pourrais accepter ton offre, Roan. Je pense que ma femme apprécierait un match de football de l'équipe. Surtout cette année.

La simple vision mentale de mon père et sa femme à Barnett en tant qu'invités de Roan me pousse à l'action.

Oh.

Par l'enfer.

Non.

Ce sont les seuls mots qui me traversent l'esprit alors que je cours vers mon lit. Nos regards continuent de se soutenir. Je fonce vers lui comme un train de marchandises.

— Je pense que je...

C'est tout ce qu'il est capable de dire avant que je lui arrache mon portable des mains. Si j'ai de la chance, je suis parvenue à le griffer ce faisant. Bon sang ! Je ne peux vraiment pas croire à ce qui est en train d'arriver ! Je m'efforce d'afficher un visage neutre en observant le petit écran.

— Ahh, salut, papa. Qu'est-ce qu'il y a ? Tu n'appelles jamais le lundi soir. Quelque chose ne va pas ?

Normalement, nous discutons tous les dimanches après-midi. Sauf hier, parce que j'étais occupée. S'il a la moindre idée de l'intense colère que je ressens à propos de tout ce qui s'est passé après le décès de ma mère, nous n'en discutons pas, jamais. Tout a été soigneusement balayé sous le tapis, là où les choses peuvent pourrir.

Du moins pour moi.

— J'espérais que tu pourrais venir à la maison le week-end prochain et passer la journée avec nous.

Sans même penser à ce qui se passe, je secoue immédiatement la tête.

— Ça m'a l'air génial, mais je ne pense pas pouvoir y arriver, papa. Je n'ai aucun moyen de transport.

Bien sûr, je pourrais certainement emprunter la petite Jetta argentée de Lexie, mais il n'est pas obligé de le savoir.

— Oh.

C'est tout ce qu'il dit, avant que la tristesse n'apparaisse sur son visage. La différence entre son attitude légère avec Roan d'il y a quelques instants et son attitude face à moi est un rappel brutal que le passé repose lourdement entre nous. Aussi difficile que cela puisse paraître, je ne dis pas un mot, pinçant les lèvres. Après un moment de silence inconfortable, il dit :

— On ne t'a pas vue depuis ton départ pour Paris, il y a presque seize mois. Tu as été tellement occupée, nous voulions t'accorder un peu de temps pour t'installer.

Nous.

Leah et lui.

C'est toujours Leah et lui.

L'entendre prononcer ces paroles me donne l'impression d'être face à une craie qui crisse sur un tableau. Je sursaute pratiquement en entendant la voix de Roan.

— Tu n'as pas vu ta famille depuis seize mois ?

Je lui jette un regard noir. Je me rappelle que la caméra est braquée sur moi et que mon père peut me voir, je fais donc de mon mieux pour me contenir.

— J'ai passé quinze de ces mois à Paris, et depuis mon retour, je suis très occupée par les cours et mon travail. Je ne suis revenue ici qu'il y a quelques semaines. Je ne suis pas encore totalement acclimatée.

Il me faut faire preuve de tout mon sang-froid pour ne pas lui sauter à la gorge. En silence, il croise mon regard. C'est presque comme s'il essayait de passer au crible les mensonges ancrés dans mes yeux. J'adorerais lui hurler dessus pour avoir décroché mon portable, mais je ne peux pas. Pas tout de suite. Lorsque j'aurai raccroché, je vais lui tomber dessus avec des proportions épiques.

— Peux-tu au moins essayer de passer nous voir ce week-end, Ivy ? Les enfants adoreraient voir leur grande sœur.

Je serre les dents, parce que je ne considère pas leurs enfants comme mes frères et sœurs. Ils ne doivent même pas savoir qui je suis. Je ne les ai pas vus depuis...

Je me creuse la tête, bien que ça ne soit pas difficile à calculer : nous venons de fêter les cinq ans du décès de ma mère, ce qui signifie que les jumeaux viennent d'avoir quatre ans. Quand je suis partie, ils en avaient à peine deux.

Je doute même qu'ils sachent que j'existe.

— Oui, je vais essayer, papa.

Mon cœur me donne l'impression d'être sur le point de quitter ma poitrine, au vu de l'inconfort qui s'est installé sur nous comme une couverture lestée. Cette même couverture qui finira par m'étouffer un jour.

Ça me démange de raccrocher et de mettre un terme à cette conversation horriblement maladroite et gênante. Dans un jour ou deux, je lui enverrai un petit message pour lui dire que ça ne fonctionnera pas pour ce week-end.

Eh bien...

— Je peux conduire Ivy ce dimanche.

Ma bouche s'ouvre avant que mes yeux ne se tournent vers Roan. J'ai envie de crier « noooon », mais je ne peux pas. Absolument aucun son ne sort d'entre mes lèvres. Pas même un petit cri de protestation. Le visage de mon père affiche un sourire ravi.

— Ce serait fantastique, Roan ! La belle-mère d'Ivy et moi apprécierions beaucoup.

Il inspire, puis continue.

— Est-ce que tu es certain que ce n'est pas un problème ?

Si, ai-je envie de hurler. *C'est un énorme problème !*

Ça ne peut pas se produire. J'ai envie de tuer Roan ! Dès que cet appel aura pris fin, c'est exactement ce que je vais faire. Roan King ne sera plus.

Mon regard s'assombrit au fur et à mesure que je fulmine. Il me suffit de le regarder... pour réaliser qu'il est totalement inconscient de ma colère bouillonnante. Dans l'instant suivant, il presse son visage à côté du mien pour remplir la moitié du petit écran.

— Pas de problème, monsieur Kaster. J'ai hâte de vous rencontrer en personne. Je n'arrive pas à croire que vous jouiez pour Barnett ! C'est génial.

Grrrr.

J'ai l'impression de serrer les dents si fort qu'elles vont toutes finir par se briser.

— Oui, ce sera un après-midi amusant. Je devrais dépoussiérer quelques-unes des anciennes coupures de journaux que je possède encore.

Ses prunelles dérivent vers moi.

— J'ai hâte de te voir, ma chérie. Ça fait beaucoup trop longtemps.

Pétrifiée, je souris faiblement en réponse jusqu'à ce que je sois capable de raccrocher. Je balance mon portable sur le lit avant d'utiliser mes deux mains pour pousser sur le torse de Roan de toutes mes forces.

Je n'arrive pas à croire qu'il m'ait fait ça !

Non préparé à mon agression violente, il tombe sur mes oreillers avec surprise. Ses yeux sont semblables à deux énormes soucoupes. Son regard serait comique si je trouvais quoi que ce soit d'un tant soit peu amusant face à cette situation. Presque immédiatement, il s'appuie sur ses coudes pour me faire face, en restant allongé sur mon lit, alors que je le surplombe avec fureur.

— Ah, je t'en prie, dit-il.

Voilà qu'on y est !

En levant les mains en l'air, je hurle comme un ptérodactyle :

— Pourquoi as-tu fait ça ?!

Il fronce les sourcils, comme s'il était déconcerté par la tournure que prennent les événements.

— Fait quoi ? Qu'est-ce que j'ai fait ?

Son regard scrute le mien pendant un long moment de silence.

— Tu ne pouvais pas rentrer chez toi pour voir ta famille. Je pensais sincèrement t'accorder une faveur.

— Eh bien, ce n'est pas le cas ! Le dernier endroit où j'ai envie d'aller, c'est chez moi !

Absurdement frustrée, je saute du lit et me mets à faire les cent pas. Après quelques minutes de silence, j'ajoute :

— Je leur dirai simplement que tu as dû annuler à la dernière minute. Ce n'est pas grave.

Voilà que je me parle à moi-même à présent, essayant de réparer le bordel dans lequel il m'a mise.

Il se redresse en position assise et m'observe tandis que je marche frénétiquement dans le petit espace entre la porte et le lit.

— Pourquoi est-ce que tu n'as pas envie de voir ta famille ?

Il murmure pratiquement ces paroles, comme s'il venait tout juste de réaliser à quel point il a commis une erreur colossale. Je me fige sur place en me tournant vers lui et réplique d'un ton railleur :

— C'est une longue histoire.

Je n'ai pas envie de partager les détails de ma vie avec Roan.

Nous ne sommes pas amis. Même s'il a dit que nous l'étions, nous ne le sommes pas.

À part Lexie, je n'ai aucun ami.

Il me fixe avec impatience, comme s'il essayait silencieusement de me pousser à me livrer à lui. Ce qui n'arrivera pas. Au lieu de quoi, je hurle :

— Mais enfin, pourquoi as-tu répondu à mon portable ?

Il jette un coup d'œil à l'objet du délit.

— Tu n'as pas de code d'accès.

Je croise fermement mes bras devant ma poitrine et plonge mon regard dans le sien.

— Ne pas avoir de mot de passe n'est pas une invitation à répondre à un foutu appel.

Sa bouche se tord en une grimace bizarre.

— Apparemment, si. Si tu avais protégé ton portable par un mot de passe, je n'aurais pas pu répondre à ton téléphone quand tu as décidé de t'enfuir au lieu de répondre à ma question au sujet de notre baiser. Si tu y réfléchis, rien de tout cela ne se serait produit si tu m'avais simplement répondu.

Il me désigne du doigt, et ajoute :

— Alors, en vérité c'est ta faute.

J'ai le souffle coupé.

— J'aurais dû avoir un mot de passe, et ne pas m'enfuir quand nous discutions de ce baiser.

Je l'observe à présent avec une stupéfaction évidente.

— Non seulement tu es dément, mais tu délires complètement.

Il ricane, avant de bondir vers l'avant et de me saisir par la main. Il m'attire à lui jusqu'à ce que je tombe sur ses genoux. Pas même un instant plus tard, ses bras s'enroulent autour de moi, m'ancrant fermement contre lui. Je perds le souffle en plongeant dans ses magnifiques yeux.

— Je ne crois pas du tout être en train de délirer. Ce baiser était vraiment fantastique.

Il penche la tête et murmure :

— Ne veux-tu pas savoir si c'était aussi bon que tu t'en souviens ?

Quelqu'un doit sérieusement songer à me gifler parce que oui... j'ai en quelque sorte envie de le découvrir. C'était un baiser tout à fait spectaculaire, et j'espère sincèrement que j'affabule dans ma tête à son sujet. Parce que si ce n'est pas le cas... eh bien, alors... Roan King est celui qui m'a offert le meilleur baiser de toute ma vie.

Et ce serait carrément déprimant.

Non pas que je compte en parler à Roan. Mais j'ai laissé Finn m'embrasser samedi soir et c'était évidemment nul en comparaison. Inutile de dire que ce n'est pas sur le baiser de Finn que je fantasme depuis quelques jours. Mon regard rivé au sien, j'attrape ma lèvre inférieure entre mes dents.

— Je ne sais pas.

Dieu sait que j'aimerais beaucoup l'embrasser à nouveau, mais j'essaie de me raccrocher au fait que c'est une mauvaise idée. Une idée désastreuse.

Il se penche de plus en plus près, jusqu'à ce que son souffle chaud et mentholé se perde lentement sur mes lèvres. Jusqu'à ce que son odeur soit enivrante.

— C'est juste un baiser, Ivy.

Juste un baiser...

C'est vrai. Ce ne serait qu'un baiser, car nous n'allons certainement pas aller plus loin.

Je mâchonne ma lèvre inférieure avec indécision. Son regard tombe sur ma bouche avant qu'il ne pousse un gémissement. Je perçois le grondement qui remonte dans sa gorge. C'est peut-être la seule manière de me prouver que j'ai inventé ce baiser. Si ça n'a rien de spécial, je pourrais arrêter de penser à lui et passer enfin à autre chose.

— D'accord, acquiescé-je.

Je prononce à peine ce mot que ses lèvres caressent doucement les miennes. Sans hésiter, je passe mes bras autour de son cou pour rapprocher son corps. Le grognement qu'il émet en guise d'approbation emplit mes oreilles. Sa bouche ne me quitte jamais trop longtemps. Il mordille ma lèvre inférieure entre ses dents, tout en m'embrassant passionnément.

Je ne sais pas combien de temps nous restons ainsi ensemble, avant que sa langue ne rejoigne la mienne. Il me pousse presque au bord de la folie. Ivre de le goûter, je ne me rends même pas compte que je suis à présent à cheval sur ses genoux, et que je me frotte contre lui.

Bien que, pour être honnête, il agisse de la même façon.

Si ce que je ressens est une véritable indication de ce qui se trouve sous ce jean, il est énorme. Mais je n'ai absolument pas l'intention de le découvrir. Pourtant, sachant qu'il n'y aura jamais rien de significatif entre nous, je suis presque là, à le baiser tout habillée dans ma chambre. En réalité, nous ne sommes pas loin de franchir une ligne. Je me frotte à lui, et nous disputons un intense match de hockey avec nos amygdales.

Il me faut fournir de gros efforts pour chasser le brouillard épais qui s'est abattu sur moi avec le premier effleurement de ses lèvres contre les miennes. J'essaie de tromper qui ? J'étais fichue à l'instant même où il m'a attirée sur ses genoux et a refermé ses bras autour de moi.

C'est tout simplement ridicule.

Je suis idiote de laisser une telle chose se produire.

Encore une fois.

J'écarte mes bras de son cou afin d'utiliser mes mains pour repousser son torse. Et oui, il est solide comme un roc. L'athlète en moi apprécie totalement la beauté de tous ses muscles bien dessinés. C'est évident qu'il passe de nombreuses heures au gymnase et à s'entraîner sur le terrain. C'est vraiment un magnifique spécimen masculin.

Ne comprenant pas pourquoi je m'éloigne de lui, il me dévisage. C'est une légère consolation pour moi de découvrir que je ne suis pas la seule à être déconcertée par ce baiser. Son regard s'éclaircit progressivement, avant de se poser sur ma bouche. Il se lèche les lèvres, comme s'il était à deux doigts de replonger.

En vérité, c'est ce que je désire autant que lui. Mais ce n'est pas nécessairement la meilleure idée en cet instant. Ou certainement jamais.

À la fin de la journée, il sera toujours Roan King. Dieu du football à Barnett. Futur espoir de la NFL. Homme totalement magnifique. Intelligent, également. C'est clair d'après le peu de recherches que nous avons faites ensemble. Il semble presque trop beau pour être vrai.

C'est là tout le fond du problème.

Il est trop beau pour être vrai.

Roan n'est pas intéressé par le fait de s'attacher à une fille. Il aime sortir avec les femmes l'espace d'une seule nuit, passer à autre chose sans même y penser. Un rire remonte le long de ma gorge alors que je sonde ses yeux couleur turquoise. Ils sont totalement fascinants par leur profondeur et leur intensité. Je comprends facilement comment ce regard a pu pousser des légions de femmes à Barnett à le suivre. À le harceler sur Internet.

Qui ne voudrait pas apprivoiser un homme tel que lui ?

Même moi, une fille qui se considère au-dessus de toute cette histoire, je me sens légèrement tentée d'essayer. C'est à cet instant précis que le côté logique de mon cerveau entre en jeu. Je sais très bien qu'essayer de réfréner un homme comme lui fonctionne rarement.

Au lieu de cela, je finirai immanquablement avec un cœur brisé. Et je ne suis absolument pas disposée à prendre ce risque. Mon ex-petit ami m'a fait suffisamment de mal après mon départ pour mon programme d'études à l'étranger. Il est évident que Finn et Roan sont faits du même bois. C'est certainement la raison pour laquelle ils ne s'apprécient pas le moins du monde. Aussi tentée que je sois de pousser cette attirance plus loin, je sais exactement comment les choses finiraient.

Pas très bien.

Pour moi.

Dans le silence, je m'écarte de ses bras pour me remettre debout. Même si mon cœur bat la chamade et que mon souffle est erratique, je sais que je fais ce qui est intelligent. Je ne suis pas du genre à avoir un coup d'un soir, or Roan fonctionne uniquement ainsi. Et c'est très bien. Je ne le juge absolument pas pour ça. Ça ne m'intéresse tout simplement pas d'être un coup d'un soir.

— Ivy ?

Il n'a toujours pas bougé de mon lit.

J'enroule mes bras autour de mon corps et déclare d'une voix étonnamment rauque :

— Je pense que tu devrais partir maintenant.

L'émotion brille dans ses yeux quand il se lève. Nos regards s'ancrent l'un à l'autre et se soutiennent pendant qu'il se déplace vers moi. Je retiens mon souffle. S'il me reprend dans ses bras, je ne sais pas si j'aurai la force de le repousser. J'ai l'impression d'avoir dépensé mes dernières forces pour le faire la première fois. Lorsque nos visages ne sont plus qu'à quelques centimètres l'un de l'autre, ses lèvres planent au-dessus des miennes.

— Admets-le, Ivy. C'était un sacré bon baiser.

Oh, cela ne fait aucun doute. Et j'aurais l'air d'une énorme menteuse si j'essayais de prétendre le contraire.

— C'est vrai, admets-je doucement.

Surpris par ma capitulation facile, il scrute mes lèvres.

— Tu n'en veux pas plus ?

Sa voix rauque me pousse à me mordre la lèvre inférieure pour tenter d'étouffer le petit gémissement qui cherche désespérément à sortir.

— Si, dis-je finalement.

Une chaleur intense irradie dans ses magnifiques yeux.

— Moi aussi, déclare-t-il. Et je veux plus que ta bouche.

Il lève sa main et trace ma lèvre inférieure de son pouce. J'ai l'impression d'être brûlée vive par le feu de ses yeux.

Sans avertissement, il abaisse sa main. Je ne peux m'empêcher d'inspirer profondément, en espérant qu'il mettra enfin un peu de distance entre nous et me permettra ainsi de respirer un peu plus facilement et de calmer mes pensées dispersées. Au lieu de cela, il enroule lentement sa main autour de ma gorge afin de m'attirer vers l'avant pour plaquer ses lèvres contre les miennes.

Si j'étais intelligente, je m'éloignerais de lui. Je ne le fais pas. Non, à la place, je suis pratiquement en train de fondre dans ses bras. Ses lèvres coulent sur les miennes, et sa langue s'insinue dans ma bouche. Ce doux petit gémissement que j'essayais si fort de réfréner m'échappe finalement. Ce qui ne fait que le stimuler davantage. Sa bouche bouge avec plus d'intensité tandis qu'il approfondit le baiser.

Mes doigts agrippent son T-shirt. Il s'éloigne de moi. Ses prunelles me retiennent captive un moment.

— On se reverra, Ivy, chuchote-t-il.

Sur ce, il sort de ma chambre sans un regard en arrière. J'entends quelques mots murmurés entre Dylan, Lexie et lui avant que la porte d'entrée ne se ferme. Après quoi, je fais la seule chose que je peux et je me laisse glisser à genoux sur la moquette en me demandant comment je vais bien pouvoir éviter ce qui serait certainement la partie de jambes en l'air la plus sensuelle de toute ma vie.

15

IVY

Il y a des soirées en cours, mais pas de Roan King à l'horizon. Il a été visiblement absent de toutes les festivités dernièrement. Je commence à m'inquiéter. Quelqu'un sait-il où RK se cache ? Si oui, dites-le-nous ASAP ! KingOfCampus.com

— Alors, tu vas me dire quel est le souci avec ta famille ?

Roan jette un coup d'œil dans ma direction, avant de reporter son regard sur la route face à lui.

Oui, je devrais certainement le faire. Dans moins d'une heure, nous y serons. C'est juste que... je me sens en conflit. Pas à propos de ma famille, mais à propos de lui. Ce type me fait perdre l'équilibre. Après qu'on a échangé ce baiser très intense lundi soir, j'étais prête à ce qu'il me saute dessus. Il veut coucher avec moi, ce n'est pas un secret.

Mais il ne l'a pas fait.

Pas du tout.

Voilà le mauvais côté de la chose... Je ne sais pas si je suis soulagée ou déçue par son manque d'initiative. Je soupçonne amèrement que ce n'est pas le soulagement qui me traverse.

Bien sûr, je l'ai vu en classe le mercredi et le vendredi. Et nous avons discuté brièvement. Nous avons également travaillé ensemble à la bibliothèque mardi soir et vendredi après-midi. Notre projet sur Bernie Madoff et son système de Ponzi avance bien. Plus j'effectue de recherches, plus je me sens mal pour tous ceux qui ont été escroqués. Certaines de ces personnes ont perdu tout ce qu'elles avaient, tout l'argent épargné pour leur retraite.

Et pour quoi ?

La cupidité.

De la pure cupidité.

Rien que d'y penser, ça me rend malade.

Les deux fois où nous avons étudié ensemble, il s'est comporté comme un parfait gentleman. Ou un ami. Parce que je suppose, assez surprenant, que c'est ce que nous sommes à présent. C'est comme si ces deux baisers n'avaient jamais eu lieu.

Je devrais en être soulagée.

Mais ce n'est pas…

— Ivy ?

— Quoi ?

En rougissant, je cligne furieusement des yeux et me force à revenir dans le moment présent.

— Oh… ma famille. D'accord.

Prenant une profonde inspiration, je m'autorise une minute ou deux avant de décider sur quoi l'informer. Je me sens déprimée en pensant à ma maman et à ce qui s'est passé après sa mort. Honnêtement, j'avais fermement l'intention d'annuler, aujourd'hui. De simplement dire à mon père que quelque chose était arrivé et que Roan ne pouvait pas me conduire chez lui.

Mais…

En réalité, je pense que sa présence permettra de nous distraire. Nous tous. Je sais comment les gens se comportent en sa présence et comment ils gravitent autour de lui. Je me sers peut-être de lui pour apaiser la tension qui régnera, parce que si ce n'était pas aujourd'hui, nos retrouvailles se seraient produites tôt ou tard. Même moi, je me rends compte que je ne peux pas les repousser indéfiniment. Je ne doute pas que Roan finira par regretter son petit élan d'altruisme d'ici la fin de la journée, ce qui me donne envie de ricaner. Il le mérite pour avoir fourré son nez dans ce qui ne le regardait pas.

— Je vais t'offrir la version condensée.

Il me faut prendre une autre grande inspiration. C'est difficile pour moi de parler de ma mère avec qui que ce soit. Même si elle est partie depuis cinq ans, de nouvelles vagues de chagrin me traversent chaque fois que je pense à elle. C'est la raison pour laquelle j'évite habituellement de parler d'elle. C'est trop douloureux, et mis à part Lexie, il n'y a personne d'autre avec qui je me sente suffisamment à l'aise pour m'épancher. Les parents de ma mère sont tous les deux morts, et papa a apparemment clos ce chapitre de sa vie pour passer à autre chose.

Je fixe mes doigts qui se tordent nerveusement sur mes genoux. Ce n'est que lorsque Roan tend la main pour s'emparer de la mienne que je me souviens qu'il est assis à côté de moi.

— Tu n'as pas à me le dire, si tu n'en as pas envie.

Il serre doucement ma main. Ce doit être les mots magiques que j'attendais, parce qu'une fois les vannes ouvertes, elles ne se referment pas tant que je ne me suis pas purgée de tout. Lorsque j'ai terminé, je lui jette un coup d'œil. Il doit sentir mon regard curieux peser sur lui parce que ses doigts se resserrent autour des miens avant qu'il ne se racle la gorge.

— Ça craint vraiment, Ivy. Je suis désolé de t'avoir forcé la main.

Un rire m'échappe.

— Tu as vraiment de la chance que je ne t'aie pas tué à mains nues lundi soir.

Un léger sourire orne ses lèvres.

— Moi aussi, je me serais tué. Tu as fait preuve d'une retenue incroyable.

En haussant les épaules, mon regard tombe sur mes doigts. Sur nos doigts. Il me tient toujours la main. Voir nos deux mains liées fait naître en moi des sentiments indésirables.

— Merci.

Il demeure silencieux pendant un long moment.

— Tu veux que je fasse demi-tour et que je te ramène sur le campus ? Tu pourrais toujours les appeler pour leur dire que l'un d'entre nous est tombé malade. Je ne sais pas… inventer quelque chose.

Son regard croise le mien l'espace d'un battement de cœur.

— Nous n'avons pas à le faire. Je suis désolé de t'avoir forcé la main.

Je réfléchis à ces paroles. Honnêtement, j'apprécie qu'il m'offre de nous ramener au campus. Même si j'aurais pu l'étrangler lorsqu'il a fait cette suggestion, je me rends compte à présent que c'était pour le mieux. Je n'ai ainsi pas besoin d'être seule avec eux, et Roan a déjà sympathisé avec mon père, ce qui aidera à arranger les choses pour l'après-midi. De plus, il ne pourra rien arriver de trop grave s'il est avec moi. Tout le monde, y compris moi-même, se comportera mieux.

— Non. Tant que ça ne te dérange pas, nous pouvons y aller.

Son regard plonge dans le mien quelques secondes avant de fixer à nouveau l'autoroute qui s'étend face à nous.

— Je n'ai pas d'objection. C'est moi qui ai ouvert ma grande bouche et nous ai mis dans cette situation.

— C'est vrai. Tu l'as fait.

Un sourire timide naît sur mes lèvres. Il secoue la tête et murmure :

— Aucune bonne action ne reste impunie.

Je ricane.

— Tu as raison.

Quarante minutes plus tard, nous nous arrêtons devant la maison de mon père. Celle qu'il a achetée avec Leah après leur mariage pour pouvoir prendre un nouveau départ. Ce qui signifie en d'autres termes que ma belle-mère n'a pas voulu partager une maison avec le fantôme et les souvenirs de ma mère. Je ne peux m'empêcher de la regarder fixement. Elle ne ressemble en rien aux goûts de mon père.

Même si j'ai vécu ici pendant deux ans avant de partir à l'université, je n'ai aucun bon souvenir entre ces murs.

Il n'y a … rien.

C'est comme aller rendre visite à un parent éloigné que je ne connais pas.

Une vague de tristesse s'abat sur moi.

Comme s'il percevait ma détresse, Roan exerce à nouveau une pression sur ma main. C'est alors que je me rends compte qu'il me la tient depuis près d'une heure. Je bouge doucement mes doigts. Ils se sentent un peu trop bien, enveloppés par sa force. Je n'ai pas envie de ressentir ça, parce que ce n'est pas réel.

L'intimité entre nous n'est pas réelle.

— Tu es prête ?

Je n'ose pas parler, parce que je sais que si je le fais, je vais certainement lui demander de me conduire directement au campus. Alors, je secoue la tête en débouclant ma ceinture de sécurité. En prenant une grande inspiration, j'ouvre la portière et je bouge les jambes. C'est bizarre pour moi de ne pas être revenue ici depuis près d'un an et demi. Mon regard se déplace sur cette maison à deux étages qui n'est pas la mienne. Qui ne l'a jamais été.

Leah désirait une maison avec du caractère. Beaucoup de bois et de matériaux intégrés. Tout a été refait à neuf, mais la maison reste fidèle au concept original et à son style. Encore une fois, elle ne pourrait pas être plus différente de la demeure rectangulaire dans laquelle j'ai passé les seize premières années de ma vie. Même si Leah et mon père m'ont répété un nombre incalculable de fois que c'était ma maison, que je devais me sentir à l'aise ici, ce n'est pas le cas.

J'ai l'impression d'être comme une étrangère qui ne s'intègre pas.

J'essaie de ne pas m'attarder sur le fait que, depuis la mort de maman, je n'ai pas eu l'impression de m'intégrer où que ce soit.

Je me force à avancer, et Roan se poste à mes côtés. Je ne peux m'empêcher de le regarder. Tout à coup, je suis heureuse qu'il soit ici avec moi, ce qui est complètement bizarre, parce que nous ne nous connaissons pas depuis si longtemps. Nous sommes à peine amis, et pourtant, il est là, à entrevoir quelque chose de si intensément personnel. Ça me laisse vulnérable et exposée, mal à l'aise.

Alors que nous gravissons l'escalier, je tends la main, saisissant la sienne, arrêtant ainsi sa progression vers la porte.

— Merci.

Je déglutis.

— Je te remercie sincèrement de faire ça pour moi.

Ses yeux turquoise plongent dans les miens, sa main resserre son emprise autour de mes doigts. Il m'attire à lui jusqu'à ce que je frôle son corps.

— Je suis sincèrement navré de t'avoir forcée à le faire, murmure-t-il, sans se détourner de moi. J'aurais dû me taire.

Ses lèvres se crispent avec une étincelle d'humour.

— Je n'aurais pas dû répondre à ton téléphone.

Je lui souris en retour et lui demande :

— Même si je n'ai pas de mot de passe ?

Il m'offre un beau et grand sourire. La façon dont son regard plonge dans le mien m'empêche de respirer.

—Ne pas avoir de mot de passe, déclare-t-il comme s'il l'avait entendue un million de fois, n'est pas une invitation à répondre au téléphone… ou à jeter un coup d'œil aux e-mails… ou aux essais… ou encore à écouter les horribles musiques enregistrées.

Toutes mes pensées quant à l'après-midi atroce qui s'étend devant nous disparaissent. Je halète :

— Tu n'as pas fait ça !

Il pince fermement les lèvres, en paraissant désolé. Il se racle la gorge.

— J'ai peut-être jeté un coup d'œil à certaines choses.

Ce n'est pas comme si j'avais des données très personnelles dessus, mais quand même ! C'est une atteinte totale à ma vie privée !

Grrr.

Juste au moment où je suis sur le point d'exploser, ses lèvres s'approchent des miennes, sans pour autant les toucher. Elles planent à proximité.

— Et si nous nous concentrions sur le fait que j'ai bien appris ma leçon et que je ne le referai plus jamais, murmure-t-il.

Tout ce qui couvait en moi s'évapore alors que nous nous fixons. Je me demande s'il va encore m'embrasser, quand la porte d'entrée s'ouvre. Nous nous écartons si brusquement l'un de l'autre que je perds presque pied, raison pour laquelle il glisse un bras autour de ma taille. Nous pivotons d'un même ensemble vers mon père, qui se tient de l'autre côté du seuil avec une expression perplexe sur le visage. Ses yeux se posent sur Roan, avant de me regarder.

— Ivy.

Il s'avance et m'attire dans son étreinte. Une fois que ses bras sont enroulés autour de moi, il murmure :

— C'est si bon de te voir.

Il s'écarte et m'observe longuement.

— Tu es encore plus belle qu'avant !

Roan lui tend la main, et mon père s'en empare.

— C'est un plaisir de vous rencontrer, monsieur Kaster.

— Plaisir partagé. Merci encore d'avoir conduit Ivy à la maison.

Son regard rebondit à nouveau entre nous, comme s'il essayait de comprendre ce que nous sommes l'un pour l'autre. Une lueur interrogative brille dans ses yeux. De toute évidence, il se fait des idées ridicules sur l'état de notre relation, que je vais devoir corriger à une date ultérieure.

Nous entrons dans la maison. Pendant un moment, je contemple le salon. C'est comme remonter le temps. Presque rien n'a changé depuis mon départ. Certaines des photos accrochées au mur sont différentes, mais c'est à peu près tout.

— Asseyez-vous, mettez-vous à l'aise. Puis-je vous offrir quelque chose à boire ou à manger ?

Maintenant que nous nous sommes salués, la maladresse revient assez rapidement.

— Nous prendrons de l'eau, papa.

Je me sens une fois de plus comme une invitée dans cette maison. Ça craint.

— Merci.

— Rien à manger ? Pourquoi pas des chips ou un sandwich ? Je sais que le trajet a été long.

Nous secouons tous les deux la tête.

— Non, l'eau ira très bien.

Il disparaît dans la cuisine. Je me lève et me dirige vers la cheminée. Au-dessus se trouve un immense portrait de famille.

Sauf que je ne suis pas dessus, ce qui est parfaitement logique, parce que je n'ai pas l'impression de faire partie de cette famille. Roan garde le silence en se déplaçant pour se tenir à mes côtés. Tandis que je continue de fixer cette photo, sa main se glisse dans la mienne, et quelque chose se libère en moi. Pour une quelconque raison, ma poitrine n'est plus aussi serrée qu'il y a quelques instants.

J'étudie la petite fille et le petit garçon qui sourient sur cette photo. Les jumeaux ont l'air plus vieux que la dernière fois que je les ai vus, donc ça doit être une photo récente. Presque à contrecœur, je dois avouer qu'ils sont adorables. Nora a de longs cheveux de couleur caramel, qu'elle a dû hériter de mon père. Elle semble posséder exactement la même nuance de brun doré que mes cheveux. Nolan, quant à lui, arbore les cheveux blonds brillants de Leah.

— Elle te ressemble, déclare-t-il doucement.

De manière presque impartiale, j'étudie la photo pendant un long moment.

— Un peu, concédé-je finalement.

Les traits du visage de Nora sont un mélange de Leah et de mon père. J'ai les yeux de mon père, mais mes lèvres et mes pommettes, je les tiens de ma mère. Elle avait une forme élancée comme la mienne. Elle n'était pas danseuse, mais elle aurait très bien pu l'être. Elle était grande. À peu près un mètre soixante-dix, comme moi.

Sans un mot de plus, je me détourne, rejetant la photo alors que mon père revient avec deux bouteilles d'eau. Son regard se pose immédiatement sur le cadre. En tendant nos bouteilles, il dit :

— Nous l'avons prise le printemps dernier.

Je me tourne à nouveau pour observer le portrait, me sentant plus éloignée de la situation. C'est peut-être mon père, mais il a fondé une autre famille, et il est évident que je n'y ai pas ma place.

— C'est une belle photo.

Ayant besoin de quelque chose pour occuper mes mains, je dévisse le capuchon et avale une longue gorgée. Nous venons tout juste d'arriver, et déjà cet après-midi me donne l'impression qu'il n'en finira jamais. Je suis nerveuse et mal à l'aise. Je veux me tirer d'ici.

— Nous aimerions en prendre une autre le printemps prochain avec nous cinq, avoue-t-il doucement, comme s'il pouvait comprendre que je suis blessée.

Même si je n'ai rien fait ou dit pour lui donner cette impression. Au lieu de répondre, je pose la question tant redoutée :

— Où sont Leah et les enfants ?

— Ils ont dû aller faire quelques courses. Ils seront bientôt de retour, j'en suis sûr.

— D'accord.

Je m'installe sur le canapé. Roan prend place à mes côtés, pendant que mon père s'assied sur le fauteuil face à nous. Une tension maladroite tourbillonne dans l'air. Mon père prend finalement la parole :

— Comment vous êtes-vous rencontrés tous les deux ?

Du coin de l'œil, je jette un coup d'œil à Roan et découvre qu'il est en train de me fixer. Un léger sourire aux lèvres, je ne peux m'empêcher de me souvenir de la manière dont je me suis heurtée à lui en lui balançant mon café glacé sur le T-shirt. Je secoue presque la tête, parce que je n'ai absolument pas envie de partager cette histoire avec mon père.

Roan fronce les sourcils, comme s'il m'encourageait silencieusement à prendre les devants. En me raclant la gorge, je me force à croiser le regard de mon père.

— Nous sommes ensemble en cours d'éthique des affaires, et nous avons été associés pour un projet.

— Nous vivons également dans le même immeuble, ajoute mon voisin. Lexie sort avec mon colocataire, Dylan.

— Eh bien, c'est bien. Vous devez donc vous voir beaucoup.

Je hausse les épaules. De toute évidence, mon père pense qu'il se passe quelque chose entre nous. Je ne sais pas si je devrais le détromper. Alors que je réfléchis à ce que je dois faire, Roan déplace son corps vers le mien et glisse son bras autour de mes épaules. Mon père pince les lèvres, lorsque la porte arrière s'ouvre et que des petits bruits de pas se fraient un chemin dans la maison. Il est peu probable qu'un troupeau d'éléphants puisse faire autant de bruit que ces deux-là.

— Je suppose qu'ils sont rentrés.

Papa se lève et se rend à la cuisine pour rejoindre sa femme. Je l'entends demander si nous sommes déjà arrivés, leurs voix baissent ensuite. Je ne sais pas si nous devrions le suivre dans la cuisine ou non, alors je reste sur le canapé. Roan presse doucement mon épaule.

— Est-ce que ça va ?

Je soupire en espérant pouvoir fuir cet endroit.

— Je veux sortir d'ici, murmuré-je.

Il hoche la tête, ses yeux s'emplissent d'un mélange de sympathie et de compassion. Deux émotions que je n'aurais jamais cru voir en lui. Je me sens stupéfaite par le poids de son regard. Par ce que je vois dans ses profondeurs lumineuses.

— Je sais, répond-il.

Il déclare ensuite la chose la plus inattendue :

— Mais je suis là avec toi, Ivy. Et jusqu'à présent, tout se passe bien.

Il est si près que ses lèvres frôlent ma tempe. Si j'avais pensé être abasourdie par ce que j'ai entrevu dans son regard, ses paroles m'ont carrément éblouie. J'ouvre la bouche pour dire quelque chose. Quoi exactement, je ne sais pas... mais aucun mot ne m'échappe. Ce qui est une grande première.

Heureusement, je suis sauvée de moi-même et des émotions étranges qu'il suscite en moi quand papa, Leah et les enfants nous rejoignent dans le salon. Nora et Nolan s'élancent depuis la cuisine, leurs pieds frappant le plancher à chacun de leurs pas. Les sourires brillants qui illuminent leurs visages comme si c'était le matin de Noël, leur anniversaire, ou les deux, me prennent par surprise. Ils vibrent pratiquement tous les deux d'excitation refoulée. Lorsqu'ils nous aperçoivent sur le canapé, ils s'immobilisent, ce qui est un peu comique.

Mon père dit aux jumeaux :

— Vous vous souvenez de votre sœur, Ivy ? Celle qui vivait à Paris ?

Ils le fixent silencieusement. Mon cœur se serre avant de tambouriner douloureusement. Pourquoi fait-il remarquer devant tout le monde qu'ils n'ont aucune idée de qui je suis ?

Nora court vers un meuble et attrape une photographie encadrée avec ses petits doigts potelés. Mon père et sa femme lui sourient tous les deux. La petite fille se dirige avec hésitation vers moi, en affichant un sourire timide sur ses lèvres de chérubin.

Je contemple la photo de mon diplôme d'études secondaires. Elle me montre du doigt.

— Ivy.

Je n'arrive pas à comprendre pourquoi j'ai les larmes aux yeux. Je ne peux m'empêcher de lui offrir un sourire bancal. Je sens Roan poser doucement sa main sur ma cuisse et la serrer. En me raclant la gorge, je confirme :

— Oui, c'est moi. Ivy.

Elle m'offre un sourire éclatant, et mon cœur, celui que je pensais être froid comme la pierre en ce qui concernait ces deux enfants, commence à dégeler. Leah fait un pas en avant, et pose sa main sur l'épaule de Nora.

— Tu nous as manqué, Ivy. Je suis vraiment heureuse que tu aies pu rentrer à la maison aujourd'hui.

Elle se présente à Roan ainsi que les enfants. Apparemment, ne voulant pas être laissé de côté, Nolan s'écrie :

— Gâteau !

Leah le fait taire, et papa ricane avant que les jumeaux n'entrent à nouveau dans la cuisine. Ils se mettent alors à crier sauvagement :

— Gâteau, gâteau, gâteau !

— Je suppose qu'il a vendu la mèche.

Elle désigne l'arrière de la maison d'un signe de tête.

— Et si nous allions tous à la cuisine. Les enfants ont quelque chose à vous montrer.

Roan et moi suivons mon père et Leah. Ses yeux fouillent les miens, comme s'il essayait de me demander silencieusement si je vais bien. Je lui réponds par un léger sourire.

Dès que nous franchissons le seuil de la porte, les jumeaux sautent en criant :

— Surprise !

Ou plutôt une version déformée de ce mot. Leur excitation et le bonheur pur qui émanent d'eux sont contagieux. Je ne peux m'empêcher de sourire sincèrement en regardant tout autour de moi. Roan glisse son bras autour de ma taille tandis que j'accuse le coup, devant tous les ballons ainsi que la bannière accrochée qui dit « bienvenue à la maison, Ivy ! ». Et c'est impossible pour moi de manquer le gâteau en forme de tour Eiffel, quand bien même on dirait qu'on lui a subtilisé un morceau.

— Hé, mon pote, commence Roan en désignant la bouche du petit garçon. Je pense que tu as quelque chose sur le visage.

Ce dernier essuie rapidement ses lèvres du dos de sa petite main, avant d'adresser un sourire diabolique à sa mère.

— Nous allons d'abord déjeuner, nous pourrons ensuite manger le gâteau, le réprimande-t-elle gentiment, bien qu'elle ne soit pas réellement contrariée par son comportement. Pas l'inverse.

Bouleversée, je contemple l'affiche colorée, les ballons roses et noirs, ainsi que le beau gâteau. Je... je ne peux pas croire qu'ils aient fait ça pour moi. Je n'y arrive vraiment pas. Encore une fois, je ressens une étrange sensation de brûlure à l'arrière de mes paupières, et je m'efforce de faire de mon mieux pour dissiper cette émotion inattendue.

Je m'accroche à ma colère depuis si longtemps que je ne sais pas trop quoi en faire. Je ne peux m'empêcher d'observer cette scène avec perplexité et je ne comprends pas pourquoi ma belle-mère se donnerait autant de mal pour moi. Je n'ai jamais été gentille avec elle. Elle a fait irruption dans nos vies avant que je puisse accepter le fait que mon père était passé à autre chose.

Et je n'ai pas manqué de le lui faire remarquer...

Le reste de l'après-midi se déroule à peu près de la même manière. C'est en réalité... plutôt... agréable. Leah me pose énormément de questions au sujet de Paris. Papa et Roan discutent football. Les jumeaux courent partout comme si leurs fesses étaient en feu, avant de nous attirer, Roan et moi, dans leur chambre pour nous faire découvrir tous les jouets qu'ils ont accumulés en quatre ans.

Alors que j'avance dans le couloir à l'étage, je jette un coup d'œil hésitant à l'intérieur de la chambre dans laquelle j'ai vécu pendant mes deux dernières années de lycée. Elle est exactement comme le jour où je suis partie. Ce qui, je déteste l'admettre, appose un peu de baume sur mon âme abîmée.

J'ignore pourquoi ça a de l'importance à mes yeux. Ce n'est pas comme si je rentrais souvent à la maison. Je ne me rends ici que lorsque je dois absolument le faire. Comme pour Thanksgiving ou Noël. En dehors de cela, je suis devenue extrêmement douée pour inventer des excuses et les éviter. Pourtant, ils ont gardé ma chambre telle quelle. Ils auraient pu tout emballer dans des cartons et offrir aux jumeaux cette salle de jeux dont ils ont grandement besoin, mais ils ne l'ont pas fait. Ils ont gardé un espace pour moi, comme si j'avais réellement ma place parmi eux. Comme si je faisais partie de cette famille. Peu importe à quel point je suis perdue dans mes pensées, j'ai conscience du moment exact où Roan arrive derrière moi. Sa présence est écrasante, et pour une raison étrange, mon corps est à l'écoute du sien. En silence, son souffle se perd sur ma nuque. Un léger frisson me traverse.

— Ton ancienne chambre ?

Je hoche la tête en laissant mon regard glisser sur ce que j'ai choisi de laisser derrière moi. Mon lit blanc à baldaquin, mes étagères remplies de trophées de compétition de danse, une paire de chaussons de ballet roses que j'adorais, suspendue à des rubans sur le mur, mes rideaux bleu clair ainsi que mes livres préférés. La seule chose qui manque, c'est ma commode, qui se trouve dans mon appartement.

Les yeux de Roan observent tout, ce qui me laisse étrangement exposée. Toutes ces choses, c'est la personne que je suis. C'est ce qui compose les morceaux déchiquetés de mon être. Sur la table de nuit se trouve une photo encadrée. Il la soulève et l'étudie.

Cette photo a été prise six mois environ avant que maman ne reçoive son diagnostic de cancer du sein. Chaque fois que je la regarde, je ne peux m'empêcher de me rappeler à quel point notre vie était belle juste avant d'exploser.

Parfois, il m'est difficile de croire que tout peut être parfaitement bien l'espace d'un instant, puis se transformer en un chaos le plus total dès le lendemain. Il n'y a rien qui puisse vous préparer à cela. Ça sort de nulle part. Et puis... rien n'est plus jamais pareil.

Les choses ne reviennent jamais à la normale.

Pas à cette normale que vous connaissiez et que vous appréciez. Mon quotidien était composé d'une batterie de tests, de chimiothérapie et de crises induites par cette maladie tandis que les choses se détérioraient lentement au lieu de s'améliorer, jusqu'à ce que j'oublie complètement qu'il y avait eu un moment dans ma vie où je me sentais heureuse, insouciante... normale.

Ça craint.

Le cancer, ça craint.

— Tu lui ressembles.

Je lui offre un sourire crispé, sachant qu'il est empli d'une tristesse douloureuse. Après toutes ces années, ça me fait toujours un mal de chien de contempler cette photo. C'est exactement la raison pour laquelle j'ai décidé de la laisser dans mon ancienne chambre. Je ne peux pas supporter de savoir que maman est vraiment partie, qu'elle ne reviendra pas. Je n'arrive pas à croire que tout ce que je vais traverser se fera sans ses conseils avisés.

Soigneusement, il repose le cadre sur ma table de nuit. Il le fait comme si c'était la chose la plus précieuse au monde, ce qui laisse mon cœur à vif et sans défense. Roan n'est absolument pas celui que je croyais. Il possède un côté plus doux, qu'il garde enfoui sous son arrogance.

J'aimerais bien qu'il ne soit rien de plus qu'un simple joueur de football, comme je le pensais. C'était facile de résister à ce type. Celui d'aujourd'hui… il fait remonter des choses en moi, des choses qui m'effraient. Je commence à réaliser que Roan n'est pas l'une ou l'autre de ces versions, mais une combinaison des deux.

Avec son regard qui berce le mien, il amenuise la distance entre nous jusqu'à ce que je doive incliner la tête. Je ne peux m'empêcher d'inspirer profondément tandis que sa main gauche se pose sur ma joue.

— Je n'aime pas te voir triste.

— Je vais bien.

Bien sûr que je mens. Son pouce caresse le coin de ma bouche. Ses yeux fouillent les miens, y faisant naître une myriade d'émotions. Ça m'amène à me demander exactement ce qu'il voit lorsqu'il me regarde. Personne ne m'a jamais contemplée comme il le fait. Presque comme s'il voyait la véritable moi.

La vraie Ivy.

C'est une perspective tout bonnement effrayante.

Étrangement déconcertée, je dois me rappeler que qui que ce soit, ce n'est pas le vrai Roan. Ce n'est qu'une infime partie de qui il est vraiment.

Il fronce les sourcils en m'étudiant.

— À quoi est-ce que tu penses ?

Ne voulant pas lui divulguer la vérité, je secoue la tête. Un petit sourire se faufile sur mes lèvres. J'ai l'impression qu'il est aussi amer que possible.

— Rien.

Même s'il ne paraît pas convaincu, il ne pousse pas la conversation plus loin. Il se penche plutôt vers l'avant, jusqu'à ce que sa bouche puisse effleurer la mienne. Nous nous tenons au milieu de mon ancienne chambre, la porte grande ouverte. Quand sa langue se fraie un chemin entre mes lèvres, je ne peux m'empêcher de lui offrir l'accès.

Ses baisers sont complètement addictifs. Je pourrais facilement tomber amoureuse du Roan King que j'ai vu aujourd'hui, mais je sais au fond de moi que ce serait une énorme erreur. Une erreur que je ne suis pas prête à commettre. Ça m'a fait énormément de mal quand

Finn a rompu avec moi, et encore plus mal de voir toutes les filles qui ont pris ma place au cours de mon absence. Je sais que ce sera exactement la même chose avec Roan.

En pire.

Roan ne recherche pas une relation. Il s'intéresse uniquement au sexe. Et ce n'est pas quelque chose que j'ai déjà fait avant. Je ne sais même pas si je suis capable d'avoir des relations sexuelles occasionnelles, aussi simple que cela puisse paraître. C'est tout le contraire.

16

ROAN

Miam... j'adore les hommes qui s'entraînent religieusement. Jetez un coup d'œil à ces délicieuses photos et n'oubliez pas d'essuyer la bave au coin de votre menton ! KingOfCampus.com

— Mec, qu'est-ce qui ne va pas chez toi ? Tu es trop calme aujourd'hui.

Je me concentre sur le fait de pousser la barre jusqu'en haut avant de la ramener contre mon torse. Je veux penser à ce que je fais sur ce banc... pas à Ivy. Malheureusement, elle refuse de libérer l'espace dans ma tête. Surtout après ce petit séjour chez elle.

Pour une raison ou une autre, cette journée semble avoir marqué un tournant décisif dans notre relation.

— J'essaie de me concentrer, c'est tout.

Mon regard se fixe sur la barre et non sur Dylan, qui assure mes arrières. La dernière chose dont j'ai besoin, c'est qu'il perçoive mon intérêt croissant pour Ivy. Je sais déjà comment il réagirait.

— Est-ce que tu as un problème ?

Je fronce les sourcils avant de pouvoir m'en empêcher.

— Bon sang, c'est ça. Depuis quand est-ce que tu as des problèmes avec les femmes ?

Il est presque étourdi par cette perspective. Le plus gros problème que j'ai habituellement avec les femmes, c'est de les faire battre en retraite après leur avoir fait l'amour. Je n'ai jamais vu une fille se faufiler sous ma peau. Ivy est une première. Une démangeaison qu'il m'est impossible de faire disparaître simplement en la grattant. Je n'aime pas ça du tout. J'espère pouvoir m'en sortir, et que mon intérêt pour elle diminuera avec le temps.

Ça pourrait arriver, pas vrai ?

— Qui est-elle ?

Il m'offre un sourire, que je veux lui faire ravaler.

— Je meurs d'envie de savoir.

La seule raison pour laquelle il meurt d'envie de le savoir, c'est pour que son petit cul de fouineur puisse retourner auprès de sa petite amie et lui révéler que je suis tombé amoureux d'une femme.

— Il n'y a pas de fille, grommelé-je, en poussant à nouveau vers le haut.

Je grogne pratiquement les mots suivants, désirant qu'il laisse tomber le sujet.

— Peux-tu arrêter de parler et te concentrer ?

Il renifle.

— Depuis quand ne discutons-nous pas en soulevant de la fonte ?

Il a gagné. C'est vrai que nous adorons habituellement parler commérages. Et il y en a beaucoup. Soulever des objets nous semble le moment idéal pour le faire. La musique explose dans le gymnase, et bavarder aide à passer le temps. Si je veux me débarrasser de ce trou du cul, je dois tenter de la jouer cool.

— Il n'y a pas de fille. J'ai simplement énormément de choses en tête.

Il laisse échapper un bruit de gorge qui me fait comprendre qu'il ne me croit absolument pas. Dylan et moi logeons dans le même appartement depuis la première année. Entre ça, jouer au football et nous entraîner ensemble, nous nous connaissons plutôt bien.

C'est le premier à dire des conneries.

Ce qui est à la fois une bénédiction et une malédiction.

Je lui jette un coup d'œil en abaissant la barre. Son regard s'assombrit et se fait interrogateur. Si je ne le connaissais pas aussi bien, je dirais que le petit hamster à l'étage est occupé à tourner sur sa roue tandis qu'il essaie de me comprendre. Je vois le moment précis où son cerveau s'arrête sur une idée. Je jure presque.

— J'espère que ça n'a rien à voir avec Ivy.

Encore une fois, je m'efforce de relever la barre.

— Pourquoi est-ce que tu dis ça ?

— Je te connais, mec. Tu aimes les défis, et c'est exactement ce que représente Ivy. Un putain de défi. Elle ne veut rien savoir de toi.

Il n'a pas tort à ce sujet. J'adore relever un bon défi, mais je pense sincèrement que mon intérêt pour Ivy va un peu plus loin que ça. Peut-être que c'était le cas au début, que le fait de savoir qu'elle n'était pas intéressée par moi était comme un drapeau rouge brandi face à moi, mais c'est rapidement devenu plus que ça.

Ivy est la seule personne à Barnett qui ne se soucie pas de qui je suis ni du statut qu'elle pourrait gagner en étant mon amie ou en couchant avec moi. Elle ne parle jamais de football. Je crois même qu'elle a admis la semaine dernière qu'elle n'aime pas ce sport. Elle ne le regarde jamais. Elle n'assiste jamais aux matchs.

L'on pourrait penser que s'entendre dans ces conditions serait impossible. Mais bon sang, c'est tout le contraire. J'aime énormément ne pas avoir besoin de parler football.

Et personne ne peut décemment dire qu'elle fait beaucoup d'efforts pour attirer mon attention, ni qu'elle essaie de passer le plus de temps possible avec moi.

Vous savez ce que je préfère ?

Nous sommes en quelque sorte devenus amis. Je n'ai jamais passé de temps avec une fille sans avoir l'intention de la baiser à la fin de la soirée. Lexie ne compte pas. Si Dylan n'était pas là, je ne traînerais pas avec elle non plus.

Bien sûr, les filles avec qui je couche ne sont pas mes amies. Elles ressemblent davantage à des groupies. C'est l'un des nombreux avantages d'être un athlète. C'est comme qui dirait un échange de bons procédés. Je peux baiser régulièrement, et les filles peuvent se vanter auprès de toutes leurs amies d'avoir passé du temps avec Roan King.

Ça fonctionne pour toutes les parties concernées. D'autant plus que je suis clair dès le départ, en disant qu'il s'agit strictement d'un accord ponctuel. De temps en temps, il m'arrive de baiser la même personne deux fois, mais je n'en fais pas une habitude. Une fois qu'une telle chose se produit, on entre sur le territoire trouble d'une quasi-relation, et je ne m'implique pas dans ce genre de liaison. J'ai trop de travail pour ça.

Pourtant, Ivy oriente prudemment mes pensées dans cette direction. Je ne peux pas l'avoir sans une forme quelconque d'engagement, et le fait de penser à elle avec quelqu'un d'autre me fout en rogne. Il est donc clair que je me retrouve face à un dilemme.

— Elle ne représente pas seulement un défi, dis-je.

À la quinzième répétition, mes bras me tuent.

— Bon sang, réplique-t-il en secouant la tête. Je savais que ton humeur avait quelque chose à voir avec elle.

Il glisse une main dans ses cheveux dorés.

— Merde. Lexie va te tuer.

Il affiche une moue dévastée.

— Et moi, je ne vais plus baiser !

Je repose la barre et m'assieds sur le banc rembourré. Dylan ne me quitte pas des yeux à présent. Il n'apprécie apparemment pas l'idée que Lexie puisse le priver de sexe, et je ne peux pas dire que je le blâme pour ça. Après tout, cela doit représenter le principal avantage d'une relation engagée, pas vrai ?

Si on enlève le sexe, que reste-t-il ?

Une serviette à la main, j'essuie la sueur de mon front.

— Calme-toi, mec. Je n'en ai pas après Ivy.

Je me lève pour que nous puissions changer de position. Tandis que Dylan s'installe sur le banc, il continue à se moquer de moi comme s'il n'en croyait pas un mot. Lexie va me tanner le cul. Ivy vit à côté de nous et gravite à peu près dans le même cercle d'amis. C'est là que ce vieux dicton, « ne chie pas là où tu manges », entre en jeu. Et je ne veux vraiment pas causer de problèmes à Dylan.

Maintenant, si vous me pressez d'ajouter un autre élément à la liste des raisons pour lesquelles je devrais garder cette chose avec Ivy strictement amicale, je dirais que c'est parce que je n'ai aucun intérêt à avoir une petite amie. Je subis énormément de pression, et avoir une petite amie ne ferait qu'en rajouter.

Au fil des ans, j'ai constaté que les femmes sont des créatures assez superficielles. Elles veulent être avec moi pour mon apparence et mon statut sportif. Pas une seule d'entre elles ne m'a jamais demandé ce que j'avais l'intention de faire si ma carrière dans le football ne fonctionnait pas. Elles ne se soucient pas non plus du fait que je sois un bon élève. Et encore moins que j'aie marqué un trente-trois sur mon ACT à la fin de ma première année au lycée.

Non.

Je pourrais être plus con qu'un poteau de clôture qu'elles n'y verraient aucun inconvénient. Je pourrais les traiter comme de la merde que ça n'aurait pas d'importance. Bien sûr, je ne le ferais jamais, parce que ma mère me giflerait si je traitais une fille de façon irrespectueuse, ce qui est exactement la raison pour laquelle je suis toujours courtois et franc sur mes intentions. Si elles ne sont pas inté-ressées, elles ne le sont pas. Pas de problème. Mais soyons réalistes, à part Ivy, je n'ai jamais rencontré une fille qui n'était pas intéressée.

Elles sont intéressées par Roan King. C'est tout ce qui semble avoir de l'importance. Elles demandent ensuite à leurs amies de prendre énormément de photos qui sont postées immédiatement quand j'ai fini de les baiser. Donc, je ne me sens absolument pas mal à l'aise à l'idée de me taper toutes ces filles sans visage et de ne pas me soucier de m'attacher à une d'entre elles en particulier. En ce qui me concerne, je me débrouille mieux seul qu'avec une mercenaire qui n'en veut qu'à mon statut. Je me demande si je toucherais autant de culs si je ne souhaitais pas devenir pro cette année. Si je n'étais pas en passe de gagner des millions.

Non pas que j'en aie déjà parlé avec qui que ce soit, mais je commence à hésiter à participer au repêchage cette année. J'ai joué en première année, ce qui signifie que j'étais dans l'équipe et que je m'entraînais, mais que je n'ai joué aucun match. Les lignes directrices de la NCAA ne permettent aux joueurs d'être admissibles à l'université que pendant quatre ans. J'en ai utilisé trois. La saison des chandails rouges ne compte pas. Techniquement, je peux rester à Barnett et jouer une saison de plus, même si je suis actuellement en dernière année.

Mon plan a toujours été d'utiliser ces quatre années pour obtenir mon diplôme et participer au repêchage s'il semblait que je pouvais potentiellement aller au premier ou au second tour. Il y a eu énormément de battage médiatique à ce sujet, et cela ne fait que croître. Je suis haut dans le classement pour le moment.

Peut-être plus haut que jamais.

Sauf que j'ai changé de major l'année précédente, et que ça m'a fait reculer sur le plan du crédit. De plus, en ce qui concerne le football, je ne pourrai pas toujours prendre quinze crédits par semestre. Il y a des moments où il me faudra alléger ma charge.

J'ai toujours envisagé de rester pour une cinquième année. Je n'en ai jamais parlé à ma famille, parce qu'aucun d'entre eux ne va apprécier. À l'arrière de mon esprit, je sais qu'il me faut un plan B au cas où les choses ne fonctionneraient pas. La plupart des joueurs professionnels ne jouent que pour une durée moyenne de trois ans. Cette durée peut être réduite s'ils subissent une blessure. Dans le football, ça reste toujours une possibilité. Je doute fort que ce soit la seule chose que je ferai de ma vie.

C'est pour ça qu'à mes yeux obtenir mon diplôme est important.

Dylan prend la barre et y ajoute du poids. Il grince des dents avant de la soulever lentement au-dessus de son torse. Après la quatrième répétition, il commence à grogner. Je secoue presque la tête. Dylan est ridiculement bruyant quand il s'entraîne. Malheureusement, ce côté de sa personne se répercute également dans la chambre... si vous voyez ce que je veux dire.

Je le sais parce que les murs de notre appartement sont fins comme du papier. Et Lexie passe souvent la nuit chez nous. Ce mec est putain de bruyant dans tout ce qu'il entreprend.

— Tu dois rester loin d'elle. Je suis sérieux. Tout va bien avec

Lexie. Je n'ai pas besoin que tu bousilles ma relation parce que tu ne supportes pas qu'on se refuse à toi.

Je lève les yeux au ciel.

— Accorde-moi une putain de chance. Qu'est-ce que je suis à tes yeux ? Je ne vais pas la poursuivre parce qu'elle n'est pas intéressée par moi, d'accord ?

Bien que je pense qu'en réalité Ivy est intéressée. Mais je ne vais pas l'admettre.

Dylan se concentre sur son entraînement, jusqu'à ce qu'il atteigne quinze répétitions. Il remet ensuite la barre en place et s'assied.

— Il y a énormément de filles qui réclament ton attention. Fais-moi une faveur et laisse-la tranquille.

Nous passons à la machine suivante.

Je devrais laisser tomber le sujet.

Je ne devrais pas dire un mot de plus au sujet d'Ivy.

Mais...

Je n'arrive pas à m'en empêcher. Depuis dimanche, toutes ces pensées me trottent dans la tête et elles refusent de s'en aller.

— Et si c'était plus qu'un coup d'un soir ?

Dylan soulève des poids de vingt-cinq kilos pour travailler ses biceps.

— Qu'est-ce que tu racontes ? Que tu veux finalement d'une relation ?

Il renifle comme si c'était la chose la plus ridicule qu'il avait jamais entendue de ma bouche.

Peut-être que c'est le cas. Après tout, je n'ai jamais été intéressé par le fait d'être ligoté et, par l'enfer, je ne suis même pas certain de le vouloir à présent. Mais je ne peux tout simplement pas m'empêcher de penser à elle. Je ne peux pas arrêter de penser à quel point c'était agréable de passer la journée avec elle.

J'aimais savoir qu'elle avait besoin de moi. Le fait d'avoir été là pour elle lui a facilité un peu les choses. J'en suis certain. Et j'aimais très certainement enrouler mes bras autour de son corps pour m'assurer qu'elle allait bien. Cette situation a fait remonter à la surface tous mes instincts protecteurs. Je n'ai jamais ressenti ça.

— Peut-être.

Dylan secoue la tête en ricanant.

— Mec, arrête d'essayer de me faire mourir de rire, je m'entraîne.

Je fronce les sourcils et récupère mes propres poids. Trente kilos. Qu'il aille se faire foutre. Mes muscles me brûlent lorsque je ramène l'haltère vers mon torse.

— Peut-être que je veux une petite amie. Qu'y a-t-il de mal à cela ?

Il m'adresse un sourire sournois.

— Tu ne cherches qu'à te taper le plus de chattes possible.

Il sourit.

— Si je possédais ton joli visage, je ferais la même chose.

Je ne sais pas pourquoi ces paroles m'énervent. Mais c'est le cas.

— Elles veulent toutes obtenir un morceau de toi avant que tu n'atteignes ton grand moment. Elles veulent toutes baiser le roi du campus, ricane-t-il.

Mon regard s'assombrit. Dylan et moi sommes comme des frères. Nous couvrons mutuellement nos arrières. Nous sommes amis depuis l'orientation de première année. Son rêve est de jouer en NFL, mais je ne suis pas certain qu'il y arrivera. Il n'a pas suscité autant d'attention que moi. En plus, il s'est déchiré la coiffe des rotateurs l'année précédente, et je pense que cette blessure le dérange toujours. De temps à autre, je perçois une douleur fugace sur son visage quand il pense que personne ne le regarde.

Même si nous sommes amis, je pense qu'il ressent un peu de frustration à l'idée que mon ascension ait été apparemment plus facile que la sienne. Je n'ai jamais souffert de la moindre blessure. Je n'ai jamais eu à m'asseoir pendant un certain temps pour récupérer. Jouer au football est comme une seconde nature pour moi. Comme un instinct. Je comprends. J'observe le terrain et j'arrive à penser à quelques coups à l'avance. C'est un peu comme jouer à un jeu d'échecs en version accélérée. C'est cette capacité qui m'a propulsé au sommet de ma carrière universitaire. Les gens l'ont remarqué. Surtout les recruteurs et les entraîneurs.

Dylan n'a pas développé cette compétence, ou elle n'est pas innée comme chez moi. Au lieu de nous attaquer au véritable problème entre nous, je dis :

— Si je me souviens bien, tu as fait plus que ta part avant de rencontrer Lexie.

Il grogne.

— C'est vrai.

— Je ne suis donc pas certain de comprendre où tu veux en venir.

Il m'adresse un regard sombre.

— Le fait est que je ne veux pas que tu fricotes avec Ivy. Évite-la. Tu ne cherches rien de plus qu'un petit cul pour te tenir chaud la nuit. Tu n'es pas du genre relationnel, King. Trouve-toi une autre occupation. Je n'ai pas besoin que tu bousilles ma relation avec Lexie simplement pour pouvoir choper une fille qui ne se jette pas sur le dos en écartant les cuisses pour toi.

Au lieu de lui sauter à la gorge, je détourne le regard et continue à soulever mes haltères. Je suis tellement en colère contre ce qui jaillit de sa bouche que j'ai perdu le compte de mes répétitions. En serrant les dents, je recommence à zéro.

Après cinq minutes de silence inconfortable, Dylan commence à jacasser à propos d'autres choses, et parce que je ne veux pas qu'il y ait un problème entre nous, je décide d'abandonner ma colère. Dylan a certainement raison.

Ma fascination pour Ivy a tout à voir avec son désintérêt. Personne ne m'a jamais rejeté. Ça doit être la raison pour laquelle elle occupe l'ensemble de mes pensées dernièrement. Peut-être que j'ai besoin de baiser et que tout le reste va se remettre en place. Je pourrai alors passer mon temps à me concentrer sur le football et les cours, plutôt que de penser à Ivy Kaster.

Vous voyez ?

C'est exactement ça le problème avec les femmes. On passe beaucoup trop de temps à penser à des choses qui ne sont pas importantes, tout en perdant de vue les objectifs que nous nous sommes fixés.

Je ne peux pas m'autoriser à me laisser distraire de la sorte.

Pas quand j'ai tout à perdre.

17

IVY

Hmm, est-ce que c'est juste moi ou est-ce que notre légendaire receveur, Roan King, ne répand plus l'amour comme il le faisait autrefois ? Qu'est-ce qui se passe ? Tout ce que je sais, c'est qu'il y a beaucoup de femmes sexuellement frustrées qui réclament un petit aperçu de Roan King. Si tu lis ce message, RK, sois cool et offre-nous ce que nous voulons... KingOfCampus.com

Nous sirotons nos boissons, en nous promenant lentement sur le trottoir d'un centre commercial extérieur local. Lexie porte trois sacs. Moi, zéro. Il y a plusieurs raisons à cela. L'une d'entre elles est que rien d'intéressant n'a attiré mon attention. Et l'autre : je n'ai pas d'argent à dépenser dans des choses inutiles dont je n'ai pas besoin. Pourtant, mon père m'a tendu cent dollars quand Roan et moi avons quitté sa maison dimanche. Abasourdie par son geste, j'ai essayé de lui rendre son billet, mais il n'a pas voulu le reprendre. Je me suis dit que je pouvais donc l'utiliser en cas d'urgence.

— Arrêtons-nous ici, déclare Lexie.

Nous entrons dans un magasin de lingerie et, immédiatement, elle se met à fouiller dans les racks. Je possède assez de sous-vêtements, donc je ne cherche rien, jusqu'à ce qu'un petit soutien-gorge affriolant et une culotte en dentelle assortie de couleur rose pâle attirent mon attention.

Avant même de m'en rendre compte, je me dirige dans sa direction et l'observe pendant une longue minute. C'est vraiment le plus bel ensemble que j'aie jamais vu. Transparence et délicatesse sont les mots les plus adéquats pour décrire le matériau dans lequel il est fait. Il révélerait à peu près tout de ma personne, mais bon sang, je suis certaine que j'aurais l'air sexy en le portant.

Lexie se poste à mes côtés.

— Oh, tu dois absolument l'essayer !

Je secoue la tête. Ce n'est pas comme si j'avais quelqu'un pour qui porter une telle lingerie. J'essaie en vain d'empêcher le magnifique visage de Roan de se matérialiser dans mon esprit. Merde, j'ai le sentiment que ce type causera ma mort.

— Pourquoi pas ?

Ma meilleure amie le retire du cintre avant de l'inspecter.

— Ça sera amusant, allez.

Je fronce les sourcils.

— Essayer quelque chose qui ne fera que souligner que je n'ai aucune courbe à laquelle l'accrocher n'est pas ma définition du plaisir.

Je croise les bras. Comme je l'ai déjà dit, je n'ai rien contre le fait de ne pas avoir un petit corps tout en rondeur, mais me contempler dans de la lingerie qui est censée mettre en valeur mes courbes inexistantes ne fera que me ramener à l'essentiel.

Ai-je vraiment besoin de ça en ce moment ?

Pas vraiment.

Lexie tient quatre ensembles dans ses mains. Je parie que ce sont tous des bonnets D. Ma meilleure amie a des formes là où il faut. Elle ressemble à une bombe sexuelle attendant d'exploser, et elle est extrêmement douée pour mettre en avant ses meilleurs atouts. C'est l'une des raisons pour lesquelles elle est si déterminée à se lancer dans le design de mode. Il existe énormément de styles différents pour les femmes minces. Si on est grande et mince, on peut porter pratiquement n'importe quoi en paraissant fabuleuse. Mais que se passe-t-il lorsqu'on est petite avec des courbes ? Lexie s'est en réalité conçu elle-même quelques tenues. Et je dois dire qu'elles sont hyper-flatteuses et de qualité professionnelle.

Elle vérifie la taille avant de placer le soutien-gorge contre ma poitrine.

— Il devrait te convenir parfaitement.

Elle m'entraîne vers un couloir étroit. Étant donné que je sais quand choisir mes batailles, j'autorise ma meilleure amie à m'enfermer dans une cabine d'essayage tandis qu'elle disparaît dans celle à côté de la mienne.

— Ne crois pas que je vais te montrer à quoi je ressemble, murmuré-je.

Ce n'est pas que je sois pudique. J'ai passé toute ma vie à m'entraîner religieusement dans un studio de danse. Chaque ligne et chaque muscle de mon corps est parfaitement sculpté. De plus, je porte habituellement des justaucorps serrés faits de Lycra moulant. J'ai également eu ma juste part de couturières qui ont passé leurs mains sur moi pour prendre des mesures, sans parler du changement de costume devant d'autres danseurs. Quand on danse, c'est comme ça. Après un certain temps, on cesse tout simplement d'être gêné.

Je retire mon T-shirt, mon pantalon et mon soutien-gorge, mais je garde ma culotte. Je glisse le string rose pâle par-dessus et m'empare du soutien-gorge pour l'enfiler. Je m'attendais à ce que son matériau soit inconfortable. Fait surprenant, ce n'est pas le cas. Il est en réalité très confortable. Ma respiration se bloque dans mes poumons lorsque je lève les yeux vers le miroir pour me contempler longuement.

Mon Dieu, ça me fait presque...

Avant que je puisse comprendre ce que je vois, Lexie débarque dans la cabine sans me prévenir. Je suis tellement frappée par la vision face à moi que je ne prends pas la peine de me couvrir. Ce n'est pas comme si elle ne m'avait pas vue nue une centaine de fois auparavant. Nous sommes amies depuis la quatrième année et nous vivons ensemble depuis plusieurs années. Nous avons toutes les deux les mêmes attributs. Bien que cela soit vrai, Lexie paraît beaucoup plus douce et féminine que moi.

Elle s'immobilise et écarquille les yeux.

— Tu es superbe !

Je ne peux m'empêcher de sourire face à ce compliment. Je ne suis pas du genre à me féliciter, mais je pense qu'elle a raison. Cet ensemble de lingerie est vraiment magnifique.

Et il me donne l'impression...

— Je n'arrive pas à le croire, tu as une poitrine et des fesses !

Elle fait ce commentaire avec le plus d'exagération possible. Comme si elle n'en était pas certaine avant ce moment.

J'étouffe un rire en me tournant dans tous les sens, essayant de vérifier ce cul que j'ai apparemment. En jetant un coup d'œil dans le miroir, je remarque qu'elle a raison.

J'ai des fesses !

Une vendeuse de passage s'arrête pour m'observer longuement.

— Oh, ma chérie, tu ferais mieux d'acheter ce petit ensemble. L'homme dans ta vie te remerciera.

Elle m'adresse un sourire effronté et passe rapidement à autre chose. Malheureusement, son commentaire me rappelle que je n'ai pas besoin d'acheter ce magnifique petit ensemble. Pourquoi le ferais-je ? Je n'ai pas d'homme dans ma vie. Et je ne crois pas que cela changera bientôt.

— Non, non, non ! s'exclame brusquement ma meilleure amie.

Lorsque mon regard plonge dans le sien, elle poursuit :

— Tu n'as pas besoin d'un homme pour t'offrir quelque chose qui te fait te sentir belle et sexy.

Elle me tend la main.

— Et cette magnifique pièce de dentelle t'aide à ressentir les deux. Tu dois l'acheter.

Je secoue la tête.

À quoi bon ?

Ce n'est pas comme si j'allais l'acheter et me tenir debout devant un miroir pour m'admirer.

D'accord, en réalité, je pourrais très bien le faire à quelques reprises.

— Si j'avais l'air aussi sexy, je le porterais tous les jours simplement pour renforcer ma confiance en moi.

Je lève les yeux au ciel en énonçant l'évidence :

— Tu n'as pas besoin d'aide pour ça.

Elle sourit.

— Ni toi ni moi n'en avons besoin. Mais je peux te dire que tu es incroyable dans cet ensemble, et ça, ça vaut son pesant d'or.

Avant que je ne puisse nier, elle ajoute :

— Écoute, ton anniversaire approche, c'est ce que je vais t'offrir.

Mes épaules s'affaissent tandis que mon regard glisse vers le miroir.

— Ce soutien-gorge te fait une poitrine merveilleuse, ricane-t-elle. Il te donne l'impression d'en avoir une.

Je ne peux pas le contester. C'est vraiment le cas. J'ai un bonnet B. Ce soutien-gorge me donne l'impression d'avoir un bonnet C. Mes mains se posent sur le dessous de mes seins, essayant de comprendre ce qui se passe exactement.

— Je suppose que c'est une sorte de soutien-gorge push-up.

Ce petit bougre rusé repousse mes seins sur le côté pour créer l'illusion d'un beau décolleté.

— Mon conseil est d'investir dans des soutiens-gorge de ce style. L'effet push-up est clairement ton meilleur ami.

Elle sourit.

— Autre que moi, bien sûr.

Je ne compte pas l'avouer à Lexie, mais je porte habituellement une brassière de sport noire basique qui aplatit davantage les filles. Elle est super confortable et je n'ai jamais pris la peine de m'acheter quoi que ce soit d'autre. Ce qui me donne très envie de posséder cet ensemble.

— D'accord, tu as gagné.

Elle applaudit joyeusement.

— Mais c'est moi qui l'achète.

— Je t'ai dit que je l'achetais pour ton anniversaire, me réprimande-t-elle.

— Non. Tu as raison, je l'adore. Même si je n'ai personne pour qui le porter, j'ai envie de faire des folies.

Elle fronce les sourcils.

— Les vêtements sont conçus pour que la personne qui les porte se sente bien dans sa peau. Si tu te sens incroyable, c'est tout ce qui compte.

Ce petit ensemble me donne l'impression d'être incroyable. Donc, je suppose qu'elle a raison. C'est décidé, je suis prête à l'acheter.

— D'accord, sors de là.

Évidemment, fière de m'avoir convaincue d'acheter quelque chose que je n'achèterais pas normalement, elle se réjouit en refermant le rideau. Cinq minutes plus tard, j'enfile à nouveau ma brassière de sport. Et je ne me sens plus du tout aussi sexy.

— As-tu trouvé quelque chose ? lui demandé-je.

Lexie tient trois ensembles de couleur différente. Alors que nous nous dirigeons vers la caisse, je jette un coup d'œil à l'étiquette de prix et m'en retrouve presque le souffle coupé. Tant pis pour l'argent que mon père m'a donné.

Ma meilleure amie a raison... j'adore mon apparence dans cet ensemble. Je n'ai peut-être personne pour qui le porter, mais ce n'est pas grave. Une fois que nous avons payé, nous récupérons nos achats et recommençons à flâner sur le trottoir.

Après quelques instants, je réalise que Lexie est très calme. Elle n'est pas non plus une bavarde invétérée, mais elle ne reste généralement pas silencieuse longtemps. En y réfléchissant, je me rends compte qu'elle agit de manière quelque peu étrange depuis ce matin.

— Tout va bien, Lex ?

Nous passons devant deux autres vitrines avant qu'elle ne m'adresse un sourire.

— Oui, tout va bien. J'ai quelque chose en tête, mais ce n'est certainement rien.

Je fronce les sourcils. Si quelque chose la dérange, je suis surprise qu'elle ne m'en ait pas déjà fait part.

— Que se passe-t-il ?

Nous passons devant un petit parc avec des jeux pour les enfants ainsi que quelques bancs. En trouvant un vide, nous nous asseyons et posons nos achats à nos côtés. Quand elle ne se lance pas immédiatement, j'insiste gentiment.

— Éclaire-moi.

Elle mordille sa lèvre inférieure. Au lieu de tourner autour du pot, elle déclare :

— Il y a quelques semaines, Dylan et moi avons eu un rapport sexuel...

Elle marque un temps d'arrêt et baisse d'un ton :

— Le préservatif s'est cassé.

Mes yeux s'écarquillent. La seule chose pire qu'un préservatif déchiré est un test de grossesse positif.

— Qu'en pense Dylan ?

Elle hésite quelque peu.

— De toute évidence, il est au courant pour le préservatif déchiré. Je n'étais pas très inquiète quand c'est arrivé, mais je suis à peu près certaine que j'aurais déjà dû avoir mes règles.

— Tu ne lui as pas fait part de tes inquiétudes ?

Elle se mord à nouveau la lèvre en haussant les épaules.

— Je voulais attendre d'en être sûre moi-même.

Son regard troublé scintille vers le mien.

— D'une façon ou d'une autre.

L'anxiété la ronge. Je suis une amie merdique : je n'ai pas réalisé qu'il y avait un problème. Je déteste le fait qu'elle se soit retrouvée toute seule face à ça.

— Devrions-nous acheter un test de grossesse ? Peut-être aller à la clinique ?

Je récupère mon portable.

— Il est encore tôt. Si tu veux, nous pouvons nous rendre à l'infirmerie sur le campus.

Il lui faut un moment pour admettre :

— J'ai acheté un test hier, mais je ne l'ai pas encore fait. Je pense qu'il faut attendre d'avoir vraiment manqué une période de règles, et je n'ai jamais été très bonne pour suivre mon cycle. J'ai simplement l'impression que j'aurais déjà dû les avoir.

Je hoche la tête, coupable de la même chose. Je ne fais pas toujours le suivi de mon cycle menstruel. Bien sûr, je n'ai pas de relations sexuelles... du tout... donc il me semble inutile de m'en inquiéter.

— Si tu n'es pas certaine de l'échéancier, tu n'es peut-être pas en retard. Peut-être que c'est le stress qui te fait perdre la tête.

J'essaie de trouver une explication plausible autre que l'évidence. Elle jette un coup d'œil aux quelques jeunes enfants qui courent et jouent dans tous les sens. Leurs voix exubérantes dérivent vers nous. Ça me rappelle instantanément mon petit frère et ma petite sœur.

— Je suppose, mais j'ai l'impression que mes seins me font mal, et c'est un signe de grossesse.

— Je pense que ça peut aussi arriver lorsque tu vas avoir tes règles.

Je me demande ce qui pourrait m'aider à me sentir mieux si j'étais dans la même situation.

— Nous devrions rentrer à la maison, pour que tu puisses passer le test. S'il est négatif, nous attendrons quelques jours. Si tu n'as toujours pas tes règles, nous ferons un autre test ou nous irons à la clinique.

Elle fixe pendant un moment ou deux le vide avant de m'adresser un signe de tête.

— D'accord.

Sans ajouter quoi que ce soit, nous nous levons et nous mettons en marche jusqu'au parking. Notre humeur est beaucoup plus sombre qu'elle ne l'était dans la boutique de lingerie. Je suis soulagée que Lexie m'ait finalement avoué ce qui se passait. Et je suis heureuse d'être là, en mesure de lui apporter mon soutien. C'est vraiment la première fois depuis mon retour de Paris que je me sens ainsi.

Nous regagnons l'appartement en silence à bord de sa voiture.

Maintenant qu'elle n'a plus à prétendre que tout va bien, elle semble distraite et inquiète.

Alors que nous nous dirigeons vers le hall, Roan et Dylan nous rattrapent. Immédiatement, Dylan enroule ses bras autour de ma meilleure amie, la faisant décoller du sol pour la saluer. Elle plisse le nez, et essaie de le repousser.

— Berk ! Tu pues ! s'écrie-t-elle.

Ça le fait rire et il s'approche d'autant plus.

— Dylan, c'est dégueulasse ! Éloigne-toi de moi !

Elle tente toujours d'échapper à sa prise.

— C'est de la sueur virile, bébé. Prends-en une bonne bouffée.

En plaisantant, il plaque son visage contre son aisselle.

— Arrête ! Je crois que je vais être malade !

Elle mime un haut-le-cœur. Quand il la libère enfin, elle se précipite loin de lui, avant de se retourner pour lui jeter un regard noir et le menacer d'un doigt.

— Maintenant, je vais devoir brûler mes vêtements. Tu m'as contaminée avec ta puanteur putride.

Il lui adresse un large sourire.

— Et si j'allais prendre une douche et que nous commandions quelque chose à manger ? Est-ce que ça te tente, bébé ?

J'aperçois le moment où la réalité s'écrase sur elle, et où elle se rappelle la raison pour laquelle nous avons interrompu notre excursion shopping. Toute sa bonne humeur s'amenuise. En détournant les yeux, elle hoche la tête.

— Oui, ça me paraît bien. Dans environ une heure ?

Dylan est tellement à l'écoute de ses humeurs qu'il remarque immédiatement le changement dans son comportement. Alors que nous entrons finalement dans le hall de l'immeuble, Lexie atteint l'ascenseur et appuie vivement sur le bouton d'appel. Dylan se poste derrière elle et enroule ses bras autour de son corps pour chuchoter à son oreille.

Je reste en retrait, désirant leur offrir un peu d'intimité. Roan me rejoint. Quand je ne le salue pas, il m'assène un petit coup d'épaule.

— Hé.

Je lui souris en posant mon regard sur lui.

— Salut.

Nous ne nous sommes pas beaucoup vus depuis notre retour dimanche dernier. Nous avons tous les deux été très occupés. De plus, il me semblait bon de prendre mes distances. Passer la journée ensemble était agréable. Et le baiser que nous avons partagé dans mon ancienne chambre l'était encore plus. À vrai dire, je n'arrête pas d'y penser.

Ou de penser à lui.

Je pourrais facilement tomber amoureuse de lui. Mais je sais qu'il ne vaut mieux pas.

— As-tu pu travailler sur le projet ? me demande-t-il, mettant un terme à mon cheminement de pensées.

— Pas depuis vendredi. Je n'ai pas eu le temps cette semaine. J'espère que je pourrai le faire demain en retournant à la bibliothèque.

Il hoche la tête.

— J'ai poussé un peu plus les recherches. Je t'enverrai les PDF par e-mail, pour que tu puisses lire ce que j'ai pu trouver et voir si ça correspond au thème général que nous visons.

— Excellent.

Ce qui me rappelle que j'étais loin du compte en le jugeant aussi rapidement. Je suis presque gênée d'avoir écouté Finn quand il m'a dit que Roan n'était pas très intelligent. Maintenant que nous avons eu cours ensemble pendant quelques semaines, j'ai pu constater à quel point il rejoint facilement les discussions en faisant des commentaires pertinents et en posant des questions bien pensées. Il est évident, d'après la quantité de travail qu'il fournit, qu'il se soucie de ses notes.

Il est, et de loin, plus qu'un simple sportif. Je suis en réalité très heureuse que nous soyons associés pour ce projet. Il a suggéré des angles que je n'aurais certainement pas envisagé d'explorer par moi-même.

Je dois simplement me souvenir de garder notre relation platonique.

Donc il faut éviter les contacts physiques.

Ce qui veut dire que nous ne devons plus nous embrasser.

Mes pupilles scrutent ses magnifiques yeux couleur turquoise, avant de fixer sa bouche. Roan m'a offert le meilleur baiser que j'aie jamais connu de toute ma vie. Je ne vais pas mentir en disant que je ne suis pas intéressée à l'idée de recommencer l'expérience. Rien que d'y penser, je m'humidifie les lèvres. Je me sens obligée de plonger mon regard dans le sien.

Lorsqu'il reprend la parole, c'est d'une voix rauque et sexy.

— Ça me rend fou que tu me regardes comme ça.

Le rouge me monte aux joues. Je sais exactement ce qui me traverse en observant sa bouche. Ce qui signifie certainement que j'étais en train de le manger des yeux. En baissant le regard, j'essaie de reprendre le contrôle de mes pensées. Ce n'est pas une tâche aisée.

Je fais donc ce que je peux pour sauver une infime partie de ma fierté. Je mens entre mes dents serrées.

— Je ne te regardais d'aucune façon.

Menteuse, menteuse, petite culotte en feu...

Roan s'approche, envahissant mon espace personnel, me donnant l'impression que mon cœur est logé en plein milieu de ma gorge.

— Je ne pensais pas que tu étais une aussi mauvaise menteuse, Ivy.

Nos regards se croisent pendant un long moment. Un moment empli de convoitise, jusqu'à...

Je manque de peu de m'étouffer.

Un large sourire apparaît sur son visage au moment où la porte de l'ascenseur s'ouvre et que Dylan et Lexie y entrent. Les pupilles de Roan restent rivées aux miennes, et je me retrouve incapable de briser le lien qui nous unit.

— Sauvés par le gong, murmure-t-il quand je ne fais aucun mouvement.

Ignorant ce qui se passe entre nous, Dylan s'écrit avec impatience :

— Vous venez ou quoi ?

Je me racle la gorge. Elle est plus sèche que le désert du Sahara.

— Oui.

Me détournant de lui, je file dans l'ascenseur sans demander mon reste. Alors que les portes se ferment, je garde mon attention concentrée droit devant moi, même si Roan s'est placé à mes côtés. Je peux pratiquement sentir son regard ramper sur moi comme s'il me reluquait ouvertement. Quand nous atteignons le troisième étage, il faut une éternité pour que les portes se rouvrent. Dès qu'elles le font, je quitte l'ascenseur et file en direction de mon appartement, comme si j'avais les chiens des enfers à mes trousses.

Son rire emplit mes oreilles. Je déverrouille la porte de l'appartement à la hâte et me glisse à l'intérieur.

18

IVY

Mmm, mmm, mmm, j'adore contempler un Roan King fraîchement douché. Oh, de qui je me moque ? Je serais heureuse d'accepter ce garçon entièrement sale. Bon sang... plus c'est sale, mieux c'est ! 😊 *KingOfCampus.com*

TANDIS QUE JE suis enfermée en toute sécurité à l'intérieur de mon appartement, loin de Roan et de ses satanées phéromones, les neurones dans mon cerveau recommencent à fonctionner correctement. Je ne suis pas vraiment meilleure que toutes les autres groupies qui salivent en le traquant sur le campus. Tout ce que j'ai à faire pour que mon esprit se transforme en bouillie, c'est le regarder.

C'est complètement frustrant.

Et démoralisant.

Je suppose que Lexie a dit à Dylan ce qui se passe, puisqu'ils se sont tous les deux immédiatement terrés dans sa chambre et n'en sont pas sortis sauf pour aller aux toilettes. Ce qui veut certainement dire qu'ils sont en train d'effectuer le test de grossesse qu'elle a acheté. Même si j'ai envie d'être là pour elle, je suis heureuse qu'elle ait fait part de ses préoccupations à Dylan. C'est une question à laquelle il doit s'intéresser.

Une fois mes hormones calmées, je sors les notes du projet pour les relire. Ce faisant, je reçois un e-mail de Roan avec les pièces jointes dont nous avons discuté plus tôt. En les survolant, je suis impressionnée par ce qu'il est parvenu à trouver concernant le système de Ponzi et Bernie Madoff.

Je lui envoie rapidement un e-mail pour le lui dire. J'ai l'impression d'avoir été conne en voulant me débarrasser de lui en tant que partenaire. À ce stade, je pense qu'il a effectué davantage de recherches que moi, alors qu'il est en plein milieu de sa saison de football, donc ce n'est pas comme s'il avait beaucoup de temps libre ; et pourtant, il parvient tout de même à présenter un travail de qualité.

Je suis une vraie connasse.

Je n'aurais pas dû supposer que Roan était à la fac uniquement pour obtenir un tremplin vers la NFL. J'ai tendance à regarder certains des athlètes les plus enviés sur le campus, en particulier les joueurs de football destinés à la grandeur de la NFL, et à supposer qu'ils sont juste ici pour tuer le temps avant de passer à des choses plus grandes et meilleures.

Il ne faut pas longtemps à Roan pour me répondre, mentionnant quelques ressources supplémentaires qu'il n'a pas pu vérifier. Je lui envoie un autre message l'informant que je serais heureuse de les examiner. Il me répond que nous devrions nous réunir dans quelques jours avec toutes les informations que nous avons d'ores et déjà recueillies pour passer au crible ce que nous voulons inclure dans notre projet.

Ça peut sembler un peu ringard, mais je suis ravie de voir la manière dont ce projet prend forme. La chute de Bernie Madoff est passée sur toutes les chaînes d'information, et le montant qu'il a dérobé aux gens a entraîné des conséquences profondes pour ceux qui ont placé par erreur leur confiance en lui.

Quelques instants plus tard, on frappe à la porte.

Puisque Lexie et Dylan sont toujours enfermés dans sa chambre, et que ça fait au moins quarante minutes, je saute de mon lit pour aller répondre.

Un Roan fraîchement douché me salue depuis l'autre côté du seuil. Ses cheveux humides sont encore plus brillants que d'habitude. Il porte un T-shirt de l'équipe de football de Barnett qui épouse les muscles ciselés de son torse et de ses biceps comme s'il avait été spécialement conçu pour lui. Ses mains sont enfoncées dans les poches de son pantalon délavé qui pend lâchement sur ses hanches fines.

Je suis en plein dans la ligne de mire de son regard turquoise. Quelque chose au fond de moi apprécie cette attention. Je comprends parfaitement pourquoi toute la population féminine de l'université le poursuit. Il est intelligent et s'apprête à devenir pro : c'est l'homme parfait. Il me faut fournir de gros efforts pour ne pas tendre la main et glisser mes doigts dans ses cheveux couleur ébène pour attirer son visage vers le mien et pouvoir sentir sa bouche épouser doucement la mienne.

Je laisse échapper un souffle tremblant en réalisant que ce bâtard l'a fait.

Il m'a enfin eue.

Je n'ai absolument aucun intérêt à devenir l'une des nombreuses femmes avec qui il fricote, mais il est indéniable que je suis sexuellement attirée par lui de la pire façon possible.

Ignorant ma tourmente intérieure, il dit :

— Je pensais qu'il serait plus facile de discuter en personne plutôt que de le faire par e-mail.

Ouais... ce n'est pas forcément la meilleure idée, vu comment je me sens.

J'ai envie de me gifler pour avoir laissé une telle chose arriver. Au lieu de lui claquer la porte au visage, comme mon instinct me le demande, je me racle la gorge. Bien sûr.

Je recule d'un pas pour le laisser entrer dans l'appartement. En silence, il se dirige droit vers ma chambre. Il désigne d'un mouvement de tête la porte fermée de la chambre de ma meilleure amie.

— Dylan et Lexie sont là-dedans ?

— Oui.

Inconsciemment, mes yeux glissent dans cette direction. Je ne peux m'empêcher de me demander ce qui se passe. Est-ce que Lexie est enceinte ? Est-ce qu'elle va bien ?

Roan s'immobilise, pivote et fronce les sourcils.

— Tu n'as pas entendu de grognements suspects ?

Je plisse les paupières. Je m'attends à entendre des pleurs si le test s'avère positif, pas des grognements.

— Non, dis-je prudemment. Je n'ai rien entendu de tel.

Son regard s'assombrit.

— Peut-être devrions-nous plutôt aller dîner. Je ne veux pas être ici quand ce genre de bruit va commencer.

Il est sérieux ?

Un rire menace de m'échapper.

— De quoi est-ce que tu parles ?

Il me sourit, avant de secouer la tête en désignant la porte fermée.

— Tu ne les as jamais entendus baiser ?

— Mon Dieu, non !

Je ris, et lui aussi.

— J'essaie très fort de ne pas entendre ça. Il existe des écouteurs, mec. Tu devrais investir si tu es soumis à ce genre de bruit de fond.

Il renifle.

— Crois-moi, je les utilise tout le temps en présence de ces deux-là.

Je ne peux m'empêcher de réagir.

— Je n'ai vraiment pas envie d'entendre ça.

— Alors, nous devrions certainement partir avant que ça commence.

Au vu des informations que ma meilleure amie a partagées avec moi cet après-midi, je doute que ce soit au programme de ce soir, mais je ne peux pas l'avouer à Roan.

— D'accord, laisse-moi récupérer mes affaires et nous pourrons décoller.

Même si je sais pertinemment que passer plus de temps seule

avec lui ne va pas permettre d'atténuer les sentiments qui ont surgi de manière inattendue en moi, je ne peux pas me résoudre à refuser.

Pour le meilleur ou pour le pire, je sors.

Avec Roan King.

Que Dieu me vienne en aide.

19

IVY

Oooh, une apparition chez Peppino a été faite, et (soupir !) il est avec la même fille qui apparaît sur les photos précédemment publiées sur ce même site ! Je suis triste de dire que tout ce qui se passe à cette table semble assez sérieux... KingOfCampus.com

ROAN M'AMÈNE dans une pizzeria populaire située au milieu de la ville. Je ne suis pas venue ici depuis mon départ pour Paris. C'est en réalité l'un de mes restaurants préférés. Revenir ici après un an et demi me plonge dans un sentiment de nostalgie confortable, comme si je m'enroulais dans une couverture épaisse. Nous nous installons, on nous tend nos menus. Je ne prends même pas la peine de regarder le mien. Je sais exactement ce que je veux.

— Prête à commander ? me demande-t-il.

— Oui : champignons, saucisses et pepperoni.

C'est ma pizza préférée. J'aime particulièrement la manière dont ils la préparent ici. La saucisse est coupée en fines rondelles, et les champignons sont ridiculement énormes. La croûte est de style new-yorkais, ce qui signifie qu'elle est super fine. Beaucoup de gens aiment la manger en pliant la part en deux. Je salive rien que d'y penser. Je suis heureuse que Roan ait opté pour cet endroit.

— C'est aussi ma préférée, répond-il en m'observant bizarrement. Est-ce que tu le savais ?

Je renifle. Est-ce qu'il suggère sérieusement que j'ai été, quoi ? le traquer sur Internet ? Vous savez… au cas où on prendrait un jour une pizza ensemble qui, je vous le rappelle, était son idée de prime abord.

— Non, c'est ce que je commande toujours, répliqué-je durement. Tu peux poser la question à Lexie si tu ne me crois pas.

Accepter de venir dîner avec lui me semble à présent une erreur colossale. Ce type possède le plus gros ego qui soit.

— Ouvre ton menu et regarde la section spécialité.

Sa suggestion est légèrement plus douce, comme s'il venait de se rendre compte que sa question m'a irritée. Je suppose que je dois lui accorder des points, parce qu'il se montre astucieux. Même si c'est à contrecœur…

Agacée qu'il pense que je suis une sale fangirl, je ne le questionne pas. Je suis beaucoup trop occupée à m'agiter face à lui pour le faire. La deuxième page du menu contient une liste des différents styles de pizza que l'on peut commander ici. Sans un autre mot, je parcours cette liste du regard.

Hawaïenne. Suprême. Veggie. Margarita. La King. Henry Winkler.

Attendez une minute.

La King ?

Mon attention est piquée au vif. Champignons, saucisses et pepperoni.

Oh, sérieusement… vous vous moquez de moi ?

Même si je connais d'ores et déjà la réponse, je demande carrément :

— Ils ont sérieusement nommé une pizza en ton honneur ?

Dans mon restaurant préféré. Quelle injustice…

Roan m'adresse un sourire et quelque chose de dangereux remue dans mon estomac. Maudit soit-il.

— Yes.

Ses yeux pétillent de malice.

— Je suis heureux de voir que tu es enfin une de mes fans.

La serveuse arrive avec deux grands verres d'eau. Clairement, Roan et elles se connaissent bien, puisqu'elle lui adresse un clin d'œil. Roan nous commande la plus grande version de la pizza King. Je lève les yeux au ciel quand il prononce son nom. Il doit le remarquer, parce qu'il s'efforce de contenir son éclat de rire tandis que la serveuse nous demande si nous avons besoin d'autre chose. Presque comme après coup, il commande des nœuds à l'ail.

Ce que, oui, j'adore moi aussi.

Mais je ne compte pas le lui avouer.

Une fois qu'elle disparaît, il soulève son verre et le vide entièrement. Quand je fronce les sourcils, il m'explique qu'il n'a avalé qu'une barre protéinée avant de partir pour la salle de sport, et c'était il y a quelques heures.

Il se penche en avant comme pour me dire quelque chose, quand un homme plus âgé s'approche de la table avec sa femme. Roan établit un bref contact visuel, puis regarde le couple et lui offre un sourire amical comme s'ils se connaissaient déjà. Sauf que je remarque que son sourire est différent de ceux qu'il m'offre. Il n'y a aucune inclinaison sournoise dans ses lèvres ni aucune malice dans ses yeux.

— Jeune homme, j'espère que vous ne m'en voudrez pas de vous interrompre, mais nous n'avons pas pu résister à l'envie de venir vous féliciter pour la saison qui se déroule bien.

Le couple doit être de la fin des années mille neuf cent soixante-dix, peut-être même début des années quatre-vingt. Ils sont si mignons ensemble.

— Merci, monsieur. Madame. Toute l'équipe se donne à fond.

Le visage de l'homme se froisse en réponse.

— Oui, ils le font certainement, mais c'est vous qui interceptez toutes ces passes. Je ne peux pas dire que j'aie vu quelque chose de semblable en une bonne décennie. Vous êtes certainement quelqu'un à surveiller sur le terrain.

De nouveau, Roan acquiesce gracieusement face à ce compliment.

— Merci, monsieur. Mais je n'ai pas pu intercepter les passes de Liam Garrison.

L'homme accepte facilement ce commentaire et pose une main sur l'épaule du joueur.

— Garrison est un solide quarterback. Il possède lui aussi une sacrée force.

Il marque un temps d'arrêt, avant que ses yeux bruns étincelants ne prennent un air décidément méfiant.

— J'ai entendu des rumeurs selon lesquelles vous deviendrez pro après cette saison. Vous ne restez pas un an de plus ?

Avec une expression de contrition, Roan abaisse son menton.

— Ça m'en a tout l'air.

— Je déteste vraiment de savoir que Barnett va vous perdre. Il y aura un sacré manque dans l'équipe après votre départ.

— Je vous remercie, mais il y a un certain nombre de joueurs très talentueux qui méritent de gravir les échelons. Je ne doute pas qu'ils seront en mesure de combler les places libres laissées par ceux qui vont s'en aller cette année.

L'homme sourit, mais il est évident qu'il a une opinion différente sur la question. Au lieu d'en débattre avec Roan, il déclare plutôt :

— Bonne chance, fiston.

Pour la première fois depuis son arrivée à notre table, les yeux de cet homme glissent vers les miens.

— Profitez de votre soirée tous les deux. Reposez-vous pour le grand match de samedi.

Roan leur souhaite une bonne soirée avant que son attention ne se braque sur moi. Une fois que le couple quitte le restaurant, je demande :

— Est-ce que ça ne s'arrête pas après un certain temps ?

Pendant qu'il regarde autour de lui, je remarque qu'il y a pas mal de gens qui jettent des coups d'œil dans notre direction. Avec résignation, Roan hausse les épaules avant de sortir une casquette bien usée et de la placer sur sa tête. C'est la même qu'il portait l'après-midi où nous nous sommes rendus à la bibliothèque. Il doit l'emporter avec lui lorsqu'il n'a pas envie d'être reconnu. Non pas que cela serve énormément. Que l'on puisse voir son visage ou non, il attire forcément les regards.

Il est si grand. Il est très large d'épaules et de torse. Quand il porte un T-shirt comme c'est le cas actuellement… rien que son torse attire forcément l'attention.

Ce type est sérieusement bâti comme un gladiateur romain. Épais, tout en muscles ciselés. Ajoutez à ça son magnifique visage, et toutes les filles trébuchent en sentant ses yeux turquoise braqués dans leur direction.

Je le sais de première main. Même si je n'en ai pas envie, je ressens la même attirance. Quelque chose en moi réclame son attention.

— Ça vient avec la célébrité. Si je n'étais pas un aussi bon joueur de football, les gens n'en auraient rien à foutre de moi.

C'est discutable. Qu'il joue au foot ou non, les femmes le trouveraient toujours ridiculement attrayant. Je renifle.

— Je ne pense pas que ce soit vrai.

Il m'adresse un coup d'œil sévère.

— Je t'assure que si. Les gens se soucient de moi uniquement à cause de mon talent sur le terrain. Ça a toujours été le cas.

— Je suis sûre que tes parents tiennent à toi pour la personne que tu es, et non pas à cause de tes compétences sportives.

Son regard s'adoucit.

— Bien sûr. Mais tous les autres désirent juste avoir un petit morceau de moi.

Il se penche vers moi et baisse d'un ton :

— Depuis que j'ai appris à jouer au foot, c'est l'histoire de ma vie. Tout le monde ne cesse de m'en parler. Peut-être que ces gens pensent que c'est tout ce dont je suis capable de discuter.

Ses lèvres se crispent avec dérision.

— Comme si je n'étais rien d'autre qu'un idiot de sportif sans aucun autre intérêt que le sport que je pratique.

Surprise par son amertume, je l'observe de l'autre côté de cette table rectangulaire qui nous sépare. Est-ce complètement dingue que je ressente de la pitié pour lui ? Est-ce que ça a un sens ?

C'est Roan King, bon sang.

Ne sachant pas si je commets une erreur, je tends la main jusqu'à la poser sur la sienne. Son regard tombe sur nos doigts entremêlés, surpris. Mon souffle se meurt dans ma gorge.

Qu'est-ce que je suis en train de faire ?

Plus je passe de temps en compagnie de Roan, plus la tendresse que je ressens à son égard semble grandir et s'épanouir. Si l'on m'avait posé la question il y a un mois, quand j'ai renversé mon café sur lui, j'aurais sûrement répondu que je ne voulais rien avoir à faire avec un homme de Neandertal qui joue au football. J'aurais très certainement dit que c'était un idiot de sportif qui a gagné sa place à la fac juste parce qu'il sait tenir un ballon entre ses mains.

En cours de route, mon opinion à son sujet a drastiquement changé.

Je pense toujours que c'est un grand joueur sur la scène romantique, mais à présent je me demande s'il n'utilise pas les femmes de la même manière que ces dernières l'utilisent lui. J'ai presque envie de secouer la tête lorsque ces étranges pensées prennent vie dans mon esprit. Est-ce que je suis en train de trouver des excuses à son comportement ?

Avant que je ne puisse dire quoi que ce soit, il se penche, et l'intensité de son regard turquoise retient le mien captif.

— Tu te rends compte que tu es certainement la seule personne au monde qui ne me parle pas football ?

Je m'en retrouve confuse. Il poursuit :

— Même mes professeurs me parlent de la saison et du fait que je vais certainement devenir pro.

Son corps s'approche du mien.

— L'an dernier, deux enseignants n'ont même pas pris la peine de noter mes devoirs. Ils m'ont simplement donné des A.

J'ouvre grand les yeux face à son aveu.

— Comment est-ce que tu le sais ?

— J'ai trouvé moi-même quelques erreurs que j'ai portées à leur attention. Ces deux professeurs m'ont souri et m'ont tapoté dans le dos. Ils m'ont dit que j'avais de plus grandes préoccupations sur lesquelles concentrer mon énergie.

Le silence s'installe entre nous. Je suis sidérée qu'une telle chose puisse arriver. Surtout ici, à Barnett. C'est une université de premier ordre. Académiquement rigoureuse.

Chaque trait du visage de Roan se tend.

— Tu ne peux en parler à personne, Ivy, murmure-t-il. Je suis sérieux.

Même si je me sens en conflit face à ce que je viens d'apprendre, je hoche la tête. Ce n'est pas juste pour toutes les personnes qui travaillent dur pour avoir de bonnes notes. Peut-être qu'il ne profite pas des professeurs, mais je suis certaine qu'il y a d'autres athlètes étudiants qui s'en sortent grâce à ça. Encore une fois, je me rends compte à quel point j'avais tort de porter un jugement hâtif à son sujet. En me rapprochant de lui, je chuchote :

— Je ne le dirai à personne.

Ça va à l'encontre de tout ce en quoi je crois, mais je n'ai pas envie de briser sa confiance.

— Je te le promets.

Il soutient mon regard pendant un long moment, avant de finalement s'éloigner.

— Je n'aurais pas dû te le dire. Je n'essaie pas d'évincer qui que ce soit.

— Je sais.

Il acquiesce solennellement, reconnaissant la vérité de mes paroles. Il retire sa casquette et glisse ses longs doigts à travers ses cheveux noirs, et la replace sur sa tête, de sorte que son visage soit légèrement dans l'ombre.

Notre pizza extralarge arrive alors que nous sommes plongés dans le silence. Lorsque nous prenons tous les deux une part, l'humeur étrangement sombre entre nous s'éclaircit. Sans me soucier qu'il soit assis en face de moi, je prends une énorme bouchée. Mes yeux se ferment quand le mélange parfait de croûte, de sauce sucrée mais piquante avec le pepperoni, de champignons et de saucisse s'abat sur mes pupilles gustatives. Je pense même laisser échapper un gémissement d'approbation.

Mon Dieu, ça m'a manqué !

Il va sans dire que la nourriture à Paris était une expérience culinaire. Pain au chocolat frais (croissant fourré au chocolat noir) le matin accompagné d'un café noisette (un espresso avec un peu de crème), croque-monsieur (jambon grillé, gruyère, avec un œuf frit ou poché sur le dessus) pour le déjeuner, les crêpes qu'ils vendent dans la rue et les escargots. L'endroit que je préférais était un petit café à quelques pâtés de maisons de l'école.

Alors, oui... j'ai bien mangé pendant mon absence. C'est d'ailleurs incroyable que je n'aie pas pris de poids. À Paris, on saute dans le métro et on cavale presque partout. Mais cette pizza... elle m'a carrément manqué. Je ne peux m'empêcher d'engloutir une autre bouchée pour savourer le mélange de saveurs.

Comme si j'étais un vrai glouton, j'avale ma première part en quelques minutes à peine. Je déteste devoir l'admettre, mais je n'ai même pas conscience que Roan est assis face à moi. Je suis actuellement dans un petit endroit appelé « nirvana de la pizza ». Alors que je pioche une seconde part, mon regard croise le sien. Il paraît étonné.

Quand je fronce les sourcils, il me dit :

— Je n'ai jamais vu quelqu'un engloutir une part de pizza comme ça, et je mange avec des types qui font plus de 100 kg et qui jouent au football.

Incapable de me retenir, je glousse. Je n'ai jamais été une mangeuse timide. Je possède un métabolisme rapide dont Lexie se plaint régulièrement. Je peux manger pratiquement n'importe quoi et ne jamais prendre un gramme, tandis qu'elle prétend avoir à simplement regarder une tranche de gâteau pour prendre du poids. Je pense qu'elle exagère, parce qu'elle engloutit du gâteau comme personne. Surtout s'il est au chocolat.

Je me rends compte que ce sont toutes les heures que je passe en studio qui m'aident à brûler les calories et à rester mince. Et oui, je ne mentirai pas... ça a certainement aussi beaucoup à voir avec la génétique.

Sans honte, je hausse les épaules.

— J'ai faim.

— Clairement.

Il secoue la tête et prend une grosse bouchée.

— Et moi qui pensais avoir des restes à ramener à la maison pour le petit-déjeuner.

— Non ! S'il y a des restes, ils sont pour moi, riposté-je.

— Nous devrions peut-être commander une autre pizza.

Je lui fais un clin d'œil avant de prendre une autre bouchée énorme.

— Peut-être même deux.

Il rit. Nous recommençons à engloutir la pizza extralarge. Quand je suis finalement rassasiée, je finis mon verre d'eau et m'affale sur ma chaise. C'est indéniable, j'ai mal au ventre. Je n'arrive pas à croire que j'aie englouti trois parts de pizza devant Roan King. La plupart des filles ne mangeraient certainement pas plus que quelques feuilles de salade et un bâton de carotte en considérant cela comme un dîner.

Vous savez quoi ?

Je m'en fiche. J'aime manger. Tant que je suis en bonne santé et en forme, ça n'a aucune importance. La curiosité prend le dessus sur moi. Je lui demande :

— Je parie que les filles avec qui tu sors ne mangent presque rien.

Perplexe, il fronce les sourcils en haussant les épaules.

— Je ne sais pas ce qu'une fille mange habituellement. Je ne suis jamais sorti avec l'une d'entre elles auparavant.

J'ouvre la bouche, surprise, et clarifie :

— Tu n'es jamais allé à un rencard ?

Il secoue la tête.

— Non.

— Pourquoi pas ?

Il détourne le regard, répondant de manière quelque peu évasive :

— Je ne l'ai pas fait, c'est tout.

Après un moment ou deux, ses prunelles se braquent sur moi :

— Je n'ai jamais été intéressé par l'idée d'avoir une relation. Donc ce n'était pas nécessaire.

Nécessaire ?

Mais de quoi parle...

Oh. Je vois.

Il n'a pas besoin de faire la cour à une fille et de la traiter correctement pour obtenir ce qu'il veut à la fin de la nuit. Les femmes font pratiquement la queue pour coucher avec lui.

Honnêtement, je ne sais pas ce que je ressens.

Puisque je garde le silence, il se racle la gorge et se dandine sur sa chaise. Il paraît mal à l'aise. Eh bien... oui, il devrait se sentir merdique d'avoir reconnu quelque chose comme ça.

— Tu es la première fille avec laquelle je sors. C'est mon premier rencard.

Juste comme ça, le bouclier de glace qui s'est abattu sur moi commence à dégeler.

— Oh.

Je croise son regard. Il brise finalement le lourd silence entre nous.

— Et si je leur demandais d'emballer notre pizza pour que nous puissions nous en aller ?

Je souris, me sentant reconnaissante qu'il décide de laisser tomber cette conversation gênante. Et en même temps, j'aurais peut-être souhaité la poursuivre. Roan ne cesse de me faire me sentir en conflit avec moi-même. Je déteste ça. Je n'ai pas l'habitude d'être perturbée à cause d'un garçon. Même Finn ne m'a jamais affectée comme ça.

— Je dois passer aux toilettes avant de partir.

Je me dirige vers l'arrière du restaurant, où se trouvent les toilettes. Une fois que j'ai fini, je glisse mes doigts dans mes cheveux et remets un peu de rouge à lèvres avant de retourner à la table. Mon esprit est tellement embrouillé par Roan et les sentiments qu'il fait naître en moi que je fonce dans un corps dur sans même le remarquer.

Embarrassée, je murmure des excuses rapides.

— Désolée.

Le type que je viens de heurter me serre dans ses bras, me tenant fermement contre lui. Quand je lève le regard, je suis surprise de découvrir de qui il s'agit :

— Finn !

Il sourit légèrement, mais il est clair, d'après la lueur qui brille dans ses yeux, qu'il est contrarié.

— Salut, Ivy.

Il sait avec qui je dîne ici. J'ai tellement mis l'accent sur Roan et... eh bien... la pizza que j'étais occupée à ingurgiter que je n'ai pas prêté beaucoup attention aux gens autour de nous. L'appréhension me traverse. Je recule précipitamment, essayant de lui échapper.

— Je... Euh, je dois...

— Retourner auprès de Roan ?

Je pince les lèvres. Il agit comme un connard. En toute honnêteté, il n'a aucune raison d'être en colère contre moi. Nous sommes sortis une fois ensemble depuis mon retour de Paris. Nous ne sommes pas en couple. Il n'a pas le droit de me poser des questions et d'attendre des réponses, ou de s'énerver que je sois avec quelqu'un d'autre. Je redresse les épaules et fronce les sourcils, avant de jeter un coup d'œil à l'endroit où ses doigts s'enfoncent dans ma peau.

— Est-ce que tu peux me lâcher ?

Il affiche une grimace et baisse d'un ton.

— Je n'en reviens pas que tu sois avec Roan King. Ce type est un vrai connard.

Comment ose-t-il ? Je grince des dents de colère.

— Tu sais quoi, Finn ? Ça ne te regarde pas.

Au lieu de me libérer, il se rapproche de moi.

— Je pensais que tu allais m'accorder une autre chance. Nous étions bien ensemble. Vas-tu vraiment jeter tout ce que nous avions ?

Il se tourne vers la salle du restaurant.

— Pour quoi ? Ce type ?

J'ai la bouche grande ouverte.

C'est moi qui renonce à notre relation ?

C'est tordu !

— C'est toi qui m'as jetée au lieu d'essayer de faire fonctionner notre relation.

Je ne mentionne pas toutes les photos que ma meilleure amie m'a envoyées, même si ça me démange. Il lève les yeux au ciel et déclare entre ses dents serrées :

— Nous en avons déjà discuté. Je ne pouvais pas gérer une relation à distance. Je suis plus mature à présent.

La frustration irradie dans ses yeux.

— Mais apparemment, tu préfères rejoindre la longue liste de meufs qui offrent leur chatte à King plutôt que d'avoir une vraie relation.

Je suis bouche bée face à ces paroles grossières. Je suis sur le point de répondre, quand j'entends...

— Tout va bien, Ivy ?

Finn et moi nous tournons en même temps. Roan se tient à quelques mètres de distance. Au lieu de lâcher prise, les doigts de Finn s'enfoncent plus profondément dans mon bras. Je peux dire par la crispation de la mâchoire de mon ex-petit ami qu'il est énervé.

Et certainement prêt à se battre.

J'adresse un léger sourire à Roan en m'arrachant finalement à son étreinte.

— Tout va bien.

Le regard passionné de Roan ne quitte jamais Finn, pas même quand il me demande :

— Tu es prête à partir ?

J'inspire profondément pour me calmer. Les pupilles de Finn brillent de ressentiment et de colère.

— Oui, nous en avons terminé.

J'espère que ce dernier se rend compte que ce n'est pas seulement de cette conversation que je parle... J'en ai aussi terminé avec lui. Puisqu'il reste silencieux, je me dirige vers Roan, qui représente en cet instant mon refuge. Dès que j'arrive à ses côtés, son bras musclé s'enroule autour de moi. Je réalise qu'il tient deux boîtes de pizza dans l'autre.

Nous sommes à mi-chemin de la sortie quand Roan me demande :

— Tu sors avec lui ?

Je ne peux m'empêcher de le regarder du coin de l'œil.

— Non. Nous sommes sortis une fois ensemble il y a quelques semaines. Je ne l'ai pas revu depuis.

Son étreinte se resserre autour de moi.

— Bien.

Je ne dis rien à ce sujet, parce que je ne sais pas exactement ce que ça signifie. Et je ne sais pas non plus ce que j'ai envie que ça signifie.

Ou peut-être que si... peut-être que je sais exactement ce que j'ai envie que ça signifie.

20

IVY

*R*oan King avec son bras enroulé autour d'une femelle... et il ne la *conduit pas vers sa chambre à coucher ? WTF ? Est-il possible que notre joueur de football préféré tombe amoureux de quelqu'un ? La spéculation est omniprésente. KingOfCampus.com*

ALORS QUE NOUS sommes sur le point d'atteindre le SUV noir de Roan dans le parking, il s'immobilise. Surprise, je lui jette un coup d'œil, puis sonde les environs. Il n'y a rien. Rien n'aurait dû l'arrêter si brusquement.

Et je ne vois certainement rien qui explique l'étrange expression sur son visage.

Encore une fois, je scrute les environs, avant de me rendre compte qu'il y a deux hommes plus âgés qui se dirigent vers nous. Ils doivent être dans le milieu ou la fin de la quarantaine. Ça ne sort pas nécessairement de l'ordinaire.

On dirait simplement deux personnes qui veulent adresser quelques mots à leur joueur de football favori. Les gens donnent l'impression de penser que, parce qu'il est connu, ils peuvent l'arrêter pour lui parler à n'importe quelle heure du jour ou de la nuit. Je suppose que ces deux hommes sont des fans comme le couple de personnes âgées au restaurant. Ou le type du magasin de smoothies. Mais le corps de Roan est vraiment tendu, ce qui est étrange. Il est toujours bienveillant et cordial lorsqu'il s'adresse à ses fans.

Quand les deux hommes sont à une quinzaine de mètres, je murmure son nom, mais c'est comme s'il ne m'entendait pas. Ou s'il le fait, il n'en montre rien. Malheureusement, je n'ai pas le temps de m'interroger à ce sujet, parce que quelques instants plus tard, les deux hommes s'arrêtent face à nous.

— Salut, Roan. Comment ça va ?

— Bien.

Les épaules de Roan se détendent légèrement.

— Tout va bien.

Comme si soudain il se souvenait de ma présence à ses côtés, il me jette un coup d'œil, et reporte rapidement son attention sur les hommes en face de nous.

— Nous venons de manger chez *Peppino*.

— C'est là-bas que nous allons. Je meurs d'envie d'une pizza.

Quelques secondes passent, la conversation stagne. Je ne sais pas trop quoi faire. Je leur adresse un sourire amical en levant la main.

— Salut, je m'appelle Ivy.

J'essaie de comprendre ce qui se passe. C'est vraiment bizarre.

Lorsque l'homme aux cheveux noir d'encre sourit, je me rends compte qu'il doit être apparenté à Roan. Ils sont quasi identiques tous les deux. Sauf qu'il est plus âgé. D'une bonne vingtaine d'années.

— Daniel.

Il désigne l'homme à ses côtés.

— Et voici mon compagnon, Linc.

Je me demande s'il s'agit du père de Roan. Mon esprit s'agite dans tous les sens quand je le vois me sourire. Je me tourne vers le dénommé Linc.

— Je suis heureuse de vous rencontrer tous les deux.

— Nous aussi.

Linc m'adresse un sourire qui se fait rapidement espiègle.

— Alors, Roan et toi dîniez ensemble, hein ?

La chaleur inonde mes joues.

— Euh, oui...

Ne sachant pas quoi dire d'autre, je m'empresse d'ajouter :

— Nous sommes voisins.

Quand je suis nerveuse, je suis atteinte de diarrhée verbale. Cet événement ne fait pas exception :

— Et partenaires sur un projet de classe.

Leur sourire s'agrandit, à l'instar de mon désespoir.

— Nous ne sommes que des amis.

J'ai vraiment envie de frapper Roan, qui ose me laisser jacasser ainsi.

— Pour quel cours ?

Comme il semble que mon partenaire ne contribuera pas à la conversation, je réponds :

— Éthique des affaires.

— Ça a l'air intéressant, réplique Linc.

— Extrêmement.

J'exagère peut-être, mais peu importe. J'ai l'impression d'être en train de me noyer. Et Roan se contente de se tenir à mes côtés en silence. Daniel pose une main sur son épaule.

— Je t'appellerai ce week-end. Nous espérions que tu pourrais passer pour dîner mercredi soir.

Puisque Roan réagit à peine depuis le début de cette entrevue, je me demande s'il va répondre. Il me surprend en disant :

— Tant que c'est après dix-huit heures, ça ne devrait pas poser de problème.

Encore une fois, je suis frappée par leur ressemblance à tous les deux.

— Excellent.

Le regard de Linc glisse sur moi. Il m'offre un sourire chaleureux.

— Et amène ton amie.

Il me fait un clin d'œil. J'ai envie de disparaître. Le pire dans tout ça, c'est que Roan ne dit absolument rien en réponse.

Mon Dieu, à présent j'ai envie que la terre s'ouvre et m'avale tout entière.

Nous nous saluons, avant que Daniel et Linc ne disparaissent à l'intérieur de la pizzeria. Roan attrape son porte-clés et déverrouille automatiquement son SUV. En silence, il ouvre la portière arrière et dépose les boîtes de pizza sur le siège alors que je grimpe à l'avant.

Quelques instants plus tard, il s'installe à mes côtés. Même s'il démarre le SUV, il ne quitte pas le parking bondé. Il laisse tourner le moteur. Je ne sais pas quoi faire. Je reste tranquillement assise à ses côtés. Lui contemple le pare-brise. Je ne suis généralement pas une personne du genre agitée, mais je ne peux m'empêcher de me tordre les mains en attendant qu'il dise enfin quelque chose.

J'ai besoin qu'il m'explique ce qui vient de se passer. Je ne l'ai jamais vu se fermer comme ça auparavant. C'était bizarre.

Le silence s'étire jusqu'à devenir oppressant. Il y a eu des moments où la tension sexuelle qui mijotait dans l'air semblait si chargée et lourde que je voulais m'enfuir à toutes jambes. Il m'est également arrivé de vouloir le gifler à cause d'un commentaire inapproprié, mais il n'y a jamais eu ce genre de tension suffocante entre nous.

Je déteste ça.

Une partie de moi désire tendre la main et le réconforter, même si je ne sais pas pourquoi c'est nécessaire. Quelque chose pèse lourdement sur son esprit. Je me rends compte que ça a tout à voir avec les deux hommes que nous venons de rencontrer. Sans trop y réfléchir, je touche sa cuisse. Il cligne des yeux à plusieurs reprises avant de regarder ma main. Lorsque j'envisage de la retirer, il la recouvre de la sienne.

— C'était ton père, pas vrai ?

Je prends le parti de lui parler de la manière la plus douce possible en ne sachant pas comment il va réagir. Ma voix résonne pourtant comme un coup de tonnerre dans le silence oppressant de l'habitacle. Il hoche la tête.

— Oui.

Il inspire profondément, comme pour se donner la force qu'il lui manquait pour murmurer :

— Il est gay.

C'est à mon tour de hocher la tête.

— C'est ce que j'ai compris.

— Linc est un chic type, ajoute-t-il rapidement, comme si je pouvais, pour une quelconque raison, penser autrement.

— Il a l'air gentil. Ils en ont l'air tous les deux.

Presque de manière désinvolte, je demande :

— Tes parents sont divorcés ?

— Oui.

Il se dandine sur son siège en cuir noir.

— Quand j'avais quatorze ans, mon père nous a lâché sa bombe. Il nous a avoué être gay.

Son regard glisse sur le pare-brise. Il baisse d'un ton et poursuit :

— Qu'il a toujours été gay, et qu'il partait parce qu'il ne pouvait plus continuer à vivre un mensonge.

— Ça a dû être difficile.

Du genre dévastateur.

— Oui, ça l'était.

Je ne sais pas si je dois lui poser d'autres questions. Évidemment, je comprends que c'est un sujet délicat pour lui.

— Est-ce que vous êtes proches tous les deux ?

Il croise mon regard.

— Ça n'a pas toujours été le cas. C'était vraiment nul quand il nous l'a avoué. Je n'ai pas compris.

Il secoue la tête comme pour insister sur ces mots.

— Genre, du tout. Ça m'a énervé, et je n'ai pas voulu le voir pendant longtemps. Des années. Il m'a fallu un certain temps pour accepter le fait qu'il était le même homme qu'il a toujours été. Celui que j'ai idolâtré en grandissant.

Inspirant profondément, il poursuit :

— Une fois que j'ai réussi à comprendre qu'il n'avait pas changé, nous sommes parvenus à passer outre.

Je ne peux même pas imaginer comment ça a dû être pour lui. Ça n'a pas dû être facile pour un adolescent d'apprendre que son père était gay.

Ce n'est pas que je le harcèle (d'accord, peut-être un peu), mais je me suis rendue sur le site Internet qui lui est dédié, et je ne me souviens pas avoir vu quoi que ce soit mentionnant ses parents, ou son père. Ce qui est assez surprenant. Il semble que tout le reste concernant sa vie est étalé là-bas pour que le monde entier puisse en être témoin, le partager et le commenter.

Je suis frappée par cette prise de conscience.

— Personne n'est au courant ?

Son regard plonge dans le mien tandis que le soleil se couche par-delà le pare-brise. Même si j'aime habituellement observer l'horizon, je suis trop concentrée sur Roan pour apprécier la beauté de l'instant.

— Non. Personne ne sait rien au sujet de mon père.

— Comment as-tu réussi à garder le secret ? Ta vie est un livre ouvert. Tu ne peux aller nulle part sans qu'il y ait des photos ou des informations à ton sujet sur Internet.

Il hausse les épaules, presque de manière défensive.

— Je ne l'ai jamais volontairement dissimulé. Ça n'a jamais intéressé quiconque.

En retirant sa casquette, il glisse ses doigts dans ses cheveux indisciplinés avant de la remettre en place.

— Il est gay et vit avec son compagnon. Après son coming out, il n'a jamais essayé de cacher qui il était, mais mon père n'est pas non plus du genre à s'afficher en public. C'est une partie de qui il est. Ce n'est pas la totalité de sa personne. Tout comme moi : être hétérosexuel n'est pas la seule chose qui me définit. Je suis également beaucoup d'autres choses.

Il soupire.

— Je sais exactement ce que les médias feraient s'ils mettaient la main sur une telle information. Ça deviendrait un point de convergence au lieu de mon talent et de mes compétences. Je n'ai pas besoin de cette merde pour le repêchage de la NFL. Mon père est architecte, et c'est un très bon architecte. Il possède son propre cabinet. Une fois que cette information sera disponible, chaque fois que quelqu'un fera le lien entre nous, c'est ce qui sera le plus important dans leur esprit. On ne se concentrera plus sur son talent, mais sur son orientation sexuelle. Si j'avais juste vingt-deux ans et que je cherchais un boulot après la fac, tout le monde s'en foutrait. Mais comme tu l'as dit auparavant...

Son regard plonge dans le mien.

— Je ne suis pas quelqu'un d'anonyme. Tout ce qui est dit à mon sujet est rapidement exagéré. Aucun de nous ne veut que cela se produise.

Je ne peux m'empêcher de serrer sa cuisse quand il se retrouve à court de mots.

— Tout ce qui concerne ta vie n'a pas besoin d'être rendu public.

Je pense aux photos de nous qui ont été postées et à tous les commentaires qui ont suivi. Même s'il n'y a pas à avoir honte d'être gay, je me rends compte que tout le monde ne l'accepte pas. J'en suis très triste, ça ne devrait pas être un problème si les gens venaient à le découvrir...

Il finit par hocher la tête et démarrer sa voiture.

— Nous devrions certainement y aller. J'ai encore du travail à faire ce soir.

— D'accord.

Quand il rejoint la circulation, je l'observe du coin de l'œil. Son profil est puissant. Même si sa casquette est toujours en place, j'aperçois le turquoise brillant de ses yeux qu'il concentre sur la route face à lui. Son nez est droit, ses lèvres pleines. Son visage est tout en angles et ciselé.

Mon cœur rate un battement pendant que je l'étudie.

Juste quand j'ai l'impression de bien comprendre la personne qu'il est, quelque chose arrive et balaie l'ensemble de mes certitudes. Chaque fois que c'est le cas, je suis surprise de réaliser que je l'apprécie encore plus qu'avant.

21

IVY

L'homme le plus sexy de Barnett passe beaucoup de temps avec une grande brune très élancée. Et oui... c'est la même fille qui a déjà été photographiée avec lui. Mais enfin, qui est-elle et comment a-t-elle réussi à capter son attention aussi pleinement ? Suis-je le seul à avoir l'impression que le monde est complètement sorti de son axe ? KingOfCampus.com

Tout ce que j'ai appris sur Roan ce soir ne cesse de me hanter l'esprit. Même si je suis fatiguée, le sommeil s'évertue à me fuir. J'ai passé les vingt dernières minutes à me demander si je devais lui envoyer un message.

Il était exceptionnellement calme lorsque nous nous sommes séparés devant mon appartement. Je pensais qu'il voulait peut-être rester discuter, mais quand j'y ai fait allusion, il n'avait pas l'air intéressé. Je me suis détestée pour la déception que j'ai ressentie dans chaque cellule de mon être quand nous nous sommes dit bonne nuit et que je l'ai finalement laissé seul de l'autre côté.

J'ai composé au moins huit messages différents avant de les effacer. Ce n'est pas comme si nous sortions ensemble. Je pense qu'il a déjà été établi qu'une relation entre nous ne fonctionnerait pas. Mais nous sommes en quelque sorte amis, pas vrai ? Et les amis veillent les uns sur les autres. Je devrais peut-être m'assurer qu'il va bien.

Je récupère l'oreiller sous ma tête pour le plaquer devant mon visage et hurler à l'intérieur. Je commence à devenir dingue.

Après quelques moments contemplatifs, j'écarte l'oreiller et saute sur mon portable. Avant que je ne puisse m'accorder trop de temps pour reconsidérer ma décision, j'écris rageusement et appuie sur *envoyer*. Je m'effondre sur mon lit et m'autorise à respirer.

Ridicule.

Je suis complètement ridicule.

Et je déteste ça.

Ça ne me ressemble pas. Je ne suis pas une de ces filles idiotes qui sont obsédées par un garçon ou qui s'amusent à les traquer sur le campus. Malheureusement, j'ai l'impression d'en devenir une.

Lorsque mon portable ne sonne pas immédiatement avec un message entrant, je mâchouille ma lèvre inférieure. À quoi est-ce que je m'attendais ? Il est minuit. Il dort certainement. Et j'agis comme une folle furieuse.

Une groupie de Roan King.

Aïe.

Ça fait mal.

À ma fierté et à ma sensibilité.

Quand je me penche pour récupérer mon oreiller sur le sol, là où je l'ai balancé, mon portable sonne. Et oui, je tombe pratiquement du lit dans ma hâte.

Ça va. Merci de poser la question.

Est-ce qu'il va vraiment bien ? Veut-il discuter un peu ? Les garçons aiment-ils parler quand quelque chose les dérange ? Je n'en ai pas la moindre idée. Je ne me souviens pas avoir passé énormément de temps avec Finn à bavarder de choses et d'autres.

Je ne peux m'empêcher de lui demander...

Tu veux qu'on discute ?

Une minute, puis deux s'écoulent lentement. Lorsque je n'obtiens aucune réponse après trois minutes d'angoisse, je pose mon téléphone sur ma table de nuit et me retourne pour m'enrouler dans ma couette. Ensuite, je ferme les yeux et espère que le sommeil viendra finalement me trouver maintenant que je lui ai tendu la main.

Lorsque j'entends que l'on frappe à la porte de notre appartement, mes paupières s'ouvrent et je saute pratiquement hors du lit. Ça ne peut être que Roan. Qui d'autre cela pourrait-il bien être ? Je fonce jusqu'à la porte et l'ouvre. Il se tient de l'autre côté et paraît aussi perturbé que moi. Bien que je doive avouer qu'il est résolument sexy dans son short de sport qu'il porte bas sur ses hanches. Il ne porte rien d'autre.

Rien.

D'autre.

Je salive presque.

Je déglutis tandis que mes prunelles se posent sur son large torse étendu face à moi.

Il est magnifique.

De la même manière que je l'examine, son regard me frôle et me rappelle brutalement que je porte un débardeur moulant et un short. Un frisson me traverse de part en part alors que mes mamelons durcissent sous le poids de son examen. Ses yeux plongent dans les miens, mes joues rougissent.

— Ça commence bien, Ivy. Merci pour ton invitation.

Ne sachant pas quoi dire, je lève les yeux au ciel et m'empare de sa main pour l'attirer dans l'appartement. Je verrouille la porte d'entrée et nous dirige vers ma chambre. En passant devant la porte fermée de Lexie, je ne peux m'empêcher de me demander ce qui s'est passé avec le test de grossesse. Je suis certaine qu'ils ont dû sortir pendant mon absence, mais la porte était à nouveau fermée quand je suis revenue, et je ne voulais pas les déranger. Lexie me racontera ce qui s'est passé quand je la verrai demain matin.

Avec précaution, je ferme la porte de ma chambre et me tourne vers Roan, qui s'est déjà mis à l'aise sur mon lit. Il est étendu sur mon côté du matelas, à côté de la table de nuit. Je fronce les sourcils.

— Quand je t'ai demandé si tu voulais discuter, ce n'était pas un message codé pour faire l'amour.

Si c'est ce à quoi il s'attend, je vais le foutre dehors. Insensible, il ricane en tapotant l'espace à ses côtés.

— Mon Dieu, Ivy, je ne suis pas venu là pour te baiser.

— Oh.

Je fronce les sourcils, comme si j'essayais de comprendre ses paroles.

— Vraiment ?

Il rit doucement de ma confusion.

— Très bien, permets-moi de reformuler. Je n'ai pas envie de te baiser ce soir. Demain, nous pourrons y revenir.

En reniflant, j'hésite à me rendre sur mon lit. À côté d'un Roan très sexy allongé dessus.

— C'est tellement romantique. J'en ai le cœur qui palpite.

Puisqu'il ne bouge pas de ce qui est techniquement ma place, je dois grimper sur lui pour me rendre de l'autre côté. Ses mains caressent les côtés de mon corps avant de trouver mes hanches. Lorsque je me retrouve pratiquement à cheval sur lui, il me maintient fermement en place.

— Est-ce que c'est ce que tu veux, Ivy ?

Sa voix est franchement rauque, mon ventre se crispe en réponse.

— Une relation ?

Ma bouche s'assèche à cette idée. Je ne peux pas lui résister lorsqu'il utilise ce genre de charme. Je suis souple entre ses mains. Même s'il fait noir, son regard me transperce. J'en ai du mal à respirer.

Quand je demeure silencieuse, son emprise se détend. Je suis capable de me faufiler de l'autre côté. Maintenant que j'y suis, je ne sais pas trop comment me positionner. Mon lit est double, et quand je suis seule, il me paraît très grand. Avec Roan, on dirait qu'il est minuscule.

Je recule jusqu'à être plaquée contre le mur. Tandis que je m'installe, Roan glisse un bras autour de mon corps et m'attire contre lui. Après quelques instants, il murmure :

— Détends-toi.

— Je suis totalement détendue, grincé-je entre mes dents, mon corps aussi rigide qu'une planche.

— Oui, d'accord. C'est vrai que tu as l'air complètement déten-due, ricane-t-il. Je suis venu pour discuter. Rien de plus. OK ?

En l'entendant prononcer ces paroles, mon corps se détend progressivement pour finir par se mouler contre le sien. Après quelques minutes d'ajustement, je me tourne vers lui jusqu'à être alignée avec chaque partie de son corps. Son bras enroulé autour de moi, j'abaisse lentement ma tête jusqu'à la poser sur son torse solide. Alors que je laisse échapper un soupir, je pose ma main sur son cœur.

— Tu es à l'aise ?

L'intonation de sa voix glisse sur moi comme une caresse chaude.

— Oui.

Je suis même très à l'aise. Je ne devrais certainement pas autant apprécier ce moment. Même si je meurs d'envie de passer ma main sur son torse défini et ses abdominaux, je ne le fais pas. Ça fait long-temps que je n'ai pas été aussi proche de quelqu'un. Et ça me manque. L'intimité me manque.

— Bien.

Il marque un temps d'arrêt, avant d'ajouter tranquillement :

— Merci de m'avoir invité.

Je lui jette un coup d'œil pour essayer de déchiffrer l'expression de son visage.

— Tu as été très silencieux pendant le trajet. J'étais inquiète.

Il fixe le plafond pendant un long moment.

— Oui, désolé de t'avoir imposé tout ça.

— Tu n'as pas à t'excuser.

En réalité, je suis flattée qu'il me fasse suffisamment confiance pour partager avec moi les détails personnels de sa vie. J'ai l'impres-sion que Roan ne se confie pas à beaucoup de monde. Le silence qui s'étend entre nous est étonnamment facile et confortable.

— Je t'aime bien, Ivy.

Mon cœur bat plus vite.

— Moi aussi, je t'aime bien.

Après un autre moment de silence tranquille, il admet :

— J'ai l'impression que je peux vraiment parler avec toi.

— Tu peux tout me dire. Je garderai tes secrets.

Prononcer ces mots à voix haute me semble important. Nécessaire. J'ai appris des choses à son sujet que personne d'autre ne connaît, et je ne briserai jamais cette confiance. Peu importe ce qui se passe entre nous. Que nous restions amis ou que nous devenions plus. Ou que nous arrêtions complètement de discuter. Je ne le trahirai pas. Ce n'est pas la personne que je suis, et j'espère qu'il s'en rend compte.

Il incline son visage, et même si la pièce est baignée d'obscurité, je sais que son regard se pose sur moi. Je perçois l'intensité brûlante de ses yeux.

— Je ne serais pas ici si je ne le savais pas.

Quelque chose d'étrangement semblable au bonheur éclate en moi. Son étreinte se resserre, me rapproche de lui.

— Tu sais, murmure-t-il. Je n'ai jamais fait ça auparavant.

Ne sachant pas exactement ce qu'il veut dire, je demande :

— Fait quoi ?

— Rien qu'un câlin avec quelqu'un à qui j'ai envie de parler.

Je suppose que ça ne devrait pas me surprendre. Il a peut-être couché avec de nombreuses filles, mais ça n'a rien à voir avec l'intimité. Être au lit avec quelqu'un, s'ouvrir et partager des morceaux de soi... c'est ça, la vraie intimité.

— J'aime ça, avoue-t-il. C'est agréable.

— Oui.

Je ne peux pas croire que je me sente aussi à l'aise avec lui. J'aime savoir qu'il ressent la même chose.

— J'ai tout de suite su que tu étais différente.

— Différente ?

Je ne sais pas trop comment le prendre.

— Différente dans le bon sens, me rassure-t-il. Je n'ai jamais eu l'impression que tu essayais de grappiller un morceau de moi. Ou que tu voulais traîner avec moi parce que je pouvais t'apporter quelque chose.

— Je ne peux pas imaginer ce que ça fait.

Je ne le peux vraiment pas. Je suppose que, à très petite échelle, c'est comme lorsque les photos ont été mises en ligne et que, soudain, j'ai été inondée par les demandes d'amis. Des gens au hasard qui m'appelaient ou me saluaient sur le chemin de la fac. Je ne connaissais pas vraiment la plupart d'entre eux, mais ils donnaient tous l'impression de vouloir se lier d'amitié avec moi parce qu'ils pensaient que j'étais proche de Roan.

Dans de telles circonstances, comment pouvez-vous baisser votre garde ? Comment savoir si quelqu'un se soucie vraiment de vous ou s'il souhaite vous utiliser ? C'est vraiment nul. C'est impossible de commencer une relation.

Je me demande si Roan a quelqu'un en qui il peut avoir confiance.

— Ça peut s'avérer difficile. C'est difficile de se faire de nouveaux amis. Pas de bons amis, à moins qu'ils ne se trouvent dans la même situation. On s'efforce de garder jalousement ceux que l'on a, en espérant qu'ils ne vont pas nous laisser tomber.

Ça me surprend quand il ricane.

— Je n'arrive toujours pas à croire que tu aies essayé de me laisser tomber en tant que partenaire.

Je me mords la lèvre pour étouffer mon rire.

— Hé, je me suis déjà excusée. Je supposais que tu étais un sportif qui allait me laisser me taper tout le boulot.

Je croise son regard.

— Évidemment, ce n'est plus ce que je pense.

Il semble étrangement satisfait quand il réplique :

— Bien.

En cet instant, je ne désire rien de plus que de faire courir mes mains sur sa peau. Pour apprendre la carte de son corps. Incapables de résister, mes doigts tremblants se fraient un chemin sur son large torse.

— Tu veux que j'arrête ?

Il secoue la tête une seule fois. C'est presque comme s'il retenait son souffle, n'osant pas aspirer d'oxygène. Ce n'est que lorsque mon index effleure un de ses mamelons qu'il s'autorise à laisser échapper un faible gémissement.

Mes dents s'enfoncent dans ma lèvre inférieure alors que mes doigts continuent à danser sur lui. Roan est si musclé et dessiné. Je parie qu'il est comme ça partout. Aussi tentée que je sois d'explorer davantage et de le découvrir par moi-même, je sais que ce serait une erreur. Je veux que ce soit plus qu'une baise au milieu de la nuit. Plus que quelque chose de facile et sans condition. Or, c'est difficile de résister avec mes doigts posés sur ses abdominaux. Lorsque mes mouvements cessent, sa main se lève pour couvrir la mienne.

Pendant quelques instants, nous demeurons silencieux, nos corps enlacés.

Il reprend le fil de notre conversation précédente en disant :

— J'ai mentionné que mes parents ont divorcé quand j'avais quatorze ans...

— Hmm, hmm.

Je suis surprise qu'il aborde à nouveau le sujet. Ça signifie bien plus que je ne suis capable de l'admettre, qu'il s'ouvre ainsi à moi.

— Je n'ai jamais su. Je n'ai jamais soupçonné que mon père était gay. Il n'a jamais semblé...

Sa voix s'amenuise petit à petit, comme s'il perdait le fils de ses mots.

— Genre... Tu sais ?

Il fronce les sourcils et humidifie ses lèvres.

— Il ne correspondait à aucun des stéréotypes. C'est difficile lorsque l'on est adolescent de réaliser que l'un de nos parents n'est pas celui qu'on croyait. Qu'il y a des facettes de sa personnalité que l'on n'a jamais connues.

Il se crispe à mes côtés, continuant d'une voix tendue :

— Quand les gens à l'école l'ont découvert, j'ai eu beaucoup d'emmerdes. Ils ont commencé à me demander si j'étais homo comme mon père. Il y a des types dans mon cours de gym et dans l'équipe de foot qui refusaient de se changer dans les vestiaires en ma présence.

Mon cœur se serre. Cet âge est déjà assez difficile sans qu'il y ait de questions supplémentaires au sujet de notre sexualité. Ce n'est certaine-ment pas un secret, que les enfants peuvent se montrer cruels les uns envers les autres. Surtout à cet âge. Personne ne veut être considéré comme différent. Et si l'on est différent, on ne veut très certainement pas être taquiné et ostracisé pour cela. Malheureusement, ce sont les enfants différents qui sont les plus faciles à cibler et les plus tourmentés.

— J'ai combattu cet événement de la seule façon que j'ai pu.

Il inspire profondément, soupire lentement, comme si c'était physiquement douloureux.

— Je me suis battu à mort, et j'ai commencé à baiser avec n'importe quelle fille simplement pour pouvoir m'en vanter.

Fermant les yeux, j'essaie d'imaginer ce que ça a été pour lui de lutter contre le monde, simplement pour prouver qu'il était sa propre personne.

— Tout au long du lycée...

Alors qu'il cesse de parler, je constate que ce comportement ne s'est pas arrêté au lycée. Il a continué à l'université.

Le cœur brisé, je me redresse jusqu'à ce que mon visage soit à quelques centimètres du sien.

— Tu n'as rien à prouver, Roan. J'espère que tu t'en es finalement rendu compte. Tu es ta propre personne, à présent.

Son regard scrute le mien avant qu'il n'acquiesce. Rapidement.

— Je sais. C'est juste... difficile de s'ouvrir. Je me suis fermé aux autres depuis si longtemps. Les gens m'ont toujours mis une étiquette. D'abord, j'étais le fils de l'homme gay, et ensuite le poulain du football. Même si je réussissais bien à l'école, les gens pensaient que je n'étais pas assez intelligent pour obtenir ces notes par moi-même. J'en avais assez d'essayer de prouver qui j'étais réellement. Quand mon père a emménagé ici après le divorce, j'ai décidé que Barnett était l'endroit où je voulais jouer. C'est une école de division une, et j'appréciais l'entraîneur. J'ai également été en mesure d'obtenir une bourse complète, non seulement pour le football, mais aussi pour l'université. Je pensais que déménager ici représenterait un nouveau départ, mais je suppose que les choses n'ont pas vraiment changé, puisque je passe tout mon temps à l'école à travailler et à m'entraîner, pour ensuite finir par baiser le plus de gonzesses possible.

Je grimace. Comme tous les autres, je l'ai jugé. Au lieu d'être l'homme que j'imaginais, il s'avère complètement différent.

— Tu n'as absolument rien à prouver. Tu dois simplement être l'homme que tu désires être. Si les gens veulent inventer des choses à ton sujet, c'est leur problème. Pas le tien.

Je repense à la façon dont il s'est montré attentionné chez mon père. Il ne m'a pas quittée une seule fois. Il s'est constamment assuré que j'allais bien. Avec du recul, c'est là que mes sentiments ont commencé à changer et que j'ai réalisé qu'il était bien plus que je ne le pensais à l'origine.

Il me sourit en posant sa main sur ma joue.

— Merci, Ivy.

Il m'attire à lui, nos lèvres se frôlent. C'est une caresse douce et tendre.

Alors que je me demande s'il va approfondir le baiser, il met un peu de distance entre nous et installe précautionneusement ma tête contre son torse. Nous restons comme ça jusqu'à ce que le sommeil ferme finalement mes paupières.

22

IVY

Prenez quelques Kleenex, Mesdames. Je pense que Roan King s'est trouvé une vraie petite amie. Nous parlons de la fille avec qui il se promène main dans la main sur le campus. Bon sang... où ai-je mis mes mouchoirs ? KingOfCampus.com

LA LUMIÈRE du soleil se déverse à travers la fenêtre de ma chambre et atteint mon visage. Je roule sur le côté en embarquant mon oreiller avec moi, le balançant sur ma tête. Alors, des bribes de la soirée d'hier soir me traversent l'esprit.

J'ai envoyé un message à Roan.

Il est venu.

Nous nous sommes allongés sur mon lit pour discuter.

Mon dernier souvenir remonte à l'instant où je me suis endormie avec lui.

Je me redresse précipitamment et écarte les cheveux de mon visage, avant de jeter un œil dans la pièce. Je réalise que ma chambre est vide. Presque comme si ce n'était rien de plus qu'un rêve étrange et sexy. Après quelques instants, je m'effondre à nouveau sur le matelas. Je sais pertinemment que c'était réel. Son parfum masculin s'accroche encore à mes draps. L'envie de me rouler dedans tout en inspirant profondément est écrasante.

Même si j'essaie de fermer les yeux et de me rendormir, les souvenirs de la nuit dernière me traversent l'esprit. Les pièces du casse-tête ont tellement plus de sens à présent. Toutes les filles, ses coups d'un soir, ne jamais s'ouvrir, ne jamais faire confiance à quelqu'un...

Je contemple le plafond en repensant à tout ça. Quinze minutes plus tard, j'ai passé en revue toute la nuit, du moment où je l'ai croisé dans le hall, jusqu'à celui où je me suis endormie dans ses bras, au moins une douzaine de fois. C'est impossible que je me rendorme à présent. Je rejette les couvertures et fonce dans la cuisine à la recherche d'un bol de céréales.

Quand je porte la cuillère à mes lèvres, la porte de ma colocataire s'ouvre, et Dylan et Lexie en sortent. Je leur adresse silencieusement un signe du menton. Dylan attire ma meilleure amie dans ses bras et la tient longtemps contre lui. Avant de partir, il dépose un tendre baiser sur le sommet de sa tête.

Lorsque Lexie entre dans la cuisine, je remarque que ses yeux sont gonflés et rougis, comme si elle avait passé la nuit à pleurer et n'avait pas fermé l'œil. Puisqu'elle demeure silencieuse, je pose mon bol sur le plan de travail et l'enlace.

— Tu veux en parler ?

Elle inspire profondément, soupire.

— J'ai fait le test. Il est négatif.

Je m'écarte d'elle pour pouvoir observer son visage. Elle semble toujours contrariée.

— C'est une bonne nouvelle, pas vrai ?

Elle hoche la tête.

— Bien sûr que oui. J'ai vingt et un ans. Je ne suis pas prête à devenir maman, et Dylan n'est certainement pas prêt à être papa.

Pourtant, il est évident que quelque chose la tracasse.

— Quel est le problème ?

— Je n'ai toujours pas eu mes règles et je crains d'avoir fait le test trop tôt. Peut-être que je suis vraiment enceinte et que celui-ci est un...

Elle marque un temps d'arrêt.

— Tu sais... un faux négatif.

Dès qu'elle prononce ces paroles, les larmes inondent ses yeux. Elle secoue la tête et se pince l'arête du nez, comme si elle avait mal à la tête.

— Mes parents me tueront si je suis enceinte. Ni l'un ni l'autre n'ont terminé leurs études parce que ma mère a fini par tomber enceinte. Je suis la première à aller à l'université. Je ne peux pas abandonner maintenant.

L'émotion lui obstrue la gorge.

— Je ne peux tout simplement pas !

Je caresse son bras de manière apaisante.

— Je pense que tu vas trop vite. Tu as passé un test et, pour ce que tu en sais, il était correct, et tu n'es pas enceinte.

— Quand Dylan aura terminé les cours, nous irons à la clinique sur le campus.

Les larmes coulent sur ses joues.

— Je peux passer un test plus précis là-bas. Ce que je ne peux pas faire, c'est rester ici à attendre. Je dois trouver une solution.

— C'est logique. Tu veux que je vienne avec toi ?

Je déteste l'idée de rater un cours, mais je le ferai pour ma meilleure amie. Nous avons toujours été là l'une pour l'autre et ça ne changera jamais. Je soutiens son regard pendant qu'elle garde le silence. Elle finit par secouer la tête.

— Non, ça va aller. Dylan m'accompagne.

Mon emploi du temps pour la journée me trotte dans la tête. Il est presque neuf heures du matin. Mon cours d'éthique des affaires a lieu à dix heures, ensuite j'ai français et danse. Le vendredi, j'enseigne deux heures de cours au studio. Je rentrerai seulement à dix-neuf heures.

— Envoie-moi un message quand tu sauras ce qui se passe, d'accord ?

Après un signe de tête, elle se dirige vers sa chambre. Ma voix est emplie d'inquiétude quand je lui demande :

— Tu ne vas pas en cours, Lex ?

Elle me jette un coup d'œil par-dessus son épaule en secouant la tête.

— Non, je ne pourrai pas me concentrer aujourd'hui. Je suis vraiment fatiguée. J'ai l'impression de ne pas avoir dormi du tout la nuit dernière.

Je déteste la voir souffrir ainsi.

— D'accord.

Une fois qu'elle a fermé la porte, je finis le reste de mes céréales. Je ne peux m'empêcher de penser à elle et à la situation potentielle dans laquelle elle pourrait se trouver. C'est nul. Le pire, c'est qu'ils essaient d'être prudents en utilisant des préservatifs. Malheureusement, peu importe à quel point on se montre prudent, les accidents arrivent.

Pour le coup, je suis ravie de ne pas être intime avec qui que ce soit en ce moment.

Bien sûr, dès que je pense au sexe, le magnifique visage de Roan s'imprime dans mon esprit. Voilà une autre situation délicate. Il est tout à fait possible que je développe des sentiments à son égard. Je ne sais pas si c'est intelligent.

Trente minutes plus tard, je suis douchée, habillée et prête à partir. Je suis allée jeter un coup d'œil pour voir comment se porte ma meilleure amie : elle dort profondément. En ouvrant la porte qui mène au couloir, j'étouffe un cri, parce que Roan se tient juste là, bloquant ma route.

Il tient un café dans ses mains.

— Hé.

Le sourire qu'il m'adresse est chaleureux. Il fait naître des sensations étranges en moi.

— J'étais sur le point de frapper.

Je ne peux m'empêcher de lui rendre son sourire.

— Hé, toi-même.

Il me tend un café glacé.

— J'ai pensé que tu aurais besoin d'un peu de caféine ce matin.

Touchée par son geste, je m'empare du grand gobelet.

— C'est vraiment très gentil de ta part. Merci.

Mon regard soutient le sien pendant que j'avale une grande gorgée. Je ne devrais pas me sentir émue parce qu'il vient de m'offrir un café. Pourtant, c'est le cas.

Mon Dieu, est-ce que...

En fermant la porte de l'appartement derrière moi, je me rends compte que je suis dans de beaux draps concernant ce garçon.

— Je me suis dit que tu voudrais peut-être que je te conduise au campus, déclare-t-il.

Encore une fois, je suis surprise et touchée par sa prévenance.

— Ce serait formidable.

Notre immeuble est situé à quelques pâtés de maisons du campus. La plupart du temps, je marche ou je fais du stop avec Lexie. Ce n'est pas grand-chose, pourtant son geste me touche.

Je.

Suis.

Dans.

La.

Merde.

Lorsque nous arrivons au niveau de l'ascenseur, j'appuie sur le bouton en me demandant ce que je vais faire de tous ces sentiments qui surgissent en moi. Roan dit :

— Merci de m'avoir laissé dormir chez toi hier soir. C'était vraiment agréable de pouvoir parler de ces choses. De vider ce que j'avais sur le cœur.

Il baisse d'un ton :

— Tu es la seule à connaître toute cette merde.

C'est comme s'il y avait une attraction magnétique entre nous. Je me tourne pour me rapprocher de lui.

— Je pensais sincèrement ce que j'ai dit hier, Roan. Je ne raconterai à personne ce que tu m'as dit.

— Je sais.

La confusion naît dans ses yeux.

— Ce n'est pas comme si nous nous connaissions si bien, mais pour une quelconque raison, j'ai l'impression de pouvoir te faire confiance.

Aussi étrange que cela puisse paraître, je ressens exactement la même chose. Quand bien même ça n'a aucun sens.

Le sort est rompu lorsque l'ascenseur sonne et s'ouvre. Une fois que nous sommes à l'intérieur, il nous descend dans le hall. Roan me surprend une fois de plus en s'emparant de ma main et en la tenant dans la sienne lorsque nous quittons le bâtiment.

Quelques types passent devant nous. Ils saluent Roan avant de m'adresser un signe du menton, même si je n'ai pas la moindre idée de qui ils sont. Comme ces derniers ne mentionnent pas que nous nous tenons par la main, je m'autorise à me détendre et à profiter du moment.

Se tenir par la main, ce n'est pas important.

Pas vrai ?

Avec n'importe qui d'autre, ça ne le serait certainement pas.

Mais avec Roan, c'est énorme. Monumental.

Nous grimpons dans son SUV. Cinq minutes plus tard, il se gare sur une place de parking près du hall Adler. En coupant le moteur, il se tourne vers moi. Ni lui ni moi ne quittons le véhicule, même si nous devons tous les deux nous rendre en classe.

La nervosité brille dans ses yeux, ce qui est tout à fait contraire à son comportement habituel.

— Le dîner d'hier soir était agréable.

Il marque un temps d'arrêt, comme s'il s'attendait à ce que je confirme. Je lui adresse un signe de tête parce qu'il a raison, c'était agréable.

— Bien.

Il me sourit brièvement avant de poursuivre :

— J'étais en quelque sorte en train de penser que nous pourrions recommencer.

J'ouvre la bouche. On dirait presque qu'il me demande de sortir avec lui. Non pas que je doute de mon ouïe, mais j'ai quand même besoin qu'il précise.

— Est-ce que t'es en train de me demander de sortir avec toi ?

Son regard soutient le mien. Quand je crois qu'il va abandonner son idée et faire marche arrière, il me sourit.

— Oui, je suppose que oui. Je veux t'emmener à un rencard, Ivy.

Je meurs d'envie de sourire. Peut-être même que je suis tentée à l'idée de faire une petite danse ici même sur le siège avant de sa voiture. Pourtant, même si je commence à craquer pour lui, je ne suis pas certaine que m'impliquer soit une bonne idée.

Une relation entre nous peut-elle bien se terminer ?

Je suppose que non.

Quand je ne réponds pas, son sourire s'amenuise.

— Tu n'en as pas envie ?

Je plonge mes dents dans ma lèvre inférieure. Je le veux. Vraiment. Je crains seulement qu'il ne soit pas utile de commencer quelque chose avec un homme comme lui. Il ne fait pas dans les relations. Et moi, je ne suis pas faite pour les coups d'un soir.

— Je suis...

— Ivy ?

En haussant les épaules, je lui demande :

— Pourquoi ?

C'est ce que je ne comprends pas. Roan peut avoir qui il veut. Il pourrait être avec beaucoup de personnes. Sans avoir à sortir avec elles, d'autant plus. Ça a déjà été établi.

— Pourquoi ?

Il paraît confus.

— Oui, répliqué-je en fronçant les sourcils. Pourquoi veux-tu sortir avec moi ? Tu m'as déjà dit que les relations, ce n'était pas ton truc.

Il m'observe pendant un long moment qui fait rater un battement à mon cœur. Puis il prend ma main dans la sienne.

— Ce n'est généralement pas le cas. Ça n'a jamais été le cas.

Ça ne répond pas à ma question...

— Mais pourquoi moi ? Tu pourrais avoir qui tu veux. Il y a des milliers de filles qui rêveraient de sortir avec toi.

Même si ce chiffre me paraît exagéré, peut-être que ce n'est pas le cas. Il soupire et admet :

— Tu es la seule avec qui je peux être moi-même. Je n'ai jamais vécu ça auparavant et, eh bien... j'aime ça. Beaucoup. J'aime ce que je ressens quand je suis avec toi.

Les remparts que j'essaie d'ériger tant bien que mal s'écroulent. Comment puis-je ne pas prendre le risque alors qu'il ne fait que s'ouvrir à moi ? Même si je ne suis pas absolument certaine que cette relation ne finisse pas par m'exploser au visage, je pense que peut-être... peut-être... ça vaut le coup d'essayer.

Roan vaut la peine d'essayer.

— D'accord, chuchoté-je.

Un sourire ridicule naît sur son beau visage. Si mon cœur ne fondait pas déjà pour lui, ce sourire aurait certainement fait l'affaire. Il faudrait être faite de pierre pour ne pas être affectée.

Et je ne le suis très certainement pas. Surtout en ce qui le concerne.

— D'accord ?

Le bonheur qui illumine son visage s'intensifie. Que Dieu me vienne en aide, je réagis de la même façon. Je ne peux pas m'en empêcher. Ses yeux sont grands ouverts et débordent d'enthousiasme.

— Nous allons vraiment le faire ?

— Oui.

La même excitation que la sienne me traverse l'échine.

— Je crois que oui.

— Très bien.

Il jette un œil à son tableau de bord pour vérifier l'heure.

— Nous ferions mieux d'aller en classe avant d'être en retard.

Nous sortons du SUV en même temps et nous retrouvons devant le capot. Roan entremêle nos doigts. Pendant un moment, je contemple nos mains jointes, avant que mon regard ne se perde dans le sien. J'essaie de m'habituer à ce qu'il agisse ainsi.

Alors que nous gagnons l'une des principales allées qui mènent au hall Adler, je remarque que d'autres étudiants sont en train de nous fixer. Certains nous désignent en chuchotant. Quelques-uns sortent leur portable. La plupart d'entre eux se tournent vers nous pour pouvoir saluer Roan. Quelques filles s'arrêtent et observent ouvertement nos mains jointes comme si elles ne pouvaient pas croire ce dont elles sont témoins.

Roan sourit et salue les gens en cours de route comme s'il était une célébrité. C'est plus qu'un peu déconcertant. J'ai vu comment les inconnus réagissent en sa présence, mais dans cette situation, tandis que nous nous rendons en classe, c'est accablant.

Avant même que je m'en rende compte, les gens s'entassent autour de nous, essayant de se rapprocher. Même si je suis à ses côtés, deux ou trois filles se fraient un chemin jusqu'à ce qu'elles soient pressées contre lui. Et je ne parle même pas de la fille qui frotte ses énormes seins contre son biceps. Je lui jette un regard noir. Il ne fait absolument rien pour la dissuader. L'attention de cette fille est entièrement focalisée sur Roan. La seule chose qui m'empêche de m'énerver, c'est son manque de réponse à lui. Il reçoit des claques sur l'épaule alors que nous progressons vers le bâtiment.

La foule s'intensifie, j'ai presque l'impression d'être écartée de lui. Quand j'essaie de m'éloigner de sa main, la poigne de Roan se resserre en réponse. Son regard plonge dans le mien, il me rapproche de lui et continue à avancer.

En atteignant les marches de ciment, la foule se disperse enfin.

Agitée par ce qui vient de se passer, je murmure :

— Je ne sais pas comment tu fais pour gérer ça tout le temps.

Il me jette un coup d'œil en hochant la tête.

— Il y a quelques gars que je connaissais, répond-il en haussant les épaules. Mais autrement, non.

— Et les filles ?

Argh !

Est-ce vraiment à ça que je suis réduite ?

Quelqu'un qui crève de jalousie ?

Je n'aime pas ça. Pas du tout.

— Je n'y prête pas vraiment attention. Il y a toujours des filles. C'est comme ça.

J'inspire profondément en essayant de décider ce que je ressens. Est-ce que je veux vraiment faire face à toute l'attention qu'il reçoit chaque fois qu'il quitte son appartement ? Surtout sur le campus. Je ne vais pas mentir, c'est intimidant.

Roan raffermit sa poigne sur mes doigts pour attirer mon attention. Je le dévisage.

— Tu as déjà des doutes ?

Il y a quelque chose d'étrange dans sa voix. Comme s'il se préparait pour ma réponse.

J'ai envie de lui mentir. De lui dire : « Non, bien sûr que non. »

Mais... c'est le cas.

C'est juste trop bizarre.

La façon dont les gens se piétinent simplement pour être autour de lui. Je n'ai jamais regardé Roan, ni personne d'autre d'ailleurs, comme ça. C'est difficile pour moi de comprendre ce genre de comportement.

Quand je garde le silence, il s'arrête et pose doucement ses mains sur mes épaules et me fait pivoter vers lui.

— Un rendez-vous à la fois, d'accord ? Aucune pression.

Je fronce les sourcils. On dirait qu'il pense déjà à avoir plusieurs rencards. Il sourit comme s'il parvenait à lire dans mes pensées.

— Ça te va ?

Quand il me fixe comme ça, c'est difficile pour moi de ne pas être d'accord avec lui. Je hoche la tête. Il se penche et pose ses lèvres contre les miennes, avant de s'éloigner.

— Bien. Maintenant, allons en cours. Tu vas nous mettre en retard.

Je ris quand il m'entraîne à sa suite.

23

IVY

Dis-nous que ce n'est pas vrai, Roan King... S'il te plaît, dis-nous que ce qui se passe avec la brune n'est pas sérieux. Accorde-nous une petite lueur d'espoir à laquelle se raccrocher. KingOfCampus.com

Plus tard dans la soirée, après mon retour du studio de danse, j'entends la télévision dans le salon. Je pousse un petit soupir de soulagement en constatant que Lexie ne se terre pas dans sa chambre. Malheureusement, mon portable est tombé à court de batterie après le cours de français, alors je n'ai pas pu discuter avec elle. J'espère qu'elle va bien.

Au lieu de trouver Lexie dans le salon, c'est Dylan que je croise. Il est assis dans le fauteuil, la tête entre les mains. Au vu de la manière dont il est penché vers l'avant, je comprends immédiatement que quelque chose ne va pas. D'autant plus que ma meilleure amie est introuvable.

En regardant la porte de sa chambre, je vois qu'elle est fermée.

Ça ne présage rien de bon.

Je pose mon sac et réduis la distance qui nous sépare pour m'installer sur le canapé à côté de lui. Dylan ne remarque même pas ma présence, je me demande s'il sait qu'il n'est plus tout seul. Ses mains empoignent fermement ses cheveux.

Je pose délicatement ma main sur son épaule, que je serre doucement.

— Dylan ? Est-ce que ça va ?

Quand il lève les yeux, je suis choquée de voir qu'ils sont rougis, comme s'il pleurait. Il ne dit pas un mot, il secoue simplement la tête en réponse. Mon cœur se serre. Je ne peux qu'imaginer que les résultats du test sont positifs s'il est aussi bouleversé et que Lexie est allée s'enfermer dans sa chambre.

— Que s'est-il passé ?

Son regard soutient le mien pendant l'espace d'un battement de cœur. Il paraît malheureux.

— Le test est négatif.

Je laisse échapper un soupir de soulagement.

Dieu merci, elle n'est pas enceinte !

Mais... pourquoi réagit-il ainsi ?

Et pourquoi Lexie est seule dans sa chambre ?

Rien de tout ça n'a de sens.

Avant que je puisse lui poser la question, il dit :

— Elle a rompu avec moi.

— Elle a fait quoi ?

Le choc résonne dans ma voix. Pourquoi ferait-elle ça ? Elle est folle de Dylan, et d'après tout ce que je sais, il est tout aussi fou d'elle. Ils sont parfaits l'un pour l'autre. Ils le sont tellement que c'est généralement écœurant d'être près d'eux. Mais quand même, j'aime les savoir ensemble.

Il m'adresse un regard empli de misère.

— Elle a dit qu'elle avait besoin de temps pour comprendre les choses. Que cet événement l'a vraiment effrayée.

Il hausse les épaules, incertain. Il me fixe comme s'il s'attendait à ce que je puisse lui expliquer pourquoi elle lui a brisé le cœur, mais je n'ai aucune réponse à lui offrir. Je suis tout autant perplexe que lui face à cette situation. Le silence entre nous s'étire, jusqu'à ce que le besoin de lui offrir un peu de réconfort bouillonne en moi.

— Je suis désolée. Je pense que si tu lui accordes un peu de temps, elle se rendra compte qu'elle a réagi de façon excessive. Je sais à quel point toute cette histoire a été bouleversante pour elle.

Il hoche la tête en observant ses mains crispées. Ses jointures sont à présent d'un blanc éclatant.

— C'était difficile pour nous deux, mais la différence, c'est que je ne veux pas rejeter ce que nous avons parce que quelque chose qui aurait changé nos vies à jamais a failli se produire.

Je secoue la tête. Ma réponse se coince dans ma gorge. Il a raison. Comme s'il souffrait physiquement, Dylan se lève précautionneusement.

— Je suis resté parce que je ne voulais pas qu'elle soit toute seule dans l'appartement. Maintenant que tu es là, je rentre chez moi.

Son regard glisse vers la porte de Lexie, comme s'il ne savait pas quoi faire ou comment procéder. Je suppose qu'il n'y a pas de guide lorsque quelque chose comme ça se produit... Il faut simplement improviser et espérer faire ce qu'il faut.

— Prends soin d'elle, d'accord ?

Sa voix se brise presque.

— Tu sais qu'elle va rester couchée dans son lit et se lamenter si tu la laisses faire.

Ces paroles me brisent le cœur. Ce qu'il dit est vrai. Ma meilleure amie a toujours réagi ainsi.

— Elle reviendra, Dylan. Accorde-lui quelques jours. Je vais lui parler.

Avec un air découragé, il hoche doucement la tête et referme derrière lui. Mon esprit s'agite dans toutes les directions. J'hésite à frapper à la porte de ma meilleure amie. Pourtant, je le fais. Lorsque je n'obtiens pas de réponse, je dis :

— Lexie, ma chérie, est-ce que je peux entrer ?

Puisque je n'obtiens toujours pas de réponse, je frappe un peu plus fort. Elle doit comprendre que je ne vais pas la laisser seule.

— S'il te plaît, Lex. J'ai besoin de m'assurer que tu vas bien.

Un petit sanglot m'atteint. Je décide d'entrer. Si la situation était inversée, elle ne partirait pas. Lorsque j'ouvre la porte, je la vois recroquevillée en boule sur son matelas. Son visage est pâle et strié de larmes. Mon cœur se serre face à ce qu'elle traverse.

— Oh, Lex.

Je m'installe au bord de son lit. Doucement, je glisse mes doigts dans ses cheveux.

— Parle-moi. Dis-moi pourquoi tu es si contrariée. Dylan m'a dit que le test est négatif.

— Oui. Il l'est.

J'aimerais comprendre ce qui lui passe par la tête. Je déteste qu'elle rompe avec quelqu'un qui se soucie d'elle comme Dylan, et qu'elle aime tellement.

— Pourquoi as-tu rompu avec lui, ma chérie ?

Elle ferme les yeux et reste silencieuse si longtemps que je commence à me demander si elle va finir par me répondre.

— Ce qui s'est passé était terrible, Ivy. Je ne peux pas courir le risque que cela se reproduise. Je ne veux pas que ma vie déraille à cause d'un préservatif déchiré.

Ne sachant pas quoi dire, j'inspire profondément. J'ai l'impression que ma meilleure amie réagit de façon excessive à une situation qui aurait pu se terminer de façon désastreuse, mais qui ne s'est pas produite.

— Tu aimes toujours Dylan, pas vrai ?

Ai-je mal interprété le lien entre eux ? Peut-être qu'elle n'est pas aussi attachée à lui que je le pensais. Une larme solitaire glisse sur sa joue. Elle acquiesce.

— Je l'aime plus que tout.

Elle inspire profondément pour se forcer à prononcer le reste :

— Mais j'ai l'impression que nous devons faire une pause. Prendre un peu de recul. Je ne suis pas venue à l'université pour trouver un mari ou un futur père pour mes enfants. Je veux terminer mes études et obtenir un emploi génial dans la mode. C'est le plan. Ça a toujours été le plan. Le plan n'était pas de tomber enceinte à vingt et un ans et de devoir tout abandonner.

Sa voix se brise sur ces derniers mots.

— Oh, Lex.

Honnêtement, je ne sais pas comment la réconforter. Je pensais qu'elle réagissait peut-être de manière excessive, mais peut-être... peut-être que ce n'est pas le cas. Elle a sans doute raison de prendre du recul pour définir ses propres priorités. Je n'ai jamais vécu ce qu'elle vient de vivre, mais ce qu'elle me décrit me fait peur. Il suffit d'un instant pour que notre vie bascule.

Même si ma meilleure amie l'a échappé belle, au lieu de célébrer sa chance, elle rompt avec son petit ami. Je ne peux m'empêcher de l'attirer dans mes bras.

— Tout ira bien. Tu dois prendre le temps de comprendre ce qui s'est passé. Si tu aimes sincèrement Dylan, tu ne peux pas rompre avec lui pour cette raison. Il n'a rien fait de mal. C'est vrai, quoi... Dès que tu lui as dit ce qui se passait, il a été là pour toi. Tous les garçons ne sont pas comme lui.

— Non, il est merveilleux.

Elle renifle en s'essuyant les yeux.

— Mais il voudra régulièrement que nous ayons des relations sexuelles. Et je ne suis pas sûre de pouvoir y arriver. Je ne veux même pas y penser pour le moment.

— D'accord, c'est logique, mais peut-être que tu devrais prendre la pilule et continuer à utiliser des préservatifs. De cette manière, vous serez doublement protégés. Comme ça, si l'une des deux contraceptions échoue, ça devrait aller.

— J'ai essayé de la prendre en première année et ça m'a rendue malade.

En paraissant déterminée, elle secoue la tête.

— Ce n'est pas une option.

Je hoche la tête à mon tour, en me souvenant de ce dont elle me parle. Pour une quelconque raison, ma meilleure amie était sensible à l'œstrogène et aux hormones progestatives contenues dans la pilule. Elle était tout le temps nauséeuse et n'a pas tenu plus de deux semaines.

— Tu devrais peut-être retourner à la clinique et parler à quelqu'un des autres options disponibles. Il doit y avoir autre chose.

Elle hausse les épaules. Je réalise que peu importe ce que je dis, sa décision est prise.

— Je ne peux pas y penser maintenant.

— D'accord, accepté-je. Promets-moi simplement que tu parleras avec Dylan. Il était vraiment triste quand je l'ai trouvé assis dans le salon, Lex.

Je ne peux m'empêcher de me rappeler qu'il attendait que je rentre à la maison pour qu'elle ne soit pas toute seule. Je veux dire... Elle ne peut pas se débarrasser de quelqu'un qui l'aime autant !

— Je sais, mais je dois me concentrer sur mes études et être seule pendant un certain temps.

Mon regard se pose sur elle. Elle paraît vraiment fatiguée, pâle et tout aussi malheureuse que le garçon avec qui elle vient tout juste de rompre.

— Est-ce que tu as mangé aujourd'hui ?

Il y a des cernes sombres sous ses yeux. Je parie que non.

— Non, je n'avais pas faim, après le rendez-vous, il y avait tellement de remous dans ma tête... Ensuite, Dylan et moi nous sommes disputés.

— À propos de quoi ?

Elle essuie une larme.

— Il était tellement extatique que je ne sois pas enceinte et ne comprenait pas pourquoi j'étais encore bouleversée. Il voulait tout simplement rentrer à l'appart et baiser en guise de célébration.

Elle est horrifiée à cette idée. Comme s'il lui avait demandé de tuer des chiots. Je lui adresse un léger sourire. Je comprends où elle veut en venir. On dirait que, finalement, Dylan est un garçon comme les autres.

— Je suis certaine qu'il était simplement soulagé que tout aille bien.

Elle fronce les sourcils. Une étincelle de colère brille dans ses yeux.

— Ne lui trouve pas d'excuses ! Ce garçon pense au sexe vingt-quatre heures sur vingt-quatre et sept jours sur sept. J'étais soulagée moi aussi, mais je ne comptais pas sauter dans un lit pour recommencer ce qui nous avait mis dans ce pétrin !

— Je ne lui cherche aucune excuse. J'essaie simplement de voir les choses de son point de vue, Lex. C'est tout. J'essaie de comprendre deux personnes qui s'aiment, mais qui ne sont plus ensemble.

Elle ferme les yeux, comme si elle était épuisée par tout ce qui se passe. Ou peut-être que c'est notre conversation qui l'épuise.

— Je veux avoir le temps de réfléchir.

— D'accord. C'est logique après la peur que tu as subie. Je comprends.

Pour changer de sujet, je dis plutôt :

— Il y a des restes de pizza d'hier soir dans le réfrigérateur. Et si je te réchauffais quelques parts ?

La façon dont elle se redresse est presque comique.

— De chez *Peppino* ? Saucisses, champignons et pepperoni ?

— Bien sûr que oui, ricané-je.

Ça a toujours été notre pizza préférée. Elle nous a permis de réviser nos examens et de survivre à quelques ruptures. C'est la meilleure bouffe réconfortante au monde.

— Je veux la manger froide.

Elle ajoute gentiment, en se glissant sur ses oreillers :

— Deux parts, s'il te plaît.

La pizza froide me paraît être une succulente idée en cet instant.

— Ça vient.

Je me lève et me dirige vers notre cuisine exiguë, préparant deux énormes parts pour chacune d'entre nous. En tenant une assiette dans chaque main, j'apporte la pizza dans la chambre de Lexie, avant d'aller récupérer des boissons et des serviettes. Une fois que j'ai préparé tout ce dont nous avons besoin pour un pique-nique improvisé sur son lit, nous mangeons toutes les deux.

— Tu es sortie hier soir, pas vrai ? me demande-t-elle.

Elle engloutit une bouchée monstrueuse. Comme moi, ses yeux roulent presque dans leurs orbites.

— C'est encore meilleur le lendemain.

Je suis d'accord avec elle. Je prends une grande bouchée moi-même.

— Oui.

J'espère vraiment qu'elle ne me questionnera pas davantage sur le dîner. Déjà, j'aperçois les rouages dans son esprit qui s'agitent, et son regard se rétrécit. Je manque de peu de gémir de dépit. Même au beau milieu de sa crise personnelle, elle ne peut s'empêcher de s'impliquer dans ma vie amoureuse inexistante.

— Avec qui es-tu sortie ?

Un sourire diabolique apparaît sur ses lèvres.

— Allons voir sur Internet si mon intuition est bonne.

Merde. J'ai en quelque sorte oublié toutes les photos qui ont été prises. J'ai presque peur de ce qu'elle va trouver. Avec un peu de chance, peut-être qu'elle ne trouvera rien. Je n'ai vu personne prendre de photos. Bien que, pour être tout à fait honnête, j'aie à peine remarqué qu'il y avait des gens dans ce restaurant avec nous. C'est tout l'effet que Roan a sur moi.

Elle s'empare de son portable.

— Hmm, on dirait qu'il y a beaucoup plus de photos de toi et de Roan que la dernière fois que j'ai vérifié.

Elle me montre l'écran.

— Et surprise... surprise, vous voilà tous les deux chez *Peppino* !

Elle arbore une fausse expression choquée, en posant sa main devant sa bouche et en écarquillant les yeux.

— Ensuite, il y a des photos de vous deux, en train de marcher sur le campus ce matin.

Elle fronce les sourcils, avant que ces derniers n'atteignent presque le plafond.

— Et, *My God*, vous vous tenez par la main !

Cette fois, je pense que son expression stupéfaite est légitime. Je ne peux m'empêcher de rougir.

Incapable de résister, je lui arrache le téléphone des mains, oubliant pratiquement ma pizza alors que je fais défiler les nouvelles photos. Ce n'est pas croyable ! Sérieusement ! J'observe ma meilleure amie en secouant la tête.

— Les gens n'ont-ils rien de mieux à faire de leur vie ?

Elle renifle.

— Il est rare de voir Roan King en public avec une fille.

J'ai encore du mal à comprendre ce niveau de curiosité. C'est tout simplement effrayant.

— Mais quand même... c'est juste un garçon.

Ma meilleure amie lève les yeux au ciel comme si j'étais complètement inconsciente. Peut-être que je le suis. Sa pseudo-célébrité me déconcerte.

— C'est un très bon joueur de football qui, espérons-le, remportera un championnat cette saison avant de devenir pro. Oui, c'est une affaire importante dans notre université.

Entre deux bouchées, elle balance :

— Que se passe-t-il entre vous deux ? Je ne savais même pas qu'il y avait quelque chose entre vous.

Elle secoue la tête d'incrédulité.

— Je n'arrive pas à croire que je dise cela ! Roan King se montre sérieux avec une fille ! Je suis on ne peut plus choquée !

Elle jette sa serviette par terre.

— Et tu ne m'as rien dit ! Tu as très certainement complètement résisté à ses charmes.

— Tu t'avances, Lex. Ce n'est rien de sérieux.

Eh bien... Pas encore, ce n'est pas...

— Nous sommes juste...

Je hausse les épaules, je ne sais pas quoi lui dire.

Est-ce que j'ai envie de quelque chose de sérieux avec Roan ?

Peut-être que oui.

Je ne suis toujours pas certaine que ce soit une bonne idée. J'apprécie vraiment les moments que nous passons seuls tous les deux, mais lorsque nous sommes en public ? C'est une tout autre histoire.

— Il veut m'emmener à un rencard.

Elle chantonne avec joie :

— Il n'emmène jamais personne en rencard !

Je ricane face au regard qu'elle me lance.

— C'est juste un *date*. Ce n'est pas une si grosse affaire.

Elle sourit, et c'est comme si le soleil brillait après un orage. Ça me fait énormément plaisir à voir, même si c'est à mes dépens. Peut-être que je vais l'autoriser à se complaire dans ses illusions concernant Roan.

Et peut-être que je le ferai moi aussi.

24

IVY

Roan King a joué le meilleur match de sa vie. Est-ce que ça a quelque chose à voir avec la fille qu'il fréquente ? Les esprits curieux veulent savoir... KingOfCampus.com

— Es-tu certain de vouloir que je t'accompagne ce soir ?

Roan me jette un coup d'œil.

— Ça dépend... Est-ce que ça te met mal à l'aise qu'ils soient gay ?

Je lui adresse un regard implacable, avant de lever les yeux au ciel.

— Absolument pas. Je suis danseuse. Sais-tu combien de gays j'ai côtoyés dans ma vie ?

La réponse à cette question est « énormément ». Un sourire effronté s'épanouit sur son visage.

— J'aime que tu sois entourée d'hommes gay.

— Ils ne le sont pas tous.

Je souris. Ce serait un stéréotype. Et c'est entièrement faux.

Alors que nous nous promenons sur le trottoir menant à la maison de son père, Roan m'attire contre son torse et enroule ses bras autour de moi, me tenant contre lui.

— Est-ce que tu essaies de me rendre jaloux ?

Même si je ressens le besoin de gémir face à la sensation de tous ces délicieux muscles pressés contre moi, je secoue la tête.

— À peine. Et je ne suis pas celle qui me fait harceler continuellement, monsieur le roi du campus.

Il grimace quand je le taquine avec ce surnom. J'ai rapidement appris qu'il déteste être appelé comme ça. Il est peut-être habitué à toute l'attention qu'il attire, mais ça ne veut pas dire pour autant qu'il l'apprécie. Lorsque les fans se concentrent sur lui, il leur rappelle toujours que le succès de Barnett sur le terrain est un effort d'équipe. Qu'il cherche peut-être à devenir pro, mais qu'il y a plusieurs autres joueurs qui ont l'intention de faire de même.

Il ne fait aucun doute que Roan représente les Bulldogs. Lorsque ESPN parle du football à Barnett, le nom de King revient inévitablement. Ses statistiques sont décortiquées et remaniées chaque samedi. Plus nous nous rapprochons du repêchage, plus l'attention sur lui augmente.

Avec nos mains jointes – et oui, j'aime sentir ma main disparaître dans la sienne, beaucoup plus grande –, il frappe rapidement à la porte. Daniel et Linc vivent dans un petit bungalow au cœur du centre-ville. De là, ils peuvent se rendre dans les restaurants, les cafés et les petites boutiques branchées qui bordent l'avenue de l'université, la rue principale qui traverse la ville de Barnett. C'est une vieille maison que son père a achetée, et rénovée après le divorce. Daniel est architecte et Linc possède sa propre entreprise de construction. Ils se sont rencontrés dans le cadre du travail. De l'extérieur, il est facile de dire que beaucoup d'amour, d'attention et de détails ont été placés dans la restauration de cette demeure pour lui rendre son ancienne gloire. Elle est absolument magnifique.

— Bonjour ? dit Roan en entrant dans la maison.

Daniel et Linc apparaissent rapidement. Immédiatement, Daniel attire son fils dans une étreinte d'ours, et Linc lui assène une tape sur l'épaule. Il est évident qu'il y a beaucoup d'affection entre les trois hommes. Je me retrouve ensuite engloutie dans d'énormes câlins. Après que tout le monde s'est salué, nous passons sur une grande terrasse donnant sur une petite cour isolée. De nombreux arbres bordent la propriété, lui conférant une atmosphère luxuriante et privée.

— C'est magnifique.

Je ne peux m'empêcher d'admirer la tranquillité du lieu. Un petit bout de verdure en plein milieu de la ville.

— Merci, c'est l'une des raisons pour lesquelles nous avons acheté cette maison. Excellent emplacement. Cour arrière isolée. La maison elle-même avait besoin de beaucoup de rénovations, mais ses fondations étaient solides. C'était pratique, nous l'avons vidée, et nous sommes repartis de zéro pour en faire exactement ce que nous voulions.

Waouh ! Je suis sincèrement impressionnée.

Mon regard glisse partout sur la cour méticuleusement aménagée. Il y a des jardins de légumes et d'herbes aromatiques ainsi que plusieurs parterres de fleurs différentes parsemant la zone verdoyante. Ça ressemble plus à un parc bien entretenu qu'à la cour de quelqu'un. Satisfait de ce commentaire, Daniel hausse les épaules.

— Il a fallu quelques années, mais le sang, la sueur et les larmes en ont valu la peine.

Linc nous rejoint avec un plateau contenant deux bouteilles d'eau et deux verres de vin. Il nous tend les bouteilles.

— Puis-je supposer que tu as mis fin à ta consommation d'alcool ?

Roan hausse les épaules.

— La plupart du temps. De temps en temps, j'aime me détendre avec une bière, mais c'est tout.

D'après ce dont j'ai été témoin, c'est la vérité.

L'homme aux cheveux blonds lui adresse un regard sévère.

— Les prochains mois sont critiques. En janvier, c'est le repêchage. Tu dois être en excellente condition physique pour le jumelage de la NFL en février.

En se crispant, Roan hoche la tête. Puis il avale une longue gorgée.

— Je sais ce qu'il faut faire. Ce n'est pas grave si je bois une bière de temps en temps. Je travaille quotidiennement avec le formateur de l'équipe et je suis plus fort que jamais. Tu n'as pas à t'inquiéter, Linc. J'ai tout sous contrôle. Je prends le temps de voir les résultats.

— Je sais, répond-il en s'adoucissant. Nous sommes si près de faire en sorte que cela se produise. Et l'équipe s'en sort bien. Continuez à jouer comme ça et vous pourriez avoir une saison parfaite. Il y a un grand match ce week-end. As-tu regardé des vidéos sur UMass ?

— J'ai passé des heures à le faire. Je pense que nous avons trouvé quelques faiblesses que nous pouvons exploiter.

Le sourire de Linc s'élargit : apparemment, il apprécie cette idée.

— Nous essayons toujours de trouver des billets pour le match de samedi.

— J'ai parlé à ton agent hier. Green Bay, les Bangles et les Jets. Ils l'ont tous appelé.

Ils discutent alors de ces équipes potentielles et de celle qui semble le mieux adaptée pour Roan. En les observant, il me devient de plus en plus évident que Linc s'implique énormément dans les perspectives de la NFL pour Roan. Plus que Daniel. Ce qui est intéressant. Aussi agréable que cela puisse être de voir que l'homme qui partage la vie de son père se soucie autant de l'avenir de Roan, ça me paraît un peu exagéré.

La conversation revient finalement à l'équipe de Barnett et à leur calendrier de matchs à venir. Après quinze minutes de bavardages à propos du football, Daniel met un terme à la discussion en annonçant que le dîner est prêt.

Dieu merci.

Je commençais à n'en plus pouvoir.

Même si je ne me suis jamais particulièrement intéressée au football, j'essaie d'en apprendre un peu plus sur ce sport. De toute évidence, ce n'est pas suffisant, puisque Linc lançait des questions approfondies, parlant de statistiques et utilisant énormément de terminologie sportive, et moi ? Je n'ai absolument pas compris de quoi ils parlaient.

Le dîner se compose d'une salade de légumes frais et d'un délicieux saumon au pesto grillé sur une planche de cèdre et posé sur un lit de riz sauvage au goût agréable de noisette. Le saumon est tellement floconneux et frais qu'il fond pratiquement dans la bouche. J'aime peut-être manger, mais je n'ai pas le temps de cuisiner, alors j'apprécie un bon repas fait maison. D'autant plus que celui-ci est excellent. Linc jette un coup d'œil à Roan.

— Consommes-tu un mélange sain de glucides complexes et de protéines maigres ?

Dès que la question franchit ses lèvres, Daniel lève la main, le réduisant au silence.

— On en a terminé avec le football, les protéines, les glucides et les horaires d'entraînement, OK ?

Il sourit rapidement en direction de son compagnon, avant de se tourner vers moi.

— Je suis certain que toutes ces discussions sur le football sont ennuyeuses pour Ivy.

En avalant une bouchée de saumon, je secoue la tête. J'avale rapidement.

— Non, bien sûr que non.

D'accord... un petit peu.

Ses yeux brillent d'un humour non dissimulé.

— Es-tu une fan de football ?

Je suppose qu'il connaît déjà la réponse à cette question au vu du vide dans mes yeux quand ils ont commencé à discuter repêchage et de ce que Roan faisait pour s'y préparer.

— Euh, non... pas vraiment.

Hâtivement, je rajoute :

— Je veux dire, ça n'était pas le cas par le passé. J'essaie d'en apprendre davantage maintenant que Roan et moi sommes amis.

Ce dernier presse ma main sous la table.

— Elle vient assister au prochain match à domicile pour nous encourager.

Il me fait un clin d'œil.

J'ai hâte de le voir sur le terrain. De toute évidence, il est très doué à son poste, sinon les équipes de la NFL ne le repéreraient pas. Je pense qu'assister à un match de l'équipe de Barnett sera plus amusant maintenant que je connais plusieurs joueurs. Au cours des semaines précédentes, j'ai appris à connaître certains d'entre eux. Ce sont tous de chics types. Pas tout à fait des néandertaliens, comme je le pensais.

Très bien... peut-être que quelques-uns le sont.

Daniel interrompt le fil de mes pensées.

— Roan nous a dit que tu es danseuse.

Je hoche la tête.

— Oui, je danse depuis que j'ai trois ans. Je suis actuellement en double spécialisation en danse et en finances.

Il paraît impressionné.

— C'est une sacrée combinaison.

— Eh bien, commencé-je en haussant les épaules, je veux avoir quelque chose sur lequel pouvoir me reposer dans l'éventualité où ça ne fonctionnerait pas. Être danseuse professionnelle peut se révéler extrêmement compétitif. Et j'ai toujours été intéressée par les affaires, alors ça me paraissait être un bon choix de repli.

— C'est une façon intelligente d'aborder la question. Viser ses rêves, en s'assurant un plan de secours au cas où ça ne fonctionnerait pas comme on l'espère. Et tu as étudié à l'étranger l'an dernier ?

En ayant l'impression d'avoir la tête qui tourne, je lui adresse un signe du menton.

— J'ai étudié au Conservatoire de Paris pendant quinze mois.

— Nous sommes allés en vacances à Paris il y a deux ans. L'architecture est magnifique.

— Oui.

Je souris sincèrement, me sentant un peu plus à l'aise avec le déroulement et l'orientation de notre conversation actuelle.

— C'est absolument magnifique. Il y a tellement de choses à voir et à faire. Les cathédrales et les jardins. Les statues et les arches. Tout est incroyable. Et on peut marcher presque partout.

Ses yeux s'illuminent comme s'il était passionné par le sujet.

— Tu n'as même pas mentionné la tour Eiffel ou l'Opéra.

— Ou le Louvre !

Me remémorer Paris et le temps que j'y ai passé est généralement suffisant pour que la tristesse bouillonne en moi. Étrangement, ça n'arrive pas cette fois. Il me sourit.

— Et les catacombes ?

Je secoue la tête en frissonnant.

— J'y ai été entraînée malgré moi à mon arrivée. C'est là que j'ai réalisé que j'étais peut-être claustrophobe.

— C'est certainement intéressant.

— Et effrayant.

Les longs tunnels sombres des souterrains, avec cette tonne de vieux os empilés, ne correspondent pas à un bon moment dans mon esprit. Linc profite de l'occasion pour orienter la conversation dans une autre direction.

— Alors, tu vas obtenir ton diplôme cette année, Ivy ?

Mon regard croise le sien, empli de curiosité.

— Non, je suis une junior. J'ai encore au moins un an et demi après ce semestre. Je devrai certainement suivre quelques cours d'été, parce que je travaille à côté.

Il hoche la tête et digère tout ce que je viens de dire.

— Quels sont tes plans en matière de danse ?

Je laisse échapper un petit soupir.

— J'espère auditionner pour quelques compagnies de ballet ce printemps. Si je parviens à entrer quelque part, je quitterai l'école, sinon je continuerai à travailler pour obtenir mon diplôme. Un de mes professeurs possède quelques contacts à Chicago et à Cincinnati, et il me soutient.

Du coin de l'œil, je remarque que Roan fronce les sourcils. Mes plans concernant la danse ne sont pas quelque chose dont nous avons déjà discuté. Il a certainement supposé que je comptais terminer mes études à Barnett. Il est plus que probable que ce sera bel et bien le cas.

— Je ne savais pas que tu avais l'intention d'auditionner avant d'obtenir ton diplôme.

Je hausse les épaules.

— Je ne sais même pas si ça va fonctionner.

Pensif, il hoche la tête en choisissant de ne plus rien dire à ce propos. Ce n'est qu'à cet instant que je me demande si j'aurais dû parler à Roan de la possibilité de quitter Barnett avant d'être diplômée, bien que lui non plus ne soit peut-être plus à l'université après cette année. Nous avons passé du temps ensemble et j'espère sincèrement que nous continuerons à le faire, mais notre relation est toute nouvelle. Ce n'est pas comme si nous nous étions assis pour échanger des histoires de vie ou parler longuement de nos plans pour l'avenir.

Le reste de la soirée s'avère plus confortable que la première moitié. Il n'y a plus de discussion sur Roan devenant pro ou de questions concernant mes plans pour l'avenir. Il est bien après vingt et une heures lorsque nous décidons de rentrer. Le dîner s'est avéré plus agréable que je ne l'imaginais.

Lorsque nous sommes devant la porte de mon appartement, Roan me demande :

— Pourquoi n'as-tu jamais parlé d'auditionner ce printemps ?

Je hausse les épaules.

— Ça reste une possibilité. Il se peut très bien qu'aucune occasion ne se présente. Ça ne me semblait pas utile de soulever la question.

— Mais si tu obtiens un rôle, tu vas certainement l'accepter ?

Je n'ai même pas besoin d'y réfléchir.

— Bien sûr que oui. C'est la raison pour laquelle je travaille si dur depuis toutes ces années. Faire partie d'une troupe serait un rêve devenu réalité.

C'est tout ce que j'ai toujours voulu.

Nous avons tous les deux des rêves que nous sommes déterminés à poursuivre, et nous ne changerons pas le cours des choses à cause d'une relation naissante. Roan pourrait être recruté n'importe où. Mon avenir est tout aussi incertain à ce stade. Je pourrais passer la prochaine année et demie ici, à terminer mes études, ou déménager dans une plus grande ville où les possibilités de carrière professionnelle en danse sont plus nombreuses.

Au lieu de poser d'autres questions, il se penche et m'embrasse. Il caresse ma bouche de la sienne, aspire ma lèvre inférieure. Une étincelle de chaleur prend vie dans le creux de mon ventre. C'est toujours comme ça quand il me touche. Instantané. Personne ne m'a jamais fait ressentir une telle chose auparavant.

Un gémissement m'échappe. Je n'ai jamais rencontré quelqu'un qui pouvait m'embrasser comme lui le fait. Ses lèvres se meuvent tranquillement sur les miennes, comme s'il savait exactement à quel point je désire qu'il aille plus loin. Quand sa langue s'insinue finalement entre mes lèvres, je capitule.

J'en veux plus.

Je veux tout ce qu'il est prêt à me donner.

Nos langues s'entremêlent, se caressent jusqu'à ce qu'il aspire la mienne dans sa bouche. J'ai presque l'impression de vivre une expérience de décorporation.

Mes mains glissent sur son torse, je perçois toute la dureté ciselée sous le polo rose qu'il porte. C'est une couleur très sexy sur lui. Avec sa peau bronzée, elle lui va à merveille. Je suis sur le point de grimper sur lui, quand il s'éloigne, rompant le contact et posant son front contre le mien. Il me faut un moment pour réaliser qu'il halète aussi fortement que moi.

— Tu devrais certainement rentrer, Ivy.

Il me dit cela d'une voix très rauque. Je suis carrément excitée. J'ai l'impression que mon corps tout entier est douloureux.

— Tu ne veux pas entrer un peu ?

Je veux vraiment qu'il vienne à l'intérieur. Je ne pense pas avoir jamais voulu quoi que ce soit de plus au cours de ma vie. Ça fait neuf mois que je n'ai pas été avec un homme. Normalement, je ne m'attarde pas sur le sexe.

Mais c'est entièrement différent depuis que je connais Roan.

J'ai pensé davantage au sexe au cours du dernier mois qu'au cours de l'année précédente, et cela a tout à voir avec ce qu'il me fait ressentir. Avec cette alchimie qui crépite entre nous. Et la manière surprenante dont il s'est ouvert à moi.

C'est carrément sexy.

Il m'adresse un regard enflammé qui me fait frissonner, avant de secouer la tête. La déception m'envahit. Je me rends compte que lorsque je toucherai mes draps ce soir, ce sera avec une énorme frustration sexuelle.

— Ce n'est certainement pas une bonne idée.

Je caresse son torse et descends jusqu'à ses abdominaux. Mes paupières sont en berne lorsque je me force à le regarder.

— En es-tu certain ?

Je ne suis pas fière de la pointe de timidité que l'on perçoit dans ma voix. Mais que suis-je censée faire d'autre ?

Je désire Roan de toutes les fibres de mon corps.

Surtout après ce baiser.

Un grondement lui échappe. Il attrape mon sac à main et fouille vigoureusement à l'intérieur. Je suis tellement stupéfaite par ses mouvements brusques qu'il me faut un moment pour réaliser ce qu'il fait. Avant que je ne puisse dire quoi que ce soit, il prend ma clé et l'enfonce dans la serrure. Puis il ouvre la porte et me pousse pratiquement à l'intérieur.

— Bonne nuit, Ivy.

Sur ce, il me claque la porte au visage. J'observe cette dernière, la bouche grande ouverte.

Que s'est-il passé ?

Je pensais qu'il voudrait entrer et continuer ce que nous avons commencé dans le couloir. De toute évidence, ce n'est pas le cas. Ce qui, pour quelqu'un avec ses antécédents sexuels, n'a pas beaucoup de sens. Je ne peux même pas lui demander ce qui se passe parce qu'il est déjà parti. La porte de son appartement vient de se refermer avec un bruit sourd.

Hum, d'accord. C'est tout, donc.

En poussant un soupir de frustration, je me faufile vers ma chambre. Le bruit de la télévision me frappe les oreilles. J'imagine que ma meilleure amie dort sur le canapé, même s'il n'est pas tout à fait vingt-deux heures. Les derniers jours ont été difficiles pour elle.

Je me dirige tranquillement vers ma chambre, quand une tête ébouriffée surgit du canapé. Sa voix est groggy, comme si elle dormait.

— Comment s'est passé ton rencard ?

Je me tourne vers elle.

— Je ne pense pas que manger avec son père et…

Je manque de peu de dire « son compagnon », mais je me souviens rapidement que personne ne sait que le père de Roan est gay, alors je ravale mes paroles, et je déclare plutôt :

— Je ne pense pas que ce soit considéré comme un rencard.

Elle ignore ce que j'ai failli dire et s'accroche au fait qu'il m'a emmenée rencontrer sa famille.

— Tu as dîné avec son père ?

Ses yeux s'écarquillent, elle paraît émerveillée, tout à coup.

— Je ne peux pas croire qu'il t'ait fait rencontrer sa famille. Est-ce que c'est sérieux, tous les deux ?

Peu importe si elle dormait il y a quelques instants, elle est complètement éveillée à présent.

— Sérieux ?

Je ne sais même pas comment répondre.

— Tu sais… Genre, comme si vous sortiez ensemble, ou peu importe comment les gens appellent ça de nos jours.

Ses lèvres se crispent. Les miennes aussi.

— Je veux dire, je sais que vous ne couchez pas ensemble.

Son regard s'assombrit.

— Pas vrai ?

Eh bien… j'ai essayé de coucher avec lui ce soir. Malheureusement, ça ne s'est pas passé comme je l'imaginais. Mais je ne vais certainement pas partager cette information avec elle. Ce serait humiliant…

Ce type qui est connu pour enchaîner les coups d'un soir n'a même pas eu envie de coucher avec moi ce soir. Ça serait comique, si je n'étais pas aussi excitée. Et frustrée.

— Aucun rapprochement de ce type n'a eu lieu. Et je ne sais absolument pas si nous vivons quelque chose de sérieux ou non. Alors, détends-toi sur les étiquettes, d'accord ?

Puisqu'elle est assise seule ici, je suppose qu'elle n'a pas arrangé les choses avec Dylan.

— Est-ce que tu as parlé à Dylan ?

Son sourire s'estompe. Elle m'adresse un signe de tête.

— Il m'a envoyé un message. Je lui ai dit que j'avais besoin de plus de temps et d'espace.

— Est-ce que tu te sens mieux par rapport à ce qui s'est passé ?

Avec un soupir, elle hausse les épaules.

— Un peu, mais je ne suis pas prête à revenir à ce que nous avions. Je ne réalisais pas à quel point nous étions devenus sérieux au cours des huit derniers mois. J'ai besoin de temps pour déterminer ce que je veux vraiment.

— Est-ce qu'il comprend ?

Tous les garçons ne le feraient pas. Certains pourraient même lui dire d'aller se faire foutre. Ou déconner pendant qu'ils font une pause. Je ne pense pas que Dylan soit comme ça. Il semble entièrement dévoué à ma meilleure amie.

— En réalité, oui, il comprend.

Un léger sourire orne ses lèvres.

— Il m'a dit qu'il attendrait et que nous étions dans le même bateau, même si je veux être seule pour le moment.

Mon cœur fond.

— Aww, c'est tellement mignon, Lex. Comment peux-tu ne pas être irrémédiablement amoureuse de lui ?

Putain, je ne sors pas avec lui, et pourtant je l'aime. C'est un véritable amour, et si jamais je doutais de ses sentiments pour Lexie, ce qu'il vient de lui dire confirme combien il tient à elle. Le fait qu'il soit prêt à la laisser respirer est la seule preuve dont j'ai besoin.

Elle soupire.

— Je l'aime, mais je dois d'abord comprendre ce que je veux. Je vais prendre un autre rendez-vous à la clinique pour leur parler des options de contraception. Je ne veux plus jamais revivre ça. C'était beaucoup trop effrayant. Ça m'a fait réaliser que je me montrais négligente. J'étais persuadée qu'un préservatif représentait une protection suffisante.

En paraissant irritée, elle secoue la tête.

— C'était vraiment con de ma part.

— Quelque chose de bien est sorti de cette situation.

Elle hausse à nouveau les épaules, son expression se fait contemplative.

— Oui, je suppose.

Alors que le silence s'installe entre nous, je désigne ma chambre à coucher.

— D'accord, je vais dormir.

Trente minutes plus tard, je suis allongée sur mon lit, quand mon téléphone sonne. Presque immédiatement, je l'attrape. J'ai le sentiment qu'il s'agit de Roan. Un petit élan d'excitation me traverse de part en part lorsque je déverrouille mon écran.

Ouaip, c'est exact. J'ai un mot de passe maintenant, bébé. Merci beaucoup, Roan King. Ma leçon a été durement apprise.

Tu dors ?

Non.

Tu veux discuter ?

Bien sûr.

Quelques instants plus tard, on frappe légèrement à la porte de l'appartement. Je saute du lit et me précipite vers l'entrée pour l'ouvrir. Il est là, adorable et alléchant avec son short de sport et un T-shirt qui embrasse à la perfection ses biceps et son torse.

J'adore ce genre de T-shirts.

Nouvel.

Objet.

Favori.

Je pose un doigt sur mes lèvres pour lui faire comprendre de garder le silence. Il sourit et hoche la tête avant de me suivre. Alors que nous entrons tous les deux dans le couloir, je m'immobilise, nez à nez avec ma colocataire. En fronçant les sourcils, elle s'appuie nonchalamment contre l'encadrement de sa porte.

— Eh bien, eh bien, eh bien.

Elle affiche un putain de sourire vicieux.

— Bonsoir, Roan. Tu viens passer la nuit ici à ce que je vois.

Elle n'a pas eu l'air aussi enjouée et amusée depuis des jours. J'apprécierais énormément... si ce n'était pas à mes dépens.

— Hmm...

Oui, c'est la meilleure réponse que je puisse donner. Je vis un total black-out. Roan étant Roan, il lui adresse un large sourire tout en lui offrant un clin d'œil pour faire bonne mesure.

— Bonne nuit, Lexie. On se voit demain matin.

Avec cela, il attrape ma main et m'entraîne dans ma chambre en claquant la porte.

— Ne crois pas que je ne suis pas au courant qu'il a passé la nuit dernière ici !

Un rire suit cette annonce avant qu'elle ne ferme à son tour la porte de sa chambre. Je me couvre les yeux de la main en soupirant.

— Merde.

Il se tait un instant.

— Est-ce que c'est important qu'elle sache que je suis ici ?

Je laisse retomber ma main et croise son regard. En silence, je réfléchis à sa question.

Est-ce que ça compte ?

Certainement pas.

Cependant, ce qu'il y a entre nous est tout nouveau et je ne sais pas si je peux apposer une étiquette appropriée sur notre relation. Je ne sais même pas si j'en ai envie. Peut-être que je veux simplement profiter et prendre les choses un jour à la fois. Je ne veux pas trop y penser. Ce qui n'est pas mon mode de fonctionnement habituel.

Quand j'ouvre la bouche pour dire « je suppose que non », il retire son T-shirt.

Mon esprit court-circuite. De qui est-ce que je me moque ? Son torse nu me rend très confuse. J'agis de manière ridicule chaque fois que je le vois torse nu.

Non pas que je m'en plaigne.

Au lieu d'attendre une invitation, il grimpe sur mon lit. Un peu comme s'il s'était jeté dessus une centaine de fois auparavant. Il soulève les couvertures et me fait signe de le rejoindre. Il ne m'oblige pas à me mettre contre le mur cette fois, mais il recule pour que j'aie suffisamment d'espace pour me blottir face à lui. Je ne dis pas un mot en m'allongeant sur le matelas. Il enroule simplement son bras autour de moi.

Un soupir satisfait m'échappe. Comment est-il possible que je me sente si bien alors que je ne sais pas si quelque chose en sortira ?

— Je suis heureux que tu sois venue avec moi ce soir.

Il dépose un baiser sur ma joue. Je ne peux m'empêcher de me blottir contre lui comme si c'était exactement là que se trouvait ma place, là qu'elle a toujours été.

— C'était sympa.

Je repense à son beau-père, et à son analyse très poussée de tout ce qui touche à Roan et au football.

— Linc est très certainement...

Je marque un temps d'arrêt. Je ne veux pas l'offenser en critiquant quelqu'un qui fait partie de sa famille.

Sans hésiter, il dit :

— Intense ?

Je tourne la tête, jusqu'à pouvoir croiser son regard dans le noir.

— Oui, intense. Beaucoup plus que ton père.

Il hausse les épaules.

— Linc jouait au foot à l'université. Il sait exactement ce que je dois faire pour passer au niveau supérieur. Mon père n'a jamais joué. Je pense que c'est la raison pour laquelle il est si impliqué dans le processus. Il a effectué des recherches sur les universités qui faisaient des offres et m'a mis en contact avec un agent.

— Waouh.

— J'apprécie énormément tout ce qu'il a fait pour moi, ajoute-t-il. Je ne serais pas dans une si bonne situation sans lui.

Je peux voir à quel point il lui a été utile, mais quand même... il semble placer beaucoup de pression et d'attentes sur un jeune homme de vingt-deux ans. Son souffle chaud se perd sur ma peau, me faisant perdre le fil de mes pensées.

— À part toutes les discussions sur le foot, tu t'es amusée ?

Je ferme les yeux en me délectant des sensations qu'il provoque en moi.

— Oui. Ils sont tous les deux très gentils. Ton père est tellement détendu. Vous avez l'air très liés.

— Oui. Il nous a fallu du temps pour en arriver là, mais je peux enfin accepter et comprendre que mon père n'est pas comme les autres. Linc et moi avons commencé à nous lier grâce au football. Ça nous a offert un sujet de discussion.

Je pivote dans ses bras.

— Je suis heureuse que tu aies des gens dans ta vie qui te voient pour la personne que tu es.

Je presse mes lèvres contre les siennes. Après quelques caresses plus douces, il s'éloigne et m'installe délicatement contre son torse.

— J'aime être avec toi, Ivy.

Ses lèvres se posent sur mon front.

— J'aime beaucoup.

— Moi aussi, admets-je.

Pendant un long moment, nous restons allongés dans les bras l'un de l'autre, en nous explorant tendrement avec des mouvements lents. Lorsque nous nous endormons enfin, ma tête est nichée contre son torse puissant. Je me sens plus heureuse que je ne l'ai été depuis une éternité.

25

———

IVY

Il y a un énorme match à venir ce week-end et tout le monde s'attend à ce que Roan King mène l'équipe à une autre victoire incroyable ! Des tonnes de gens ont campé à UMass pour assister au match. Si vous êtes un vrai fan de RK, vous ne pouvez absolument pas manquer celui-ci !
KingOfCampus.com

Je chasse les restants de mon sommeil et roule vers Roan, qui ronfle tranquillement à mes côtés. Au cours de la nuit, le drap a glissé vers le bas pour ne recouvrir que le haut de son short. Les bords fins du coton sont froissés autour de ses hanches étroites. À ma plus grande joie, il n'y a rien d'autre que son torse nu et sexy à perte de vue. Dire qu'il est magnifique est un euphémisme.

Chaque fois que je le regarde, mon cœur bégaie en réponse.

Je doute que je puisse détourner le regard même si je le voulais. Puisqu'il dort encore, je n'ai pas à le faire. Je contemple les pointes de ses cheveux noir d'encre, qui arborent un soupçon de boucle, et ses cils ridiculement longs qui effleurent ses joues.

Sérieusement... quel garçon possède des cils comme ça ?

Ce n'est pas juste.

Et cette bouche...

Un pur péché.

Il possède un profil solide. Ce serait un mensonge de dire que je ne suis pas tenté de mordre son menton saillant. D'une manière ou d'une autre, je parviens à résister à mon envie et laisse mes pupilles descendre le long de son corps. Comme il n'est pas réveillé, je n'ai pas à m'inquiéter qu'il me lance un sourire espiègle. Vous savez pertinemment qu'il le ferait. Je dois en profiter autant que je le peux.

Son corps a une teinte naturellement halée. Ses épaules sont larges et ses biceps sont puissants. Il possède tellement de muscles qui ont été minutieusement sculptés. Presque comme s'ils avaient été taillés dans le marbre. Je peux apprécier le dévouement qu'il faut pour développer un corps comme le sien. C'est une œuvre de toute beauté.

Son torse est solide, et les poils noirs qui s'y trouvent ne font que le rendre plus sexy encore. Il est tellement viril. Mon regard serpente sur ses pectoraux, descend jusqu'à ses côtes, en se dirigeant vers ses abdominaux dessinés. Même pendant son sommeil, ils sont incroyablement bien définis.

Je ne peux que l'observer avec perplexité. Quelqu'un doit m'expliquer comment un homme comme lui s'est retrouvé dans mon lit.

Avec moi.

Non, sérieusement. Je n'arrive pas à comprendre pourquoi.

Je le dévore des yeux depuis que je suis réveillée, et le besoin de le toucher me frappe comme un tambour régulier et insistant. Avec précaution, je me penche et pose mes lèvres sur les siennes.

Alors que je l'embrasse, Roan remue, comme s'il se débattait pour remonter à la surface d'un profond sommeil. Je l'embrasse à nouveau, et il repousse le drap pour me hisser sur lui. Je lâche un bruit de surprise.

— Oh, mon...

Il grogne. Ce doit être l'un des sons les plus sexy que j'aie jamais entendus. Puis il plaque son érection matinale contre le sommet de mes cuisses. Des éclairs de désir me transpercent de part en part. Un gémissement douloureux m'échappe. Sa langue plonge dans ma bouche, ses bras s'enroulent autour moi, me pressent davantage contre lui.

Il m'embrasse en rythme avec ses mouvements de hanches, faisant glisser son sexe épais contre ma culotte. Je sens sa longueur rigide à travers son short de sport. Chaque fibre de mon corps est habitée par un plaisir intense et savoureux.

Avant que je puisse rassembler mes pensées, il nous fait basculer pour se retrouver au-dessus de moi, et s'installe entre mes cuisses. Je les écarte, impatiente qu'il soit le plus près possible de moi. De petits gémissements de plaisir s'échappent d'entre mes lèvres chaque fois qu'il frotte son érection contre mon intimité. Ma culotte est complètement imbibée de mon excitation.

Je rêve d'arracher les vêtements qui nous séparent et de sentir son sexe s'enfoncer profondément en moi. Ce qu'il me fait est tellement agréable. Juste au moment où je m'apprête à suggérer que nous nous débarrassions de nos vêtements, il s'éloigne de moi et roule sur le dos, avant de balancer un bras sur ses yeux. Pendant un moment, je reste allongée là, haletante, essayant de comprendre ce qui vient de se passer. Un moment, il se frotte contre moi et j'ai l'impression que je m'apprête à plonger dans un orgasme dévastateur ; le suivant, il s'écarte précipitamment.

J'ai pensé que peut-être... nous allions enfin... eh bien... avoir des relations sexuelles.

Croyez-moi, j'étais totalement d'accord avec ce plan. Une pression douloureuse envahit mes régions intimes, et je suis tentée de grimper sur lui pour voir si je peux le convaincre d'aller plus loin. Au lieu de quoi, j'essaie de tempérer les hormones qui font rage en moi.

Je n'ai jamais été aussi excitée.

Une fois que je me sens en contrôle, je pivote vers lui. Je dois comprendre pourquoi il a mis le holà à ce qui se passait entre nous. Je me sentais plutôt bien de mon côté.

Mon regard glisse sur lui. Son torse se soulève et retombe à chaque inspiration qu'il prend. Je suis presque émerveillée par toute la puissance étroitement maîtrisée contenue dans son corps. Le besoin de le toucher me traverse à nouveau. Je tends la main pour la poser soigneusement sur son bras. Ses muscles se crispent. J'aperçois la chair de poule qui naît sur sa peau à mon contact, comme si son corps était fiévreux.

— Accorde-moi un instant. D'accord, Ivy ?

Je fronce les sourcils face à ces mots bourrus.

Qu'est-ce qui se passe, bon sang ?

Je pensais qu'il me désirait. Il donnait plus que l'impression de me désirer.

Est-ce que j'ai mal agi ? Est-ce que je l'ai touché d'une manière qu'il n'aime pas ?

Je sais qu'il a été avec beaucoup de femmes. Des tonnes, quand bien même il y a certainement un peu d'exagération sur le folklore qui entoure le nombre de ses conquêtes.

Peut-être qu'il me manque quelque chose, d'une certaine façon.

Il me laisse me torturer pendant encore quelques minutes avant d'écarter son bras de ses yeux et de pivoter dans ma direction. L'intensité vibrante de son regard me transperce. Je demeure silencieuse, même si mille questions surgissent en moi.

— Je ne veux pas précipiter les choses, avoue-t-il. Je t'apprécie beaucoup trop pour tout gâcher en ne prenant pas mon temps avec toi.

Juste comme ça, toutes les pensées vicieuses qui gagnaient du terrain dans mon esprit disparaissent. Je diminue la distance entre nous pour pouvoir plaquer un baiser bruyant contre ses lèvres.

— Tu ne vas rien gâcher, Roan.

Mon regard passe au crible le sien. Je n'ai jamais désiré quelqu'un autant que je le désire, lui.

— Je t'apprécie beaucoup. Et je veux coucher avec toi.

C'est l'entière vérité. Je veux coucher avec lui, je n'ai absolument aucune honte à l'admettre. À l'heure actuelle, je n'ai pas fait l'amour depuis très longtemps.

Il n'affiche pas le moindre sourire narquois. À la place, une lueur victorieuse brille dans ses yeux.

— J'en ai envie, moi aussi. Je ne veux tout simplement pas aller trop vite. C'est comme ça que j'ai toujours fait les choses, Ivy.

Il marque un temps d'arrêt.

— Cette fois, c'est différent.

Son regard plonge dans le mien.

— Tu le sais, pas vrai ?

Si je n'étais pas déjà amoureuse de lui, cet aveu m'aurait irrémédiablement fait succomber.

— Oui, admets-je.

Peu importe ce qui est en train de se passer entre nous, c'est différent. Pour nous deux.

— Donc...

Je me racle la gorge.

— On ne peut pas utiliser cette érection matinale à bon escient, hein ?

Il sourit. Il est tellement sexy.

— Pas aujourd'hui. Mais bientôt, je te le promets.

Il se penche pour que ses lèvres glissent sur les miennes.

Mon Dieu... est-ce que je pourrais sérieusement l'aimer davantage ?

La réponse à cette question est un non catégorique. Non, je ne pourrais pas.

Bon sang...

26

IVY

Uh-oh, la nouvelle petite amie de Roan ferait mieux de surveiller ses arrières... Certaines des salopes sur le campus ont des griffes acérées comme des rasoirs. Surtout lorsqu'on joue avec leur homme... KingOfCampus.com

— Alors... tu ne diras aucun mot à ce sujet, hein ?

Lexie prononce ces paroles alors que nous traversons le campus, en m'assénant un coup de coude. Nous avons terminé nos cours de la journée, nous allons donc déjeuner. Après ça, il me faudra me rendre au studio pour travailler avec Éric, un de mes professeurs de danse.

— Il n'y a rien à dire.

À moins que je ne lui révèle à quel point je commence à craquer pour Roan. Quand je pense à lui, un petit spasme de plaisir me traverse le bas-ventre.

— Ma chérie, tu me dis sérieusement qu'il a passé toute la nuit dans ton lit et que rien ne s'est passé ?

Il est impossible de manquer le scepticisme dans sa voix. Puisque nous parlons de Roan King, je ne peux pas lui en vouloir. Moi aussi, je douterais.

Je lui balance un léger coup de coude en retour. Je pense qu'elle a passé bien trop de temps à en donner à Dylan.

— Il ne s'est rien passé.

Je suis d'ailleurs toujours sidérée qu'il n'ait pas couché avec moi ce matin.

— Je ne te crois pas.

Je m'immobilise pour pivoter dans sa direction.

— Je ne te mentirais pas. Nous nous sommes embrassés. C'est tout.

OK, peut-être que j'oublie l'action qui s'est produite ce matin. Elle laisse échapper un soupir exaspéré.

— Tu dois vraiment être la seule fille de Barnett qui a dormi dans un lit avec lui sans faire l'amour !

Ces paroles me rappellent ce qu'il vient de m'avouer, à savoir qu'il n'a jamais dormi avec une fille. Que ça a toujours été à propos de l'acte physique en lui-même et rien de plus.

— Oui, mais si ça peut te consoler, j'étais plus que disposée à le faire, murmuré-je.

— Quoi ?! s'écrie ma meilleure amie.

Je grimace lorsque les quelques personnes alentour jettent des regards dans notre direction. La dernière chose que je veux, c'est attirer davantage l'attention. Depuis que ma relation est devenue publique, je ne peux plus me déplacer sur le campus sans être repérée. Je pousse un gémissement en sentant mes joues rougir.

— Pouvons-nous laisser tomber le sujet, s'il te plaît ?

Pour une fois, Lexie donne sincèrement l'impression d'envisager ma demande. Elle lève les mains en guise de reddition.

— D'accord. Nous reportons cette discussion jusqu'au déjeuner.

Excellent. J'ai maintenant quelque chose à attendre avec impatience.

— Ivy !

Ma tête bascule inconsciemment dans la direction de ce cri. Lorsque mes prunelles se posent sur un groupe de filles que je ne connais pas, je continue à avancer. J'espère que si je les ignore, elles s'en iront. J'en ai assez des filles qui viennent me voir pour me poser des questions ridicules sur Roan. Ou pire…

— Hé, Ivy, attends !

Cette fois-ci, lorsque je regarde dans leur direction, je réalise qu'elles ont réduit l'espace qui nous séparait. Je m'immobilise et me tourne vers leur petit groupe. Lexie me murmure quelque chose dans son souffle. Des trois jeunes femmes, la blonde au milieu semble être la chef du troupeau.

— C'est toi, Ivy ? Celle qui sort avec Roan King ?

Les ennuis flottent dans les airs. Lexie se flanque rapidement à mes côtés. Avant que je puisse ouvrir la bouche pour répondre, elle dit :

— Qu'est-ce que tu veux, Jillian ?

J'ai rarement entendu ma meilleure amie utiliser un ton aussi violent avec quelqu'un. Ce qui m'apprend tout ce que je dois savoir au sujet de cette conversation. Mon regard passe de la jeune femme blonde à Lexie.

Sortir avec lui, c'est peut-être exagéré, comme terme, mais je ne la détrompe pas. Ce que Roan et moi faisons ne la concerne en rien.

Les sourcils parfaitement sculptés de Jillian s'entrechoquent. Son regard glisse sur mon corps avant de revenir sur mon visage. Elle ne semble pas impressionnée par ce qu'elle a sous les yeux.

Nous sommes deux.

— Y a-t-il une raison pour laquelle tu veux me parler ?

Avec le recul, c'est le moment où j'aurais dû faire demi-tour et m'en aller. Je suppose que je saurai mieux comment réagir la prochaine fois. Quand bien même j'espère qu'il n'y en aura pas de prochaine. Elle me sourit.

— Oui, je voulais savoir comment quelqu'un qui te ressemble a réussi à choper Roan.

Mes yeux s'écarquillent. J'ai l'impression d'avoir été giflée. Je ne sais même pas comment réagir.

— C'est quoi cette question ?! aboie ma meilleure amie.

Dieu merci, elle est présente à mes côtés.

Ses paroles parviennent à me faire sortir de ma stupeur.

Avant que l'autre fille ne puisse répondre, elle dit :

— Tu es juste amère parce que Roan ne s'intéresse à toi que pour baiser ton cul.

Le regard de la blonde s'assombrit.

— De qui est-ce que tu te moques, Lexie ? Pour l'amour du ciel, tu n'as même pas réussi à garder Dylan Sullivan. Sérieusement, à quel point est-ce triste ?

Une lueur vicieuse glisse dans ses yeux.

— Au fait, j'ai entendu dire qu'il était avec Sloan Morgan à la maison sigma hier soir.

Lorsque le visage de ma meilleure amie pâlit, l'autre fille couvre sa bouche de sa main manucurée.

— Oups, désolée... je pensais que tu savais qu'il était passé autre chose.

— Tu es une vraie garce, crache Lexie.

Elle serre les poings. J'espère vraiment qu'elle ne va pas décider de la frapper. Je ne suis pas certaine que nous puissions avoir le dessus sur ces trois filles. J'espère aussi sincèrement, pour le bien de Dylan, qu'il n'a pas fait ce que cette garce sous-entend.

— Je sais.

Jillian nous adresse un beau sourire avant de planter son regard dans le mien. Ses lèvres grimacent de mépris.

— Je n'ai vraiment absolument aucune idée de ce qu'il voit en toi. Je veux dire, tu es plate comme une planche à pain.

En fronçant les sourcils, elle donne l'impression d'envisager quelque chose.

— Tu dois être follement douée pour tailler des pipes ! Profite tant que tu le peux, ma chérie. Ça ne durera pas longtemps. Au cas où tu ne l'aurais pas remarqué, Roan aime papillonner.

Jillian adresse un dernier regard méprisant à Lexie avant que ces trois connasses ne s'éloignent. En les voyant battre en retraite, je me rends compte que mes mains tremblent. Je n'ai jamais connu ce genre d'altercation auparavant. Je réalise que quelques personnes se sont immobilisées pour observer notre rencontre et sont en train de chuchoter entre elles.

Ne voulant pas rester là pendant que les spéculations se répandent à travers la foule, j'attrape le bras de ma meilleure amie et l'attire jusqu'au parking où se trouve la voiture.

— Hé, je pensais que nous prenions le déjeuner à la fac ?

— Non.

Après cette confrontation, je n'ai plus faim. Tout ce que je veux, c'est quitter ce foutu campus et m'éloigner du feu des projecteurs. Pour l'amour du ciel, ce n'est même pas moi qui brille sous les feux d ela rampe. La seule raison pour laquelle cette fille en a après moi, c'est ma relation avec Roan.

Incroyable.

— Allons ailleurs, marmonné-je.

L'expression de son visage s'adoucit.

— Oui, bien sûr.

Nous arrivons au niveau de la Jetta et ouvrons les portières. Je m'effondre sur le siège avant et jette mes affaires à l'arrière, puis me tourne vers Lexie.

— Qu'est-ce que c'était que ça ? demandé-je en secouant la tête. Est-ce que c'est vraiment arrivé ?

Je suis encore sous le choc. Je n'ai jamais eu de problème avec qui que ce soit auparavant. J'essaie de traiter les gens comme je désire être traitée moi-même. C'est une des leçons que ma mère m'a apprises, et j'essaie de ne jamais l'oublier.

Cette fille, Jillian, a eu le culot de s'avancer vers moi pour me balancer quelque chose d'incroyablement impoli au visage. Elle ne me connaît même pas. Elle ne sait rien à mon sujet, sinon que Roan s'intéresse à moi. Pour cette seule raison, elle a décidé de me détester. C'est si puéril !

En toute honnêteté, elle est magnifique. Bien plus belle que je ne le serai jamais. Elle a certainement une légion d'hommes qui tombent en pâmoison à ses pieds. Pourtant, elle en désire un qui ne s'intéresse pas à elle.

Lexie pousse un gros soupir.

— Jillian n'est rien de plus qu'une traînée qui ne cesse de poursuivre Roan. Lorsque j'ai commencé à sortir avec Dylan, et que j'ai par la même fréquenté Roan au deuxième semestre l'an dernier, elle planait déjà autour de lui.

Ma meilleure amie lève les yeux au ciel.

— Je pense qu'elle le sucerait devant une salle pleine si cela signifiait qu'il lui accorderait un moment.

Cette pensée me rend physiquement malade. Je ne peux pas imaginer avoir désespérément besoin de l'attention de quelqu'un au point de me manquer de respect. Peut-être que je ne devrais pas, mais je ne peux m'empêcher de m'apitoyer sur son sort. Pour sa faible estime de soi, elle se place en difficulté.

Quelque chose se resserre dans le creux de mon estomac quand cette révélation s'abat sur moi.

— Il a couché avec elle ?

Lexie de dévisage un long moment.

— Oui, il l'a fait.

Bien sûr que oui. J'observe l'intérieur blanc crème de sa voiture, parce que je ne sais pas quoi faire d'autre. Est-ce que c'est ce que je vais devoir endurer à partir de maintenant ? Ces femmes jalouses qui me cherchent, qui viennent me dire en face que je ne suis pas assez bien ? Je suis presque embarrassée en sentant les larmes me monter aux yeux.

Bon sang !

Lexie me caresse le bras.

— C'est une garce rancunière, Ivy. Ne prête pas attention à elle.

Je lâche un rire tremblant.

— C'est un peu difficile quand elle me regarde en face et me balance ces horreurs au visage.

— Je sais, soupire-t-elle. J'ai vécu ça l'an dernier quand j'ai commencé à sortir avec Dylan. Après un certain temps, les choses se sont calmées.

— Je l'aime vraiment beaucoup.

Les mots m'échappent un peu trop facilement. Elle me sourit.

— Je sais, ma chérie.

Je tourne la tête, jusqu'à ce que mon regard plonge dans le sien.

— Ce n'est pas le connard de sportif que je pensais.

En réalité, ce n'est pas un connard du tout. Son sourire redouble d'éclat.

— Non. Je pense que c'est la manière dont il te traite qui attire l'attention. Tu as vu comment les gens le poursuivent constamment, s'adressent à lui. Et les filles... je n'en parle même pas. Elles se jettent toutes à ses pieds. Qu'il le veuille ou non.

— Oui, je sais.

À ce moment précis, je me rends compte que tout ce que Jillian souhaite de la part de Roan, c'est l'attention allant de pair avec son statut. C'est épouvantable de constater le nombre de salopes dans son genre qu'il y a sur ce campus.

Ça me rend malade.

Et en colère.

Je me contrefous que Roan joue au football. Je ne m'en suis jamais souciée. En réalité, je pense que je l'aimerais encore davantage s'il n'était pas aussi célèbre. C'est vraiment pathétique que personne ne ressente la même chose.

Ça a peut-être pris du temps, mais je suis à présent capable de voir le vrai Roan King.

L'homme sous toutes les rumeurs.

Je vois le garçon qui m'a ramenée à la maison, qui a passé toute la journée avec ma famille, des personnes qu'il ne connaissait même pas. Je vois le garçon qui s'est assuré que j'allais bien parce qu'il a compris à quel point la situation était difficile pour moi. C'est le même qui veut s'assurer qu'on prenne notre temps avant de coucher ensemble. Le même garçon qui a réussi à dépasser ses propres préjugés et stéréotypes pour finalement changer ses idées sur ce qu'un père doit être.

Le Roan King dont je suis tombée amoureuse n'a absolument rien à voir avec le football ou la NFL. Il est intelligent et attentionné sous son armure. C'est seulement à cet instant que je comprends pourquoi il doit se protéger comme il le fait.

L'homme que j'ai appris à connaître au cours du mois écoulé est quelqu'un à qui je tiens. J'aimerais que tout le monde puisse voir au-delà de sa jolie apparence pour découvrir celui qui se cache sous le battage médiatique du football. Il est vraiment génial.

Il vaut la peine d'être connu.

Lexie interrompt le tourbillon de mes pensées en me demandant :

— Est-ce que ça change ce que tu ressens pour lui ?

J'inspire profondément en laissant échapper un petit soupir.

— Oui, je pense que oui.

Sa voix s'abaisse à mesure que la tristesse l'envahit.

— Être avec un athlète n'est pas fait pour tout le monde. Ce n'est certainement pas aussi facile que les gens peuvent le penser.

D'un geste de la tête, je me rends compte qu'elle a mal interprété mes paroles.

— En fait, ce que je voulais dire, c'est que ça me donne encore plus envie d'être avec lui, car il semble que je suis la seule à vouloir de lui pour qui il est vraiment.

Un beau sourire s'épanouit sur le visage de ma meilleure amie.

— La voilà ! La fille que je connais !

Elle m'adresse un clin d'œil.

— Ces salopes ne savent pas à qui elles vont devoir faire face.

Euh, peut-être, je ne sais pas... mais... pourquoi pas ?

27

ROAN

Roan King se pavane dans l'édifice des beaux-arts ? Qu'est-ce qui se passe ? Hmm... je ne peux qu'imaginer ce qu'il fait là. Je soupçonne qu'une certaine danseuse a quelque chose à voir avec ça...
KingOfCampus.com

MÊME SI C'EST ma quatrième année à Barnett, c'est la première fois que j'entre dans le bâtiment des beaux-arts. Ivy m'a dit qu'elle devait rester tard et travailler avec un de ses professeurs sur un solo qu'elle prépare pour un spectacle à la fin du semestre. Puisque j'ai fini mon entraînement plus tôt, j'ai pensé la retrouver ici pour qu'on puisse retourner à l'appartement ensemble. Je déteste l'idée qu'elle rentre seule.

Je me dirige vers la salle 105... ou peut-être est-ce un studio. Je n'en ai pas la moindre foutue idée. Dans tout le couloir, il y a des photos encadrées de danseurs. Toutes les femmes sont longilignes, avec une carrure semblable à celle d'Ivy. Les hommes sont musclés, mais pas imposant, pas comme les joueurs de football. Pendant un moment, je m'immobilise et observe une des affiches.

Est-ce que c'est le genre de garçon qu'Ivy fréquente d'habitude ?

Des artistes qui portent un foulard et qui pleurent devant un film étranger ?

L'idée de devoir regarder un film ennuyeux avec des sous-titres me donne des frissons. D'accord. Il se trouve que j'ai apprécié quelques films d'artistes indépendants, mais c'étaient les scènes de combat qui m'ont aidé à survivre.

Et si vous me suggérez de porter un foulard, je vais vous le foutre dans le pif. Je ne plaisante pas.

Ce n'est pas comme si je n'avais pas un côté doux... J'en ai un, bien qu'Ivy soit la seule à avoir pris le temps de le déterrer. Et je l'aime davantage pour ça.

Je passe à autre chose, m'avançant dans le couloir. Je me sens à l'aise à peu près partout sur le campus. Mais ici, dans ce bâtiment, je me sens étrangement mal à l'aise. Quand je passe devant un groupe de personnes, leurs yeux se tournent vers moi. Il n'y a absolument aucune émotion sur leurs visages tandis qu'ils continuent à discuter. C'est comme si j'étais un garçon ordinaire.

C'est légèrement étrange, mais pas indésirable. J'enfonce profondément mes mains dans mes poches et continue à avancer jusqu'à trouver le studio. C'est la seule pièce éclairée.

Quand je m'approche, j'entends la musique avant de la voir. Mon souffle se loge dans ma gorge tandis qu'Ivy s'élance gracieusement dans les airs, ses jambes parfaitement tendues. Elle atterrit sur la pointe de ses orteils, puis entreprend un saut périlleux. Sa jambe gauche se balance derrière elle, elle pivote sur elle-même. Le haut de son corps penche vers le sol ; une de ses jambes est parfaitement tendue, pointée vers le plafond.

En l'observant en train de danser, je sens mon rythme cardiaque s'accélérer. Elle est incroyablement gracieuse. Sa façon de bouger et de contorsionner son corps défie presque la logique. La musique s'achève, et j'applaudis presque, quand une voix masculine profonde s'élève à travers le silence.

— C'était très bien, Ivy... vraiment très bien. Mais tu peux encore t'améliorer. Tu dois étendre tes lignes lors de ton jeté entrelacé.

L'homme sort de l'ombre, là où je ne l'avais pas vu avant, et se dirige vers Ivy, qui respire fortement au centre de la pièce. Ses bras sont posés sur ses hanches étroites, elle l'écoute attentivement, le regarde. Comme sur les affiches et les photos qui bordent le couloir, ce type est musclé d'une manière qui n'est pas encombrante.

— En place, ordonne-t-il.

Ivy se dresse sur ses orteils tout en glissant son autre jambe dans les airs. Elle lève un bras au-dessus de sa tête et tend l'autre. Elle tient la position devant ce type – son professeur, je suppose –, qui passe sa main sur les muscles tendus de sa jambe.

— N'oublie pas de ne pas trop étirer.

Il déplace sa jambe d'une fraction de millimètre avant de la maintenir en place.

— Tu vois ? C'est mieux. Beaucoup mieux.

Ce n'est que lorsque sa main retombe que je me rends compte que je suis fermement crispé. Il lui offre quelques instructions supplémentaires, retourne dans l'ombre, là où il n'est plus visible. Ivy se dresse sur ses orteils et étend un bras au-dessus de sa tête en soulevant sa jambe dans la même position.

— Parfait, déclare-t-il.

Elle se détend et lui adresse un sourire. Je ne peux m'empêcher de me racler la gorge. Même si elle ne me fait pas face, son regard croise le mien dans le reflet du miroir. Je lève la main et lui adresse un signe hésitant. Elle affiche un grand sourire, qui me fait frissonner.

Merde.

Je suis complètement à fond sur cette fille.

C'est un tel euphémisme. Rencontrer Ivy a été comme me faire frapper à l'arrière du crâne. J'ai essayé de secouer la tête depuis cette première rencontre pour me la sortir de l'esprit. Impossible.

Avec une quantité incroyable de grâce, elle court dans ma direction et se dresse sur la pointe des pieds pour m'offrir un rapide baiser. Je ne désire rien d'autre que l'attirer plus près, mais je ne suis que trop conscient du type qui nous regarde depuis l'autre côté de la pièce. Il n'a pas l'air particulièrement intéressé par ce que nous faisons. Bien qu'il y ait un soupçon d'amusement plaqué sur son visage.

— Laisse-moi récupérer mon sac et nous pourrons décoller.

Je lui offre un signe de tête avant qu'elle ne se précipite vers le miroir pour récupérer ses affaires. Elle fait un signe au gars, qui n'a pas l'air d'avoir plus de vingt-huit ans.

— Merci pour ton aide, Éric.

— C'est quand tu veux. Tu as un potentiel incroyable. Continue de travailler.

Elle lui offre un autre sourire, et la jalousie crépite en moi lorsque je réalise qu'il est capable d'obtenir une telle réaction de sa part sans faire le moindre effort. Croyez-moi, je sais à quel point c'est ridicule. Ce qui est drôle, c'est que je ne me suis jamais senti comme ça avec une fille auparavant.

Protecteur.

Jaloux.

Avide.

Je n'ai jamais autorisé ce genre de sentiment à prendre racine et s'épanouir. Mais il y a quelque chose chez Ivy. Dès le début, elle a été différente.

— Je vais le faire, merci encore !

Je récupère son sac et le place sur mon épaule, avant d'entremêler nos doigts. Elle m'offre un autre sourire tandis que nous remontons le couloir.

— Tu as passé une bonne journée ? lui demandé-je.

Quelque chose brille dans ses prunelles, son visage s'illumine.

— Oui. Et toi ?

— C'est encore mieux maintenant.

Incapable de résister, je l'attire vers moi en plaquant son corps souple contre le mien. Je me rends compte que ma journée est réellement meilleure maintenant que j'ai vu son beau visage. Et la regarder dans son justaucorps ne fait très certainement pas de mal non plus.

En quittant le bâtiment, je lui demande, même si je ne suis pas nécessairement jaloux :

— Ce type est gay, pas vrai ?

Ivy rit de bon cœur. Ce son profond et rauque me fait sourire. Avec un regard sournois, elle réplique :

— Est-ce que tu te sentirais mieux si je disais oui ?

Elle plaisante, n'est-ce pas ? Bien sûr.

— Certainement.

— Alors oui, il est totalement gay.

Ses épaules minces tremblent tandis qu'elle rit silencieusement. Mon regard s'assombrit.

— Ce que tu es en train de me dire, c'est qu'il n'est pas gay du tout.

— Non.

Alors que nous marchons sur le campus vers le parking où mon SUV est garé, je fais signe à quelques personnes. Ma main se serre autour de la sienne, parce que je sais que ce genre d'attention la dérange.

Je commence à me rendre compte que son opinion est la seule qui compte. Être avec Ivy, c'est tellement différent. Il y a des moments où j'ai l'impression que les gens sont d'accord avec moi simplement à cause de qui je suis. Et ce n'est pas ce que je veux. La moitié du temps, je pense qu'elle n'est pas d'accord avec moi simplement pour se montrer obstinée.

Ça ne devrait pas être aussi excitant.

J'attrape mon porte-clés pour ouvrir la portière côté passager. Ensuite, je fais le tour du véhicule et je saute à ses côtés. Pendant un moment, je l'observe tandis qu'elle attache sa ceinture de sécurité.

Non, Ivy Kaster n'est certainement pas mon type habituel. C'est ce qui la rend aussi spéciale.

Son regard croise le mien. Elle doit lire quelque chose dans mes yeux, et inspire profondément. Elle brise le silence en chuchotant :

— Tu veux passer la nuit à la maison ?

Bien sûr que je le veux.

Je dors si bien quand je suis dans son lit. Ce qui est complètement dingue, parce qu'il est très petit. Il n'y a très certainement pas de place pour s'y étendre, mais j'adore la tenir dans mes bras. Et j'aime discuter avec elle avant de m'endormir.

Je n'ai jamais ressenti ça pour une femme.

Je regardais les gars comme Dylan, et même Sam, agir avec leur copine, et je pensais qu'ils étaient fous de vouloir être attachés à une seule femme en particulier. Je n'arrivais pas à comprendre à quoi cela servait quand il y avait tant de choses à faire et à découvrir.

Maintenant, je comprends.

Nous n'avons pas encore couché ensemble et je suis complètement raide dingue d'elle.

Cela m'amène à envisager des possibilités inédites. Des possibilités qui ont à voir avec l'avenir, et qui tendent vers quelque chose de permanent. Cependant, même moi, qui n'ai absolument aucune expérience amoureuse, je sais qu'il est trop tôt pour parler de ce genre de choses avec elle. Pour le moment, je garderai mes pensées pour moi.

Même si je n'en ai pas envie. Si je passe la nuit avec elle, je sais exactement ce qui va se passer et je ne suis pas prêt pour cela. En réalité, j'apprécie cette attente qui grandit entre nous.

C'est également quelque chose que je n'ai jamais connu auparavant. Par le passé, si je voulais baiser, je sortais, je trouvais une fille consentante (ou deux), et je baisais. Ou, à tout le moins, je me faisais tailler une pipe. Il n'y avait aucune attente. Aucune hâte. C'était plus comme le fait de gratter une démangeaison. Je n'y ai jamais trop pensé.

Le sexe ne signifiait rien à mes yeux.

Et les filles encore moins.

Ce que je ressens à présent, c'est tout le contraire.

Elle fronce les sourcils.

— Non ?

Elle se tourne vers moi, mais elle ne peut pas aller bien loin avec la ceinture de sécurité en place. C'est certainement pour le mieux. En ce moment, cette ceinture s'apparente à ma nouvelle meilleure amie. Ma volonté ne tient qu'à un fil.

— J'ai envie d'avoir des relations sexuelles avec toi, Roan.

Une part de vulnérabilité teinte ces paroles. Comme si elle prenait un risque en l'admettant.

— Tu n'en as pas envie ?

Mon Dieu.

Est-ce qu'elle est sérieuse, putain ?!

Il me faut tout ce que j'ai pour ne pas glisser mes doigts dans ses cheveux. Il y a tellement de frustration sexuelle refoulée en moi que c'en est presque écrasant.

Bien sûr que je veux coucher avec Ivy. Et si je ne me souciais pas autant d'elle, je lui arracherais ses vêtements et je l'attirerais sur mes genoux ici même en plein milieu du parking avant de lui offrir ce dont nous avons tous les deux désespérément envie. Un souvenir de ce qui s'est passé ce matin me traverse l'esprit. Merde, c'était tellement bon de me caresser contre elle. Ma queue tressaute en accord.

À terre, mon garçon...

L'incertitude vacille dans ses beaux yeux, comme si elle était dérangée par le fait que je n'essaie pas de m'insinuer dans sa petite culotte. Ne comprend-elle pas que je veux faire les choses de la bonne façon ? Que ce qui se passe entre nous est important, et que je ne veux pas tout gâcher en allant trop vite ? Ivy est la seule personne avec qui je peux être moi-même. La dernière chose que je veux, c'est tout gâcher.

Je lève la main pour caresser tendrement sa joue du bout des doigts. Son regard s'accroche au mien.

— Je veux un rencard.

Elle ouvre la bouche. Je sais qu'elle est sur le point de parler du dîner avec mes parents. Non... ce n'était pas un rencard.

— Un vrai rencard. Juste toi et moi.

Le coin de ses lèvres se soulève, et je me demande si elle va argumenter. Ivy doit comprendre que ça va se produire. Seulement, pas ce soir.

— D'accord. Quand ? Maintenant ?

— Non, ricané-je. Pas ce soir.

Je soupire en passant mentalement au crible mon emploi du temps scolaire et de football. Je pars demain pour le match UMass et ne reviendrai que tard samedi soir.

Ce que j'aime, c'est combien elle le veut.

Combien elle me veut.

Ce n'est pas parce que je me retiens que je la désire moins. Je n'aimerais rien de plus que de me terrer dans son appartement pendant des jours pour me frayer un chemin en elle. Mais il est important pour moi de faire les choses correctement. Malgré les couilles bleues que j'arbore actuellement, je vais devoir attendre encore quelques jours.

— Dimanche après-midi ?

— J'enseigne jusqu'à treize heures. Si c'est après, ça marche.

— Excellent.

Je lui souris.

— Je viendrai te chercher pour te conduire à notre rencard.

Elle hoche la tête. Un beau et grand sourire illumine son visage.

Comme je n'ai pas bouclé ma ceinture, je pose ma main sur sa joue et me penche dans sa direction pour glisser mes lèvres sur les siennes. En l'embrassant, je me retrouve à vivre une autre première : planifier un rencard avec quelqu'un pour qui j'ai développé des sentiments.

28

ROAN

Roan King a joué le meilleur match de sa carrière hier. Il a réussi trois passes avant de se frayer un chemin dans la zone d'arrivée. Il a fait la différence dans un match nul pour les Bulldogs de Barnett au cours des dernières secondes du quatrième quart. RK est en feu cette saison, et il y a fort à parier qu'il deviendra pro au moment du repêchage. Ovationnez tous le roi du campus ! KingOfCampus.com

JE NE VAIS PAS MENTIR, je suis très nerveux. Les paumes de mes mains sont moites. C'est totalement ridicule. Depuis que je suis au lycée et jusqu'à maintenant, j'ai enchaîné les conneries. Aujourd'hui, ce sera la première fois que je ferai l'amour à une femme.

Merde. J'ai l'air d'un trouillard, non ?

Même dans ma tête, je me fais honte. Pourtant, c'est la vérité. Ivy sera la première fille que je ne vais pas baiser juste pour me vider les bourses.

Ce qui va se passer aujourd'hui compte.

Donc… pas de pression du tout.

D'où les paumes moites.

Tout en planifiant notre rencard, j'ai essayé de penser à quelque chose de romantique, mais qui ne soit pas considéré comme ringard. J'espère avoir réussi. Je coupe le moteur et observe Ivy, qui contemple son environnement avec intérêt avant que son regard ne croise le mien.

— Où est-ce que nous sommes ?

Je désigne la petite cabane à une cinquantaine de mètres. Il y a un lac privé de cinq acres à droite qui est entouré de tous les côtés par une forêt dense.

— Au chalet de mon père. Il a fini de le rénover il y a quelques mois.

Ses prunelles se posent à nouveau sur la petite cabane en rondins d'un étage.

— Waouh.

Je hoche la tête.

— Allez, je vais te faire visiter rapidement.

Après avoir quitté le véhicule, je prends sa main dans la mienne. Le gravier sous nos chaussures crisse à mesure que nous avançons. Je déverrouille la porte et la tiens ouverte pour qu'elle puisse entrer. Elle s'arrête et observe tout, absorbant silencieusement l'espace. Je dois admettre que mon père a fait un travail incroyable avec ce chalet. J'adore passer du temps ici, me promener dans les bois. Pêcher un petit peu, nager et faire de la randonnée. On peut profiter du plein air avec toutes les commodités modernes. Avec certains ajustements supplémentaires.

Une TV grand écran, une cuisine ultramoderne avec des appareils en acier inoxydable et deux chambres avec des lits *king size*. Si cet endroit était plus proche de la fac, je n'aurais absolument aucun problème à vivre ici. C'est bien mieux que mon appartement.

— Cet endroit est incroyable.

Je souris avec fierté.

— Je sais, c'est fou, non ?

Puisque la cabane comporte simplement une cuisine, un salon, une salle de bain avec douche en cascade et deux chambres, le grand tour ne nous prend pas plus de quelques minutes. Une fois que nous regagnons le séjour principal, je l'informe de nos plans pour la journée et j'espère qu'elle en est heureuse.

Comme je n'ai pas trouvé d'alternative, je suis foutu si ce n'est pas le cas.

— Il y a quelques sentiers où nous pouvons faire de la randonnée, j'ai pensé que nous pourrions nous rendre en canot au milieu du lac pour pique-niquer.

Ses yeux s'écarquillent. Pendant l'espace d'un battement de cœur, peut-être même deux ou trois, elle ne dit pas un mot. Rien. Elle soutient mon regard. Je me fige.

Je ne me rends pas compte que je retiens mon souffle, jusqu'à ce qu'elle dise :

— Tu as beaucoup réfléchi à la question.

Je laisse échapper mon souffle en lui adressant un clin d'œil.

— Non, je voulais simplement que nous fassions quelques trucs sympas ensemble.

Même si elle a raison, j'ai énormément réfléchi à ce rencard. Je veux que l'après-midi que je compte passer avec Ivy soit parfait.

Elle observe ses pieds vêtus de Timberland.

— Je comprends maintenant pourquoi tu m'as demandé de porter ça.

Quand son regard trouve le mien, j'y perçois une lueur malicieuse.

— Je pensais que tu avais peut-être prévu quelque chose de tordu.

Je ricane et penche la tête comme pour évaluer à quel point elle serait sexy en portant des bottes de randonnée et rien d'autre. Je dois admettre que c'est plutôt excitant.

— Je ne veux pas que tes pieds de danseuse soient boursouflés.

Si je commence à imaginer Ivy sans ses vêtements, le reste de la journée ne se passera pas bien pour moi. Pour me distraire, je me dirige vers la cuisine pour sortir des bouteilles d'eau du réfrigérateur. Je lui en donne une, avant d'entremêler nos doigts. J'adore la manière dont ils s'intègrent parfaitement aux miens.

— Prête à partir ?

— Oui, ouvre la voie.

Pendant une heure trente, nous parcourons les sentiers qui sillonnent la propriété. J'ai de bons souvenirs de mon enfance. Après le divorce de mes parents, c'est ici que mon père a vécu jusqu'à ce qu'il achète la maison de Barnett.

Je n'ai jamais pensé vouloir partager cet endroit avec une fille. Profiter des bois et du soleil à travers la canopée en compagnie d'Ivy, c'est agréable.

Être avec elle est tellement facile. Je n'aurais jamais imaginé que cela puisse être ainsi.

Nous marchons sur les sentiers. Nous discutons de notre enfance. De nos rêves et de nos espoirs pour l'avenir. Ivy me surprend en me parlant de sa mère. Elle ne l'a jamais fait auparavant. Je l'écoute tranquillement en lui tenant la main. Je déteste le léger tremblement dans sa voix quand elle admet combien sa mère lui manque encore. C'est comme un trou dans son cœur qui refuse de se refermer.

Au moment où nous regagnons la cabane, j'ai l'impression d'en savoir beaucoup plus sur elle. Et ce ne sont pas que des conneries. Ce sont des choses qui comptent vraiment. C'est ce qui fait d'Ivy la femme qu'elle est aujourd'hui. En l'attirant dans mes bras pour l'embrasser doucement, j'aimerais qu'il y ait un moyen pour moi d'absorber toute la douleur qui palpite en elle.

Une fois que nous nous écartons, je récupère la glacière à l'arrière du SUV avant de descendre jusqu'au ponton en bois. Un canot rouge est échoué dans le sable près du rivage. Je pose la glacière sur le banc du milieu, en pressant Ivy de s'asseoir à l'avant pour que je puisse prendre place sur le siège à l'arrière. Elle se tient debout dans le bateau et je lui tends une rame. Après qu'elle s'est installée, j'en prends une moi-même et me dirige prudemment vers le banc arrière. J'utilise la rame pour nous écarter du rivage jusqu'à ce que nous glissions tranquillement sur l'eau.

— Nous devons nous diriger vers le milieu. Commence à pagayer sur le côté droit, je me charge du gauche, après nous échangerons.

Tout comme dans notre relation, nous trouvons rapidement un rythme jusqu'à atteindre facilement le centre du lac. Il y a une légère brise à la cime des arbres, et le soleil est haut dans le ciel, qui arbore une couleur bleu céruléen. Quelques nuages blancs complètent le tableau. Les grenouilles chantent près du rivage, brisant le silence. Un bar saute au bord du lac où il y a une abondance de nénuphars. Il y a également une aigrette grise debout dans les bas-fonds où poussent les quenouilles. La sérénité que l'on trouve ici est l'une des raisons pour lesquelles je voulais partager cet endroit avec Ivy. C'est l'un des rares lieux d'évasion que je possède.

— L'endroit me paraît parfait pour nous arrêter.

Je pose ma pagaie dans le sens de la longueur, et Ivy imite mes mouvements.

— Pourquoi ne pas faire une pause et profiter de notre déjeuner ?

Elle balance ses jambes pendant que je sors deux sandwichs, un gros sac de chips et deux bouteilles d'eau ainsi que des fruits frais. Son expression se fait surprise.

— C'est vraiment agréable, Roan. Merci.

Je souris, secrètement ravi.

— Tu as faim ?

Elle prend une bouchée massive de son sandwich. Je dois admettre que j'aime le fait qu'elle mange sans se priver. C'est hilarant, parce qu'on ne pourrait pas le penser simplement en la regardant. Son corps est ferme et athlétique. J'ai été avec des filles de toutes tailles, mais la majorité d'entre elles avaient des corps ronds avec du monde au balcon et un cul bombé.

Ivy n'a pas une très grosse poitrine, mais un cul ferme. L'idée de le tenir entre mes mains fait réagir mon sexe dans mon short. Pour une quelconque raison, cette fille me plaît totalement. Mais bon, pour l'instant, je n'ai pas besoin de penser à elle ainsi et de me payer une érection. Donc, je calme ces pensées et la regarde en train de mâcher son repas.

— Je meurs de faim. Cette randonnée a été formidable, mais elle m'a ouvert l'appétit.

Elle m'offre un autre large sourire, avant d'attaquer le reste de son sandwich avec une voracité que je n'ai d'autre choix que de respecter. Pendant que je m'affaire sur le mien, je demande :

— Alors, que se passe-t-il avec toute cette histoire d'audition ?

— Je n'ai encore reçu aucun retour. Éric a quelques contacts dans certaines grandes villes.

Elle hausse les épaules.

— Nous verrons si tout se passe bien. J'espère passer quelques auditions à la fin du semestre du printemps.

— Et si une audition se présentait maintenant, tu t'y rendrais ?

Elle soutient mon regard pendant un moment.

— Oui, il le faut. La danse est un milieu tellement compétitif. Si j'ai la chance de pouvoir entrer quelque part, il faut que je la saisisse. C'est la raison pour laquelle j'ai travaillé toute ma vie.

Je hoche la tête, c'est la même chose que pour le football. Entrer à la NFL a toujours été mon rêve. C'est la première fois que mon attention se retrouve partagée entre le football et autre chose.

J'avais supposé que si ça devenait sérieux entre nous, nous aurions le reste de l'année pour être ensemble avant que je ne sois engagé. Je déteste l'idée qu'elle puisse partir à tout moment. Je n'essaie pas de prendre de l'avance, parce que notre relation est vraiment toute nouvelle, mais Ivy est la première fille avec laquelle j'ai envie de me montrer sérieux. Je ne veux pas la perdre.

— Et ton père est d'accord pour que tu abandonnes tes études ?

Ivy inspire profondément.

— Il préférerait que je passe d'abord mon diplôme. Mais si j'obtiens une audition et que je suis prise, il comprendra.

Elle rassemble les emballages et les serviettes et les range dans la glacière.

— Même si c'est ta quatrième année, tu n'obtiendras pas ton diplôme, pas vrai ?

— Non, j'ai changé de spécialisation l'an dernier, ce qui m'a fait reculer sur le plan du crédit. Si je participe au repêchage en janvier, je n'aurai pas assez de crédits pour passer mon diplôme.

— Est-ce que c'est pratiquement chose faite, ta participation au repêchage ?

C'est à mon tour d'inspirer profondément. Je pensais avoir tout planifié. Ce n'est que récemment, à l'approche du repêchage, que je ne suis plus certain de mon avenir.

— Linc pense que je devrais partir cette année. Il craint que je me blesse et que je ne puisse plus devenir pro. Je vis la meilleure saison de ma vie, alors c'est logique pour moi de frapper pendant que le fer est encore chaud.

Alors que je prononce ces paroles, Ivy incline la tête, comme si elle réfléchissait à quelque chose d'important.

— Tu ne sais pas si c'est ce que tu veux faire ?

Ça ne devrait pas me surprendre qu'elle soit si à l'écoute de mes réflexions et de mes sentiments, pourtant c'est le cas. J'ai passé tellement de temps à enterrer mes vraies émotions que je n'ai pas l'habitude de partager mes pensées avec quelqu'un.

Je me détourne pour contempler la surface vitreuse du lac et la verdure qui nous entoure. Même si nous ne sommes qu'à quarante minutes de route de Barnett, c'est comme si nous étions à mille kilomètres de la pression qui s'abat constamment sur moi. De temps en temps, je ressens le besoin de m'échapper pour me vider la tête. D'oublier, même pour quelques petites heures, tout le stress et toutes les décisions qui doivent être prises au cours des prochains mois.

Merde.

Voilà que j'ai l'air d'un ingrat. Je sais à quel point c'est difficile d'attirer l'attention de la NFL. Tous les petits garçons qui jouent au ballon rêvent d'y avoir leur ticket d'entrée. Pourtant, la réalité, c'est que moins de 1 % de ces petits garçons joueront de manière professionnelle.

Moins de 1 %.

Je sais donc que je suis chanceux d'occuper ce poste. Ce n'est absolument pas quelque chose que je tiens pour acquis.

J'ai énormément de choses à gagner. Je sais qu'il y a de nombreuses personnes qui me soutiennent et qui comptent sur moi pour aller jusqu'au bout. J'ai une famille que je ne veux pas décevoir. Parfois, j'ai l'impression que tout le monde à Barnett pense que je vais devenir pro. Que je serai leur grande réussite et qu'ils pourront se vanter de ma présence sur le campus pour le programme de football de l'université Barnett.

Une partie de moi a l'impression qu'Ivy peut comprendre la pression que ça représente, de tenter de réussir dans un sport. J'aime que nous ayons cela en commun. J'aime le fait qu'elle se concentre autant sur la danse que je le fais sur le foot. Nous possédons tous les deux la même motivation et la même détermination.

— Roan ?

Perdu dans mes pensées, je croise son regard.

Parfois, je pense que ce serait sympa de terminer mes études ici et de participer au repêchage l'an prochain.

Son expression s'adoucit à mesure qu'elle réfléchit à ce que je viens de lui dire. C'est presque comme si elle se rendait compte à quel point il est difficile pour moi de l'admettre à haute voix.

— Alors pourquoi tu le fais ?

Je hausse les épaules. Une partie de moi souhaite échapper à ses yeux verts et curieux, pourtant je tiens bon. Si j'ai appris quelque chose au sujet d'Ivy ces dernières semaines, c'est qu'elle est perspicace et tenace. D'une façon ou d'une autre, elle découvrira la vérité.

— Je n'ai jamais joué aussi bien de ma vie. Il y a énormément de battage médiatique autour des Bulldogs. Je ne veux pas perdre cet élan. Et avec les gars qui obtiendront leur diplôme ou qui participeront au repêchage en janvier, je ne peux pas savoir à quoi ressemblera l'équipe l'an prochain.

— Très bien, alors pourquoi envisager d'attendre ?

L'agitation me traverse de part en part. Ce n'est pas un sujet facile à aborder. Peut-être parce que je n'ai jamais eu personne avec qui en parler.

Ma décision n'a pas d'impact sur Ivy.

— J'aimerais terminer mes études. Qui sait pendant combien de temps je pourrai jouer au foot ? J'ai travaillé très dur ces trois dernières années pour équilibrer le football et les cours. Les gens peuvent penser que j'ai lésiné sur le plan scolaire, mais ce n'est pas le cas. J'ai pris mon temps. Je sais que tout changera une fois que je serai passé pro. Ma vie ne sera plus jamais la même. La célébrité, l'attention et l'argent...

— La plupart des gars ne seraient pas de cet avis. Ils voudraient tout avoir dès que possible. Je sais qu'il y en a beaucoup qui n'en ont rien à faire de passer leur diplôme.

Mon regard plonge dans le sien.

— Oui, je sais. Je joue avec des gars qui ont ce sentiment. La fac n'est rien de plus qu'un moyen de parvenir à leurs fins. C'est un endroit pour s'entraîner. Pour devenir plus grand, plus rapide et plus fort afin de pouvoir atteindre la NFL en trois ans. Au lieu de profiter d'un tour gratuit, ils suivent des cours inutiles avec lesquels ils ne pourront rien faire.

Je ne peux m'empêcher de secouer la tête face à la stupidité de cette logique. J'ai essayé d'en diriger quelques-uns vers quelque chose de plus significatif, mais la plupart s'en foutent.

C'est un tel gâchis.

— Même si je suis fatigué de l'attention que je reçois sur le campus, ce n'est rien comparé à ce que ce sera une fois que je serai pris par une équipe professionnelle. Et je profite de la saison. Les gars... On est un bon groupe. Jouer chez les pros... c'est le niveau suivant.

Même si je n'ai pas envie de prononcer ces paroles, elles m'échappent :

— Et ce n'est pas parce que je suis doué ici que ça signifie que je ne ferai pas de la merde là-bas. Je pourrais finir par tout gâcher.

J'ai déjà vu ça.

— Je peux comprendre ce que tu veux dire, murmure-t-elle. J'ai les mêmes craintes. Entre se produire à Barnett et affronter un danseur qui a reçu une formation classique à Juilliard ou qui travaille professionnellement depuis des années, il y a une différence notable.

Comme je l'ai déjà dit, Ivy est perspicace. Elle comprend. Je n'ai jamais été avec une fille avec qui je pouvais me détendre. Une fille avec qui je parviens à me connecter bien plus que physiquement.

Et vous savez quoi ?

J'aime parler avec Ivy. J'aime passer du temps avec elle. Et Dieu sait que j'aime la tenir dans mes bras lorsque je m'endors la nuit. Ça apaise quelque chose au fond de moi, un désarroi dont j'ignorais l'existence.

— Tu ne peux pas laisser tes peurs te barrer la route, Roan. Tu es un joueur de football extraordinaire. Il y a toujours une courbe d'apprentissage lorsque l'on passe au niveau suivant. C'est normal.

Je passe une main dans mes cheveux en autorisant ses paroles à résonner en moi. Comment puis-je ne pas penser à certains des joueurs qui ont été mis en avant par les médias, qui étaient censés être un choix de premier ou de deuxième tour, et qui ont finalement été ignorés jusqu'au dernier. Qui n'avaient tout simplement pas le niveau pour jouer en NFL.

Je ne veux pas être comme eux.

Il y a beaucoup de pression sur moi, et je me rends compte que la plupart est auto-imposée.

— Je ne veux pas prendre une décision en fonction de ce que tout le monde estime être le mieux pour moi. Je dois faire ce que je pense être juste.

Elle hoche la tête, avant de tendre le bras jusqu'à pouvoir poser une main sur mon genou. Doucement, elle exerce une pression. Rapidement, mes doigts recouvrent les siens, plus délicats. J'aime toucher Ivy et me sentir connecté à elle.

Je me penche en avant, j'ai besoin de sentir son corps pressé contre le mien. Presque comme si nous étions des aimants qui s'efforcent d'entrer en connexion, elle tente de réduire la distance entre nous. Notre mouvement fait tanguer le canot.

Ce n'est pas grand-chose, sauf que les yeux d'Ivy s'écarquillent et qu'elle se démène pour garder son équilibre. Le roulis s'intensifie alors que j'essaie de stabiliser le bateau étroit dans lequel nous sommes assis. L'eau entre et éclabousse nos vêtements.

Ne voulant pas qu'elle panique, je lui dis calmement :

— Ivy, assieds-toi.

Elle continue de stresser. Ses doigts agrippent les côtés métalliques. J'essaie de contenir mon amusement. Elle ressemble à un chat nerveux qui veut éviter d'être jeté à l'eau. Quand elle se penche d'un côté, j'essaie de nous stabiliser en me penchant de l'autre, espérant que ce sera suffisant pour nous maintenir à flot. Malheureusement, je compense trop, et quand elle s'incline de l'autre côté, je sais qu'il est trop tard pour nous sauver.

— Ivy...

Je prononce son prénom lorsque le canot bascule et que nous nous retrouvons projetés dans le lac glacé d'automne.

Alors que je fais surface, Ivy fait de même. Il y a une expression choquée sur son visage, comme si elle ne parvenait pas à croire à ce qui vient de se passer.

— Le canot, s'écrie-t-elle.

Il est à l'envers, non loin.

— Est-ce que ça va ? Tu sais nager ?

Un rire s'échappe d'entre ses lèvres.

— Tu aurais certainement dû me poser la question avant de partir en bateau !

Je souris. Elle ne semble pas fâchée par notre situation actuelle. Certaines filles seraient furieuses de se retrouver au beau milieu d'un lac.

— Tu as raison, j'aurais dû.

Puisqu'elle s'avance à côté de moi comme une championne, je suis sûr qu'elle sait parfaitement nager.

— Je dois retourner ce canot pour que nous puissions regagner la terre ferme.

Pendant dix minutes, c'est un véritable fiasco. Ça irait certainement beaucoup plus rapidement si nous ne nous amusions et ne nous éclaboussions pas comme deux enfants. Lorsque nous parvenons finalement à redresser le canot, grimper à l'intérieur représente un tout nouveau défi des plus complexes. Je soutiens le bateau pendant qu'Ivy se hisse par-dessus bord avant de tomber à l'intérieur avec un grand bruit.

Mes épaules tremblent. Je ris en silence, elle jure.

— Tu as intérêt à ne pas te foutre de moi !

Sa tête apparaît. Elle me regarde, dépitée. J'essaie de garder une expression neutre.

— Je ne me moque pas.

Son regard s'assombrit.

— Bien sûr que si. Tu te moquais très certainement de moi.

Sa main s'élance vers l'extérieur, frappe la surface ondulante du lac. Elle vise bien, je dois le lui accorder. La vague m'atteint en plein visage. Je secoue la tête et agrippe le canot en le secouant.

— Tu veux me rejoindre ?

Elle hurle en s'écrasant au fond du bateau.

— Bon sang, Roan !

Toujours en riant, je le stabilise. Elle rampe vers le banc du milieu et ramasse les rames que nous avons trouvées flottant dans l'eau. Avec une main sur le canot, je la remorque jusqu'au ponton. Heureusement, il fait beau, parce que nous nous gelons le cul. Bien qu'elle en ait un très joli, et que ça ne me dérange pas de le regarder.

Je tire le bateau sur la plage avant de l'aider à en sortir. Une fois que ses doigts sont fermement ancrés dans les miens, je ne lâche pas prise. Mon regard la parcourt de haut en bas. Ses cheveux sont rejetés vers l'arrière, et de petites gouttes glissent lentement sur le côté de son visage pour retomber sur ses vêtements. Je ne peux pas résister à l'envie de l'attirer vers moi pour lui offrir un doux baiser.

En réponse, sa main agrippe le col de ma chemise comme pour me maintenir en place. Après quelques instants, je m'écarte. Nous sommes tous les deux trempés. L'eau s'accumule dans mes godasses.

— Nous devrions emprunter des vêtements de mon père et jeter les nôtres dans le sèche-linge.

Son regard soutient le mien. Elle prononce brusquement, avec assez de sous-entendus pour que ma queue tressaille dans mon pantalon :

— Ou peut-être qu'on peut se contenter de les balancer dans le sèche-linge.

Avant que je ne puisse assimiler ses paroles, elle agrippe l'ourlet de son T-shirt et fait passer le tissu trempé par-dessus sa tête. Mes yeux s'écarquillent. Tout ce que je peux faire, c'est rester là, à bout de souffle, alors qu'elle déboutonne son petit short rouge qui est actuellement plaqué contre son ventre ferme et les os saillants de ses hanches.

Ai-je mentionné à quel point ces petits shorts affriolants font paraître ses jambes interminables ?

Comme si elles faisaient des kilomètres et des kilomètres.

Avec son regard qui soutient le mien, elle quitte son short, alors seulement vêtue d'un soutien-gorge en dentelle rose pâle et d'un petit morceau de tissu que je suppose être une culotte.

Merde, cette fille est sexy. Ma bouche s'assèche. Mes yeux la dévorent tout entière. Même si mon short est gelé, j'arbore à présent une sacrée érection.

Elle observe les chaussures qui ornent encore ses pieds.

— Je suppose que je ne suis pas très sexy avec ça, pas vrai ?

Mon regard se pose sur ses pieds avant de remonter lentement le long de son corps tonique et athlétique.

— En réalité, déglutis-je, c'est beaucoup plus sexy que tu ne peux l'imaginer.

Je ne mens pas. Je n'ai jamais été aussi excité de toute ma vie. Un côté de sa bouche se tord bizarrement. Ses yeux étincellent d'une lueur séduisante comme si elle était consciente de son propre attrait sexuel et qu'elle aimait le montrer. Ouais... C'est carrément chaud.

— Est-ce que ce serait plus sexy si je retirais mon soutien-gorge et mon string ?

Je ne sais pas si elle se fout de moi ou pas.

J'arrive à peine à prononcer ces paroles, car j'imagine à quoi elle ressemblerait :

— Putain, oui.

Elle me sourit en portant ses mains devant sa poitrine, puis dans son dos pour défaire son soutien-gorge en dentelle. Pendant qu'elle le détache, les fines sangles me tourmentent en glissant terriblement lentement le long de ses bras, jusqu'à ce que ses seins soient nus.

Je ne vais pas mentir... je fantasme sur l'apparence d'Ivy depuis qu'elle m'a foncé dessus sur le campus. Ce que je découvre est encore mieux que ce que mon imagination pouvait concevoir. Elle est la perfection absolue. Je ne pensais pas que je pouvais durcir davantage, mais j'avais tort. Je suis tellement raide que c'en est douloureux. La dernière chose dont j'ai besoin, c'est de jouir dans mon short comme un putain d'adolescent prépubère.

Ce serait humiliant, pas vrai ?

C'est une question rhétorique. Il n'est pas nécessaire d'y répondre.

Les seins d'Ivy sont petits, fermes et légèrement arrondis. Ils sont surmontés de magnifiques petits mamelons de couleur rosée qui se tendent comme pour attirer mon attention. J'ai envie d'enrouler mes lèvres autour de l'un d'eux et de l'aspirer jusqu'à ce qu'elle ait besoin de les sentir partout. Un gémissement m'échappe. La chaleur irradie dans ses yeux comme si elle était aussi excitée et impatiente que moi.

Ce qui est impossible.

Avant que je ne puisse prononcer des paroles ridicules comme remercier Dieu, ou peu importe qui, pour le moment incroyable que je vis actuellement, elle se démène pour retirer le string rose couvrant la seule partie d'elle que mes yeux n'ont pas encore effleurée. Je réalise que c'est un string vraiment minuscule. Encore une fois, mes prunelles glissent avidement sur son corps. Long et fin. Un ventre plat, musclé et...

Je déglutis en posant mon regard sur son intimité.

Comment vous la décrire... toute nue.

Ce qui est follement érotique.

J'ai du mal à résister à l'envie de passer ma main dans mes cheveux. Au lieu de quoi, je balance mon T-shirt par-dessus mon épaule. Les doigts tremblants – oui, pour l'amour de Dieu, mes doigts tremblent –, je tâtonne pour virer mon short. Ce dernier s'échoue rapidement à mes pieds. Quand je suis en caleçon, je retire mes chaussures avec empressement. En les balançant de côté, je découvre qu'elle est entièrement nue face à moi, ne portant rien de plus que ces Timberland.

C'est une image putain de sexy.

— Viens ici, ma belle.

Ma voix est basse et rauque. Je n'ai pas envie de lui faire peur avec la façon dont je semble grogner. Elle s'avance pour que je puisse travailler sur ses lacets. En un temps record, je lui retire ses chaussures.

Je sais... qui aurait cru ?

Certainement pas moi.

Une fois qu'elle est finalement en tenue d'Ève, mes doigts effleurent la peau douce de ses mollets jusqu'au dessous délicat de ses genoux, avant de passer sur les muscles de ses cuisses et de ses hanches.

Mes mains se posent sur ses fesses, et je l'attire vers l'avant, pressant un baiser contre sa chair brûlante. La manière dont elle retient son souffle résonne comme la plus douce des musiques à mes oreilles. Elle ne fait qu'attiser les flammes qui me traversent de part en part. Je veux la faire s'allonger et lécher chaque centimètre son corps.

Ivy est, sans aucun doute, la femme la plus sexy avec laquelle j'aie jamais été.

Jusqu'à maintenant, tout ce que j'ai fait, c'est jouer avec des tonnes de femmes sans visage et sans nom. Il y en a eu tellement que j'ai perdu le compte. J'ai cessé de suivre la situation depuis longtemps. Aucune d'entre elles n'a été plus qu'une baise rapide. Au début, c'était une manière de me prouver à moi-même et aux autres que je n'étais pas comme mon père. Ensuite, c'était une façon pour moi de relâcher la pression. D'éteindre mon esprit et d'oublier le stress constant au sein de quelques moments de plaisirs coupables. Et j'ai apprécié. Je veux dire... bien sûr que oui.

Un sexe doux et humide et des seins qui rebondissent...

Comment ne pas apprécier ?

Au fond de moi, j'ai toujours su pourquoi ces femmes voulaient être avec moi. Elles se fichent éperdument de la personne que je suis, tout comme je me contrefous de qui elles sont. Ce qui se passe ici même ne pourrait pas être plus différent.

Je tiens à Ivy.

Peut-être qu'elle tient à moi elle aussi. Elle ne ferait pas cela si elle n'avait pas de sentiments pour moi. Et ça, je le sais, ça rend ce moment tellement plus spécial. Plus spécial que n'importe quel autre moment de ma vie.

Je suis heureux que ce soit avec Ivy que je vis cette expérience. Ce ne sera pas une baise rapide et sans visage. Je compte prendre mon temps avec elle. Je vais faire l'amour à cette magnifique femme qui se donne entièrement à moi.

Alors que je me lève, je dépose un baiser sur ses lèvres, autorisant ma langue à rentrer à l'intérieur et à danser avec la sienne pendant un moment ou deux. Merde, ce serait trop facile de laisser l'attirance qui brûle en nous nous consumer. Je dois ralentir pour profiter de ce qui se passe. Ses doigts se glissent dans mon caleçon et me caressent de haut en bas.

Un grondement de plaisir s'échappe d'entre mes lèvres. J'ai l'impression de ne plus tenir qu'à un fil. Mes bourses sont si contractées que mon corps souffre.

— Tu vas virer ton caleçon ?

Sa voix rauque me fait sursauter.

— Considère-le comme disparu, murmuré-je violemment contre sa bouche.

En trois secondes, je tiens ma promesse. Mon boxer a disparu et nous sommes tous les deux entièrement nus, à nous embrasser sous le soleil qui caresse nos peaux glacées. Ma peau est peut-être fraîche à cause de cette baignade improvisée, mais je me consume à l'intérieur.

Sans rien ajouter, je faufile un bras sous l'arrière de ses cuisses et la soulève. Elle est aussi légère qu'une plume. Elle doit faire environ la moitié de mon poids. Elle se niche contre mon torse pendant que je la conduis à la maison et jusque dans ma chambre. Doucement, je l'installe au milieu du lit *king size*. Son corps s'enfonce dans la couette faite de plumes alors que son regard brûle le mien. Pendant un moment, mon cœur rate un battement et se met à accélérer comme un dingue.

Je prends de nouveau conscience de l'importance de cette fille à mes yeux.

Elle compte plus que quiconque.

J'ai l'impression de me prendre un coup de pied dans les couilles.

Je me perds dans la lourdeur de mes pensées. Elle tend sa main dans ma direction. Quand je glisse mes doigts dans les siens, elle m'attire vers le lit jusqu'à ce que je me retrouve étendu sur elle. Je capture ses lèvres, nos langues s'emmêlent.

Même si je meurs d'envie de plonger dans sa chaleur, je ne le fais pas. Je veux que ce moment dure. Je veux en tirer le maximum de plaisir possible. Il faut que ce soit l'expérience sexuelle à laquelle toutes les autres vont se mesurer.

C'est un sacré défi, mais je pense être à la hauteur.

Je sais que je le suis.

Je passe dix bonnes minutes à lécher sa bouche, à sucer sa langue, à la tourmenter jusqu'à ce qu'elle soit aussi abrutie et frénétique que moi. Si les gémissements qu'elle pousse en sont une indication, je pense qu'elle apprécie. Je pourrais passer le reste de la journée à rendre hommage à sa bouche magnifique, mais je veux explorer le reste de son corps maintenant que je l'ai exactement là où je veux qu'elle soit.

Avec des caresses, ma langue et mes lèvres sinuent de son menton au creux de son cou. J'aspire le pouls qui bat à un rythme soutenu sous sa chair délicate, puis descends sur ses épaules étroites et son sternum. J'ai envie d'apprendre chaque courbe et chaque aspérité de son corps jusqu'à la connaître aussi bien que moi-même.

Quand j'atteins le doux renflement de sa poitrine, je prends mon temps, la taquinant de mes lèvres et de mes dents. Son corps se cambre alors que je me rapproche de son mamelon. Incapable de résister à la tentation, je l'effleure de ma langue.

Un coup, deux, avant de l'aspirer dans ma bouche.

Son corps se tend sous le mien. Elle gémit de plaisir tandis que ses doigts se glissent dans mes cheveux humides. Je libère son bourgeon sensible et l'observe avec fascination.

Son corps est absolument parfait.

J'avais l'habitude de penser que les poitrines devaient être surdimensionnées. Énormes. Avec de gros tétons en forme de bouton qui les garnissent comme des cerises sur un étal monstrueux. Je ne pensais pas pouvoir apprécier une poitrine comme la sienne.

Je renifle presque.

Je suis un vrai connard.

Non. J'étais un vrai connard.

La poitrine d'Ivy est magnifique. Ferme, tendre. Avec de beaux petits mamelons roses qui deviennent tellement raides que je rêve de les caresser, de les sucer et de jouer avec eux pendant des heures. Mes lèvres rejoignent le second pour que je puisse l'adorer de la même façon jusqu'à ce qu'Ivy ondule contre moi. Elle se trémousse de plaisir. J'adore que son corps réagisse ainsi.

Pour moi.

Seulement pour moi.

Nous en discuterons une fois que nous en aurons terminé ici. Mais qui sait quand ça arrivera ? Pas avant un moment, si je dois dire.

— Roan, je te veux en moi... maintenant.

Elle a l'air de brûler de l'intérieur. Je sais exactement ce qu'elle ressent.

— Maintenant !

Je soulève la tête de sa poitrine pour que mon regard puisse croiser le sien. Même si je suis terriblement dur, je ne peux que sourire.

— Exigeante ?

Je n'en reviens pas d'arriver à la taquiner dans un moment comme celui-ci. Être avec Ivy est tellement facile. Elle laisse échapper un raclement de gorge.

— Arrête de jouer au con et de me faire supplier.

Je m'enhardis à l'idée qu'Ivy puisse mendier, sans parler de mon envie de plonger mon sexe dans son corps parfait.

Putain de sexy.

Elle écarte ses cuisses tandis que je m'installe entre elles. La perspective d'avoir ses longues jambes sportives enroulées autour de moi alors que je la pénètre me fait grincer des dents, il me faut essayer de me maîtriser. Mes pupilles tombent sur son intimité.

Bon sang.

— J'ai besoin de te goûter, Ivy.

Contemplant ces délicats replis rosés, je me lèche les lèvres. Je veux la sentir pulser contre ma langue. Je veux la caresser, je veux aspirer son clitoris dans ma bouche.

Avec un gémissement, elle se dandine sous moi.

— Pas maintenant, soupire-t-elle, comme si son corps était à l'agonie. Plus tard.

Mon regard glisse sur le cœur même de son corps. La tentation de passer ma langue sur toute la longueur de sa moiteur me heurte comme un lourd battement de tambour. Le besoin de plonger profondément en elle s'abat sur moi. Mon gland palpitant est niché contre sa chaleur humide. Alors que je me tiens fermement au-dessus d'elle, je ne peux m'empêcher d'admirer la manière dont notre peau entre en contact. Je veux observer le moment précis où j'entrerai en elle.

Merde.

La sueur perle sur mon front. L'idée de la pénétrer me fait perdre le contrôle. J'ai presque envie de fermer les yeux pour pouvoir dompter mon désir. À ce rythme, je vais me déverser avant même qu'elle n'ait le temps de cligner des yeux.

Soyons clairs, ça ne s'est jamais produit.

Jamais.

Même si mon esprit ne fonctionne pas à plein régime, je lui demande :

— Est-ce que tu prends la pilule ?

— Non, nous devons utiliser un préservatif.

Mon regard se pose sur ses lèvres étincelantes et magnifiques qui m'attendent, pour remonter le long de ses yeux étourdis.

Merde. Merde. Merde.

Je pense que ce sentiment résume parfaitement la situation.

— Tu n'en as pas dans ta chambre ?

— Pourquoi j'aurais des capotes ici ?

Je secoue la tête pendant que je me creuse l'esprit à la recherche d'une solution. Si je n'en trouve pas une rapidement, je vais certainement devenir fou.

— Je n'amène jamais de filles ici.

Même si ça ressemble à une situation désastreuse, un lent sourire s'épanouit sur ses lèvres et elle rougit.

— Je suis la première fille que tu amènes au chalet ?

Mon regard plonge dans le sien.

— Tu es la seule, confirmé-je.

La seule pour tout un tas de choses, mais je garde cela pour moi.

Très bien, revenons à la situation actuelle.

Préservatifs.

Est-ce que j'en ai ?

Je sais qu'il n'y en avait pas dans les poches de mon short ou dans mon portefeuille. Je n'arrive pas à croire que j'aie oublié d'apporter des putains de préservatifs ! Incroyable.

Attendez une minute... SUV.

Il y en a peut-être dans la boîte à gants.

— Je pense qu'il y en a dans le camion, dis-je. Je reviens tout de suite.

Avant qu'elle ne puisse cligner des yeux, je me lève et entreprends la course la plus rapide de ma vie. Mon attirail flotte au vent. Je cours à travers le gravier, ce qui fait terriblement mal aux pieds, j'ouvre la portière côté passager et plonge dans la boîte à gants comme si ma vie en dépendait.

Trois.

Alléluia ! Gloire au Seigneur !

Avec mes doigts enroulés autour de la réserve de munitions, je cours jusqu'à la maison et saute sur le lit, prêt à reprendre ma position précédente. Ce qui était, au cas où vous l'auriez oublié, avec mon gland à l'entrée de son intimité glorieusement ouverte pour moi. Les préservatifs sont encore enfoncés dans ma main comme si j'avais peur d'en perdre un. Lorsque je croise son regard, elle semble à deux doigts d'éclater de rire.

— Je pouvais t'entendre jurer d'ici, dit-elle.

Maintenant que je l'ai dans mes bras et que je suis absolument certain que ça va se produire, je laisse échapper un soupir de soulagement.

— Putain de gravier, ricané-je. Je pense qu'il y en a peut-être un morceau enfoncé dans mon pied.

Avec son regard accroché au mien, elle se laisse finalement aller à son hilarité. Je ne peux m'empêcher de suivre son exemple. Putain de merde. Voilà que nous sommes tous les deux en train de nous esclaffer. Puisque la dernière chose dont j'ai besoin, c'est de la poignarder avec ma queue, je roule sur le dos.

Elle se roule en boule à mes côtés, son corps convulsant pratiquement. Après quelques minutes, notre éclat de rire s'apaise, et Ivy glisse son bras sur mes abdominaux en posant sa tête sur ma poitrine. Il y a quelques instants, j'étais tellement excité que je n'arrivais pas à réfléchir. Maintenant, Ivy est nichée dans mes bras. Nous sommes encore en train de rire de ce qui s'est passé, et je ne pense pas m'être déjà senti aussi satisfait.

29

IVY

C'est comme si le roi du campus n'avait d'yeux que pour Ivy *Kaster. Je suppose que ce vieux dicton est vrai... Quand ils tombent enfin, ils tombent raides... KingOfCampus.com*

— Ivy, peux-tu rester quelques minutes après le cours ?

Je m'essuie le visage et offre un signe de tête rapide à Éric. Nous avons passé la dernière heure et demie à apprendre une nouvelle chorégraphie. Ça représente toujours un défi, mais j'apprécie. Quelques filles essaient de me convaincre de venir avec elles ce soir pour voir un groupe local qui joue près du campus, mais je ne peux pas. Roan et moi devons ajouter quelques touches finales à notre projet, qui doit être terminé vendredi.

Une fois que les autres danseuses sont parties, Éric s'approche.

— Tu te rappelles quand je t'ai dit que j'avais un ami chorégraphe au Ballet de Cincinnati ?

La question plane entre nous. Mon cœur rate quelques battements, avant de se déchaîner douloureusement contre ma poitrine. *Bien sûr que oui !*

Je ne peux rien faire d'autre que l'observer avec des yeux qui sont sur le point de sortir de ma tête. Un sourire satisfait naît sur ses lèvres.

— Alors, commence-t-il. Ils organisent une audition dans deux semaines. Ils ont perdu deux danseurs du corps de ballet.

Il s'arrête, laissant la bombe qu'il a larguée exploser, puis ajoute :

— Je pense que tu devrais te rendre à l'audition, Ivy. Ça pourrait représenter la grande chance que tu attends.

Quand je suis enfin capable de prononcer des mots, je chuchote :

— Est-ce que tu es sérieux...

Je n'arrive pas à y croire. C'est tout simplement trop étonnant.

Éric était déjà l'un de mes professeurs à Barnett au cours de ma première année. C'est lui qui m'a aidée à préparer mon audition quand j'ai postulé pour le Conservatoire de Paris. Ce n'est que grâce à ses encouragements que j'ai présenté une demande pour le programme d'études à l'étranger. Je n'aurais pas pu le faire sans lui. Je ne croyais pas assez en moi en tant que danseuse, c'est lui qui m'a poussée à chaque étape. C'est un professeur exigeant, mais je danse mieux grâce à lui.

— Bien sûr que oui. Les postes ne s'ouvrent pas très souvent, et lorsqu'ils le font, ils sont très convoités. Et là, il y en a deux !

Je mordille ma lèvre inférieure. Je sais pertinemment qu'il a raison. Une occasion comme celle-ci ne se représentera plus. Après avoir passé la dernière année à Paris, à étudier et à danser, j'ai l'impression qu'il n'y a pas de meilleur moment pour auditionner. J'ai tellement appris au Conservatoire, mes compétences n'ont jamais été aussi aiguisées.

Mais je ne sais pas si je veux quitter Barnett. Je reviens tout juste de Paris et je me suis finalement installée.

Et il y a Roan...

Éric m'observe attentivement. C'est comme s'il savait exactement ce qui me passe par la tête.

— Tu dois le faire, Ivy. Tu dois te rendre à Cincinnati pour passer cette audition. Tu le regretteras pour le restant de ta vie si tu laisses une occasion comme celle-ci t'échapper. Fais-moi confiance.

Le doute me traverse. Je sais exactement quel genre de danseurs extraordinaires une audition comme celle-ci attirera.

— Penses-tu vraiment que je suis prête à concourir pour un poste au Ballet de Cincinnati ?

Je ne peux même pas croire que je suis en train de lui poser cette question. Comme si j'avais assez de talent pour être considérée comme un choix possible. Avant qu'il ait la chance de répondre, je divague. Ma voix s'élève tandis que mon stress transparaît.

— Tu sais quel genre de danseurs je vais devoir affronter !

Mon ventre se retourne et la nausée me gagne. *Puis-je sincèrement rivaliser avec des danseurs professionnels de ce calibre ? Suis-je assez douée pour mettre les pieds sur la même scène qu'eux ?*

Éric tend la main, enroule ses doigts autour de mes bras et me secoue légèrement. Quand mon regard s'arrête sur le sien, il déclare calmement :

— Je ne t'aurais pas mise en avant, Ivy, si je ne pensais pas que tu avais le talent, l'habileté et la détermination pour devenir soliste. C'est mon opinion la plus honnête.

Alors que ces paroles me submergent, elles m'apaisent.

Éric croit en moi.

Il ne risquerait pas son nom ou sa réputation s'il ne pensait pas que je pouvais réussir cette audition. Sa voix s'adoucit :

— Tu n'as pas besoin de prendre une décision ce soir. Accorde-toi un jour ou deux pour y réfléchir, d'accord ?

Il me serre légèrement les bras avant de s'éloigner. J'inspire profondément en hochant la tête.

— Je vais le faire. Et je t'offrirai une réponse.

Lorsque je quitte le studio, j'ai l'impression d'être étourdie. Je n'arrive pas à croire que c'est en train de m'arriver ! C'est comme un rêve devenu réalité. Devenir danseuse dans une compagnie est tout ce que j'ai toujours voulu depuis que j'ai essayé ma première paire de chaussons étant petite. Je secoue presque la tête parce que, honnêtement, je ne devrais même pas avoir à y penser.

Qui doit réfléchir à une telle occasion ?

Hmm... personne. Voilà qui.

Mais je dois y réfléchir.

Suis-je prête à quitter l'école et à passer à autre chose ?

J'enfile ma veste en dévalant les escaliers en ciment du bâtiment des beaux-arts. J'agis strictement sur pilote automatique. Tout, tous les avantages et les inconvénients, me trotte dans la tête à la vitesse de l'éclair alors que je traverse le campus. Je ne peux même pas croire qu'il y ait des inconvénients devant être considérés.

Pourtant, il y en a. Ma relation avec Roan en fait partie.

Ça fait deux semaines depuis ce pique-nique dans le chalet de son père. Je n'ai jamais pensé en un million d'années que je tomberais amoureuse de Roan King, pourtant c'est le cas. Nous n'avons pas encore prononcé ces mots, mais les sentiments sont là. Ils jaillissent pratiquement d'entre mes lèvres chaque fois que je suis en sa présence. C'est de plus en plus difficile pour moi de les contenir. Je l'aime plus que je n'ai jamais aimé Finn. Ce qui est surprenant, étant donné que je connais Roan depuis un peu plus de huit semaines, et que ma relation avec Finn a duré six mois.

Si je quitte Barnett maintenant, je ne sais pas comment nous pourrons établir une relation à distance. Toute cette histoire entre nous est encore tellement nouvelle. Finn et moi avons passé beaucoup plus de temps ensemble, et il n'était certainement pas prêt à tenter le coup. Et puis, il y a ma meilleure amie et l'appartement que nous louons ensemble. Je me sentirais mal de l'abandonner en plein milieu de l'année.

Je suis certainement en train de m'avancer. Même si j'auditionne, les chances qu'on me propose un poste sont minces. Inspirant profondément, je tente de me calmer.

— Hé, bébé.

Roan se matérialise de nulle part et m'attire dans ses bras. Mon cœur bat la chamade et je m'écrie, surprise :

— Hé !

Un sourire naît sur son beau visage.

— Est-ce que je t'ai surprise ?

Même si je suis incertaine concernant l'audition, je suis heureuse de voir Roan et de me blottir dans son étreinte.

— Carrément. Je ne faisais pas attention à là où j'allais.

Il me serre contre lui et dépose un baiser sur le sommet de ma tête. Il grimace lorsque mon bras glisse autour de ses côtes. Je cesse de sourire et l'observe avec inquiétude.

— Tu es blessé ?

Il hausse les épaules.

— J'ai pris quelques coups à l'entraînement. Rien de sérieux.

Je m'éloigne, et mes doigts écartent son pull pour trouver sa peau chaude en dessous. Je le soulève. Un soupir s'échappe d'entre mes lèvres. J'observe l'affreux bleu qui se forme déjà du côté droit de sa cage thoracique.

Mon regard gagne le sien. Il m'adresse un nouveau haussement d'épaules.

— Grand match ce samedi. Bowling Green. Tout le monde veut nous évincer de notre tête du classement. Il faut s'entraîner dur.

Les Bulldogs de Barnett n'ont pas perdu un seul match cette saison. La fièvre des Bulldogs a officiellement atteint des proportions épiques sur le campus. Roan a travaillé très dur pour se préparer à chacun des matchs.

Je ne m'étais jamais rendu compte que jouer au football, ou pratiquer n'importe quel sport de haut niveau, représente un sérieux travail, surtout lorsque l'on fréquente une école de la division I. Ils ne peuvent pas simplement se contenter de se présenter au match. Il y a les entraînements, parfois deux fois par jour. Des vidéos à regarder, des mouvements à revoir et des séances de musculation. Entre le football et les cours, Roan a très peu de temps libre.

De temps à autre, j'aperçois l'espace d'un instant le stress qu'il subit et les conséquences de ce dernier. Dans ces moments-là, j'ai envie de tout améliorer. Je veux devenir un refuge, où le grand et fort Roan King peut baisser sa garde.

Je chuchote :

— Et si j'embrassais ce bleu quand nous rentrerons à la maison ?

Un sourire naît sur ses lèvres. Il m'adresse un clin d'œil.

— Seulement si je peux faire de même.

— Marché conclu.

Je fais doucement courir mes doigts sur les bleus frais qui fleurissent sur sa peau avant de baisser son pull. Lui parler de l'audition me pique le bout de la langue alors que nous nous avançons vers le parking où son SUV est garé. Même si j'ai besoin de ses conseils, je sais qu'il a énormément de choses en tête avec le match à venir.

Il ne doit pas en plus s'inquiéter pour moi.

Je l'observe attentivement et remarque les cernes sous ses yeux. Il a beaucoup travaillé. Quand je me réveille le matin, il est déjà debout et dehors, en route pour le gymnase. Ensuite, il y a les cours, les révisions, les vidéos de match et encore un entraînement avant qu'il ne puisse tomber dans son lit. Simplement pour se lever et recommencer le lendemain.

Même si j'ai envie de lui dire de prendre du recul, je sais que ça ne servira à rien. Il n'arrêtera pas de se surpasser jusqu'à atteindre ses objectifs. Son dévouement et sa concentration ne sont qu'une partie de ce que j'admire chez lui.

C'est avec un euphémisme que je lui dis :

— Tu as l'air fatigué.

Il sourit et m'attire à lui pour plaquer ses lèvres sur les miennes.

— Je le suis.

La chaleur brille dans ses yeux.

— Mais je ne suis pas trop fatigué, si tu vois ce que je veux dire.

Je ris en levant les yeux au ciel. Roan n'est jamais trop fatigué pour ça.

La seule fois où nous ne faisons pas l'amour, c'est la veille d'un match. Il est superstitieux. Il croit à ces conneries ridicules selon lesquelles le sexe peut saper toute sa force et tout ce charabia. Peu importe…

— Oui, le taquiné-je. Je suis au courant.

Il a conscience que je me moque gentiment de lui. J'adore ce que nous faisons au lit. En réalité, je suis du genre obsédée par son corps magnifique. Je pourrais passer des heures sous les draps à explorer chacun de ses muscles. Cette simple pensée fait palpiter ma culotte d'excitation.

Roan rit à son tour. Quelques personnes le saluent en passant. Ils le félicitent pour la saison victorieuse de Barnett et lui demandent comment il pense que les Bulldogs s'en sortiront contre Bowling Green. Il est toujours courtois et les remercie pour leur soutien.

C'est presque hilarant de voir comment j'ai pu penser qu'il était un crétin vaniteux. Maintenant que j'ai appris à le connaître, il est ce qui s'en éloigne le plus. Arrivé à sa voiture, il m'ouvre la portière et se déplace autour du capot pour se glisser à mes côtés. Il démarre et quitte le parking. Une fois de plus, mon regard se pose sur lui alors qu'il se concentre sur la route face à nous.

Roan s'avère être l'une des meilleures choses dans ma vie. J'adore être avec lui, même si nous ne faisons que traîner ensemble et discuter. J'aime la manière dont il me tient dans ses bras. Sa présence améliore tout.

Mon souffle se coupe quand je réalise que je l'aime.

Je l'aime vraiment.

L'idée d'auditionner à Cincinnati et de quitter l'école en décembre, peut-être plus tôt, a permis de mettre en lumière mes sentiments. Je laisse échapper un soupir de surprise en constatant que je ne peux pas le quitter. Je ne suis pas prête pour la fin de notre relation. L'alternative est de renoncer à ce pour quoi j'ai travaillé toute ma vie.

Comment puis-je y arriver ?

Avant même que je ne m'en rende compte, nous entrons dans le parking de notre immeuble. Roan coupe le moteur et se tourne vers moi. Il grimace en se tordant. La danse peut être difficile pour le corps, en particulier les pieds, mais le football semble être brutal sur l'ensemble du corps. Surtout quand c'est le travail d'un type gigantesque de vous plaquer au sol. J'ai observé deux matchs jusqu'à présent. Je ne pouvais pas m'empêcher d'être nerveuse dans les tribunes, de me ronger les ongles, en priant qu'il ne se fasse pas frapper trop durement, qu'il ne souffre pas d'une commotion cérébrale ou d'une blessure grave.

Ça arrive.

Trop souvent.

— Tu as été terriblement silencieuse, Ivy.

Il caresse doucement ma joue.

— Tu as envie de me dire ce qui te trotte dans la tête ?

Mes épaules s'affaissent. Je ne peux pas lui mentir. Quand je ne réponds pas, son pouce caresse la peau délicate de mon menton. Mes yeux se ferment alors que je soupire.

— Qu'est-ce qui ne va pas, bébé ?

Cette audition est une nouvelle fantastique, pourtant mes entrailles se nouent. C'est ma chance de danser de manière professionnelle. Pourtant, je me sens en conflit. J'ouvre les yeux.

— Tout va bien.

Quand il croise mon regard, c'est comme s'il s'efforçait de passer au crible mes pensées les plus intimes pour obtenir la vérité. Avant que je puisse dire quoi que ce soit d'autre, son expression se durcit.

— Est-ce que quelqu'un te donne du fil à retordre ?

— Quoi ?

Mes sourcils se froncent. Je me souviens du site Internet et de certaines des conversations pas si gentilles que j'ai eues avec quelques femmes sur le campus. Cependant, ça arrive moins souvent. Les gens semblent s'habituer à nous en tant que couple. Même les photos sur ce vulgaire site Internet n'ont pas été si dures. Au début, il s'agissait surtout de photos peu flatteuses. Moi sans une once de maquillage. Ou moi en train de dire quelque chose, et de faire une grimace bizarre. Il y en a même eu une dans le studio pendant que je réajustais ma poitrine.

Celle-ci m'a vraiment énervée. Vous ne pouvez même pas imaginer le genre de commentaires que cette photo a recueillis.

— Non, rien de tel.

J'inspire profondément.

— Éric m'a parlé d'une audition pour le Ballet de Cincinnati. Ils ont perdu deux danseurs, et il pense que ce serait une occasion incroyable.

Pendant l'espace d'un battement de cœur ou deux, il ne dit rien. Il ne cligne même pas des yeux. C'est comme s'il devait se secouer mentalement, avant que sa voix profonde ne retentisse :

— C'est une putain de nouvelle fantastique, Ivy !

Il m'attire contre son torse et dépose un baiser sur mon front. Maintenant que j'ai vidé mon sac, un grand sourire orne mes lèvres.

— Tu le penses sincèrement ?

Il s'éloigne suffisamment pour pouvoir croiser mon regard.

— Bon sang, bien sûr que oui ! Quand a lieu l'audition ?

Maintenant que Roan est au courant de la situation et en semble heureux, je sens mon enthousiasme grimper.

— Dans deux semaines, c'est tout ce qu'Éric m'a dit.

— Ça te donne deux semaines pour préparer quelque chose.

Ma respiration s'accélère au fur et à mesure que cette prise de conscience s'installe en moi.

— Oui.

Je dois me concentrer sur l'élaboration d'un solo ainsi que sur mes cours. Je ne peux pas les laisser tomber. Il est probable que rien ne sorte de cette audition.

— Tu vas être formidable. Je ne connais pas grand-chose à la danse, mais je sais ce que je ressens quand je te regarde danser. Tout le monde ne possède pas ce don.

Il s'arrête pour essayer de formuler ses pensées.

— Quand tu danses, je ne peux pas te quitter des yeux. C'est comme si tu étincelais de l'intérieur et que tu nous illuminais tous.

Mon cœur se serre. C'est certainement la chose la plus gentille qu'on ait jamais dite au sujet de mes performances de danseuse. Je murmure à voix basse :

— Merci. Ça compte énormément pour moi.

Je déteste même devoir soulever cette question, mais je dois le faire.

— Si, et c'est un énorme si...

— Quand, réplique-t-il. Quand.

Je souris en tapotant son torse, et en faisant attention à ne pas atteindre les zones meurtries.

— Tu ne sais même pas ce que je veux dire.

— Bien sûr que si. Tu parles d'obtenir le rôle.

Mon sourire vacille.

— Je vais être en compétition contre des danseurs professionnels qui sont plus talentueux et expérimentés que moi.

La frustration se lit dans ses yeux.

— Tu ne comprends pas ?

Je ne peux que cligner des yeux. Apparemment, non.

— Comprendre quoi ?

— Ce sont ces danseurs qui vont être en compétition contre toi, dit-il doucement. C'est toi qui possèdes ce talent. Ils devraient se méfier.

Les larmes me montent aux yeux. Ce qu'il dit signifie tellement pour moi. En réalité, ça signifie tout.

— Roan.

Il secoue la tête.

— C'est la vérité. Évidemment, Éric le sait, lui aussi. C'est la raison pour laquelle il t'a suggéré de passer cette audition.

Il inspire profondément.

— Tu vas aller à Cincinnati et tu seras brillante. Je n'ai aucun doute à ce sujet. Si je n'étais pas en plein milieu de la saison, je t'y emmènerais moi-même, mais je ne peux pas.

Je me penche pour l'embrasser sur les lèvres. Mon Dieu, si je n'avais pas réalisé que je l'aimais déjà, cette conversation m'y aurait aidée. Je mords ma lèvre inférieure et lui demande avec hésitation.

— Et nous ?

Maintenant, plus que jamais, je ne veux pas le quitter.

Il semble indifférent. Un sourire naît au coin de ses lèvres.

— Tout ira bien. Concentre-toi sur cette audition. Nous aurons amplement le temps de régler les détails une fois que nous saurons ce qui se passe.

Il me soutient tellement. Je me sens vraiment chanceuse.

— Vraiment ?

— Vraiment.

Je ne peux m'empêcher de rire.

— D'accord, dans ce cas.

Je me sens tellement plus légère et plus heureuse maintenant que j'en ai discuté avec lui. Je peux enfin m'autoriser à être excitée par l'audition. Je réalise, alors que ces sentiments me traversent, que je le veux plus que tout.

Je veux aller à Cincinnati et briller.

30

IVY

*Qui aurait pensé que notre Roan King sortirait vraiment avec une fille ? En ayant l'air content de le faire ? *Secoue la tête* c'est tellement improbable... KingOfCampus.com*

J'OBSERVE les nuages au-dessus de moi en espérant que le temps se maintiendra. La dernière chose dont j'ai besoin, c'est que le ciel se déverse sur moi. La journée est nuageuse, l'air très frais. À quoi d'autre pourrait-on s'attendre à Cincinnati à la fin d'octobre ?

Je suis tentée de me pincer. C'est difficile pour moi de croire que je suis là. Lexie serre ma main alors que nous nous tenons à l'extérieur du centre Aronoff où se produit le Ballet de Cincinnati.

Ce n'est pas la première fois que je viens ici. Ma mère et moi avons passé un long week-end à Cincinnati et avons assisté à un spectacle. La CBC jouait *Casse-Noisette* à Noël. C'était tout simplement magique. Tout le temps où j'étais assise dans le public, mon regard est resté braqué sur les danseurs sur scène dans leurs costumes magnifiques avec leurs mouvements gracieux. Je me souviens avoir murmuré à ma mère avant la fermeture du rideau qu'un jour je serais là-bas, en train de jouer *Casse-Noisette*.

Et maintenant, me voici en passe d'auditionner d'ici deux heures. Je secoue presque la tête à cette pensée.

Est-ce que c'est vraiment en train d'arriver ?

— Est-ce que tu es nerveuse ? Je suis nerveuse pour toi, déclare ma meilleure amie en serrant ma main.

Elle inspire profondément et ajoute :

— Il y a une légère possibilité pour que je vomisse. Voilà à quel point je suis stressée.

— Ne t'avise surtout pas de vomir.

Je lui jette un coup d'œil avant que mon regard ne se dirige vers le bâtiment gigantesque qui se trouve face à nous.

— Mais oui, murmuré-je. Je le suis.

Je ne sais pas pourquoi je ressens le besoin de baisser d'un ton. C'est un peu comme être à l'église. Même s'il y a une quantité ridicule de bruit provenant de toutes les directions, ce moment est sacré. Comme si je me tenais à l'aube de quelque chose d'incroyable... quelque chose qui changera le cours de ma vie.

Donc, oui, je suis nerveuse, mais également excitée. Ce moment est le point culminant de tous les cours de danse que j'ai suivis depuis l'âge de trois ans, des longues heures épuisantes passées à perfectionner ma chorégraphie, des nombreuses ampoules et ecchymoses sur mes pieds, de douleurs musculaires et de tensions. Je ne serais pas ici sans tout ça.

Je suis prête.

Tellement prête à le faire.

J'ai passé la dernière semaine et demie à apprendre une nouvelle chorégraphie en compagnie d'Éric. En plus d'aller en classe et de faire tout le travail nécessaire, je passais tout mon temps libre dans le studio. Je ne savais pas comment ma meilleure amie réagirait lorsque je lui parlerais de l'audition, mais elle m'a totalement soutenue. Quand elle m'a suggéré de faire un road trip pour la journée, j'ai voulu l'embrasser.

En réalité, je n'ai pas cessé de le faire. Trop de fois pour pouvoir les compter.

Après l'audition, Lex et moi prévoyons de faire le tour de la ville avant de rentrer à Barnett, qui se trouve à environ six heures de route.

Nous fixons le centre Aronoff, avec son magnifique mur de verre. C'est une magnifique pièce d'architecture. Il est presque impossible de croire que dans exactement cent vingt minutes, je vais me produire sur scène.

— Tu es prête à entrer ? me demande-t-elle, me sortant de mes pensées.

Nous devrions vraiment le faire. Je dois confirmer ma présence et m'étirer, puis passer en revue ma chorégraphie. Je devrais mettre mes écouteurs et m'enfermer dans ma bulle. Mais je ne peux m'empêcher de vouloir me tenir debout ici pour m'imprégner de la folie de ce moment. J'ai fait la même chose en arrivant au Conservatoire. Je me suis tenue à l'extérieur du bâtiment, et je me suis autorisé une minute pour comprendre que j'étais vraiment là, et que j'avais réussi.

Cette expérience est un de ces autres moments qui définissent le sens de la vie.

J'y repenserai dans cinq, dix ou peut-être vingt ans, et je me souviendrai exactement de ce que c'était de me tenir ici. Dans quatre heures, l'audition sera terminée. Je ne pourrai pas changer le résultat.

Mais en cet instant... tout peut arriver. Ce moment est chargé de possibilités, de rêves et d'espoirs.

En silence, j'admire le théâtre, en songeant à ce qui se passera à l'intérieur et sur scène. Je me demande comment la prochaine année de ma vie pourra être différente si j'impressionne le jury. Je prends une dernière inspiration et hoche la tête.

— Oui, je suis prête.

Je ne pense pas m'être déjà sentie plus prête pour quoi que ce soit dans ma vie.

— Tu vas réussir, Ivy. Je le sais. Tu es une merveilleuse danseuse.

Sa voix est emplie de fierté. Mon regard se tourne dans sa direction.

— Merci de ton soutien. Quoi qu'il arrive, tu as toujours été là pour moi. Je ne pouvais pas rêver d'avoir une meilleure amie que toi.

Dans les bons comme dans les mauvais moments, Lexie a

toujours été à mes côtés. Elle était là pour m'entourer de ses bras quand ma maman a été diagnostiquée de son cancer du sein, et elle était là quand nous l'avons enterrée un matin chaud de juillet. J'ai pleuré sur son épaule quand mon père a fait exploser mon monde en m'annonçant ses fiançailles.

Lexie a toujours été un incontournable de ma vie. Je ne pense pas que je trouverai une autre amie comme elle. Tout le monde devrait avoir une Lexie Abbott. Je sais à quel point je suis chanceuse de l'avoir dans la mienne.

— Hé, dit-elle.

Sa voix semble légèrement rauque. Je sais qu'elle pense que nous avons été là l'une pour l'autre au fil des ans. Et que nous serons toujours les meilleures amies.

— Quoi qu'il arrive.

Je l'attire dans mes bras et la serre fort contre moi.

— Peu importe ce qui se passe aujourd'hui, ça signifie énormément pour moi que tu sois ici pour partager ce moment avec moi.

Elle lâche un petit rire, comme si elle essayait de maîtriser ses émotions.

— Comme je l'ai déjà dit, tu vas réussir. Je n'ai pas le moindre doute à ce sujet.

Ses lèvres affichent une moue chargée de tristesse, pourtant je peux dire qu'elle n'en pense pas moins.

— Tu vivras une vie incroyable et je serai coincée à Barnett pendant encore un an et demi.

Lorsque ces mots lui échappent, je me rends compte encore une fois qu'il y a une possibilité très réelle qu'une telle chose puisse arriver. Nom de Dieu ! À quel point cela est-il excitant ? Danser professionnellement sur scène pour gagner ma vie ?

— Tu devras me rendre visite chaque fois que tu en auras l'occasion !

— Bon sang, bien sûr que oui, s'écrie-t-elle alors que nous recommençons à marcher.

Lorsque nous atteignons les portes vitrées du théâtre, mon téléphone sonne.

Il faut que ce soit Roan. Il désirait tellement être ici. Au lieu de cela, il est assis dans un bus et se dirige vers un match de foot qui a lieu à l'extérieur. Il y a tellement de bruit de fond que je dois appuyer ma main contre mon oreille pour l'entendre clairement.

— Hé, bébé. Tu es arrivée ?

Sa voix m'enveloppe comme une couverture chaude et confortable. Toutes mes tensions s'apaisent.

— Oui, nous sommes sur le point d'entrer dans le théâtre pour m'enregistrer.

— Tu vas être formidable. Tu le sais, pas vrai ?

Je ferme les yeux pendant que ses paroles se déversent sur moi.

— J'espère que oui, chuchoté-je.

C'est génial d'avoir ma meilleure amie ici, mais j'aurais aimé que Roan puisse venir. J'ai besoin qu'il m'enveloppe dans ses bras musclés, qu'il me serre contre lui et m'offre un baiser pour me porter chance.

Il ricane. Pas du tout comme d'habitude. Ce n'est pas son rire léger et sexy, qui fait naître des petits frissons le long de ma colonne vertébrale avant de s'élancer directement vers mon cœur. Ce rire est teinté de tristesse.

— J'aimerais vraiment pouvoir être là avec toi. Je suis heureux que tu ne sois pas toute seule.

— Moi aussi. Lexie et moi allons nous promener en ville. Faire un peu de shopping avant de rentrer à la maison.

— Ça a l'air amusant. Vous avez l'intention de rentrer en voiture ce soir ?

— Oui. L'audition a lieu à midi. Nous partirons vers dix-huit heures et arriverons certainement vers minuit.

J'espère que ça se passera bien, sinon le restant de la journée sera un vrai fiasco à mes yeux. Je ne pourrai pas m'empêcher de critiquer mentalement ma prestation. Indéfiniment. Et Lexie mérite une belle après-midi shopping pour m'avoir accompagnée jusqu'ici. Nous étions fatiguées et groggy lorsque nous avons pris la route ce matin vers quatre heures. Elle a conduit pour que je puisse dormir.

— Ça m'a l'air bien, bébé. J'ai hâte de te voir ce soir.

— Bon match.

— Il le sera. Je t'appellerai après pour voir comment ça s'est passé, mais je sais que tu vas être incroyable. Tu l'es toujours, Ivy.

— À plus, King.

J'ai envie de lui dire que je l'aime. Je me retiens à la toute dernière seconde. Nous en sommes presque à ce stade, mais je n'ai pas envie de le faire par téléphone. Pas quand il est si loin, assis dans un bus rempli de coéquipiers en train de chahuter. Lorsque je lui avouerai enfin à quel point je tiens à lui, ce sera quand nous serons ensemble. Seuls.

— J'espère sincèrement que tu te glisseras dans mon lit plus tard ce soir.

C'est le plan.

— Ça ressemble à un rencard.

— Très bien, je dois te laisser pour que tu puisses te préparer. Et je ne vais pas te souhaiter bonne chance parce que ça n'a rien à voir avec la chance. Tu es préparée et talentueuse. Je suis fier de toi, bébé.

— Oh, Roan, murmuré-je, le cœur lourd. J'ai hâte de te voir ce soir.

— À plus, Kaster.

Je ricane.

— D'accord, je raccroche maintenant.

Alors que j'observe le bâtiment et que les danseurs passent devant nous, évidemment ici pour la même audition, ma nervosité me rattrape. Nous nous souhaitons un dernier au revoir, et enfin je raccroche.

— Ivy ?

Les grands yeux de ma meilleure amie me dévisagent pendant que je range mon téléphone dans ma poche.

— Tu es prête pour ça ?

J'inspire profondément.

— J'ai été prête toute ma vie.

Sur ces mots, nous franchissons les portes du centre Aronoff.

31

IVY

Un autre match gagnant où Roan King était littéralement en feu. C'est comme si chaque passe ne pouvait aller nulle part ailleurs que dans ses grandes mains puissantes. La fièvre des Bulldogs n'a jamais été aussi incontrôlable. Si vous n'êtes pas un fan des Bulldogs, autant faire vos valises et quitter la ville. Encore une fois, RK a prouvé qu'il est prêt pour la NFL. Et il n'a jamais été aussi beau non plus... KingOfCampus.com

— As-tu déjà eu une réponse ? me demande Lexie.

En me rongeant les ongles, je secoue la tête. Trois jours se sont écoulés depuis l'audition à Cincinnati. Je pensais avoir un retour à présent. Si ce n'était pas de la compagnie elle-même, alors par le biais d'Éric, qui est l'ami de l'un des chorégraphes. Je suis hypertendue depuis. Chaque fois que mon téléphone sonne, je me jette dessus.

Même s'il y avait plus de deux cents danseurs à l'audition, je ne pense pas que j'aurais pu mieux danser. À la fin de ma chorégraphie de trois minutes, tout ce que j'avais à donner avait été laissé sur le plancher. Je n'ai aucun regret. Je ne peux pas en avoir. J'étais entièrement satisfaite de ma performance.

Si je ne suis pas prise, tant pis. Je tirerai profit de cette expérience, je passerai quelques auditions supplémentaires à la fin du printemps et au début de l'été, et je continuerai à travailler pour obtenir mon diplôme. Je serai ici avec Roan pour le second semestre. Et je pourrai vivre avec ma meilleure amie pendant la durée de notre bail.

Donc, c'est une situation gagnant-gagnant.

Mais je voulais vraiment réussir. Je voulais découvrir si je pouvais me débrouiller parmi les professionnels. Des gens qui gagnent leur vie dans le monde de la danse.

— Que dit Éric ?

Je soupire avant de répondre :

— Que ça peut prendre du temps. Ils enregistrent toutes les auditions, les passent en revue, restreignent le champ et ensuite prennent des décisions.

Lexie hoche la tête comme si c'était parfaitement logique. Je ne dis pas le contraire, pourtant toute cette attente me tue.

Lorsqu'elle ouvre la bouche pour dire quelque chose, on frappe à la porte de l'appartement. Elle me jette un coup d'œil avant de s'empresser d'y répondre. Puisque je suis assise sur le canapé, je n'ai pas de visibilité sur l'entrée. Tout ce que j'entends, ce sont des murmures.

Lorsque la porte se ferme quelques instants plus tard, Lexie se faufile dans le salon et, roulement de tambour, s'il vous plaît... Dylan se trouve quelques pas derrière elle.

Mon regard rebondit entre les deux.

— Hé, Dylan.

Je ne suis pas certaine de ce que sa présence signifie. Ils ne sont toujours pas ensemble. Il lui a offert l'espace qu'elle avait demandé. Apparemment, c'est terminé.

Depuis que Roan et moi passons du temps à son appartement, je vois souvent Dylan. Nous avons discuté, mais je n'ai pas grand-chose à lui dire. Il ne ressemble plus à l'homme heureux et affable que j'ai rencontré la veille du début du semestre. Il paraît plus introverti et mélancolique. Il passe son temps au gymnase à s'entraîner et à courir à l'extérieur. Son corps est certainement plus en forme et détaillé qu'avant.

— Roan m'a dit que tu as passé une audition à Cincinnati. Comment est-ce que ça s'est passé ?

— Je n'ai pas de nouvelles...

Je hausse les épaules.

— Apparemment, pas si bien que ça.

Cela ne fait aucun doute, je crains un rejet. Mais c'est ainsi que les choses se passent lorsqu'on poursuit une carrière artistique. On doit croire en soi à 100 %, se montrer persistant, constamment se perfectionner et avoir la peau épaisse.

Il hoche la tête.

— Je suis sûr que ça va marcher, Ivy.

Je souris.

— Oui, acquiescé-je. D'une manière ou d'une autre.

À ce stade, c'est tout ce que je peux dire. Il m'adresse un léger sourire en retour, mais ce n'est pas le grand sourire de Dylan Sullivan. Même si je comprends pourquoi ma meilleure amie a ressenti le besoin de s'éloigner et de prendre du recul, je suis de tout cœur avec Dylan. C'est un bon gars, et très certainement un bon petit ami. J'espère que si Lexie se décide à revenir vers lui, il sera toujours disponible.

Tandis que le silence s'abat sur nous trois, son regard se tourne vers Lexie. Elle se racle la gorge et désigne sa chambre d'un signe de tête.

— Nous allons discuter un peu.

Ensuite, ils disparaissent. Je croise mes doigts et mes orteils pour que ça marche.

L'agitation me traverse alors que je zappe, incapable de trouver quelque chose d'intéressant qui retienne mon attention. Lorsque j'éteins la télé, mon portable sonne et je me jette pratiquement dessus. J'avale presque ma langue lorsqu'un indicatif régional inconnu apparaît à l'écran.

5-1-3

C'est l'indicatif de Cincinnati !

Je me lève et observe mon téléphone qui vibre dans ma main. Un étrange type de paralysie s'empare de tous les muscles de mon corps.

C'est comme si je me retrouvais figée sur place. J'attends cet appel depuis trois jours, et maintenant, j'ai peur d'y répondre. À la troisième sonnerie, je sais que je dois appuyer sur *répondre*, sinon ça passera sur la messagerie vocale. Je murmure une prière et glisse mon portable à mon oreille.

— Bonjour ?

Mon cœur rate un battement en entendant la voix à l'autre bout. J'ai l'impression qu'une éternité passe avant que quelqu'un me réponde :

— Bonjour ? Est-ce que je suis bien en train de parler à Ivy Kaster ?

J'ai la bouche sèche.

— Oui, dis-je d'une voix vacillante. Je suis Ivy.

— Salut, Ivy, je suis Carter Moliter du Ballet de Cincinnati.

Quand je garde le silence, il poursuit :

— J'appelle au sujet de l'audition que tu as passée samedi.

Oh, mon Dieu ! Nous y sommes vraiment !

Un frisson d'appréhension me parcourt de part en part, faisant naître de la chair de poule sur ma peau. Mon avenir se résume à ce moment. Aux paroles qui vont sortir de sa bouche.

Au lieu de paraître confiante, ma voix n'est qu'un murmure quand je dis :

— Oui ?

— Comme tu le sais, nous avons deux places à combler en ce qui concerne les danseurs du corps de ballet. Le nombre de participants était énorme. Nous avons auditionné près de deux cents candidats.

Mon estomac se retourne. Peut-être que cet appel n'est pas une bonne nouvelle. Est-il vraiment possible que je sois sortie de l'obscurité parmi deux cents danseurs ?

— Les juges ont été sincèrement impressionnés par le grand nombre de talents qui se sont présentés à nous. Nous n'aurions pas pu demander une meilleure sélection de candidats. Après avoir regardé les auditions et examiné les vidéos, nous avons pu réduire le champ à douze danseurs qui, selon nous, seraient de merveilleux ajouts à la compagnie.

C'est mauvais. Peut-être que je suis talentueuse, mais pas assez pour rivaliser. Mes genoux faiblissent, je m'affale sur le canapé avec un bruit sourd.

— C'était un honneur et un privilège d'auditionner.

Il me faut fournir de gros efforts pour garder une intonation légère, même si la déception s'abat sur ma poitrine. Les talents qui se sont présentés à l'audition samedi m'ont époustouflée.

— Comme tu le sais sans doute, la SRC est fière de la qualité exceptionnelle de ses danseurs et chorégraphes. Nous ne pouvons qu'inviter les personnes les plus talentueuses à se joindre à nous.

— Bien sûr.

Et apparemment, je n'en fais pas partie. Ça fait plus mal que je ne l'imaginais. J'ai passé des années à m'entraîner. J'ai dû auditionner pour chaque troupe de danse que j'ai intégrée, ainsi que pour Barnett et quelques autres universités que j'envisageais. Sans parler du Conservatoire. J'ai préparé une vidéo et elle a été vivement critiquée par mes instructeurs. Je suis donc habituée à ce genre de processus, et je me rends compte que ça ne va pas fonctionner en ma faveur chaque fois. Ils étaient peut-être à la recherche de quelque chose de précis. Une fille plus grande. Blonde. Brune. On ne sait jamais.

Mais le Ballet de Cincinnati... c'était ma vraie première audition pour un spectacle professionnel.

Et je n'ai pas assuré.

— Félicitations, Ivy. Tu as été choisie parmi plus de deux cents candidats exceptionnels pour l'un de nos postes. J'espère que tu réalises à quel point c'est un honneur.

Ces paroles me prennent complètement par surprise.

— Quoi ?

J'arrive à peine à prononcer ce mot.

— Vous dites...

Je dois me forcer à déglutir et ravaler l'émotion qui me prend de court.

— Vous dites que j'ai été choisie pour danser pour le Ballet de Cincinnati ?

Mon esprit tourne à plein régime. J'étais tellement certaine qu'il s'efforçait de m'apprendre une mauvaise nouvelle de la manière la plus douce possible. L'homme à l'autre bout du fil rit doucement.

— Oui. Les juges ont tous été très impressionnés. Tu es une jeune femme talentueuse.

— Je n'arrive pas à le croire.

Les larmes me montent aux yeux. La seule chose qui pourrait améliorer ce moment, c'est si ma mère était là pour célébrer cette nouvelle avec moi. Elle aimait tellement danser. C'est grâce à elle que j'ai commencé à suivre des cours de ballet.

— Merci, monsieur Moliter. Merci beaucoup !

Je n'arrive toujours pas à croire que c'est en train de m'arriver.

— Je t'en prie, Ivy. Quand peux-tu venir à Cincinnati ?

J'inspire profondément tandis que je réalise. Je peux à peine réfléchir correctement.

— Quand dois-je être là ?

— Le plus tôt sera le mieux. Je ne vais pas mentir, les premiers mois seront épuisants. Tu vas devoir apprendre de nouvelles chorégraphies. Tu passeras de nombreuses heures en studio.

Il a l'air de feuilleter quelques pages.

— Je vois que tu vas à l'université en ce moment.

Il marque un temps d'arrêt.

— Est-ce que ça va poser problème ?

Même s'il ne peut pas me voir, je secoue la tête.

— Non. Je dois simplement parler avec mes professeurs d'université pour voir s'il y a moyen pour moi d'obtenir des crédits pour les cours auxquels je suis inscrite.

Il ajoute :

— Tout ce que je peux t'offrir, ce sont trois semaines pour régler les détails. Il y a un certain nombre de filles qui partagent des appartements. Je vais te fournir quelques noms à contacter pour que tu puisses trouver un endroit où t'installer.

Oh, mon Dieu... je dois trouver un endroit où vivre et j'ai seulement trois semaines pour le faire.

— D'accord, ce serait formidable.

— Merveilleux, Ivy. Je vais te donner mon numéro. Une fois que tu auras réglé toutes les choses de ton côté, dis-moi quand tu arrives à Cincinnati. Je t'envoie également des documents à examiner.

— Ça me paraît bien.

Je griffonne les noms et les numéros des filles.

— Et, Ivy ?

Je cligne des yeux.

— Oui ?

J'entends le sourire dans sa voix quand il dit :

— Bienvenue au Ballet de Cincinnati.

— Merci.

Je ne peux m'empêcher de fermer les yeux et de danser sur place.

— Merci beaucoup !

Nous nous faisons nos adieux et je reste assise là pendant je ne sais combien de temps, à observer le portable dans ma main. Tout mon corps vibre d'excitation.

— Je vais danser pour le Ballet de Cincinnati !

Ma première impulsion est de courir jusqu'à l'appartement de Roan pour partager la bonne nouvelle avec lui.

Alors que je me précipite vers la porte, le doute s'infiltre dans mon cerveau. Je veux dire... Comment allons-nous faire fonctionner notre relation si je suis à six heures de route ?

Monsieur Moliter a dit que les premiers mois seraient difficiles. Ce qui n'a rien de surprenant. J'aurai de toutes nouvelles chorégraphies à apprendre. Un spectacle tout entier. Je vais passer de longues heures en studio. Épuisantes. Je doute que j'aie du temps libre pour lui rendre visite. Et avec le football, les cours et le repêchage, lui non plus.

J'inspire profondément en essayant de tempérer mes pensées. Même si je ne peux pas être plus ravie d'avoir reçu une offre aussi convoitée, j'y vois un inconvénient. Je n'ai pas envie de laisser Roan. J'ai peur de le perdre. Ce n'est pas comme si nous étions ensemble depuis très longtemps. Ça ne fait qu'un peu plus d'un mois. Tout entre nous est relativement nouveau.

Je vais devoir également quitter l'université. J'ignore si je pourrai récupérer mes crédits pour ce semestre d'automne, qui a été payé avec des bourses et une aide financière. Jusqu'à présent, je n'ai eu que des A, mais il reste encore tout le mois de novembre et une partie de décembre à passer avant la fin du semestre. Je ne sais pas si l'école me permettra de terminer depuis Cincinnati.

Et il y a Lexie. Après près d'un an et demi de séparation, c'était tellement agréable de me retrouver à nouveau avec elle. Quel genre d'amie serais-je si je la quittais après seulement deux mois ? J'ai signé un bail d'un an pour l'appartement. Est-ce que je peux simplement m'en aller et la laisser en plan ? Je déteste que ma meilleure amie doive se démener pour trouver une nouvelle coloc.

Avec toutes ces pensées qui tourbillonnent dans ma tête, je retourne m'affaler sur le canapé. Étais-je sérieusement étourdie il y a quelques instants seulement ? Comment l'occasion de danser avec le prestigieux Ballet de Cincinnati s'est-elle transformée en quelque chose de négatif ? C'est presque ahurissant.

Ne sachant pas quoi faire, je décide de me rendre chez Roan pour partager la nouvelle avec lui. Nous pourrons alors discuter de la manière dont nous ferons fonctionner notre relation. Je vacille lorsque j'entre dans le couloir.

Et s'il pense que ce serait mieux de mettre fin à ce que nous avons ?

Je ne pourrai décemment pas lui en vouloir si c'est ce qu'il décide. Je voyais Finn depuis six mois, et ce dernier a certainement commencé à me tromper dès que mon avion a atteint son altitude de croisière. Je ne pense pas que Roan agirait ainsi, mais il pourrait ne pas être intéressé par le fait d'avoir une petite amie à distance qui n'est jamais disponible.

Quand j'arrive chez lui, je suis très stressée. Une occasion qui me paraissait être un miracle il y a une dizaine de minutes me place à présent dans une situation compliquée. Si je m'en vais...

Oh, mon Dieu... je ne suis même pas certaine d'accepter le poste.

Les aspects négatifs continuent à s'accumuler et je n'arrive pas à passer outre.

Qu'arrivera-t-il si je ne saisis pas cette occasion et qu'elle ne se présente plus jamais ? Pourrai-je vivre avec cette décision ? La confusion me traverse de part en part alors que je frappe à la porte et que j'attends. Je ne peux m'empêcher de rebondir sur la plante de mes pieds. Quand la porte s'ouvre, c'est Sam qui apparaît.

Maintenant que je suis avec Roan, il se montre beaucoup plus amical avec moi. Je ne suis pas certaine de connaître la raison de son attitude initiale, et je n'ai jamais pris la peine de la découvrir. Mon attention a toujours été fixée sur son colocataire.

— Hé, Ivy. Tu cherches Roan ?

J'arrive à peine à sourire.

— Oui. Est-ce qu'il est là ?

J'ai envie de le trouver et de discuter avec lui. J'ai besoin de savoir que tout va s'arranger.

— Il est dans sa chambre. Tu peux y aller.

Sam m'ouvre la porte. Un instant plus tard, je longe le couloir jusqu'à la chambre de Roan. Même si l'appartement des garçons possède trois chambres au lieu de deux, la disposition est la même que dans le nôtre.

Je frappe doucement à sa porte avant de l'ouvrir et de plonger ma tête à l'intérieur.

Un sourire naît sur son visage quand il m'aperçoit. Ce sourire fait palpiter mon cœur.

Est-ce que je peux vraiment le laisser derrière moi ?

— Hé, bébé. J'espérais que tu passerais.

Rapidement, je me dirige vers le lit *queen size* où il est étendu, en train de lire un lourd manuel. Il le met de côté et me tend la main.

— Tu es occupé ?

J'ai sérieusement besoin de décharger tout ce qui se trouve dans ma tête.

— Non. J'essaie simplement de prendre de l'avance. Je vais manquer les cours de vendredi à cause du match de ce week-end.

Roan s'avère être l'un des garçons les plus travailleurs que je connaisse. S'il ne s'entraîne pas au gymnase ou sur le terrain, il étudie. Je souhaite à tous les élèves de Barnett de se rendre compte des efforts qu'il fournit pour être un athlète et un étudiant sérieux. Je suis certaine que la plupart des gens supposent qu'il a la chance d'avoir une belle gueule et des capacités athlétiques naturelles. Mais c'est beaucoup plus que ça. C'est son dynamisme interne et sa compétitivité qui le poussent à être le meilleur dans ce qu'il entreprend. La chance n'y est pour rien. Il travaille dur pour assurer son succès.

— Ivy ?

Son regard scrute le mien, toutes mes pensées ricochent.

— Tout va bien ?

Alors que je le fixe silencieusement, une bouffée d'amour éclate dans ma poitrine. Cette sensation me transperce, m'étouffe. Je secoue la tête et j'essaie d'éclaircir mes pensées. D'une manière ou d'une autre, sans y prêter attention, je suis tombée amoureuse de lui. Je n'ai jamais voulu qu'une telle chose arrive.

Et maintenant, je ne supporte pas l'idée de le perdre.

La panique s'empare de moi, me coupant le souffle.

Si je pars pour Cincinnati, tout va changer. Peut-être qu'il ne me trompera pas comme Finn l'a fait, mais je ne peux pas imaginer que notre relation survive à une telle distance. Je n'ai pas de voiture. Aucun moyen de lui rendre visite régulièrement. Et je n'ai pas d'argent. Aussi prestigieux que cela puisse paraître d'être danseuse pour le Ballet de Cincinnati, ça ne paie pas beaucoup.

Peut-être que ce n'est pas le moment pour moi de faire ce grand saut. Peut-être que je dois d'abord terminer mon année d'études, ou même obtenir mon diplôme avant de commencer les auditions. Je peux continuer mes cours de danse et perfectionner mes compétences. Afin d'être mieux préparée pour déménager dans une partie inconnue du pays où je ne connais absolument personne.

Roan se redresse et s'empare de ma main. Il m'attire légèrement à lui. Ses bras s'enroulent autour de mon corps, me plaquant contre son torse solide. Mon Dieu, ça fait tellement de bien d'être nichée là.

— Ivy, dis-moi ce qui ne va pas.

À quoi bon lui parler de cette possibilité ? Je ne suis plus certaine de vouloir accepter le poste. Je ne suis pas aussi prête pour cette prochaine étape que je le pensais. Il y a trois mois, j'aurais sauté sur une occasion comme celle-ci sans même y réfléchir. Et maintenant…

Je suis tiraillée de l'intérieur.

J'ai vécu quinze mois à Paris, à me créer une nouvelle vie, pour la déraciner et revenir à Barnett, où j'ai passé les deux mois précédents à m'installer, à me faire de nouveaux amis, à travailler dur pour mes cours et à trouver l'amour.

Comment puis-je tirer un trait sur tout ça ?

Les doigts de Roan caressent ma mâchoire avant de s'enfoncer doucement dans mes cheveux.

— Que se passe-t-il ? Je vois bien que quelque chose te dérange. Raconte-moi. Je te promets que nous trouverons une solution ensemble.

J'inspire profondément et j'ouvre la bouche, prête à lui parler de l'offre, quand quelque chose d'autre se déverse d'entre mes lèvres, nous prenant tous les deux par surprise.

— Je t'aime, Roan.

Il me sourit, puis pose ses lèvres sur les miennes. Il ne me faut qu'un instant pour m'ouvrir sous sa légère pression. Sa langue se mêle quelques instants à la mienne avant qu'il ne s'éloigne.

— Je t'aime moi aussi.

Son sourire est si large qu'il est presque rayonnant.

— Tu m'as devancé. Je voulais te le dire depuis un moment.

Je ne peux m'empêcher de lui retourner la faveur.

— Moi aussi.

Il repousse ses livres. Ces derniers s'écrasent sur le sol avant que Roan ne s'affale sur le matelas, m'attirant à lui. Ses mains se glissent autour de ma taille comme pour m'ancrer sur place. Il me fixe avec tout l'amour qui peut briller dans ses yeux.

— Je sais que nous ne sommes pas ensemble depuis longtemps, mais tu comptes plus que quiconque à mes yeux.

Je me penche pour pouvoir effleurer ses lèvres.

— Je ressens la même chose.

— Veux-tu passer la nuit ici ? Lit *queen size*, précise-t-il en agitant ses sourcils.

Le dilemme concernant le Ballet de Cincinnati étant oublié, je souris.

— Oui.

Je ne souhaiterais être nulle part ailleurs qu'ici avec Roan.

— Très bien. Parce que j'adore te tenir contre moi la nuit.

Et j'adore qu'il le fasse.

Je m'assieds et retire mon T-shirt, le balançant au sol. Ensuite, je fais de même avec mon soutien-gorge. Son regard plonge sur mes seins avant que ses paumes calleuses ne viennent s'en saisir. Pour quelqu'un qui a des mains aussi grandes, il se montre incroyablement doux avec mon corps. Je n'ai peut-être pas grand-chose là-haut, mais il semble apprécier ce que j'ai. Je me sens belle avec lui. Personne ne m'a jamais fait l'amour comme lui. Il y a une grande tendresse dans la manière dont il me pénètre.

Le gémissement qui m'échappe est empli de besoin. Son érection gonfle sous moi tandis que je le chevauche et me frotte à lui.

— Merde, Ivy...

J'adore l'entendre prononcer mon prénom de sa voix rauque. C'est tellement sexy.

Tout chez lui est sexy.

Et il est à moi. Tout à moi.

Je faufile mes doigts sous son T-shirt et lève ce dernier au niveau de son torse. Je les fais courir sur ses mamelons, appréciant la manière dont ils se contractent sous cette douce pression. Roan laisse échapper un grognement quand je me penche, pour en aspirer un entre mes lèvres. Ses mains glissent le long de mon corps jusqu'à ce qu'il empoigne mes fesses. Il les comprime toutes les deux avant de me faire aller et venir contre son érection massive.

Arrgghh !

Je gémis alors qu'il continue de me torturer ainsi. La délicieuse friction fait naître des étincelles d'excitation qui palpitent jusque dans mon cœur. Il recommence encore quelques fois. Puis il s'écarte. Il s'assied suffisamment pour pouvoir retirer son T-shirt et le balancer au sol.

— Ça doit disparaître, dit-il, ses doigts s'insinuant à l'intérieur de mon legging et de ma culotte.

Je me redresse et quitte le restant de mes vêtements pour être enfin entièrement nue. Il ne lui reste quant à lui plus que son short de sport, qui est tendu sur le devant.

— Est-ce que tu comptes t'en débarrasser ? lui demandé-je de façon narquoise.

Il sourit, retirant à la fois son short et son caleçon. Mes yeux se dirigent instantanément vers les boucles sombres qui entourent son érection. Et quelle érection impressionnante !

Alors que je m'abaisse vers lui, Roan pose ses deux mains sur mes hanches, ce qui m'interrompt.

— Oh non, tu ne le feras pas.

Il m'attire vers l'avant du lit, jusqu'à ce que mon intimité plane à proximité de ses lèvres.

J'ai le souffle coupé en le voyant m'observer fixement. C'est incroyablement érotique de le voir entre mes jambes. Son regard étincelle tandis que sa respiration se meurt sur la partie la plus intime de mon corps. Le besoin grimpe en moi lorsque ses doigts me caressent, me massant en des cercles lents qui se rapprochent de mon clitoris.

Tout ce que je veux, c'est me cambrer et sentir sa langue. Ce que j'ai appris au cours des semaines que nous avons passées ensemble, c'est que Roan sait exactement comment faire plaisir à une femme.

Ses caresses sont addictives.

— Tu es tellement belle à cet endroit.

Sa voix est rauque.

— Toute rose.

Un gémissement m'échappe pendant qu'il s'amuse à grignoter ma chair brûlante.

— Et lisse...

Sa langue fait son grand retour, se faufilant en moi avant de lécher mes replis intimes. La chaleur s'empare de tout mon corps quand il me pénètre vraiment.

J'écarte plus largement mes jambes, j'ai besoin de sentir sa langue glisser sur chaque partie de mon intimité. Ma tête bascule en arrière, un gémissement gonfle dans ma poitrine. Alors qu'il aspire mon clitoris entre ses lèvres, ses mains trouvent mon cul, serrant mes fesses.

— Tu as si bon goût, bébé. Je pourrais te dévorer toute la nuit.

Il murmure ces paroles contre ma chair palpitante.

Je ne tiendrai pas toute la nuit.

Je ne sais même pas si je vais pouvoir tenir cinq minutes de plus.

La façon dont il joue avec moi est une douce torture. En moins d'un mois, il a appris toutes les manières dont j'aime être touchée. J'ai fait de même, en prenant plaisir à découvrir tout ce qui le rend fou. Comme mon entrejambe complètement épilé.

Il adore ça.

Il aime jouer avec ma peau lisse et douce. Il aime passer ses doigts dans et sur moi jusqu'à ce que je dégouline de plaisir. Et il aime plus que tout ma souplesse. J'ai cru qu'il allait jouir dans son froc la première fois que je me suis allongée sur le dos en écartant mes jambes complètement. Il y a quelques autres acrobaties que j'ai perfectionnées et qui le font baver.

Roan adore la manière dont je suçote son gland, en faisant tourbillonner ma langue autour. Il aime la manière dont je caresse ses replis intimes de la pulpe de mon pouce, étalant ainsi les gouttes nacrées de son plaisir, jusqu'à ce qu'il gémisse du besoin d'en obtenir davantage et que je le prenne entièrement entre mes lèvres.

Je ne me suis jamais sentie aussi libre et ouverte sexuellement auparavant. Et j'adore ça.

Sa langue glisse de nouveau sur moi, ses dents titillent mon clitoris. C'est comme si un feu d'artifice explosait en moi. Mes hanches ondulent contre lui, alors que l'orgasme monte et se déchaîne. Avant que le dernier spasme de plaisir ne m'abandonne, ses mains agrippent mes hanches. Il grimpe à son tour sur le lit, ouvre le tiroir de sa table de nuit et attrape un préservatif. Il le déchire et l'enfile précipitamment pour plonger en moi.

— Je ne peux plus attendre, gémit-il en commençant à me pénétrer vigoureusement.

Je gémis lorsque nous trouvons notre rythme. Sa respiration s'accélère, ses hanches bougent contre moi. Même si je viens de jouir, tout mon corps se contracte, et le plaisir revient à chacun de ses coups de reins. J'aime le sentir pleinement enfoui en moi. Ses doigts se posent sur mes seins, il caresse mes tétons pour les faire durcir. Il sait très bien que ça me rend folle.

Mes seins sont peut-être petits, mais ils sont très sensibles. Il continue à jouer avec eux, jusqu'à ce que je sois à nouveau sur le point de jouir.

— Pas encore, dit-il.

Pressant ses hanches contre moi, sa queue glisse hors et à l'intérieur de ma chaleur jusqu'à ce que j'aie l'impression de pouvoir éclater en un million de morceaux. Son regard plonge dans le mien.

— Je suis si proche, bébé.

Je gémis. Je ressens exactement la même chose.

À tout moment, je vais…

Roan frissonne contre moi. Ses mouvements deviennent frénétiques. Il me caresse de l'intérieur. C'est suffisant pour me faire basculer. Alors que nous refaisons surface, nos respirations sont laborieuses. Mon cœur bat à tout rompre contre ma cage thoracique. J'effleure ses lèvres des miennes.

Il murmure :

— Je t'aime, Ivy.

— Je t'aime aussi.

Nous sommes en phase. Je m'effondre sur son torse. En écoutant les battements rapides de son cœur, je me rends compte que je ne lui ai pas parlé de l'appel que je viens de recevoir.

Je ferme les yeux, et toutes mes émotions conflictuelles s'abattent sur moi. Je ne suis plus certaine de savoir quelle est la meilleure ligne de conduite. À cet instant précis, ce que je veux le plus, c'est Roan.

C'est ça que je veux.

Je crains qu'en partant, je perde tout ça.

Que je le perde, lui.

Ce qui est évident, c'est que peu importe ce que je choisis, je perdrai quelque chose de précieux.

32

IVY

 *ww... encore une autre photo de Roan King et de sa copine. Quelqu'un d'autre en a-t-il marre de voir ces deux tourtereaux ensemble ? C'est mon cas. KingOfCampus.com*

— Bébé, je suis tellement désolé que tu n'aies pas eu le rôle.

Roan m'attire dans ses bras et me tient contre lui, en me caressant doucement le dos.

— Tu dois être vraiment déçue.

Il dépose des baisers sur mon front.

— Ces idiots ne savent pas ce qu'ils ratent.

La colère vibre dans sa voix. C'est comme s'il était offensé en mon nom.

Ce qui est adorable... J'observe les pelouses de Barnett et je regarde les gens se précipiter pour aller en classe. Nous sommes au début de novembre et les arbres ont perdu toutes leurs feuilles. La température se rafraîchit, il est nécessaire de porter un manteau lorsque l'on se rend à l'extérieur.

La culpabilité s'abat sur moi. Je me racle la gorge.

— Oui, je suis déçue.

Ce n'est pas nécessairement un mensonge. Je suis vraiment déçue de ne pas aller à Cincinnati. Bien que j'aie l'impression que ce serait pire si je perdais l'occasion de faire évoluer cette relation.

Ai-je pris la bonne décision ?

Je n'en ai aucune idée. J'ai paniqué à l'idée de perdre Roan après avoir accepté le poste dans le corps de ballet. Maintenant que j'ai décidé de refuser, je ne peux m'empêcher de me demander si c'est une erreur. J'en suis venue à la conclusion que peu importe ce que je choisis, je perdrai quelque chose.

Je n'ai pas encore rappelé monsieur Moliter, parce que je voulais avoir un peu plus de temps pour réfléchir à toute cette situation. Malheureusement, cela ne m'a pas rapprochée de ma décision. Je suis toujours autant en conflit qu'avant.

Recevoir cet appel a été merveilleux. Cinq minutes après avoir sauté de joie, je reprenais pied dans la réalité. Après que nous avons fait l'amour et que nous nous sommes déclaré nos sentiments l'un pour l'autre, il m'a semblé que rester à Barnett était le meilleur plan d'action.

Mais ce n'est pas nécessairement le bon choix...

— Je suis très fier que tu sois allée à Cincinnati passer cette audition. Il faut beaucoup de courage pour réaliser ses rêves.

Même s'il essaie de me remonter le moral, ces paroles me font me sentir encore plus coupable. Et je ne peux même pas le lui avouer. Je ne peux pas lui dire qu'on m'a offert le poste et que je prévois de le refuser.

À la place, je réponds :

— Merci.

— Tu dois considérer ça comme un essai. Tu vas peut-être être appelée et recevoir des commentaires sur ta prestation.

Il presse un nouveau baiser sur le sommet de ma tête.

— Une critique constructive est toujours utile.

— Oui... peut-être.

Je me mords l'intérieur de la joue presque jusqu'au sang. À tout moment, je vais révéler la vérité. Avant que ça ne se produise, je m'écarte de lui.

— Je devrais certainement y aller. Je dois parler à Éric avant le début des cours.

— Très bien. Je t'accompagne, dit-il en m'offrant un sourire empli de sympathie.

Il essaie tellement de me remonter le moral que ça ne fait que me tuer davantage.

Même si je l'ai fait pour les bonnes raisons, ça me semble terriblement mal de lui mentir. Je sais exactement ce qui va se passer si je lui avoue la vérité… Il insistera pour que j'y aille. Il me dira qu'on peut faire fonctionner une relation à distance.

Et ce sera le début de la fin.

Tous ces sentiments contraires tourbillonnent dans ma tête alors que nous avançons silencieusement vers le bâtiment des beaux-arts. Une fois que nous sommes juste devant, il m'enveloppe dans ses bras.

— Je suis sincèrement désolé, Ivy. Je sais à quel point tu en avais envie. Le rejet, c'est nul. Mais je suppose que ça fait partie du processus, pas vrai ?

Incapable d'ouvrir la bouche, parce que si je le fais, je suis à peu près certaine que la vérité m'échappera, je secoue la tête.

— Tout arrive pour une raison.

J'ai failli m'étouffer avec ma propre salive. Mon Dieu… j'en suis réduite à des platitudes inutiles alors qu'il s'efforce de me remonter le moral. Je l'aime pour ça, mais je dois m'éloigner de lui avant de craquer.

— D'accord, dis-je en me frayant un chemin hors de son étreinte. Je dois y aller.

— À plus tard, bébé.

Il paraît troublé lorsque son regard sonde le mien. C'est comme s'il pouvait sentir que je lui cache quelque chose.

Je l'embrasse rapidement avant de me faufiler dans les couloirs familiers du hall McKinley. Une fois arrivée au studio, je jette mon sac dans un coin et m'effondre sur le sol pour relever mes genoux contre ma poitrine et pouvoir reposer ma tête dessus. Même si le cours ne commence que dans quinze minutes, les filles s'échauffent déjà à la barre. Je devrais faire la même chose, mais ce n'est pas ce que je souhaite aujourd'hui. C'est une première. Même ma rupture avec Finn n'a pas été suffisante pour m'empêcher de danser. En réalité, ça a été une merveilleuse façon de surmonter mon chagrin d'amour.

Qu'est-ce que je vais faire ?

Je n'ai pas encore officiellement refusé le poste que je suis déjà dévorée vivante par le regret. Je ne peux qu'imaginer comment je me sentirai une fois que j'aurai appelé monsieur Moliter pour lui dire que j'ai changé d'avis.

Mon Dieu... qui fait ça ?

Qui refuse l'occasion d'une vie ?

— Ivy ?

Je lève la tête en direction d'Éric. Je perçois la préoccupation sur son visage. Je lui souris légèrement avant de poser mon menton sur mes genoux. Même si Éric est l'un de mes professeurs préférés, il est la dernière personne avec qui j'ai envie de discuter de la situation, parce que je sais qu'il va se montrer déçu. Par moi. Et je ne pense pas être capable de le supporter pour le moment.

— Salut.

Il fronce les sourcils.

— Et moi qui pensais que tu serais sur un petit nuage. Qu'est-ce qui se passe ? As-tu déjà parlé avec les autres professeurs ? Vont-ils te permettre de terminer tes cours ?

Il n'envisage même pas une seconde la possibilité que je décline l'offre de me rendre à Cincinnati.

Nous sommes tous les deux des danseurs. On ne peut décemment pas refuser une pareille occasion professionnelle. J'aimerais ne pas être arrivée aussi tôt en classe.

Lorsque je ne réponds pas à ses questions, il s'agenouille pour être à hauteur d'yeux.

— Qu'est-ce qui se passe ?

Sa voix s'adoucit. Ce n'est pas ce dont j'ai besoin pour le moment. D'un instant à l'autre, le barrage va se briser, et je serai incapable de m'arrêter.

— Si certains de tes professeurs ne sont pas prêts à travailler avec toi, fais-le-moi savoir et j'irai leur parler moi-même. C'est une trop belle occasion.

J'ai les larmes aux yeux. J'inspire un souffle tremblant et me force à dire ce qui doit être dit. Tôt ou tard, je devrai le lui avouer :

— J'ai décidé de ne pas accepter.

— Quoi ?

Ses yeux s'écarquillent. Je ne pense pas que j'aurais pu le choquer davantage. Ce serait drôle si la situation n'était pas aussi douloureuse.

— Que veux-tu dire par « ne pas accepter » ?

Il ricane presque, sauf qu'une lueur vive brille dans ses yeux bleus.

— Bien sûr que tu vas y aller ! C'est une occasion incroyable, Ivy ! Ce n'est pas quelque chose qui se reproduira.

Incapable de soutenir son regard pénétrant, je me détourne et marmonne :

— Je ne peux pas le faire. Je ne suis pas prête pour ça.

Son expression se durcit.

— C'est à cause de ce joueur de football !

Il lève les yeux au ciel et secoue la tête comme s'il était dégoûté. Comme s'il avait perdu tout le respect qu'il avait pour moi. Ça fait mal. Éric m'a conquise dès que je suis entrée dans son studio en première année. Il est passionné et exigeant. Il s'attend à la perfection de la part de ses danseurs. Il fait partie de ces enseignants qui savent comment dénicher le talent d'un élève avec un mélange de critiques constructives et de louanges.

Ne sachant pas quoi dire, je me lèche les lèvres. La frustration brille dans ses yeux, ce qui ne fait qu'empirer mon état.

— C'est une partie du problème, avoué-je. Mais je ne sais pas si je suis prête à reprendre ma vie en main et à déménager à Cincinnati. Je rentre tout juste de Paris.

Après un autre long silence qui me laisse nerveuse, son visage s'adoucit.

— Écoute, Ivy, au bout du compte, c'est toi qui devras vivre avec cette décision. Personnellement, je pense que tu commets une erreur. Tu finiras par le regretter.

Il croise mon regard.

— Est-ce que tu as déjà refusé ?

Je secoue la tête.

— Pas encore.

Il ferme brièvement les yeux, comme s'il faisait une petite prière. Lorsqu'il les ouvre à nouveau, il s'empare doucement de ma main.

— Je sais que tu crains de franchir cette étape. Il y a un garçon avec qui tu sembles très bien t'entendre. Ta vie à Barnett est familière et confortable. Crois-moi, je comprends. La perspective de saisir une occasion et de déménager à Cincinnati, de ne pas terminer tes études... Tout arrive rapidement.

Il marque un temps d'arrêt.

— Mais c'est le genre d'offre que tu as attendu toute ta vie. Tu dois y réfléchir soigneusement avant de refuser.

Plus confuse que jamais, je secoue la tête.

— Une partie de moi le désire tellement, et une autre veut rester ici. Au moins jusqu'à la fin de l'année.

— Je sais.

De manière bienveillante, il serre à nouveau ma main.

— Aller de l'avant et laisser tout derrière toi pour saisir ton rêve à deux mains est une perspective effrayante. Si tu fais ça, ta vie tout entière changera. Ça y est, Ivy. La SRC, c'est énorme. S'il y a une chose dont je suis certain, c'est que tu es prête à relever le défi. Il y avait plus de deux cents danseurs à l'audition. Tu n'aurais pas été choisie si tu ne les avais pas impressionnés par tes compétences et tes capacités. S'ils ont l'impression que tu es prête pour la rigueur et le défi qui accompagnent ce poste, alors tu devrais leur faire confiance.

Son regard croise le mien.

— Peux-tu vraiment t'éloigner d'une occasion aussi incroyable de réaliser tes rêves ?

Je secoue la tête, misérable.

— Je ne sais pas...

— Je pense que nous savons tous les deux pourquoi tu n'as pas envie de t'éloigner.

Son expression s'assombrit.

— Est-ce qu'il t'a dit de ne pas le faire ? Est-ce la raison pour laquelle tu fais marche arrière ?

— Bien sûr que non ! Roan ne me demanderait jamais de renoncer à mes rêves.

Je mâchouille ma lèvre inférieure, en me demandant silencieusement si je dois lui avouer la vérité. Je veux tout lui dire, être honnête avec quelqu'un. Je retiens tout, et ça me déchire de l'intérieur.

— Je ne lui ai pas dit qu'on m'avait offert le poste.

Un silence assourdissant s'ensuit. Je grimace. Il répète lentement :

— Tu ne lui as pas dit qu'on t'a offert le poste ?

— J'allais le faire, et...

Un ou deux battements de cœur s'écoulent avant qu'il n'insiste :

— Et quoi ?

D'une toute petite voix, j'admets :

— Je ne veux pas le perdre, Éric. C'est le premier garçon auquel je tiens vraiment.

Est-il si difficile de comprendre que je ne veux pas rejeter cette relation aussi significative à mes yeux ? Éric ne se rend-il pas compte à quel point cette décision est pénible pour moi ?

— Tout est différent avec lui.

— Penses-tu sincèrement qu'il voudrait que tu t'éloignes de tes rêves ? Que tu le fasses pour lui ? C'est celui qui doit être repêché par la NFL, pas vrai ? Aurais-tu envie qu'il renonce à son rêve pour toi ?

Mes paroles s'échappent avant même que je ne puisse les considérer.

— Bien sûr que non !

Je ne voudrais jamais que Roan abandonne quoi que ce soit pour moi. Encore moins les rêves pour lesquels il a travaillé sans relâche.

— Alors pourquoi ne pas en parler avec lui ? Accorde-lui une chance de te dire ce qu'il en pense. S'il tient à toi, il ne voudra pas que tu sacrifies tout ce pour quoi tu as travaillé toute ta vie.

Je sais qu'Éric dit vrai. C'est la raison pour laquelle j'ai décidé de tout cacher à Roan. Éric se redresse de toute sa hauteur, secoue la tête en direction de la barre où les autres danseuses s'étirent.

— Ce dont tu as besoin, c'est de sortir de ta propre tête. Et je peux t'aider à y arriver.

Il me sourit.

Ce sourire ne me dit rien qui vaille.

Je ne sais que trop bien qu'Éric compte me faire travailler jusqu'à ce que Cincinnati et Roan soient les dernières choses qui me viennent à l'esprit. C'est exactement ce dont j'ai besoin en ce moment. J'ai besoin de me perdre dans la danse. Dans la rigueur d'une chorégraphie. J'ai besoin de débrancher mon cerveau et de laisser mes mouvements m'éclairer de l'intérieur.

Alors qu'Éric tape dans ses mains, tout le monde se tourne vers lui.

— Très bien. Il est temps de se mettre au travail !

33

ROAN

Quelqu'un est très à l'aise sur le terrain de football... Tout ce que j'ai à dire, c'est qu'Ivy Kaster est une fille sacrément chanceuse ! KingOfCampus.com

Nous nous dirigeons vers le vestiaire après un entraînement épuisant de deux heures, lorsque Dylan détache la sangle de son casque, qu'il retire de sa tête. Puis, comme un putain de chien, ce connard secoue ses cheveux humides. Puisque j'ai déjà retiré mon casque, sa sueur s'abat sur moi.

En grimaçant, je lui assène un coup de coude.

— Mec, c'est dégueulasse. Éloigne-toi de moi !

Il ricane.

— C'est de la sueur d'homme. Tu ne connais rien à ce sujet. La plupart du temps, tu te contentes de rester là en étant beau gosse.

— Ouais, reniflé-je. Ça me ressemble. Encore une fois, tu as su mettre le doigt sur le problème.

Il sourit en me contemplant de haut en bas.

— Tu ne devrais pas être quarterback ?

Je lui présente mon majeur.

— Va te faire foutre, mec.

Un large sourire se répand sur son visage.

— Désolé, tu n'es pas mon genre. Tu es un peu trop musclé à mon goût. J'aime les silhouettes plus minces.

Je le pousse sur le côté d'un coup d'épaule. L'impact le fait trébucher sur quelques pas. Il rit : il sait qu'il m'a vexé. Dylan peut être un vrai con, parfois.

— Pas étonnant que Lexie t'ait lâché.

Je suis tout à fait prêt pour le châtiment. C'est un coup sous la ceinture, et je n'en ai que trop conscience. Curieusement, il sourit comme s'il n'était pas dérangé par mon commentaire.

— Je ne t'ai pas dit que nous étions à nouveau ensemble ?

Je croise son regard et murmure :

— Elle doit être complètement folle.

— Oui, c'est exactement ce qu'elle a dit, qu'elle perdait la tête sans moi.

Je lève les yeux au ciel. Je suis certain que c'est exactement comme ça que les choses se sont passées. Enfin, j'imagine plutôt Dylan ramper à quatre pattes, pour la supplier de le reprendre. Si quelqu'un a perdu la tête, c'est bien lui.

— Je suis content que vous ayez réglé les choses.

— Cette séparation me rendait fou.

Il ne plaisante pas.

— De quoi est-ce que tu parles ? Tu as toujours été fou. Ne blâme pas cette jeune femme qui t'a brisé le cœur.

Le regard de Dylan s'assombrit. Il semble prêt à riposter, quand quelqu'un crie mon nom.

— Roan King ?

Il ne me faut pas longtemps pour trouver le propriétaire de cette voix. Il y a des gens qui parsèment les gradins, mais ce type est appuyé contre le mur de ciment qui mène à l'extérieur des vestiaires. Pendant que je le fixe, il me semble vaguement familier, mais je ne sais pas d'où je le connais. Ce qui n'est pas si inhabituel. Les gens me parlent constamment ou se présentent à moi. Je rencontre des centaines de nouvelles personnes par semaine. Après un certain temps, les visages deviennent flous.

Pas vraiment d'humeur à discuter avec qui que ce soit après que le coach nous a fait nous entraîner durement pendant deux heures, je réplique, un peu sèchement :

— Ouais, c'est moi.

Lorsque son regard croise le mien, j'ai bien l'impression que ce n'est pas un fan qui s'est pointé pour me parler des Bulldogs ou de la saison exceptionnelle que nous sommes en train de vivre.

— Est-ce que tu as une minute ?

J'observe Dylan, qui lève les yeux au ciel avant de reprendre sa route et de disparaître à l'intérieur du tunnel.

— À plus, mec, crie-t-il par-dessus son épaule.

Je glisse mes doigts dans mes cheveux. Le type s'éloigne du mur et s'avance vers moi pour me tendre la main. Comme je transpire, j'essuie ma paume sur mon pantalon pour serrer la sienne.

— Je m'appelle Éric Wexler. Je suis l'un des professeurs d'Ivy.

C'est là que je le reconnais.

— Oui, je me souviens. Vous êtes son professeur de danse.

Je déplace mon casque d'une main à l'autre. Je me demande ce que ce type fait ici sur le terrain de football.

Il m'adresse un sourire pincé, comme s'il ne voulait pas vraiment être ici à me parler. Nous sommes deux, je suppose. Je suis en sueur et fatigué. Je veux aller me doucher, me gaver, étudier quelques heures, me blottir contre Ivy pour la nuit. J'ai besoin d'un peu de temps en tête à tête avec ma petite femme. Je renifle presque, j'aime vraiment la manière dont ça sonne. Qui aurait pensé que j'aimerais être attaché ?

Je sais... totalement dingue.

— C'est exact.

Pendant un moment, il se dandine sous l'intensité de mon regard. Comme s'il ne savait pas trop comment dire ce qui doit être dit.

— Est-ce que quelque chose ne va pas avec Ivy ?

Même moi, je peux entendre l'inquiétude qui s'insinue dans chacun de mes mots. Pourquoi cet homme serait-il ici autrement ?

— Rencontre-t-elle des difficultés ou quelque chose du genre ?

Cette pensée me fait légèrement paniquer. Après un long moment de silence, ses épaules s'affaissent.

— Écoute, elle ne sera pas heureuse en découvrant que je suis venu ici pour te parler. Mais tu dois savoir ce qui se passe…

— Ivy va bien, pas vrai ?

Son visage s'adoucit à mesure que les mots s'échappent d'entre ses lèvres.

— Elle va bien, mais il y a quelque chose qu'elle ne t'a pas dit.

Je fronce les sourcils. J'aimerais qu'il crache finalement le morceau. J'ai l'impression qu'il se fout de ma gueule. Si quelque chose se passe avec Ivy, je veux le savoir. Je ne peux pas imaginer ce que ce type est venu jusqu'ici pour me dire. Et je ne peux très certainement pas imaginer non plus ce qu'Ivy peut me cacher.

Ses yeux bleus se détournent des miens avant qu'il murmure :

— Elle va être furieuse quand elle saura que je te l'ai dit.

La frustration bouillonne en moi.

— Mec, dis-moi ce qui se passe !

— Tu es au courant pour l'audition de Cincinnati, n'est-ce pas ?

Mais pourquoi parle-t-il de ça ?

— Oui, elle n'a pas été sélectionnée.

Éric me fixe avant de secouer la tête.

— Non, ce n'est pas vrai.

Qu'est-ce qu'il raconte ?

Pris au dépourvu, je recule et croise les bras, mon casque rouge et blanc pendant au bout de mes doigts.

— Si, elle m'a dit qu'elle…

Je saisis enfin le sous-entendu. Confus, je secoue la tête.

— Es-tu en train de me dire qu'elle a menti au sujet de cette audition ?

Je ne peux pas y croire.

— C'est exactement ce que je dis.

— Mais pourquoi ?

Elle voulait tellement réussir.

— Pourquoi aurait-elle fait ça ? Elle a travaillé toute sa vie pour une chance comme celle-ci.

Il acquiesce.

— Oui, elle l'a fait.

— Alors pourquoi ?

Ce n'est que maintenant que je comprends la lueur qui brille dans ses yeux. C'est comme s'il m'accusait silencieusement de saboter sa carrière naissante avant qu'elle n'ait une chance de décoller. J'appuie une main contre mon torse.

— Tu penses que ça a un rapport avec moi ?

Le malheur s'abat sur son visage. Il soupire.

— Je pense que ça a tout à voir avec toi. Il y a quelques mois, Ivy n'aurait jamais refusé une telle occasion. Elle était avec cet autre gars beaucoup plus longtemps qu'elle ne l'a été avec toi, et elle n'a pas hésité à aller étudier à Paris.

Il lève la tête et me jauge du regard. Il me pousse inconsciemment à me redresser de toute ma hauteur. Qui est considérablement plus grande que la sienne.

Professeur ou pas.

C'est comme s'il essayait de comprendre ce qu'Ivy voit en moi. Même si je suis énervé qu'elle me l'ait caché, ma poitrine gonfle d'amour pour elle. Ce type ne peut pas voir ce qu'Ivy est capable de voir. C'est l'une des rares personnes à avoir pris le temps de me connaître.

— Écoute, Roan. Tu ne peux pas la laisser refuser.

Comme si je voulais qu'elle le fasse. Bien sûr que non ! Mon intonation devient maussade :

— Que suis-je censé faire ?

— Ne te dresse pas sur son chemin. Tu l'as vue danser. Sa place est sur scène. Elle ne regrettera peut-être pas sa décision tout de suite, mais ça finira par arriver. Surtout si elle n'est pas en mesure d'obtenir une place ailleurs. Ou, Dieu nous en garde, si elle se blesse et ne peut plus danser à un niveau professionnel.

Ma bouche s'assèche. Je ne veux que le meilleur pour Ivy. Elle le mérite. La dernière chose que je souhaite, c'est qu'elle ne poursuive pas ses rêves. Et je ne veux absolument pas qu'elle me reproche de la retenir.

J'aime Ivy... Bon sang, je l'aime, mais qui sait ce qui se passera à l'avenir. Nous ne sommes pas ensemble depuis si longtemps. Ça défie presque la logique qu'elle renonce à ce genre d'occasion pour moi.

Moi.

L'émotion ravage ma poitrine au point d'exploser sur le terrain de football.

— Roan.

Sa voix me ramène à la conversation.

— Si tu tiens vraiment à elle, tu ne t'imposeras pas. Elle doit le faire, et le temps presse. Elle n'a pas encore officiellement refusé. Si elle le fait, elle n'aura plus jamais l'occasion de danser à Cincinnati. Ils ne s'intéresseront plus à elle. C'est aussi simple que ça.

— Je lui ai dit que si elle obtenait le poste, nous arriverions à faire fonctionner les choses, murmuré-je. Que veux-tu que je fasse de plus ?

Que puis-je faire de plus ? Je ne veux pas la retenir, mais je ne veux pas la perdre non plus. J'ai mis trop de temps à la trouver. À trouver quelqu'un qui me voit... – qui m'aime – pour qui je suis.

Il me fixe pendant un long moment. Je suis sur le fil du rasoir.

— Écoute, il est évident que ton avenir se prépare également à se déployer. Sais-tu au moins où tu seras l'année prochaine ?

Je secoue la tête, n'appréciant pas la direction dans laquelle cette conversation dévie.

— Non. Je ne saurai rien avant avril.

— Je pense qu'Ivy croit que si elle quitte Barnett, les chances de survie de votre relation sont minces. Elle devra se casser le cul à Cincinnati et n'aura pas beaucoup de temps libre, et tu seras Dieu seul sait où toi aussi.

Il laisse ses mots planer entre nous avant de continuer :

— Te rends-tu compte à quel point ce sera difficile ? Vous débuterez tous les deux une carrière intense et physique dans différentes villes, tout en essayant de vous faire un nom.

Mon cœur se serre, parce que, bon sang, il a raison.
Il n'y a qu'une chose à faire.
Et nous savons tous les deux ce que c'est.

34

ROAN

Avez-vous entendu ? C'est le son de milliers de femmes de Barnett qui se réjouissent que Roan King soit à nouveau célibataire. La perte d'Ivy Kaster nous est profitable à toutes. KingOfCampus.com

— JE NE M'ATTENDAIS pas à te voir ce soir. Je pensais que tu avais, et je cite, une tonne de travail.

Ivy sourit, assise sur son lit. Maintenant qu'Éric m'a mis au courant de la situation, je vois la lourdeur de sa décision. Je pensais que c'était la douleur du rejet, mais ce n'est pas le cas. Même Ivy se rend compte que ce qu'elle est déterminée à faire est mal, ce qui renforce ma résolution.

Le fait qu'elle soit prête à sacrifier ses rêves me rend complètement indigne d'elle.

Je ne mérite pas ce genre d'amour de sa part.

J'essaie d'afficher un léger sourire, mais je ne parviens pas à forcer le bord de mes lèvres à s'incliner vers le haut. C'est trop dur. Mon cœur me fait un mal de chien. Je mentirais si je n'admettais pas mon envie de fuir.

Pourtant, je n'ai pas le choix.

— Oui. Je ne peux pas rester longtemps.

Il me faut fournir des efforts considérables pour ravaler l'émotion épaisse dans ma gorge. Et m'empêcher de faire quelque chose de ridicule… comme faire taire mes émotions et l'attirer dans mes bras.

— Nous devons discuter.

Avec un léger froncement de sourcils, son regard sonde le mien. Ivy est tellement à mon écoute. Elle se rend rapidement compte que quelque chose ne va pas. Je le vois dans la manière dont son corps se redresse.

— Ah oui ?

Je hoche la tête, et un raz-de-marée s'abat sur moi.

— Oui.

Mon stress fait fourmiller ma peau. Je me passe rapidement une main dans les cheveux. Mon Dieu, ça craint. Le pire, c'est que je ne peux pas lui dire que je suis au courant. Je ne veux pas qu'elle s'énerve contre Éric. Elle a besoin de lui dans sa vie. Il a joué un rôle déterminant dans sa carrière. Je ne peux pas lui retirer cela. Ivy a déjà assez perdu. Elle ne peut pas se permettre de le perdre lui aussi.

Aussi difficile que cela puisse paraître, je me force à dire :

— Tu sais que j'ai pensé à reporter mon repêchage d'une année pour rester à Barnett ?

Il est clair, d'après son expression confuse, qu'elle ne comprend pas où je veux en venir. Ce que je suis sur le point de lui dire l'aveuglera, mais je ne vois aucune autre façon de le faire. Elle m'adresse un bref hochement de tête.

Nous avons eu de nombreuses conversations sur les conséquences du repêchage en janvier ou de l'obtention de mon diplôme après une année supplémentaire. Après avoir discuté avec Éric, j'ai pris une décision. J'ai l'impression que c'est la bonne chose à faire. Je ne peux pas rester à Barnett sans elle. Les souvenirs finiront par me tuer.

— J'ai décidé d'aller de l'avant et de le faire. Je participe au repêchage en janvier.

Un sourire éclatant illumine son visage alors qu'elle saute gracieusement du lit pour rebondir dans mes bras.

— Je suis si heureuse pour toi, Roan ! Si tu penses que c'est la bonne décision, alors c'est le cas.

Même si j'ai envie de l'entourer de mes bras et de l'attirer plus près, je ne peux pas le faire. Je crains de ne pas pouvoir m'en aller après avoir terminé.

— Je le pense aussi, murmuré-je.

Quelque chose dans ma voix doit lui révéler que rien ne va. Elle s'éloigne pour sonder mon regard. À tout moment, je vais craquer.

— Qu'est-ce qui ne va pas ?

Je dois me racler la gorge et me détourner. Je ne serai pas en mesure de la regarder directement pour prononcer les paroles que j'ai répétées une centaine de fois dans mon esprit. Je ne peux tout simplement pas.

— Voilà le problème. Je sens que je dois me concentrer sur le football pour le moment. J'ai besoin de devenir plus grand, plus fort, plus rapide. Mon agent pense que si je peux améliorer mon temps, je pourrai générer plus d'intérêt. J'aurais alors une meilleure chance de participer au premier ou deuxième tour et d'obtenir une prime plus importante à la signature.

Je laisse ces mots planer entre nous.

Pendant un battement cardiaque douloureux, elle demeure silencieuse. Je force mon regard à croiser le sien. Elle ne fait pas le moindre bruit. Pas un seul. Elle m'observe avec de grands yeux qui naviguent entre douleur et choc. Comme si elle n'arrivait pas croire à ce qui vient de sortir d'entre mes lèvres.

L'agonie que je lis dans ses prunelles est en train de me tuer. J'ai l'impression d'être un connard. Je ne veux pas qu'elle croie un seul instant que le football est plus important qu'elle.

Parce que ce n'est pas le cas.

Le football a toujours été ce qu'il y avait de plus important dans ma vie.

Mais pas en ce qui concerne Ivy.

Jamais Ivy.

Depuis le peu de temps que je la connais, cette fille est devenue tout pour moi. Personne ne me connaît comme elle. Et il est peu probable que je rencontre une telle personne à nouveau. Elle voit celui que je suis sous le battage médiatique et toutes ces conneries. Ça va m'achever de la laisser partir. La seule consolation que j'aurai, c'est que je sais que ça l'aurait lentement tuée de rester. De renoncer à sa chance de danser avec le Ballet de Cincinnati. Je ne peux pas permettre que ça se produise. Le seul fait de savoir cela me pousse à mener mon plan à terme.

— Qu'est-ce que tu dis ?

Sa voix paraît légèrement étranglée. Je glisse une main dans mes cheveux et détourne le regard.

— Je pense qu'il vaut mieux faire une pause pour que je puisse me concentrer sur le terrain. Je ne peux pas me permettre de me laisser distraire.

Elle pousse un bruit misérable qui me transperce le cœur.

— Tu es en train de dire que je suis... une distraction ?

Je perçois tellement de dévastation dans ces mots.

Non, mon Dieu, non !

Je puise dans mes dernières forces pour ne pas tendre la main et l'attraper, pour ne pas l'apaiser avec de tendres paroles en enroulant mes bras autour d'elle. Je ne veux pas la repousser.

— Pour l'instant... oui. Je dois donner tout ce que je peux.

Je hausse les épaules.

— Je dois me concentrer sur le repêchage. Gagner en muscle, réduire mon temps. Et puis, il y a les cours...

Je lâche un souffle douloureux avant d'ajouter :

— Il est important que je finisse mes études.

Quand elle s'écartera de moi, je sais que ce sera la dernière fois que je la tiendrai dans mes bras. Déjà, je souffre de sa perte.

Elle me regarde comme si elle ne savait pas qui je suis.

— Comment peux-tu dire ça... J'ai pensé...

Elle secoue la tête, ses épaules s'affaissent. Elle enterre son visage dans ses mains. Aucun son ne passe la barrière de ses lèvres. Je ne crois pas que je supporterai d'entendre sa douleur. Je suis sur le point de m'effondrer. Si elle laisse échapper le moindre son déchirant, c'en sera fini de moi. Je ne pourrai pas m'empêcher de l'attirer dans mes bras et de lui dire que je n'en pensais pas un mot.

C'est plus difficile que je ne l'imaginais.

Comme un aimant, je perçois son attraction et ne résiste pas à l'envie de me rapprocher. Même si je suis celui qui s'efforce de lui infliger de la douleur, j'ai envie de l'apaiser. Je pose doucement ma main sur son épaule. Dès que je le fais, elle se crispe. Je déteste que cela finisse par entacher toute notre relation.

— C'est juste le mauvais moment, déglutis-je. Peut-être qu'une fois le repêchage terminé, je saurai où j'irai...

Ma voix se meurt. Je pourrais finir à Seattle, à Green Bay ou en Floride, pour l'amour de Dieu. Et elle dansera à Cincinnati, pour essayer de se faire un nom. Tout comme Éric me l'a fait réaliser. Elle n'a certainement pas besoin que je la retienne. Je ne sais même pas si nous pourrions faire en sorte que cela fonctionne de toute façon. Éric m'a rempli la tête de tellement de doutes...

Elle laisse échapper un souffle tremblant, avant de déclarer tranquillement :

— Non, je ne pense pas, Roan. C'en est terminé de nous.

Elle se retourne. C'est comme une épée qui me transperce le cœur.

— Je suis sincèrement désolé, Ivy.

Plus qu'elle ne le saura jamais. J'ai tellement envie de lui dire que je fais tout ça pour elle. Que c'est elle qui mérite cette pause. Qu'elle mérite d'avoir la chance d'aller à Cincinnati, de briller sur scène. Que je ne peux pas l'en empêcher. Je sais qu'elle finira par me détester si elle reste. Et je sais que je finirai par me détester, par me haïr, de ne pas avoir été assez fort pour la laisser partir.

Elle souffre tellement qu'elle ne voit pas les sentiments dévastateurs qui brillent dans mes yeux.

— Je sais à quel point tu le veux. Je ne me mettrai jamais en travers de ton chemin, et je ne ferai rien pour t'empêcher de réaliser tes rêves.

Ces paroles m'offrent la force nécessaire de m'en aller. Elle a tout à fait raison à ce sujet.

Et je ne serai très certainement pas celui qui se dressera en travers de son chemin.

35

IVY

En dehors du campus, c'est devenu rare d'apercevoir Roan King... Il doit avoir le cœur brisé. Qui aurait pensé que notre roi du campus avait un cœur enterré sous tous ses muscles sexy ? Croyez-moi, je suis tout aussi choquée que vous. KingOfCampus.com

— Je ne peux pas croire que tu t'en ailles vraiment.

Lexie murmure cette phrase d'une voix chancelante avant de m'écraser contre elle. Je peux à peine respirer.

— Je sais, chuchoté-je. J'ai l'impression d'être une vraie connasse en te laissant tomber comme ça.

Elle s'écarte pour pouvoir croiser mon regard larmoyant.

— Ne t'avise surtout pas de dire ça ! Quel genre d'amie serais-je si je ne te soutenais pas dans la poursuite de ton rêve ?

Quand j'ouvre la bouche, elle me coupe la parole.

— C'est vraiment nul !

Je fais la grimace. Lexie est ma meilleure amie. Je pense qu'elle le sera toujours. Elle m'offre un grand sourire et ajoute :

— Quoi qu'il en soit, je viendrai m'échouer dans ton appartement pendant les vacances. Tu ne te débarrasseras pas de moi aussi facilement.

Je lève les yeux au ciel.

— Tu sais que je vis avec trois autres filles, pas vrai ? C'est temporaire jusqu'à ce que je puisse trouver autre chose.

Heureusement, je n'aurai pas à me trouver d'appartement immédiatement. Je peux prendre mon temps pour m'installer, m'habituer à la troupe et à cette nouvelle ville avant de chercher mon propre endroit où vivre. Je vais certainement y rester pendant au moins quatre ou cinq mois. Peut-être plus longtemps, selon la manière dont tout se passera. D'après ce que j'ai entendu, je passerai à peine quelques instants dans l'appartement. Les répétitions s'annoncent longues et exigeantes.

— Je m'en fiche, c'est tellement excitant !

Je ne peux m'empêcher de sourire. Elle a raison. C'est excitant. J'aurais tout simplement aimé que les choses se passent différemment avec Roan. Nous n'avons pas vraiment discuté depuis qu'il a mis un terme à notre relation il y a une semaine et demie de cela. Je le vois encore en classe, et je le croise dans les couloirs de temps à autre, mais c'est à peu près tout.

Il fait ce qu'il m'a dit : s'entraîner, jouer au foot, étudier.

J'essaie de ne pas m'attarder sur ce qu'il pourrait faire d'autre...

Au moment où les gens ont flairé qu'il y avait des problèmes entre nous, c'est apparu partout sur ce putain de site Internet. C'est un réel soulagement pour moi qu'il n'ait pas été photographié avec d'autres filles. Non pas que je le... traque en ligne ou quoi que ce soit.

OK, peut-être un peu.

Même si je ne voulais rien de plus que m'enfouir dans mon lit avec un pot de glace Chunky Monkey, c'était impossible. J'avais bien trop de travail. J'ai dû discuter avec mes professeurs de la possibilité de terminer mes cours, même si j'étais à Cincinnati. La plupart d'entre eux se sont montrés cool à ce sujet. Je suppose que ma parfaite assiduité, ma participation en classe ainsi que mes A ont aidé. Il n'y a qu'un professeur qui m'a donné du fil à retordre, mais Éric s'en est occupé. Il est peu probable qu'il me donne un A pour le semestre, mais au moins j'aurai une note. Mon plan est de revenir pour les examens finaux à la mi-décembre. Ce sera énormément de travail avec mon nouvel emploi du temps et les répétitions, mais je tiens à le faire.

J'ai aussi dû trouver quoi faire de toutes mes affaires, qui sont en ce moment même emballées dans le petit camion U-Haul que mon père a loué. Je vais passer quelques jours avec lui et Leah avant qu'il me conduise à Cincinnati samedi.

Donc, même si j'aurais aimé me vautrer dans ma misère, je n'ai pas eu le temps.

Le fait que Roan me considère comme une distraction l'empêchant d'atteindre son but me fait encore un mal de chien. Je n'arrête pas de me dire que nous n'étions pas faits l'un pour l'autre. Que le moment était mal choisi, et tout le reste. Nous sommes tous les deux occupés à essayer de réaliser nos rêves. Même maintenant, je ne veux que le meilleur pour lui. J'aimerais croire qu'il souhaite la même chose pour moi.

— Chérie, as-tu dit à Ivy que tu avais déjà trouvé un colocataire ?

Dylan se faufile derrière elle. Il y a un sourire narquois plaqué sur son visage qui me pousse à me tourner vers ma meilleure amie.

— C'est vrai ?

Waouh, c'est du rapide ! Elle ne m'en a pas parlé. Elle rougit tandis que je hausse les sourcils. Eh bien, eh bien, eh bien... c'est très intéressant. Lorsqu'elle garde le silence, je dis :

— Allez, Lexie !

— Dis-lui, bébé.

Dylan est tout sourire. Il est presque rayonnant.

Avec un air penaud, elle lève les yeux au ciel.

— Dylan et moi allons essayer de vivre ensemble.

J'ouvre grand la bouche.

— Oh, mon Dieu !

Je l'attire contre moi pour la serrer fort dans mes bras.

— C'est génial !

Quand elle ne dit rien, je m'écarte d'elle pour pouvoir sonder son regard.

— C'est une bonne chose, pas vrai ?

Elle jette un coup d'œil à Dylan et sourit instantanément.

— Oui, c'est une bonne chose.

Dès que je libère ma meilleure amie, Dylan l'entoure de ses bras et m'adresse un clin d'œil. Incapable de m'en empêcher, je ris de bon cœur.

— N'est-ce pas pratique !

Un énorme sourire se répand sur son beau visage.

— Tout à fait pratique.

Je me sens tellement mieux à l'idée que Dylan emménage avec ma meilleure amie. Même s'ils ont passé un peu de temps à l'écart l'un de l'autre, ça semble avoir été bénéfique pour eux. Je ne serais pas à Barnett pour voir ce qui va se passer entre eux, mais je sais que Lexie m'en parlera chaque fois que nous nous appellerons.

Mon téléphone sonne, me faisant savoir que mon père a fini de remplir le camion. Il m'a dit qu'il ferait tout emballer pendant que j'effectuais une dernière vérification de l'appartement et que je faisais mes adieux à Lexie et à Dylan.

— Je suppose que mon père est prêt à y aller...

Une grosse larme solitaire glisse sur la joue de ma meilleure amie.

— Oh, Lex...

Elle se libère de l'étreinte de Dylan pour se jeter dans mes bras.

— Tu vas me manquer, Ivy girl, chuchote-t-elle.

Mon cœur se serre alors que je ravale mes propres larmes.

— Tu vas me manquer, toi aussi. Comme tu l'as dit plus tôt, tu viendras me rendre visite pendant les vacances de Noël. Nous allons beaucoup nous amuser. Comme toujours.

— Je sais, mais vivre ensemble, c'était aussi amusant. Ça va me manquer de ne plus voir ton beau visage tous les jours.

— Ça va me manquer de ne plus être ici, déploré-je. Mais nous parlerons et nous nous écrirons tout le temps.

Avec un reniflement, elle s'éloigne de moi et retourne se nicher dans l'étreinte de Dylan. Ses yeux couleur chocolat croisent les miens par-dessus le sommet de sa tête. Il m'adresse un autre clin d'œil. Je sais qu'il prendra bien soin d'elle en mon absence.

Mon téléphone sonne à nouveau.

— D'accord, je ferais mieux d'y aller.

Je me dirige vers la porte, en tâchant de ravaler mes larmes et en inspirant profondément. Je n'aurais jamais imaginé qu'il serait aussi douloureux de lui dire au revoir... encore une fois. Lorsque je m'en suis allée pour Paris, je savais que je retournerais à Barnett pour terminer mes études. Ce n'est plus le cas. Mon temps ici est terminé, je suis censée passer à autre chose. Alors que je ferme la porte de l'appartement pour la dernière fois, je me retrouve face à face avec Roan. Nos regards se croisent, et nous nous figeons tous les deux. Ce serait comique si ça ne faisait pas aussi mal.

— Oh.

Nous ne nous sommes pas retrouvés seuls depuis qu'il m'a larguée. Peu importe à quel point je me creuse la tête, je ne sais pas quoi dire.

— Bonjour.

Pire que ça, je ne peux m'empêcher de le dévorer des yeux. Il affiche une grimace bizarre.

— Salut, Ivy.

Sa voix est étrange. Aucune intonation de flirt en vue, ce qui est certainement pour le mieux. Il ne bouge pas pour s'en aller. Au lieu de cela, il enfonce ses mains dans les poches de son pantalon. Un silence inconfortable s'installe entre nous.

C'est incroyable de constater à quel point notre relation s'est détériorée en un clin d'œil. Je pensais vraiment qu'il tenait à moi. Je sais qu'il comptait pour moi. Je l'aimais. Cette pensée est presque suffisante pour que des sanglots déchirants m'échappent. Même si je déteste l'admettre, je l'aime toujours. Même après qu'il m'a avoué que je n'étais rien de plus qu'une distraction pour lui.

Je l'aime toujours autant.

Avec ces pensées qui tourbillonnent dans ma tête, je recule précipitamment pour battre en retraite. Ce que nous avions est terminé, et la meilleure chose que je puisse faire à présent est de clore ce chapitre de ma vie. Il me faut fournir de gros efforts pour ne pas tendre la main et l'attirer à moi. Je serre les poings.

— Je dois y aller. Mon père m'attend.

Il réduit la distance que j'ai établie entre nous en faisant un pas en avant.

— Tu vas à Cincinnati ?

— Oui. Toutes mes affaires sont emballées. Je vais passer deux jours avec mon père et Leah avant qu'il ne m'y conduise samedi.

Il sourit, mais son sourire est crispé, comme si cette rencontre était aussi douloureuse pour lui que pour moi.

— Tu mérites cette occasion. Tu as travaillé dur pour en arriver là.

Mon regard glisse sur lui, je me rends compte que je ne peux pas rester face à lui alors qu'il agit comme s'il n'était qu'une simple connaissance. Comme s'il n'avait jamais occupé une place spéciale dans mon cœur. La douleur qui nous sépare ressemble à une entité palpable. C'est tout simplement trop dur à gérer.

— Merci.

Je me racle la gorge.

— Je dois y aller.

La dernière chose dont j'ai besoin, c'est de m'effondrer. À quel point serait-ce humiliant ? Je ne veux pas être cette fille. J'ai déjà bien trop pleuré pour lui. J'en ai fini avec ça. Et lui parler, être si proche de lui, fait remonter à la surface toute cette douleur lancinante.

— Oui, d'accord.

La tristesse qui brille dans ses yeux avant qu'il ne secoue la tête me donne l'impression qu'il y a plus à dire. Mais peut-être que non. Nous nous sommes peut-être dit au revoir après qu'il m'a brisé le cœur. Impatiente de m'échapper, je me détourne de lui. Alors que je le fais, sa main s'enroule autour de mon bras pour m'attirer à lui. Un battement de cœur plus tard, je me retrouve plaquée contre son torse solide.

— Roan, soupiré-je.

Je sais que cette étreinte me causera davantage de chagrin. Son regard trouve le mien. Dans le sien, je perçois sa tristesse et son regret. Sa lumière habituelle a disparu.

— Je n'ai jamais voulu te blesser, Ivy. J'espère que tu t'en rends compte.

Je secoue la tête.

Pourquoi fait-il ça ?

Ne comprend-il pas que cela ne fera que raviver la douleur que j'ai désespérément essayé de soulager ?

— Te laisser partir a été la chose la plus difficile que j'aie jamais faite.

Ça n'a vraiment aucun sens.

— Alors pourquoi est-ce que tu l'as fait ?

— Je ne voulais pas me dresser sur ton chemin. Tu devais aller à Cincinnati et poursuivre tes rêves. Je ne pouvais pas te laisser manquer cette occasion.

Sa voix se meurt peu à peu, comme si c'était trop douloureux pour lui de prononcer ces paroles.

— Je t'ai dit que je n'avais pas été prise.

Je fronce les sourcils.

— Comment as-tu su que je mentais ?

Il pince les lèvres. Son regard se ferme, et tout se met en place dans mon esprit.

— Éric te l'a dit.

Je ne peux pas croire qu'il se soit immiscé comme ça dans ma vie ! Il sait combien cette relation compte pour moi.

— Je ne pouvais pas te retenir, murmure-t-il.

Incapable de soutenir son regard, je baisse la tête et pose mon front contre son torse.

— Pourquoi ne m'as-tu pas dit la vérité ?

— Pour les mêmes raisons que tu me l'as caché.

Mon esprit s'agite furieusement.

— Alors... tu n'as pas rompu avec moi parce que j'étais une distraction ?

Roan glisse ses doigts dans mes cheveux et dépose un doux baiser sur mon front.

— Non. Tu n'as jamais été une distraction, Ivy. Jamais. Au contraire, tu me donnais envie d'être un homme meilleur.

Mon cœur bat plus vite au moment où je reprends pied dans la réalité.

— Mais je m'en vais, Roan. Je pars pour Cincinnati.

Il m'attire plus près, jusqu'à ce que je sois en contact avec chaque partie de son corps.

— Je sais.

Il y a tellement de tristesse dans ces deux mots. Tout ce à quoi je pense, c'est à quel point j'ai été déchirée lorsque j'ai reçu cet appel.

— Je t'aime, chuchoté-je, brisée. Je ne voulais pas te quitter.

— Je sais. C'est la raison pour laquelle j'ai dû te laisser partir.

Il m'embrasse à nouveau sur le front.

— Je ne peux pas être plus fier de toi, Ivy. Pour tout ce que tu as accompli. Et tout ce que tu n'as pas encore accompli. Je ne pouvais pas t'empêcher de le faire.

Mon cœur bat douloureusement alors que je ferme les yeux.

— C'était ma décision, pas la tienne.

Je comprends pourquoi il a agi ainsi. Et je ne peux pas dire que je n'aurais pas fait la même chose pour lui, mais quand même... je me sens piégée.

Comme s'il savait exactement à quoi je pense, il me demande :

— N'aurais-tu pas fait la même chose pour moi ?

Aussi difficile que cela puisse paraître, je ravale l'émotion qui semble m'étouffer. Je ne réponds pas parce que nous connaissons tous les deux la vérité. Je ne lui aurais jamais permis d'abandonner ses espoirs et ses rêves.

— Ivy ?

Les larmes me gagnent.

— Je ne me serais jamais dressée sur ton chemin.

Il s'éloigne suffisamment pour glisser ses doigts sous mon menton et me relever le visage, pour que mon regard puisse croiser le sien.

— Et je ne me dresserai jamais sur le tien. Je ne me suis jamais soucié de quelqu'un comme je me soucie de toi.

Ne comprend-il pas que ces paroles ne font que m'empêcher de partir ? C'était tellement plus facile quand je pensais qu'il voulait se concentrer sur ses rêves. Maintenant que je sais pourquoi il a rompu avec moi, la douleur de notre séparation refait surface.

— Que va-t-il se passer maintenant ?

Ses yeux sont un puits de tristesse.

— Je pense que tu devrais te concentrer sur la danse. Tu dois te projeter à 100 % là-dedans. Et tu ne pourras pas le faire si tu as un pied à Cincinnati et un autre ici, à Barnett. La dernière chose dont j'ai envie, c'est de te laisser partir, mais je pense que c'est pour le mieux.

Je le serre fort contre moi, lui offrant un dernier câlin, avant de me détacher de lui. Même si je déteste ce qu'il dit, je sais qu'il a raison. Nous avons tous les deux des rêves, et ils ne vont pas dans la même direction. Lorsque mon portable sonne pour la troisième fois, je laisse échapper mes larmes.

— Je dois y aller. Mon père m'attend en bas.

Je recule, je tourne les talons pour me forcer à avancer jusqu'à l'ascenseur. Si je ne pars pas maintenant, je ne sais pas si j'en serai encore capable. Chaque fibre de mon être me hurle de rester.

— Ivy ?

Sa voix est rauque, comme si ça lui faisait physiquement mal de me parler. Même si c'est douloureux pour moi de lui jeter un coup d'œil, je le fais. Je ne peux pas m'en empêcher. Alors que nos regards se croisent, mon cœur se brise en un million de morceaux en plein milieu du couloir.

— Je t'aime, murmure-t-il.

J'étouffe un sanglot, je pivote sur moi-même et m'enfuis dans la cage d'escalier. Je dois faire appel à toute ma volonté pour m'éloigner de lui. Pour le laisser à Barnett pendant que je pars poursuivre ma vie à Cincinnati.

36

IVY

Roan King fait certainement profil bas ces jours-ci. Je ne sais pas ce qui lui arrive. Est-il simplement concentré sur la victoire de Barnett ou est-ce quelque chose d'autre ? Si quelqu'un sait quoi que ce soit, s'il vous plaît, dites-le-nous ! KingOfCampus.com

Papa s'installe à la table de la cuisine, une bière à la main. Il se racle la gorge.

— Je suis fier de toi, Ivy. C'est très important pour toi d'être sélectionnée à cette audition.

Je croise son regard.

— Merci.

Un instant plus tard, mon attention se pose à nouveau sur le grand verre d'eau que je contemple depuis au moins vingt bonnes minutes.

— Je n'étais pas certaine que tu sois heureux à ce sujet... à cause du décrochage scolaire.

Il inspire profondément, avant de soupirer.

— J'ai toujours pensé qu'il était important de terminer ses études. Je voulais que tu sois en mesure d'obtenir un bon emploi et d'avoir quelque chose de solide et fiable, quelque chose avec la sécurité de l'emploi si danser ne fonctionnait pas.

Je me concentre sur lui pendant qu'il poursuit.

— Mais je sais aussi que tu aimes la danse. Ça a toujours été le cas. Depuis que tu es toute petite. Tu as été acceptée à Barnett, et au Conservatoire de Paris. Et maintenant tu as été choisie parmi tous les candidats pour danser pour le Ballet de Cincinnati. J'ai toujours su que tu étais douée, même plus que douée. Ce que je veux, ce que j'ai toujours voulu, c'est que tu poursuives tes rêves. Et danser, c'est ton rêve, Ivy. Alors, comment pourrais-je ne pas t'aider à y arriver ?

Je secoue la tête, partagée entre la colère dans laquelle je me suis presque noyée au cours des cinq dernières années et le besoin d'amour et d'approbation de la part de mon père.

L'amour l'emporte.

— Merci, papa. C'est très important pour moi de te l'entendre dire.

Il se dandine sur sa chaise, en paraissant très mal à l'aise.

— Ta mère serait si fière de ce que tu as accompli. De la manière dont tu as sans cesse suivi ton cœur, sans rien laisser, ni personne, se dresser sur ton chemin.

Mes yeux s'emplissent de larmes. Nous ne parlons jamais de maman.

Jamais.

Son regard se pose sur sa bouteille de bière.

— Les sept dernières années ont été difficiles pour toi, et je m'en excuse. Tu n'avais que treize ans lorsque ta mère a été diagnostiquée, et elle est décédée deux ans plus tard.

Il marque un temps d'arrêt. Je peux dire combien cette conversation est difficile pour lui à la manière dont sa gorge s'active de manière compulsive. Quand il reprend la parole, sa voix se fait beaucoup plus douce.

— Et tout est arrivé si vite avec Leah...

Il y a quelque chose qui me ronge depuis cinq ans. C'est ma seule occasion de le lui demander.

— Est-ce que tu trompais maman ? Est-ce la raison pour laquelle Leah et toi vous êtes mis ensemble aussi rapidement ?

Mes paroles sont balancées comme une bombe en plein milieu de la table. Aucun d'entre nous n'ose bouger un muscle alors qu'un silence étouffant s'abat sur nous. Mon cœur bat douloureusement dans ma poitrine. J'attends de voir ce qu'il va me dire. Une partie de moi se demande s'il va me répondre. Nous n'avons jamais parlé comme ça auparavant.

Et pas seulement au sujet de maman.

Nous ne discutons pas de sujets importants.

Nous ne parlons pas de ce qui compte. Lorsque maman est morte il y a cinq ans, ce n'est pas la seule personne que j'ai perdue. Mon père a également disparu. La relation facile que nous avions toujours eue a changé. Elle s'est faite plus fragile. Comme si le chagrin que nous éprouvions rendait impossible le fait de combler la distance qui nous séparait. Leah a brisé encore davantage notre lien. Avec le recul, je ne pense pas que c'était son intention, mais le résultat est le même.

Papa ne dit pas un mot. Il porte sa bière à ses lèvres et en avale une longue gorgée. Il la boit pratiquement tout entière avant de la reposer avec précaution.

Leah et les jumeaux ne sont pas à la maison… Ils ont cours de natation.

Il n'y a que nous deux.

Sa voix est tendue lorsqu'il me demande :

— Es-tu certaine de vouloir en parler, Ivy ?

Est-ce que je veux vraiment en parler ?

Pas vraiment, mais je dois le faire.

Je me mords la lèvre inférieure en hochant la tête. Je dois savoir. C'est une question qui me trotte dans la tête depuis cinq ans. Peu importe la réponse, j'ai besoin d'entendre la vérité afin de pouvoir passer à autre chose. J'en ai assez d'être en colère contre eux. Cinq ans dans l'amertume et le ressentiment, c'est long . C'est épuisant. Et ce n'est pas une façon décente de vivre sa vie.

Il croise mon regard, avant de baisser la tête et de fixer ses doigts.

— Je suppose que j'avais toujours espéré que tu irais de l'avant pour que nous n'ayons pas à en discuter.

Il lève les yeux. L'agonie y brille.

— Mais tu ne t'en es jamais remise, pas vrai ?

— Non.

Je secoue la tête, même si la réponse ne pouvait pas être plus évidente pour nous.

— Je ne peux pas passer à autre chose. Ça me faisait trop mal. J'ai besoin de connaître la vérité, papa. Alors peut-être que je pourrai enfin laisser tout ça derrière moi.

Il hoche la tête comme si c'était logique, mais je peux dire qu'il ne veut pas nécessairement replonger dans le passé. Son regard se fait lointain.

— Quand j'ai rencontré ta mère, nous venions de terminer nos études et nous cherchions du travail. Une fois que nous nous sommes mis ensemble, nous étions inséparables. Nous sommes tombés amoureux l'un de l'autre tellement rapidement. Quelques semaines après l'avoir rencontrée, j'ai su qu'elle était faite pour moi. Après que nous sommes sortis ensemble pendant environ neuf mois, je lui ai fait ma demande et nous nous sommes mariés.

Alors qu'il se perd dans le passé, ses lèvres s'ornent d'un sourire.

— Nous étions heureux. Surtout après ton arrivée. Tu étais un bébé si agréable. Une vraie joie pour nous deux.

Il secoue la tête.

— Ta mère aurait eu une grande famille, si elle avait pu.

Ces paroles me prennent au dépourvu. Je suis enfant unique. C'était le cas, avant les jumeaux...

— Elle voulait plus d'enfants ?

Je ne sais pas pourquoi ça me prend autant par surprise. Je ne l'ai jamais entendu dire qu'elle voulait plus d'enfants. Le chagrin emplit son regard.

— Oui. Nous le voulions tous les deux.

Je fronce les sourcils.

— Alors pourquoi ne pas avoir fait d'autres enfants ?

Ça paraît tellement logique. Vous voulez plus d'enfants ? Il suffit d'en faire.

Il inspire profondément, comme si ce qu'il est sur le point de me révéler était encore douloureux pour lui.

— Nous avons découvert que ta mère avait des fibromes lorsqu'elle était enceinte de toi. Après ça, ils ont empiré et elle a fini par avoir recours à une hystérectomie.

Il se dandine inconfortablement, avant d'ajouter :

— Ce qui veut dire...

Je lève la main pour l'interrompre.

— Je sais ce que ça signifie, papa. Elle a dû se faire retirer l'utérus.

Mon cœur se serre.

— Ce qui signifie qu'elle ne pouvait plus avoir d'enfants.

— C'est ça...

Je m'affale sur ma chaise et observe mon père tandis que mon esprit s'agite dans toutes les directions.

— Je ne savais pas.

Il hausse les épaules et gratte l'étiquette de sa bière avec son pouce.

— Tu étais très jeune quand c'est arrivé. Je ne suis pas surpris que tu ne t'en souviennes pas. C'était un sujet très douloureux pour ta mère. Elle a toujours voulu avoir une grande famille, mais je suppose que ce n'était pas notre destin. Nous nous sommes donc contentés de toi. Et je pense que l'enseignement a également comblé une partie de ce vide en elle. Elle aimait être entourée de tous ces enfants. Même les plus malicieux, achève-t-il en souriant.

Ma mère était une merveilleuse enseignante. Tout le monde l'adorait. Elle était chaleureuse et savait se montrer sévère quand elle devait l'être. Elle a consacré l'ensemble de sa vie à travailler avec les enfants et à leur inculquer l'amour de la lecture, quel que soit leur niveau. J'ai toujours admiré son dévouement et sa passion pour sa profession.

Quand elle a arrêté de travailler, beaucoup de ses anciens élèves et leurs parents lui rendaient visite pour passer du temps avec elle. Des collègues avec qui elle avait enseigné pendant plus d'une décennie passaient, nous déposaient des bonnets quand elle perdait ses cheveux à cause de la chimio ou des couvertures parce qu'elle avait toujours si froid. Ses anciennes collègues lui apportaient des livres et de vieilles photos de ses années d'enseignement.

Oui, ma mère m'aimait. Et elle aimait les enfants à qui elle enseignait à l'école primaire Harper.

Mais ça n'explique pas comment il a pu se remettre aussi facilement de la mort de la femme qu'il prétendait aimer, après qu'elle a perdu son combat contre le cancer. Au contraire, ça ne fait que m'embrouiller davantage.

— Ça ne m'aide absolument pas à comprendre ce qui s'est passé, papa.

Son regard s'éloigne un instant avant de revenir sur moi.

— Nous étions heureux tous les trois. Nous avons eu une belle vie. Ça a été dévastateur lorsque ta mère a reçu son diagnostic de cancer du sein. Mais je me suis dit : d'accord, nous allons vaincre ça. C'est une battante.

Je déteste penser à cette période en particulier. Je ne sais pas à quel point la chimio a été difficile pour elle. Ma mère était malade. Les traitements ont échoué. Elle devait sans cesse vivre la prochaine série de résultats de tests. Elle était toujours inquiète de ce que l'avenir nous réservait. Puis, lentement, impuissante, elle a vu son état se détériorer. Elle est devenue plus faible. Frêle. Jusqu'à ce qu'elle ne soit plus que l'ombre de la femme vibrante et extravertie qu'elle était autrefois.

Il glisse brusquement une main dans ses cheveux.

— C'était difficile à regarder. Difficile de réaliser, d'accepter, que les traitements ne fonctionnaient pas et que nous perdions la bataille.

J'ai le cœur qui se serre en l'écoutant parler de cette période si douloureuse dans nos deux vies. Pour une fois, il s'ouvre à moi et me laisse entrevoir son chagrin. Même si ça me fait terriblement mal de parler de ce sujet, je ne me sens plus aussi seule à souffrir.

— C'était difficile pour nous tous, interviens-je en me raclant la gorge. Maman incluse.

Il hoche la tête.

— Bien sûr que oui. Elle a perdu la vie. Elle ne peut pas voir à quel point elle a élevé une fille merveilleuse, intelligente et talentueuse.

Dès qu'il prononce ces mots, les larmes me montent aux yeux.

— Après la mort de ta mère, déglutit-il, je suppose que je me suis tout simplement arrêté. Toute cette émotion me semblait trop dure à gérer. J'ai commencé à travailler de très nombreuses heures. C'était difficile de rester à la maison, où chaque détail me la rappelait. Me rappelait la vie que nous avions construite, et la vie que nous n'avions plus. C'était plus facile de rester à l'écart. Tu n'avais que quinze ans à l'époque. Je ne voulais pas t'accabler de mon chagrin.

Il marque un temps d'arrêt et s'essuie les yeux.

— Leah n'était qu'une collègue à ce moment-là. Une personne avec qui je travaillais depuis des années. Nous n'étions pas proches. Quelques semaines après le décès de ta mère, elle est venue dans mon bureau et m'a avoué que sa mère était morte du cancer. Aussi étrange que cela puisse paraître, nous avions cette perte en commun. Elle pouvait comprendre tout ce que je traversais, toute la douleur, la colère, et ma dépression. C'était agréable de partager mes sentiments. De m'ouvrir à quelqu'un qui n'était pas impliqué dans la situation.

Il hausse les épaules.

— Je suppose que notre relation s'est développée rapidement à partir de là.

Tout ce que je peux faire, c'est l'observer silencieusement et essayer d'analyser ce qu'il me dit. Avant que j'aie la chance de répondre, il poursuit :

— Il m'est difficile de regretter ce qui s'est passé. Si Leah n'était pas tombée enceinte, nous n'aurions pas les jumeaux. Mais je sais que ma relation avec elle, et la rapidité avec laquelle tout a évolué, a été très difficile pour toi. Je suis sincèrement désolé, Ivy. Je le suis vraiment. S'il n'y avait pas eu cette grossesse, nous n'aurions pas agi aussi brusquement. Nous aurions pu prendre notre temps.

Son regard soutient le mien. Je perçois la sincérité dans sa voix. Je sais qu'il essaie de se montrer honnête avec moi.

— Leah est une très bonne personne. Elle me rend heureux. Peut-être que notre rencontre ne s'est pas déroulée comme elle aurait dû, mais c'est quand même arrivé. J'espère qu'à un moment donné, tu pourras l'accepter. Nous sommes une famille, tous les cinq.

Il inspire à nouveau profondément.

— Nous ne sommes peut-être pas la famille que tu voulais, mais nous sommes celle que tu as. Et nous serons toujours là pour toi, Ivy. Quoi qu'il arrive.

À la fin de sa tirade, un silence épais s'installe. Tout ce qu'il vient de me divulguer tourne en rond dans mon esprit. Je ne sais pas trop comment réagir. Depuis si longtemps, je m'accroche à la colère que j'éprouve contre eux.

De toute évidence, Leah était une cible facile sur laquelle me concentrer. J'avais l'impression qu'elle avait emménagé et dérobé le rôle de ma mère dans cette famille. C'était une pilule amère à avaler. Cela nous a mis instantanément en désaccord.

Avec du recul, je ne peux pas dire qu'elle ait agi comme si elle était ma mère. Elle a toujours laissé toutes les décisions parentales à mon père. Trop de fois, elle a tenté de discuter avec moi. J'étais tellement remplie de chagrin et de colère que j'en étais aveuglée. Elle a essayé de me parler de la perte de sa mère, mais je n'étais pas prête à l'écouter. Je ne voulais pas entendre ce qu'elle avait à me dire. Je ne voulais rien avoir en commun avec elle.

Ça fait cinq ans que ma maman est décédée, et la douleur est toujours là. Certains jours, elle palpite plus que d'autres. Parfois, je pense que la douleur de sa perte ne disparaîtra jamais.

Pas complètement.

Il y a tant de moments que j'aimerais pouvoir partager avec elle. Toutes les chorégraphies de danse que j'ai réalisées, toutes les compétitions auxquelles j'ai participé, le bal de promo, mon acceptation à Barnett, mes moments passés au Conservatoire de Paris, quand je suis tombée amoureuse de Roan, mon audition pour Cincinnati...

Elle me manque terriblement.

Personne ne comblera jamais le vide de sa perte.

Mais j'en ai assez de m'accrocher à ma colère. J'ai l'impression de traîner constamment dix kilos de bagages avec moi. C'est épuisant. Je sais que maman ne voudrait pas que je vive comme ça. Elle était toujours si positive et indulgente. Je pense aussi qu'elle aurait sincèrement voulu que mon père retrouve l'amour. Peut-être pas aussi rapidement, mais elle aurait très certainement voulu qu'il ait plus d'enfants. Les enfants qu'elle ne pouvait pas avoir.

Cette simple pensée fait remonter un sanglot en moi.

En un clin d'œil, mon père me prend dans ses bras. Toute la colère et la tristesse que j'ai retenues se libèrent enfin. C'est aussi puissant qu'une digue qui éclate. Je sanglote comme un bébé dans les bras de mon père pendant un bon quart d'heure avant de parvenir à me ressaisir.

— Je suis désolé, Ivy. Je suis désolé de ne pas avoir tenu compte de tes sentiments.

Je m'éloigne et essuie rapidement mes yeux avec une serviette. Je tamponne l'humidité qui s'y accroche et finit par me moucher.

Mon Dieu, je déteste pleurer.

Ça n'a jamais été beau pour moi. Je ne suis pas une de ces filles qui pleurent tranquillement. Non. Je verse de grosses larmes bruyantes, mes yeux rougissent, ma peau se ternit et mon nez coule.

Je dois admettre que ça fait du bien de me purger de tout ce poison. Ma mère ne voudrait pas que je m'y accroche. Je ne veux plus m'y accrocher. Au bout du compte, ma colère ne permettra pas de la faire revenir. Et ça ne m'a pas aidée à passer à autre chose. Au contraire, ma colère a sûrement entravé le processus de guérison.

— Je veux pouvoir parler d'elle, papa. C'est la première fois en cinq ans que nous le faisons.

Il paraît empli de remords.

— Je sais... Tu as raison. Je suis désolé, Ivy. Je n'ai pas très bien géré sa mort.

Il observe ses mains.

— Je n'ai pas non plus géré ce qui s'est passé par la suite comme je l'aurais dû. Je suis sincèrement désolé pour toute la douleur que cela t'a causée.

Je me mords la lèvre et lui demande :

— Mais tu es heureux, papa ?

Il sourit.

— Je le suis, Ivy. Toi, Leah et les jumeaux, vous me rendez heureux.

L'émotion me comprime la gorge.

— Je suis contente. C'est ce que maman aurait voulu, chuchoté-je.

C'est ma façon de lui faire savoir que je lui pardonne. Je ne veux plus m'accrocher à ma colère. Je veux que nous allions de l'avant et que nous soyons une famille.

— Elle voudrait que tu sois heureuse, toi aussi. Elle t'aimait tellement. Tu étais tout pour elle.

— Je sais.

C'est bon de tout mettre à plat. Presque étonnamment, je me sens plus légère.

— Ta mère serait tellement fière de toi, de ce que tu fais de ta vie. Elle aurait aimé que tu poursuives tes rêves et que tu ne laisses rien te barrer la route.

— J'espère, papa.

— Ma chérie, tu dois savoir qu'elle serait ravie de ta position au sein du Ballet de Cincinnati. Elle serait emplie de fierté. Elle a toujours pensé que tu avais un talent incroyable. Même quand tu n'avais que trois ans.

Je ne peux m'empêcher de rire. Maman a toujours été ma plus grande supportrice. Ma pom-pom girl la plus bruyante. Je suppose que c'est la raison pour laquelle sa perte a été aussi dévastatrice. C'était comme si la lumière s'éteignait en moi. Et qu'il ne restait plus que l'obscurité.

— Merci de me le dire.

— C'est la vérité. Elle a toujours été fière de tout ce que tu faisais, de tout ce que tu accomplissais. De la jeune femme que tu devenais.

C'est ironique... Mon rêve se réalise, je vais danser dans une compagnie de ballet, et j'ai enfin cette conversation incroyablement douce avec mon père. Pour la première fois depuis que ma mère a reçu son diagnostic, j'ai enfin l'impression qu'un poids énorme vient d'être retiré de ma poitrine. Comme si je pouvais respirer à nouveau...

Et pourtant quelque chose me manque encore.

Ou plutôt quelqu'un...

Sans Roan dans ma vie, mes rêves ne peuvent pas être pleinement réalisés. Sans lui pour les partager, mes rêves ne paraissent plus aussi importants.

— Papa, dis-je avant même de trop y réfléchir. Est-ce que je peux emprunter ta voiture ? Je dois m'occuper de quelque chose.

C'est le moment où je me rends compte que je fais exactement ce qui rendrait ma mère fière... Je suis mon cœur.

37

___

ROAN

Des sources confirment que l'ex-petite amie de Roan a quitté Barnett. Cela signifie-t-il que nous allons enfin récupérer notre joueur préféré ? Celui pour qui toutes les filles sur le campus laissent tomber joyeusement leurs culottes juste pour obtenir un sourire sexy de sa part ? Espérons... KingOfCampus.com

AUJOURD'HUI, comme pendant cette semaine et demie de ma vie qui vient de s'écouler, je n'en mène pas large. Dieu merci, c'est presque fini. Mon sac de sport est accroché à mon épaule. Je ne peux pas rester dans cet appartement un instant de plus.

Penser à Ivy déclenche un mal de tête vicieux.

Ça, et la putain d'erreur que j'ai commise en la laissant partir. Mais que pouvais-je faire d'autre ? L'empêcher de réaliser ses rêves ?

Non... Peu importe à quel point je l'aime, je ne pouvais pas faire ça.

Je passe une main dans mes cheveux et appuie sur mes clés pour ouvrir mon SUV. Je jure que j'ai dû m'arrêter une dizaine de fois pour ne pas sauter dans mon véhicule et décoller pour aller la voir.

Bien sûr, j'ai envie qu'elle poursuive ses rêves, mais pourquoi ne pourrions-nous pas le faire ensemble ?

Peut-être que nous pourrions vaincre les obstacles et faire en sorte que cette relation fonctionne. Chaque fois que ces pensées gagnaient du terrain dans mon esprit, la réalité s'abattait sur moi. La laisser partir, la laisser poursuivre ses rêves à Cincinnati sans se soucier de moi est la meilleure chose à faire. Je n'avais pas réalisé combien ça pouvait faire mal d'aimer quelqu'un. Ça nous oblige à placer cette personne avant nos propres désirs égoïstes et, à la fin, à faire ce qui est le mieux pour elle. Même si ça signifie devoir la laisser partir afin qu'elle puisse réaliser tout ce qu'elle est censée faire.

L'amour, ça craint.

Ça craint un max.

J'espère que quelques heures d'entraînement acharné m'épuiseront assez pour que je tombe directement dans mon lit sans penser à quel point elle va me manquer.

Elle me manque déjà.

Putain !

Elle est tout ce à quoi je pense, tout ce que je vois, tout ce que j'entends…

— Roan !

Je secoue la tête, parce que sa voix refuse d'arrêter de la remplir. Je ne sais pas comment je vais m'en sortir au prochain semestre. Des souvenirs de nous deux se cachent partout au coin du campus.

— Roan ! Arrête ! Attends !

Même si je sais que ça ne peut pas être Ivy qui crie mon nom depuis l'autre côté du parking, je pivote. Quand mon regard entre en collision avec le sien, j'ouvre grand la bouche.

— Ivy ?

Alors que je prononce son prénom, mes yeux la dévorent tout entière. Ses joues sont rougies. Sa respiration haletante.

— Qu'est-ce que tu fais ici ?

En silence, elle court vers moi. Il lui faut quelques secondes pour réduire la distance qui nous sépare. Quand elle est à environ trois ou quatre mètres de là où je me tiens, elle s'immobilise, et ses prunelles emplies d'incertitude trouvent les miennes.

Il me faut fournir de gros efforts pour ne pas tendre la main et l'attraper. Je dois glisser mes mains dans les poches de mon short pour résister à la tentation. Si je la touche ne serait-ce qu'un instant, je ne pourrai plus la laisser partir. Jamais. Ça m'a pratiquement tué ce matin. Je ne suis pas assez fort pour revivre ce genre de chagrin.

— Ivy ?

Elle inspire profondément, son regard accroché au mien.

— Je ne pouvais pas simplement partir.

Les battements de mon cœur s'accélèrent.

— Qu'est-ce que tu veux dire ?

L'espoir monte en moi.

— Je ne pouvais pas partir sans te dire à quel point je t'aime. Je n'ai jamais ressenti ça pour quelqu'un. Je ne peux pas laisser tomber.

Elle prend une grande inspiration et se redresse.

— Je ne veux pas laisser tomber.

Sa voix devient plus forte. Plus résolue.

— Je ne veux pas te laisser partir.

Même si j'avais hâte d'entendre ces mots, ils me font un mal de chien. C'est comme jeter du sel sur une plaie ouverte. Je ne peux pas lui permettre de perdre de vue ses objectifs.

— Tu dois aller à Cincinnati, bébé. Tu dois poursuivre tes rêves. Je refuse de m'opposer à ça.

Elle s'avance et pose ses doigts sur ma joue. Je ferme les yeux. Son contact, aussi minime soit-il, me tue.

— Tu fais partie de mes rêves, maintenant. Sans toi, le reste ne signifie rien.

Elle paraît si sûre d'elle, de ce qu'elle veut.

— Nous pouvons faire en sorte que ça fonctionne, Roan. Je sais que nous le pouvons.

— Ça ne sera pas facile. Je ne sais même pas où je serai l'année prochaine.

Mais ce qu'elle dit, je le veux moi aussi. Je la veux, elle. Je veux que ça arrive, parce que l'idée d'un avenir sans elle est trop douloureuse.

Ivy se rapproche jusqu'à ce que nos corps se frôlent.

— Je m'en fiche. Je sais simplement que j'ai besoin de toi dans ma vie. Et que je veux faire partie de la tienne. Je n'ai jamais rien voulu de plus.

Je laisse tomber mon sac de sport et enroule mes bras autour de son corps, la rapprochant de moi. Mes lèvres planent au-dessus des siennes pendant un instant.

— Es-tu absolument certaine que c'est ce que tu veux ? Je ne pourrai plus te laisser partir.

Elle laisse apparaître un sourire soulagé sur son visage.

— C'est bon à entendre, parce que je n'ai pas l'intention de te laisser partir, moi non plus.

Dès que ces paroles sont libérées dans l'atmosphère, ma bouche s'abat sur la sienne. Rien n'a jamais été aussi délicieux.

J'ai passé une semaine et demie sans pouvoir goûter à sa saveur. Ivy est la seule fille qui ait pris le temps de me voir pour plus que le garçon que je suis sous toutes mes conneries. Dès le premier instant où je l'ai vue, j'ai su qu'elle avait quelque chose de différent. Quelque chose qui m'appelait et me donnait envie d'en savoir plus. Maintenant que je la connais depuis quelques mois, je sais que je ne peux imaginer ma vie sans elle.

Dieu merci, je n'aurai pas à le faire.

Je sais que ça va être craignos sans elle quand elle ira à Cincinnati, mais je suis certain que nous nous en sortirons. Nous trouverons un moyen de fusionner nos deux mondes et de les faire fonctionner. L'autre solution est de nous dire au revoir et de passer à autre chose.

J'en suis incapable.

Ivy est la seule fille que j'aie jamais aimée. Je l'ai aimée suffisamment pour lâcher prise quand je pensais que c'était dans son intérêt.

— J'ai quelques heures avant de devoir retourner chez mon père.

Quelque chose au fond de moi remue face à ce qui brille dans ses yeux. Je sais d'ores et déjà que quelques heures ne suffiront pas à satisfaire le besoin que j'ai d'elle, mais si c'est tout ce que je peux obtenir, je vais le prendre avec plaisir.

Elle pousse un petit cri quand je la soulève dans mes bras pour la porter à mon appartement. Je ne prends pas la peine de la lâcher jusqu'à ce que nous soyons enfermés dans ma chambre.

Je ne la laisserai peut-être plus jamais partir.

ÉPILOGUE
IVY

Y avait-il quelqu'un qui doutait, même un instant, que Roan King, le roi du campus de Barnett, devienne pro cette année ? Non... normal. Cet homme est un dieu. Barnett ne sera plus pareille sans lui. Adieu, RK, il nous reste encore quelques dimanches après-midi au cours de cette saison de football à profiter de ta présence... *KingOfCampus.com*

JUIN

J'AI MAL aux pieds lorsque je monte dans l'ascenseur jusqu'au vingtième étage. J'y suis habituée maintenant. Le calendrier des répétitions de la SRC est aussi exigeant que je l'imaginais. Chaque muscle de mon corps est douloureux, et l'idée de m'enfoncer dans un bain chaud sonne comme un bonheur absolu en ce moment.

J'espérais rentrer à la maison plus tôt ce soir pour pouvoir cuisiner, mais l'entraînement a duré plus longtemps que prévu. Nous sommes en train d'apprendre de nouvelles chorégraphies. Toute la semaine a été épuisante. Je travaille au Ballet de Cincinnati depuis plus de six mois à présent. Les répétitions sont longues et les attentes sont énormes. La perfection est la norme. Si on ne parvient pas à l'atteindre, on peut quitter le navire.

Cela dit, j'adore chaque moment que je passe ici. Quitter l'école et déménager à Cincinnati était la bonne décision à prendre. Bien sûr, il m'a fallu environ un mois pour m'acclimater, mais chaque jour que je passe ici, je vis mon rêve. Peu de gens peuvent dire la même chose.

Je sors ma clé et la glisse dans la serrure pour ouvrir la porte. Dès que je me trouve debout à l'intérieur de l'entrée, je balance mes clés dans le plat en céramique que Lexie m'a offert comme cadeau de départ. Elle pensait que j'en aurais plus besoin qu'elle, et elle avait raison.

C'est une raison de plus pour laquelle Lexie Abbott est, et sera toujours, ma meilleure amie. Cette fille me connaît mieux que quiconque.

Je dépose mon sac et entre dans notre appartement spacieux.

— Hello ?

Roan s'éloigne du four avec un grand sourire qui illumine son beau visage.

— Salut, bébé.

Il balance ses maniques sur le plan de travail en granit noir et dévore la distance qui nous sépare.

— Tu m'as manqué aujourd'hui.

Il ne dit pas un mot de plus avant de me prendre dans ses bras. Pendant un instant, j'inhale son odeur. C'est si bon d'être à la maison. C'est exactement comme ça que je me sens dans notre appartement... à la maison.

Ensemble, nous avons réussi.

Je suis tellement reconnaissante que nous ayons pu faire fonctionner notre relation. L'hiver et le printemps ont été difficiles, puisque j'étais à Cincinnati et que lui finissait sa saison à Barnett, mais nous nous sommes téléphoné, et nous nous sommes rendu visite aussi souvent que nos emplois du temps nous le permettaient.

Nous l'avons fait.

Je ne vais même pas parler de tous les appels téléphoniques sexy qui ont eu lieu jusqu'à tard dans la nuit. Puisque nous ne pouvions que rarement nous voir, cela se produisait souvent.

Dès que je suis partie pour Cincinnati, Roan a parlé à son agent des Bengals de Cincinnati. Même si n'importe quelle équipe pouvait le recruter, c'était son objectif. Roan a participé au premier tour.

Roulement de tambour, s'il vous plaît... Il a été immédiatement intégré aux Bengals de Cincinnati.

Une fois qu'il a su qu'il déménagerait, nous avons commencé à chercher un appartement et nous avons eu la chance de le trouver après seulement quelques semaines. Il dispose de deux chambres spacieuses et d'une cuisine tout équipée avec un salon. Ce sont les magnifiques fenêtres du sol au plafond qui donnent sur la ville qui nous ont fait choisir cet appartement. Avec la prime à la signature de Roan, nous avons pu nous le permettre. J'ai emménagé d'abord, puis, après avoir terminé en mai, il m'a suivie.

Nous vivons ensemble depuis plus d'un mois. Même si nous sommes en couple depuis plus de neuf mois, nous n'avons pas vécu dans la même ville pour la plupart de ces mois. Au début, je craignais qu'une fois qu'il arriverait ici et que nous serions ensemble vingt-quatre heures sur vingt-quatre, sept jours sur sept, notre relation ne soit pas aussi agréable que nous le pensions. Peut-être que nous ne nous entendrions pas aussi bien qu'avant. Ou peut-être que nos sentiments auraient changé avec la distance.

Ce n'est pas le cas.

En réalité, c'est même tout le contraire.

Je ne pourrais pas l'aimer davantage.

On est tous les deux très occupés, et ça ne fera qu'empirer quand Roan commencera son camp d'entraînement en juillet. Mais ça ne peut pas être plus difficile que de devoir vivre dans deux villes différentes et de ne pas se voir du tout.

— Tu m'as manqué toi aussi.

Quand je murmure ces paroles, ses lèvres s'abattent sur les miennes. Un seul contact... un seul regard... et ma culotte prend feu. Je suis semblable au chien de Pavlov.

Mes lèvres s'ouvrent sous la douce pression de sa caresse, nos langues s'entremêlent. Je suis peut-être épuisée, mais je ne suis jamais trop épuisée pour ça.

Après cinq bonnes minutes, il s'éloigne de moi et me sourit. Nous sommes tous les deux haletants. La chaleur brille dans ses pupilles, me faisant comprendre qu'il voudrait me déshabiller en plein milieu de notre salon.

— Si les lasagnes n'étaient pas prêtes dans quelques minutes, je t'emmènerais immédiatement dans la chambre.

Il mord ma lèvre inférieure et m'embrasse rapidement.

Il vient de prononcer le mot magique.

Je me redresse.

— Tu prépares des lasagnes ?

Croyez-le ou non, j'oublie presque le sexe en un clin d'œil. J'adore les lasagnes de Roan. Et au vu de la manière dont il me sourit, il le sait.

Son regard s'assombrit.

— Est-ce que tu me rejettes au profit des lasagnes ?

Je lui adresse un sourire timide.

— Ça dépend. Est-ce que tu as fait du pain à l'ail ?

— Bien sûr que oui. Comment pourrais-je servir des lasagnes sans pain à l'ail ?

— Alors oui... tu es rejeté au profit des lasagnes.

Mon ventre grogne son accord.

— Je meurs de faim. Aujourd'hui, c'était épuisant.

Une bonne forme d'épuisement. Le genre d'épuisement que l'on obtient en faisant quelque chose que l'on aime.

— Aww, pauvre bébé.

Il se penche pour déposer un autre baiser sur mes lèvres.

— Va remplir la baignoire. Je t'apporterai ton dîner quand il sera prêt.

Mes yeux se ferment presque avec l'idée de manger des lasagnes tout en trempant dans notre gigantesque baignoire. Il est le meilleur petit ami du monde, et de loin. Roan a dit un jour qu'il ne me laisserait jamais partir... Je ressens la même chose pour lui.

Puisqu'il n'a pas encore commencé son entraînement, il passe énormément de temps dans la cuisine. Il regarde une tonne d'émissions culinaires et essaie sans cesse de nouvelles recettes. Je vais vous dire… il est follement doué.

Je cuisine par nécessité. Parce que j'aime manger. Roan aime cuisiner. Ça lui permet de se détendre. Et les choses qu'il est capable de concocter sont presque aussi alléchantes que lui.

Un soupir m'échappe.

— Je crois que je t'aime, Roan King.

Il sourit. Mon Dieu, j'adore son sourire. Il est tellement sexy. Tout comme le reste de sa personne.

— Tant que tu m'aimes, je me fiche de la raison.

La liste des raisons pour lesquelles j'aime cet homme ne fait que s'allonger chaque jour. Il est intelligent, attentionné. Il n'a rien à voir avec un crétin coureur de jupons comme je le pensais lorsque nous nous sommes rencontrés.

D'accord, peut-être que c'était un vrai coureur de jupons.

Ce qui compte, c'est qu'il ne l'est plus. La seule jupe qu'il poursuit à présent, c'est la mienne. Je pense qu'il attendait simplement la bonne, celle capable de voir au-delà de son beau visage, de ses muscles et de ses capacités sportives incroyables… pour voir le garçon qui se cachait en dessous.

Il m'embrasse une dernière fois avant de me botter le cul.

— Va prendre ton bain. J'arrive quand les lasagnes sont prêtes.

— Y a-t-il des chances pour que tu te joignes à moi ?

La malice brille dans ses yeux turquoise.

— Déjà en train d'y penser, bébé.

Je me dresse sur la pointe des pieds et pince son menton.

— Bien, parce que je meurs d'envie d'un bain chaud, de tes lasagnes et d'une bonne baise.

— Mon Dieu, j'aime quand tu me parles comme ça.

Il grogne ces mots avant de s'éloigner de moi. C'est maintenant à mon tour de sourire en coin.

— Je sais.

C'est exactement ce que six mois de sexe par téléphone peuvent faire à une personne…

La faire parler crûment et rendre un homme très, très heureux.

Fin

Merci d'avoir lu Comme un roi !
Envie de lire le prochain tome de la série ?
Retrouvez-le ici.

Achetez tout de suite **Comme mon ombre**

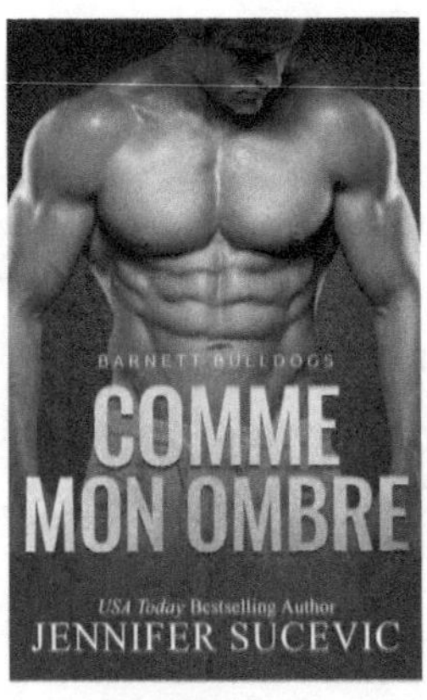

Sam Harper et moi sommes meilleurs amis depuis l'âge de quatorze ans. Malheureusement, il se prend un peu pour mon grand frère. Autant vous dire qu'il me casse tous mes coups. Je vous jure qu'il a un sixième sens pour tuer dans l'œuf mes éventuelles aventures. Vous n'avez pas idée comme c'est frustrant d'être sur le point de vous envoyer en l'air avec un mec et de voir votre meilleur ami débarquer de nulle part pour tout gâcher !

J'ai le pressentiment qu'il adore me taper sur les nerfs.

Sinon, pourquoi prendrait-il ce malin plaisir ?

Vous voyez le tableau.

Ce dont Sam a besoin, c'est une copine.

Quelqu'un pour l'occuper.

Il arrêterait peut-être alors de me gâcher la fête.

Sauf que... je commence à remarquer des détails sur Sam qui ne devraient clairement pas attirer mon attention. Par exemple, ses yeux bleus perçants qui me clouent sur place, ou ses cheveux blonds et courts qui me donnent envie d'y passer les doigts. Sans parler de ses abdos à tomber que je ne cesse de reluquer chaque fois qu'il s'étire en cours.

Ces sentiments étranges commencent à me filer la trouille. Après tout, nous sommes amis. Nous n'avons jamais été autre chose que ça, des *amis*. Et je ne veux pas que ça change. Je ne veux pas risquer de perdre Sam. Avec mes grands-parents, je n'ai personne d'autre que lui.

Ce qu'il faut, c'est que notre relation reste purement platonique. Nous avons huit longues années d'amitié derrière nous. Ce n'est pas quelque chose que l'on balaie d'un revers de main pour une légère attirance sexuelle aussi éphémère qu'un feu de paille.

Même si la tentation est grande.

Achetez tout de suite **Comme mon ombre**

LE COUREUR DU CAMPUS
DEMI

— Bon, très bien tout le monde, je pense vous avoir transmis suffisamment d'informations pour ce matin. Je vois que vos cerveaux sont à deux doigts de l'explosion. Gardez bien en tête que le devoir d'aujourd'hui doit être envoyé par mail avant minuit. Tous les devoirs remis en retard verront leur note divisée par deux.

Un chœur de grognements suivit cette annonce.

Les lèvres du professeur Peters se tordirent d'amusement. Ce n'était un secret pour personne qu'il se moquait que les étudiants échouent ou réussissent le cours. Les statistiques faisaient partie des matières obligatoires pour tous les diplômes en sciences de la santé. Si vous ne compreniez pas sa matière et ne preniez pas de cours de soutien, alors vous étiez fichu et condamné à redoubler. Encore et encore. Et le professeur P. était le seul enseignant à enseigner cette matière spécifique.

J'avais entendu dire que des étudiants avaient dû redoubler son cours trois ou quatre fois pour obtenir la moyenne et le valider. Ce qui devait prendre beaucoup d'énergie. Heureusement, j'avais toujours eu un bon niveau en mathématiques, et j'avais également suivi des cours de statistiques au lycée. Pour l'instant, nous n'avions commencé que depuis quelques semaines et je ne trouvais pas ce cours compliqué. J'avais un A.

Au moment où le professeur Peter nous libéra de son cours, j'avais déjà rangé mes affaires et j'étais prête à m'enfuir de la salle. Je devais fuir la présence de Rowan, que j'avais beaucoup trop ressentie durant tout le cours.

Ce qui n'était pas logique, puisqu'un groupe de filles dans sa classe se battaient en permanence pour attirer son attention. S'il cherchait à s'envoyer en l'air, il avait bien d'autres options que moi à explorer. Mais au lieu de cela, il les ignorait pour s'asseoir à côté de moi à chaque fois.

C'était exaspérant.

Sans dire un mot, je passai mon sac sur mon épaule et me faufilai devant lui. Alors que je traversai l'allée, un soupir de soulagement s'échappa de mes poumons et je descendis deux par deux les marches couvertes de moquette. Quelques personnes me saluèrent alors que je traversai la porte à double battant avant de me retrouver dans le couloir qui était déjà noir de monde. Plus je parvenais à m'éloigner de Rowan, plus vite je retrouvais mon équilibre. Rowan Michaels avait la fâcheuse habitude de tout gâcher à chaque fois. Et je refusais d'en examiner la raison.

Ce type était vraiment agaçant.

Sujet clos.

À mi-chemin dans le couloir, la tension dans mes épaules se dénoua. À partir de cet instant, le reste de la journée devrait bien se dérouler. Dès que cette pensée me traversa l'esprit, un bras musclé se posa sur mes épaules, et je fus plaquée contre un corps ferme. Une odeur fraîche, mélange de notes ensoleillées et marines, m'indiqua tout de suite qui me tenait fermement contre lui. Cette odeur ne pouvait appartenir qu'à Rowan Michaels.

Punaise.

Punaise.

Punaise.

Ce type allait vraiment finir par me tuer. Comme il l'avait si bien dit une heure plus tôt, j'aurais dû savoir qu'il ne me laisserait pas m'échapper aussi facilement.

— Hé, tu es partie avant même que je te demande si tu voulais que je passe te prendre avant le dîner.

Une boule d'effroi se déploya dans mon ventre sans que je ne sache vraiment pourquoi. Ce n'était pas comme si nous sortions ensemble. Et nous n'étions certainement pas amis. Enfin, pas vraiment. Je pouvais à peine le supporter. Alors pourquoi craignais-je de lui annoncer que Justin allait se joindre à notre trio de ce soir ?

Je grimaçai. Ça semblait tout simplement mal.

Je me suçotai et me mordillai la lèvre inférieure. Rowan allait bien finir par le savoir, alors qu'est-ce que ça changerait de lui dire tout de suite ? Je savais déjà que la légère variante au plan habituel ne le ravirait pas.

— Ce n'est pas la peine, lui répondis-je en déglutissant tout en me préparant à sa réaction. Justin va venir me chercher.

Un silence gênant s'abattit sur nous alors qu'il digérait la nouvelle. Tout se passa exactement comme je m'y attendais.

Une catastrophe.

— Attends une minute, dit-il alors que son sourire disparaissait de son visage pour laisser place à une grimace. Tu as invité *Justin* à dîner ?

— Oui, marmonnai-je en refusant de lui avouer que, maintenant, je regrettais mon invitation.

— Pourquoi tu as fait ça ?

Bonne question. C'était clairement une erreur de jugement de ma part, mais je ne l'admettrais pas face à Rowan.

— Il n'a pas encore rencontré papa.

L'idée de cette rencontre me donna la nausée. Mon père avait tendance à être surprotecteur, la raison exacte pour laquelle je ne lui présentais pas la plupart de mes petits copains.

Maintenant, je me posais des questions.

Non, je regrettais complètement.

Malheureusement, la machine était déjà en route et il était trop tard pour annuler nos plans.

— Donc... ce *truc* entre vous est plutôt sérieux ?

Il semblait vraiment attristé par cette situation.

Je restai silencieuse, réticente à lui avouer la vérité. Ça ne le regardait pas de savoir avec qui je sortais. Tout comme ça ne me regardait pas de savoir avec qui il couchait. Au cours de ces trois années passées à Western, je n'avais jamais entendu parler d'une relation sérieuse entre Rowan et une fille. Mais j'avais entendu beaucoup de rumeurs concernant ses conquêtes sexuelles. Tous les lundis matin, une nouvelle histoire salace faisait le tour du campus.

Cette pensée me donnait autant la nausée que l'idée de présenter Justin à papa. Même un peu plus.

En proie au vif besoin de m'éloigner de Rowan, je haussai les épaules dans l'espoir d'en déloger son bras. Sans succès. Au contraire, il renforça sa prise. La plupart des filles auraient été ravies de cette attention. Elles se seraient blotties contre sa poitrine musclée et puissante. Pour être honnête, je dus me battre contre le désir naturel de mon corps de faire exactement la même chose.

Il tourna son visage et la chaleur de son souffle caressa la peau délicate ourlant mon oreille. Je dus résister aux frissons qui menaçaient de courir le long de mon dos.

— Tu n'as pas répondu à la question.

— Je crois bien que si.

Ce qui était un mensonge, mais comme il ne pouvait pas prouver l'inverse, je m'y accrochai comme si ma vie en dépendait. Ou plutôt ma santé mentale.

— Hmm. Tu n'as pas vraiment l'air convaincue, dit-il en resserrant son étreinte. Tu veux réessayer ?

Je me tournai vers lui sans me rendre compte de la proximité entre nous. On se perdait facilement dans les différentes teintes de bleus qui dansaient dans ses iris.

Rowan avait des yeux magnifiques.

C'était l'une des premières choses qui avait attiré mon attention chez lui. Ils étaient si clairvoyants ! Comme s'il voyait tout ce qui se passait autour de lui et qu'il était impossible de se cacher. La lucidité de son observation faisait trembler mes entrailles. Je refusais qu'il perçoive les sentiments que je gardais enfouis en moi. Je ne voulais pas qu'il réalise quel effet il me faisait. Ni la volonté que je devais déployer pour restreindre cette attraction magnétique qui m'attirait vers lui.

Une fois arrivé devant les portes vitrées qui menaient au grand air, Rowan les poussa et nous descendîmes le petit escalier en pierre. Après seulement quatre pas, une horde de filles se jetèrent sur lui. Je profitai de la foule se formant autour de lui pour me glisser sous son bras et me précipiter sur le chemin qui traversait le campus.

— Demi, lança sa voix profonde par-dessus le brouhaha.

Incapable de m'arrêter, je me retournai vers lui jusqu'à ce que nos regards se croisent. Une vague de jalousie incontrôlée me rongea de l'intérieur alors que les groupies le tripotaient tel un morceau de viande fraîche balancée dans une cage de lionnes affamées. C'était à la fois exaspérant et gênant de savoir qu'il était le seul capable de faire battre mon cœur à cette allure. Il y avait des dizaines de milliers de personnes sur ce campus. Il devait bien y avoir au moins un autre garçon capable de provoquer ce genre de réaction chez moi.

Il fallait simplement le trouver. Et pourtant je ne pouvais m'empêcher de penser à ce quarterback blond.

— À ce soir.

Je déglutis.

Pourquoi cette phrase sonnait-elle plus comme une menace qu'autre chose ?

Sans prendre la peine de répondre, je me forçai à détourner le regard avant de m'enfuir comme si les chiens des enfers étaient à mes trousses. Je ne fus capable de retrouver mon équilibre qu'au bâtiment suivant. La seule solution pour affronter le reste de la journée serait de chasser toutes les pensées de Rowan de ma tête.

Malheureusement, c'était plus facile à dire qu'à faire.

Achetez tout de suite Le Coureur du campus!

MAINTENANT OU JAMAIS

MIA

L'été avant la première année d'université

— Ramène tes fesses ici ! s'exclame ma meilleure amie depuis la fenêtre où elle s'est assise comme une sentinelle. Tu *dois* voir ça !

Négatif, *Ghost Rider*. Je passe mon tour. Je n'ai aucune envie d'espionner une cour pleine d'étudiants ivres qui font la fête chez mon voisin. À contrecœur, je lève les yeux de mes orteils que je suis en train de recouvrir d'un vernis rose pâle. *Coney Island Cotton Candy*, pour être précise.

Quand nos regards se croisent, Alyssa me fait signe. Elle est tellement surexcitée. Un peu comme un schnauzer.

— Tout le monde est là-bas !

— C'est faux, murmuré-je en peignant mon petit orteil d'une main d'experte. Nous sommes ici, nous.

Et j'ai l'intention de le rester.

— Oui, c'est le problème.

Elle joint ses mains avant de les agiter devant moi.

— S'il te plaît ? supplie-t-elle. On ne peut pas y aller juste un petit moment ? Juste un peu ? C'est tout ce que je demande.

C'est tout ce qu'elle demande... ah !

Je sais que ce sont des conneries.

Alyssa sait très bien que je préférerais me manger le bras plutôt que de m'incruster à une des soirées de Beck Hollingsworth. Je ne lui avais pas dit, mais Beck m'avait envoyé un message avec toutes les informations. Si elle avait suspecté le fait qu'on avait été invitées, elle m'aurait traînée sur la pelouse qui sépare nos propriétés dès l'arrivée du premier invité dans l'allée.

Non, merci.

Il est évident, d'après l'agitation qui règne chez nos voisins, que toute la classe de terminale est présente pour fêter notre diplôme. Si nous ne vivions pas dans un cul-de-sac tranquille, dans un lotissement fermé, j'espèrerais que la police ferait une visite surprise et mettrait fin aux festivités.

Sauf que personne ne veut déranger le père de Beck, Archibald Hollingsworth. C'est un avocat hors de prix, qui a énormément d'employés à son service. C'est l'un de ces types trop bronzés au teint d'une pureté aveuglante que l'on voit à la télévision. Il scande que, si on a un souci, il faut les appeler et qu'il se bat pour le peuple. Ce type est partout. Sur les panneaux d'affichage. Dans les publicités. Dans les pubs des journaux et sur les magazines.

La police locale a eu affaire à Archibald plusieurs fois au fil des ans parce que son fils est un aimant à problème. Voyons voir, il y a eu la fois – ou les cinq fois – où il a été arrêté pour avoir bu de l'alcool avant l'âge légal. À quinze ans, Beck a *emprunté* la toute nouvelle Range Rover de ses parents pour faire un peu de tout-terrain. Et la police est intervenue quand il a mis de la super glu dans les serrures des portes du lycée pour la première journée des *pranas* des terminales.

Au lieu de conduire Beck au poste chaque fois qu'il était interpelé, ils le déposaient devant sa porte sans prendre la peine d'en informer Archibald. Beck tutoie un certain nombre de personnes dans la police. Quelques-unes sont même venues à sa fête de remise des diplômes, en juin.

Il n'est pas surprenant que Beck trouve toujours le moyen de contourner les obstacles qui se dressent sur son chemin. Ses parents. L'école. La loi. C'est aussi irritant qu'impressionnant. Peut-être qu'un de ces jours, il utilisera son pouvoir pour faire le bien, et non pour faire n'importe quoi.

— Allez, Mia, supplie Alyssa tout en m'adressant un regard de chien battu.

Double coup dur.

Ma meilleure amie sait que j'ai du mal à résister à ses yeux de chien battu.

Je pose mes orteils sur le sol et marmonne :

— Je ne peux aller nulle part tant que mon vernis n'est pas sec.

Je fais de mon mieux pour ne pas m'approcher de Beckett Hollingsworth. Ce type me rend complètement dingue.

Et c'est un euphémisme.

— Génial ! Alors... on part dans cinq minutes ?

Elle s'éloigne avant de plaquer son visage contre la vitre, sa voix se faisant rêveuse.

— Je parie que Colton est déjà là.

Eurk.

Colton Montgomery est le bras droit de Beck, donc je ne suis pas sûre de vouloir qu'elle ait raison.

Même si je l'ai prévenue, Alyssa craque pour Colton depuis plus d'un an. Non seulement il est populaire, mais en plus, c'est un joueur de football. J'insiste bien sur la partie « joueur ». Si Alyssa était intelligente, elle se trouverait un mec bien duquel tomber amoureuse, or elle est focalisée sur le tombeur aux cheveux blonds et aux yeux bleus.

Colton a tout pour lui : un cerveau, des muscles et très certainement un aller simple pour la NFL[1] après l'université.

Le seul problème, c'est qu'il est conscient de son charme. Son ego est si imposant. C'est du moins ce qu'on dit de lui.

Et ce n'est pas l'avis d'Alyssa puisqu'il refuse de coucher avec elle.

Je n'arrive pas à savoir si la situation est amusante ou triste. Plus Colton garde Alyssa à distance, plus elle est déterminée à le conquérir.

Lors de la dernière saison de football, Alyssa m'a traînée à chaque match. Même ceux qui se jouaient à l'extérieur. Ma plus grande crainte était que Beck suppose que j'étais là pour le soutenir. Son fan-club est déjà légendaire sans que je vienne grossir les rangs.

En ce qui concerne les femmes, Beckett fait passer Colton pour un puceau. Il change de fille comme on change de sous-vêtements. En parlant de culottes, les filles de notre lycée sont toujours heureuses – je dirais même ravies – de faire tomber les leurs pour lui.

C'est ridicule.

C'est un profiteur invétéré.

On devrait lui coller une étiquette de prévention sur son front.

« Attention. Toxique pour les femmes. »

Mais vous savez quoi ?

Cela n'empêcherait pas ces filles sans cervelle d'écarter les jambes pour lui. J'ai arrêté d'essayer de comprendre pourquoi. D'accord, je sais qu'il est très séduisant. J'ai beau tenter de prétendre que je suis immunisée à ses charmes, mais ce n'est pas le cas. Je suis juste très douée pour enfouir ce que je ressens pour que ça ne remonte jamais à la surface. Si je ne le faisais pas, Beck me briserait le cœur en un clin d'œil, et je n'ai aucune envie de figurer sur la liste de ses conquêtes.

Si j'avais le choix, je préférerais regarder un film sur Netflix plutôt que de me laisser embarquer à la fête de Beck.

Ne vaut-il pas mieux s'asseoir en pyjama et se gaver de pizzas que de regarder ses camarades de classe se saouler, se draguer et vomir partout avant de faire un coma éthylique ? Je ne prendrai pas la peine de poser la question à Alyssa. Il n'y a aucune chance pour qu'elle choisisse volontairement de rester à la maison si elle peut aller voir son *crush*.

Vous voulez deviner ce que Colton fera quand j'essuierai la bave du menton d'Alyssa ?

Vous l'avez deviné : il filtrera avec chaque personne possédant un vagin s'il pense avoir une chance de finir avec ce soir.

Honnêtement, c'est l'une des choses les plus masochistes qu'Alyssa puisse faire. Je n'ai aucune idée de la raison qui la pousse à s'infliger ce genre de supplice.

Visiblement, mon rôle de meilleure amie est de soutenir sa décision de s'infliger une multitude d'angoisses. Je lui donnerais une gifle si je pensais que ça pouvait la raisonner.

Ma prédiction pour la soirée est la suivante : Alyssa va boire quelques verres, s'extasier devant Colton, puis se transformer en une flaque de larmes pendant que ce salaud embrassera d'autres filles devant elle. Ensuite, je la traînerai jusqu'à la maison où elle finira par engloutir une glace aux trois chocolats.

Mais c'est à ça que servent les amis, n'est-ce pas ?

Ne vous inquiétez pas, j'ai déjà accepté cela.

— Très bien, grommelé-je en espérant qu'elle comprenne à quel point je suis réticente. Mais sache que je ne resterai pas plus d'une heure. Alors, tu ferais mieux de faire bon usage de ton temps, meuf.

Elle pivote pour me faire face, sautillant sur la pointe des pieds en applaudissant d'excitation.

— Youpi !

Dès que j'accepte, elle se dirige vers mon placard qui fait la moitié de ma chambre.

J'ai le genre de dressing dont la plupart des filles de mon âge ne peuvent que rêver. Chaussures, sacs à main, vêtements et bijoux. Tout est là et bien rangé.

— Je vais trouver quelque chose de sexy à mettre ! s'exclame-t-elle.

— Ce que tu as sur toi est très bien, soupiré-je en roulant des yeux. C'est déjà assez pour moi, hein ?

Un grognement me répond des profondeurs de mon dressing.

Pendant les dix minutes suivantes, j'assiste à un défilé de mode improvisé. Au rythme où va Alyssa, nous ne sommes pas près de nous rendre à la fête.

Prends ton temps, meuf. Je suis totalement partante pour ça.

Après une douzaine d'essayages, Alyssa opte pour un débardeur noir, tricoté, et une jupe blanche qui met en valeur ses jambes bronzées. Alyssa suit des cours de danse depuis qu'elle a trois ans. Elle est tonique, et ses muscles sont développés et minces.

— Wouah, meuf, tu es sexy.

Je dis ça au cas où son *crush* n'apprécie pas l'effort. Alyssa a besoin de passer à autre chose. Je pense qu'un programme en douze étapes l'aiderait à se débarrasser de son obsession pour Colton Montgomery.

— Je vivrais dans ton placard avec plaisir si tu me laissais faire.

Elle sourit en faisant une pirouette.

— C'est mon paradis.

Un sourire sceptique étire mes lèvres.

Ma mère est une accro du shopping, et ses factures Amex Black Card en témoignent. Elle achète des vêtements comme si notre maison avait brûlé et que rien n'avait pu être sauvé. Même si j'ai de la place, ma garde-robe est pleine à craquer. Les trois quarts de ces vêtements n'ont jamais vu la lumière du jour. Alyssa a de la chance que nous fassions presque la même taille et qu'elle puisse emprunter tout ce qu'elle souhaite.

Maintenant qu'elle est habillée et prête à rejoindre la foule, ses yeux se plissent et elle me fixe avec insistance. Sans un mot, elle pivote et se précipite dans mon dressing avant de revenir quelques minutes plus tard.

— Voilà, déclare-t-elle en jetant deux vêtements au pied de mon lit.

Je jette un coup d'œil au débardeur doré, brillant, et à la jupe en jean foncé qui ressemble à une serviette pliée. La jupe est très mignonne, mais je déconseille fortement de la porter pour une mission commando, à moins de vouloir montrer à tout le monde ce que vous avez dans le ventre.

Comme ce n'est pas dans mon style, l'étiquette pend toujours de la poche. Je n'ai aucune idée de ce que pensait ma mère en la prenant.

Ne sachant pas pourquoi elle me présente des vêtements, je pointe la petite pile.

— C'est pour quoi ?

— Tu dois te changer.

Elle me lance un regard qui veut dire « eurk » avant d'applaudir.

— Allez, allez !

Changer de tenue ne faisait pas partie du plan. J'étais à l'aise avec l'idée d'y aller en pyjama. Ce n'est pas comme si je cherchais un prétendant. Ou quoi que ce soit d'autre, d'ailleurs.

Je secoue la tête et croise mes bras sur ma poitrine.

— Non, merci.

Son regard me détaille, et elle désigne mon T-shirt.

— C'est une tache de café sur ton sein ?

En fronçant les sourcils, je jette un coup d'œil à ma poitrine et inspecte la tache sombre sur le tissu qui recouvre mon sein droit. À mon avis, elle a raison. Un caramel Macchiato, pour être exacte.

— Peut-être.

Elle pince les lèvres.

— Je refuse d'aller où que ce soit avec toi habillée comme *ça*.

— Super !

Je m'étire avant de poser mes mains derrière ma tête.

— Quel genre de film te plairait ? Comédie romantique ? Film d'horreur ? Thriller psychologique ? Film angoissant ?

Un sourire bienveillant étire mes lèvres.

— Tu peux choisir.

Alyssa tape du pied sur la moquette.

— Mia ! s'exclame-t-elle d'un ton pouvant faire exploser les tympans.

Quelques chiens du voisinage hurlent en réponse.

— *Tu as promis !*

Promis ?

Non, je ne pense pas.

Je plisse le nez et pose un doigt sur mes lèvres.

— Je ne crois pas avoir *promis* quoi que ce soit. *Accepté à contrecœur* ? Oui. *On m'a forcée à capituler* ? Certainement. Mais *promis* ? Pas dans cette vie.

Lorsqu'elle se redresse, je gémis, sachant exactement ce qui va se passer.

— *Mia Evelyn Stanbury* ! Dois-je te rappeler qui était là quand... ?

Arf.

Nous arrivons au moment de la soirée où Alyssa énumère tout ce qu'elle a fait pour moi jusqu'à ce que je cède. Et elle commence par Harper Hastings. Une fille qui m'a harcelée sans relâche en cinquième parce que Xander Rossi m'avait invitée au cinéma à sa place. Après des mois de piques mesquines de la part de Harper, Alyssa l'avait attendue après l'école. Ma meilleure amie lui avait fait savoir que, si elle n'arrêtait pas, elle ferait courir la rumeur qu'elle bourrait ses soutiens-gorges. Cela devait être vrai, car Harper avait immédiatement battu en retraite et je n'avais plus jamais entendu parler d'elle.

— Oui, oui. Harper Hastings, marmonné-je, n'appréciant pas la direction que prend cette conversation.

Alyssa croise les bras sur sa poitrine et un sourire suffisant étire ses lèvres.

— Harper Hastings n'est que le début, mon amie, m'apprend-elle en arquant les sourcils. Dois-je continuer ?

Nous nous regardons en silence avant que je ne m'effondre comme un château de cartes.

— Très bien, je vais me changer.

Je me redresse avant de saisir la jupe et le haut et de les lui montrer en les secouant.

— C'est seulement parce que je t'aime et que tu es ma meilleure amie que j'accepte d'aller chez les voisins.

Un sourire angélique illumine son joli visage avant qu'elle ne m'envoie un baiser.

— Je t'aime aussi. Maintenant, bouge-toi.

— Une heure, rappelé-je. C'est tout ce que tu as.

D'un air indifférent, elle fait un signe de sa main.

— Pas de problème, c'est bien assez pour que ma magie fonctionne.

Ce qu'elle veut dire, c'est que c'est assez de temps pour que Colton l'ignore tout en sortant avec une autre fille. Une part de moi souhaiterait presque qu'il couche avec Alyssa. Peut-être qu'alors les lunettes roses tomberaient et qu'elle réaliserait à quel point ce type est un crétin.

D'un mouvement fluide, je retire le T-shirt taché de mon corps et le remplace par le débardeur doré. Je délaisse ensuite le short confortable dans lequel je me prélassais et enfile le petit rectangle de tissu qui sert de jupe.

Je m'approche de mon miroir qui s'étend du sol au plafond et fixe mon reflet avant d'essayer de descendre la jupe plus bas sur mes cuisses, sauf que c'est inutile. Il n'y a pas un centimètre de tissu en trop.

À quoi ma mère pensait en achetant ce vêtement ? Elle s'est trompée et a pris dans le rayon pour enfants ?

Je me penche, touche mes orteils, avant de jeter un coup d'œil par-dessus mon épaule. C'est exactement ce que je pensais. Mon string est bien visible. En fait, on dirait que je ne porte pas de sous-vêtements puisque le tissu est comme du fil dentaire.

Formidable.

Sans parler du fait que c'est inconfortable.

— Il n'y a pas de deuxième option ?

Mon regard croise celui d'Alyssa dans le miroir.

— Une option où on ne voit pas mon cul ?

— J'ai bien peur que non. J'aime beaucoup le jeu des devinettes pour savoir si tu portes des sous-vêtements ou non, dit-elle en me faisant un clin d'œil. Joue bien tes cartes, et peut-être que tu auras de la chance ce soir.

Je plisse les yeux et pince les lèvres.

— Crois-le ou non, je suis parfaitement satisfaite du fait d'être malchanceuse.

— Ça, ma chère, c'est seulement parce que tu ne sais pas ce que tu loupes.

— Des chagrins d'amour, des MST et la possibilité d'une grossesse non désirée ?

Je papillonne des cils et souris.

— Tu as tout à fait raison.

En ignorant mon commentaire, elle me lance une paire de sandales dorées avant de mettre des sandales en cuir noir qui remontent le long de ses jambes, lui donnant un air de déesse grecque. Elle est superbe. Mais encore une fois, quand est-ce que ce n'est pas le cas ? Alyssa a de longs cheveux blonds et des yeux bleu foncé. Sa peau a un éclat naturel qui s'assombrit sous le soleil d'été.

Cela m'offusque presque que Colton refuse de baiser mon amie.

Qu'est-ce qui ne va pas chez lui ?

— Prête à y aller ? demande-t-elle en vérifiant une dernière fois son reflet dans le miroir.

J'enfile les sandales avant de me redresser.

— Autant que possible.

Cinq minutes plus tard, nous traversons la pelouse et marchons sur le côté du manoir Hollingsworth. De cet immense manoir. Inutile de dire qu'Archibald a fait de la négociation un art lucratif.

À chaque pas, le bruit des rires d'ivrognes et les pulsations de la musique s'amplifient, agressant nos oreilles. Dès que la fête est en vue, je me demande pourquoi j'ai laissé Alyssa m'y traîner.

C'est le chaos.

Même si Alyssa souhaiterait me convaincre du contraire, je ne suis pas complètement nulle. J'aime faire la fête, comme n'importe quelle fille. Mais Beck aime passer à la vitesse supérieure. Il ne se contente pas d'une simple soirée durant laquelle les gens s'installent et se détendent. Cette fête est sur le point de devenir l'un de ces films pour adolescents dans lequel l'enfer se déchaîne et dans lequel le propriétaire se réveille nu le lendemain matin dans une benne à ordures, à cinq états d'ici, avec une chèvre.

Sur la gauche, quelques personnes tiennent la tête d'un type en bas pendant qu'il rend tout.

Des chants disant « *bois, bois, bois* » se répandent dans l'air.

Je ne serais pas surprise si l'un de ces idiots ivres était retrouvé dans la piscine demain matin.

On peut se demander pourquoi les parents de Beck le laissent seul, sans surveillance. Il a peut-être dix-huit ans et est techniquement un adulte, cependant, il a besoin de quelqu'un de plus âgé pour le contrôler. Quelqu'un qui peut le stopper quand il va trop loin.

Et ce n'est pas gagné. Son frère aîné, Ari, est à l'étranger pour l'été.

Archibald et Caroline, ses parents, ont dû se rendre compte que c'était inévitable. Chaque fois qu'ils quittent la ville, Beck organise une grande soirée. Selon l'ampleur des dégâts, il est puni quelques jours, voire quelques semaines.

Le menacer en lui disant qu'il y aura des conséquences – voire l'application de ces conséquences – n'a aucun effet dissuasif.

Croyez-le ou non, avant que nos parents ne quittent la ville pour un long week-end à New York, Archie m'a demandé de garder un œil sur son fils.

— Assure-toi qu'il n'y ait pas de mort, m'a-t-il dit.

Comme si j'avais un quelconque contrôle sur Beck.

Parce que, oui, Beck n'écoute personne, et moi encore moins.

Qu'est-ce que je suis supposée faire exactement ?

La commère ?

Faire un *facetime* avec ses parents pour qu'ils puissent voir en direct la déchéance qui va suivre comme au Pandemonium ?

Même si cela me faisait plaisir, cela n'arrivera pas. Je suis peut-être beaucoup de choses – une personne qui suit les règles, bonne à tout faire si vous écoutez Beck –, mais il y a des limites à ne pas franchir, et la délation en fait partie.

Ce sera encore une fois l'occasion pour Beck de s'en tirer à bon compte. Je suppose que c'est la beauté d'être Beckett Hollingsworth. Il se fout de tout ce qui n'est pas du football.

Ce sport néandertalien est sa vie.

Alors que Beck n'est qu'en seconde, il attire déjà l'attention des entraîneurs de l'université Big Ten. Ils sont impatients de l'inscrire sur leur liste. S'il avait pu aller directement en ligue nationale de football après son diplôme, il l'aurait fait. Or ce n'est pas possible. Les joueurs ne peuvent participer qu'à partir de leur deuxième année d'université. Le père de Beck est allé encore plus loin en insistant pour qu'il attende sa seconde année, parce que, je cite : « aucun de mes fils n'abandonnera l'université. »

Beck sera la preuve irréfutable que les compétences permettent vraiment d'obtenir des diplômes.

Alors que mon regard se perd sur la foule d'yeux vitreux, il se heurte à des iris verts et brillants. Un frisson parcourt mes veines lorsque nos regards se croisent. Les muscles de mon ventre se tordent.

Une fois que j'ai compris ce qu'il se passe, je tempère ma réaction. Ma vie a été remplie de milliers de petits moments comme celui-ci. Des moments que j'aime prétendre n'avoir jamais existé.

Pour ce que j'en sais, cela peut être une mauvaise digestion à cause des sushis que j'ai pris à la station-service hier soir.

Il y a plein de possibilités, n'est-ce pas ?

Au lieu de détourner le regard, je le fixe et me renfrogne. Ce que j'ai appris, c'est qu'il fallait faire preuve d'audace dans ces situations plutôt que de tourner les talons et de fuir. L'arc de cupidon parfait de la bouche de Beck se soulève pour former un sourire complice avant qu'il ne courbe le doigt.

Un rire étrange s'élève dans ma gorge.

Je ne pense pas, mon pote.

Je ne suis pas une de ces filles sans cervelle avec qui il joue habituellement. J'ai un cerveau fonctionnel, et j'aime l'utiliser pour prendre des décisions qui ne se retourneront pas contre moi. Contrairement à Beck, j'ai un bon instinct de conservation.

Je serre les lèvres avant de secouer négativement la tête.

Un sourire de prédateur s'étire sur son visage, lui donnant un air séduisant. Avec ses cheveux noirs ébouriffés, ses pommettes saillantes qui témoignent de son héritage russe et ses sourcils épais, il est un danger pour toutes les femmes. Je ne mentionnerai pas le fait que son corps semble être taillé dans la pierre. Des épaules larges et une taille fine complètent l'ensemble.

C'est presque un soulagement quand une fille en bikini s'interpose entre nous, coupant notre connexion. Maintenant, son regard perçant ne me retient plus, et je peux expirer tout l'air de mes poumons.

Alyssa saisit ma main.

— Il est là, murmure-t-elle, excitée par le brouhaha des voix et la musique. Oh mon Dieu, c'est un fantasme vivant.

Je scrute la foule de nouveaux diplômés du lycée avant de trouver Colton.

Bien sûr, je l'admets, il est aussi sexy que Beck. Au lieu d'avoir des cheveux courts et foncés, il a des cheveux blond doré. Il est rasé de près, et ses mèches tombent sur son visage, si bien qu'il les écarte constamment de ses yeux bleus et brillants. Il est grand et musclé. Si je n'allais pas à l'école avec lui depuis le primaire, je le soupçonnerais d'avoir redoublé quelques classes. Même ses muscles sont musclés.

Les filles tournent déjà autour de lui, se disputant son attention. Ce type est comme une rock star qui choisit les groupies avec lesquelles coucher avant la fin de la nuit.

— Il est passable, marmonné-je, voulant minimiser son charme.

— Tu es tellement dans la merde que tu deviens aveugle. Il est plus que passable, et tu le sais.

— Mmmh, rétorqué-je en fronçant le nez. C'est dégueulasse.

— Concentre-toi !

Elle fait claquer ses doigts devant mon visage.

Je fournis un dernier effort pour la convaincre.

— Tu peux avoir mieux que Colton. Il sait exactement à quel point il est sexy et en profite chaque fois qu'il en a l'occasion. Trouve quelqu'un comme... commencé-je en me mettant sur la pointe des pieds et en balayant la masse de corps du regard avant de trouver le gars parfait pour Alyssa, Landon Mathews. Non seulement il est beau, mais en plus il est adorable.

L'expression d'Alyssa devient pensive alors qu'elle détaille le grand type brun comme l'encre et aux yeux bleu-vert et inhabituels. Il se tient debout avec un groupe de joueurs de football, riant à ce que l'un d'entre eux vient de dire.

— Il est vraiment canon, admet-elle.

Pendant un super moment, mon esprit s'emballe. Peut-être qu'elle laissera tomber cette histoire avec Colton Montgomery et ira vers quelqu'un de plus accessible. Landon est un type bien. Il est aussi sexy que ses amis, sauf que ce n'est pas un véritable connard.

Malheureusement, il n'est pas aussi populaire que Colton ni Beck, car il a l'étiquette du « bon gars ».

Je veux dire, pourquoi sortir avec un gentil garçon quand on peut avoir un type qui nous traite comme de la merde ?

Malheureusement, personne.

Sauf que... il semblerait y avoir beaucoup plus de vérité dans cette affirmation que la plupart des femmes ne souhaiteraient l'admettre sans être gênées. Qu'elles le réalisent ou non, ces filles ont été conditionnées pour désirer les abrutis inaccessibles.

C'est troublant à plusieurs niveaux.

— Et l'avantage, poursuivis-je, c'est qu'il sait que tu existes !

— Hmm, excuse-moi, Colton sait que j'existe, grogne-t-elle.

— En es-tu certaine ?

Elle se mord la lèvre alors que nous jetons un coup d'œil à l'homme en question qui – ô surprise ! – est entouré d'une ribambelle de filles peu vêtues et en compétition pour obtenir son intérêt.

Oh, oh.

Alyssa a ce regard. Celui qui me dit de ne pas essayer de la faire changer ses plans.

Et elle me le confirme lorsqu'elle dit :

— Souhaite-moi bonne chance, j'y vais.

Ça valait le coup d'essayer.

— Bonne chance.

L'une des meilleures qualités d'Alyssa est qu'elle n'abandonne jamais. Cette fille peut être aussi tenace et insistante qu'un terrier. Et parfois, aussi hargneuse.

Dans le cas présent, c'est plutôt un mauvais point.

Quand elle s'éloigne, je place mes mains autour de ma bouche et crie :

— Peut-être que tu devrais enlever ta culotte pour lui montrer ta chatte. Comme ça, il saurait que tu es une valeur sûre.

Elle se retourne avec un sourire.

— Excellente idée.

Ma mâchoire se décroche quand elle retire sa culotte et la jette dans ma direction.

— Bon sang, meuf ! Je plaisantais ! C'était du sarcasme.

Je jette un coup d'œil sur le tissu que je serre dans ma main maintenant.

— Qu'est-ce que je suis censée faire de ça ?

Elle hausse les épaules.

— La garder en souvenir ?

Beurk.

— Je ne pense pas.

Je me dirige vers la poubelle et la jette. Quand je me retourne, Alyssa est en train de se frayer un chemin à travers la foule, se rapprochant de plus en plus de Colton et de son harem.

Malgré tout, cela devrait être divertissant. Il me faut un moment pour réaliser que je suis seule à une fête à laquelle je ne voulais pas aller. Je sors mon téléphone de ma poche arrière et y jette un coup d'œil.

Encore cinquante minutes environ.

Cette heure risque d'être la plus longue de ma vie. Peut-être que je devrais rentrer et prendre un verre. Vu le nombre d'idiots bourrés autour de moi, je suppose que l'alcool coule à flots. Je me fraie un chemin à travers la foule et entre dans la cuisine avant d'observer la scène.

Si la mère de Beck voyait tous ces gens poser leur cul sur son meuble en marbre blanc et poli, elle aurait probablement une attaque. Elle est un peu germaphobe. Il y a une fille à moitié nue étendue sur l'îlot, un citron vert entre les dents, alors qu'un footballeur se sert de la tequila dans son nombril.

Je ne suis pas une maniaque de l'hygiène, mais cela ne semble pas vraiment hygiénique.

Quelques personnes me saluent alors que je me dirige vers le tonneau et que je me place dans la file d'attente. Je suis en train de discuter avec une fille du cours de français qui prend une teinte verte peu flatteuse et se précipite vers les toilettes les plus proches, les mains plaquées sur sa bouche. Elle abandonne toute idée de se resservir et se dirige vers le couloir. J'espère vraiment qu'elle arrivera à temps. Caroline sera furieuse si elle découvre que quelqu'un a vomi sur ses sols en marbre.

Une fois que j'ai mon gobelet de bière en main, je me dirige vers le patio pour voir les avancées d'Alyssa.

Suis-je une mauvaise amie d'espérer qu'elle ait échoué et qu'elle jette l'éponge pour la nuit ? Probablement, mais je peux faire avec.

Au lieu de trouver une Alyssa déprimée, qui pleurerait dans un coin, je suis stupéfaite de découvrir qu'elle s'est frayé un passage jusqu'au groupe. Qui sait ? Peut-être qu'elle a une chance d'être choisie parmi les autres.

Cela pourrait changer la donne pour elle.

Je suppose que cela signifie que je suis coincée ici. Je balaie du regard le patio, à la recherche d'un endroit où me poser. La propriété des Hollingsworth fait environ un hectare, comme la nôtre. L'espace autour de la piscine est entouré d'une barrière en fer noir et de grands arbres pointant vers le ciel nocturne. À l'arrière du portail, une chaise longue inoccupée porte mon nom. Je vais y rester quarante minutes avant de traîner le cul nu d'Alyssa jusqu'à ma maison.

Avant que je n'aie pu faire trois pas, une voix grave couvre le vacarme de la fête.

— Bien, bien, bien. Regardez qui a décidé de faire une apparition ce soir.

Je me retourne, sachant pertinemment qui je vais trouver.

Beck.

Même si c'est difficile, j'essaie de ne pas admettre à quel point il est séduisant dans son short écossais qui descend sur ses hanches, dévoilant les lignes de ses abdos qui disparaissent sous la ceinture. Les muscles de ses bras et de son torse suffisent à mettre la plupart des filles à genoux.

Le mot clé dans cette phrase étant « la plupart ».

Mais je ne fais pas partie de ces filles idiotes.

— Venir ici ce soir n'était pas mon idée. J'ai été traînée de force.

— Ouais. J'ai pensé que tu aurais mieux à faire que de traîner avec une bande de connards défoncés.

Un point pour lui.

— Tu me connais trop bien.

La gorge sèche, je porte mon gobelet à mes lèvres. Avant que je ne puisse boire une gorgée, il m'arrache la boisson des mains et la porte à sa bouche. Je regarde sa gorge bouger alors qu'il vide le contenu de mon verre.

— C'est impoli, non ?

Mes poings se calent sur mes hanches.

— Pourquoi tu as fait ça ?

Il hausse les épaules. Même s'il s'agit d'un léger mouvement, ses muscles se contractent, et l'attirance naît au plus profond de moi.

— Tu ne devrais pas boire.

— Pardon ?

Mes yeux s'écarquillent et un rire s'échappe de ma bouche.

— Tu es sérieux, là ?

Je désigne la foule ivre qui nous entoure. Il n'est même pas 23 heures, et les gens comatent déjà sur des chaises longues.

— Regarde autour de toi, mec, tout le monde est bourré.

J'espère qu'il y a quelques conducteurs désignés dans ce groupe, sinon Uber va se faire un sacré paquet d'argent ce soir.

Dès que Beck sourit, je sais que sa réponse est spécialement formulée pour m'énerver.

— C'est possible, mais tout le monde sait que tu es une fille bien. Et les filles bien ne boivent pas. Je ne voudrais pas que la société des bonnes filles révoque ton adhésion. Tu as travaillé si dur pour l'obtenir.

Mes yeux se plissent jusqu'à devenir des fentes. L'attirance qui s'est manifestée si rapidement s'éteint sous l'effet de ses taquineries.

Je déteste qu'il me désigne ainsi. Et il le sait, et c'est précisément la raison pour laquelle il continue. Beck n'aime rien d'autre que de se glisser sous ma peau. Il est comme une éruption cutanée dont je n'arrive pas à me débarrasser, peu importe le nombre d'antibiotiques que j'utilise.

C'est irritant.

— Je ne suis pas une fille bien, grogné-je avant d'enfoncer un doigt dans son torse ridiculement dur. Et tu n'es pas mon chaperon. Je peux boire si je le veux.

D'une voix hautaine, je rappelle :

— C'est à moi qu'on demande de baby-sitter *ton* cul. Pas l'inverse.

Il avance dans mon espace personnel.

Au lieu de reculer, je campe sur mes positions. Je refuse de le laisser m'intimider.

— Tu dois me baby-sitter ? Hmm... J'aurais bien besoin d'une baby-sitter ce soir.

Ses doigts tracent un chemin jusqu'au centre de ma poitrine, s'attardant sur le creux entre mes seins.

— Devrions-nous aller ailleurs pour que tu puisses me montrer tout ce que ton service inclut ?

Sa proximité a un drôle d'effet sur moi et trouble mon jugement. Au lieu de le repousser, je suis tentée de me rapprocher.

Mon corps bouge avant que ma raison ne me revienne en pleine face, et je repousse sa main.

— Va en enfer.

— Tu vois ?

Il s'esclaffe comme si j'avais confirmé son point de vue.

— Une vraie bonne fille.

— Je ne suis pas aussi bien que tu le penses.

Les mots sortent de ma bouche avant que je ne puisse les retenir. Pour être claire, il s'agit d'un mensonge. Je *suis* bien une bonne fille. Probablement bien plus qu'il ne le pense. Je dois l'être.

— C'est vrai ?

Il se rapproche de moi jusqu'à ce que la pointe de mes seins frôle son torse nu.

— Chérie, je donnerais tout pour tester cette théorie, mais nous savons tous les deux que tu seras toujours Mia Stanbury, mademoiselle parfaite.

Et il sera toujours Beckett Hollingsworth. Le gars qui ne contrôle pas ses impulsions et qui ne peut pas marcher dans le couloir du lycée sans s'attirer d'ennuis. Le même qui ne peut pas rester seul chez lui une nuit sans inviter une centaine de ses amis les plus proches pour une soirée imprévue.

Nous sommes des opposés dans tous les sens du terme.

— Tais-toi, Beck.

Je n'avais jamais rencontré quelqu'un qui ait le pouvoir de m'exciter et de m'énerver en même temps. Si jamais il usait de son charme, je serais grillée. Il est capable de faire fondre la culotte d'une fille juste avec un regard bien calculé. Je l'ai vu faire de mes propres yeux. Je refuse d'être l'une de ces femmes ridicules. Je ne veux pas être utilisée et jetée comme un kleenex usagé.

Je ne réalise pas que je suis perdue dans mes pensées jusqu'à ce que ses doigts saisissent mon menton, le soulevant pour que je sois obligée de croiser son regard lumineux.

— Qu'est-ce qu'il y a ? La vérité blesse ?

— Il n'y a rien que tu puisses me dire pour me blesser.

Si seulement c'était vrai.

Son visage se rapproche jusqu'à ce qu'il remplisse mon champ de vision, effaçant la fête.

Mon monde se rétrécit autour de nous jusqu'à ce qu'il n'y ait que Beck. Mon souffle se bloque dans mes poumons et brûle comme un feu avant de se propager au reste de mon corps. À tout moment, je peux m'embraser.

Qu'est-ce que je fais ?

Je devrais m'éloigner, mais je suis incapable de faire autre chose que de soutenir son regard et de fondre sous son charme.

— Beck, bébé ! lance une voix féminine à travers le vacarme de la fête. Par ici !

Même si elle continue à bêler comme un mouton, nos regards restent accrochés pendant plusieurs longs battements de cœur, et je me demande presque s'il va l'ignorer. Or elle insiste, et répète son nom jusqu'à ce qu'il rompe notre connexion et se retourne.

Dès que je suis libérée, l'air s'échappe de mes poumons et mon corps s'affaisse de soulagement. Ou peut-être est-ce de déception. J'étouffe mes émotions pour ne pas m'y attarder davantage.

Que se serait-il passé si nous n'avions pas été interrompus ?

Rien de bon.

C'est *exactement* pour ça que j'évite Beck à tout prix. Même si nous sommes constamment en train de nous envoyer des piques, il a une attirance électrique qui bourdonne sous la surface. Aucun autre homme n'a jamais provoqué ce genre d'émotions en moi. J'ai autant envie de le gifler que de l'embrasser.

Le bon sens me revient en pleine face quand je me concentre sur la blonde au corps de déesse qui se trouve à vingt mètres de moi. Ava Simmons porte un minuscule bikini qui laisse peu de place à l'imagination. Une fois qu'elle a toute l'attention de Beck, elle tend la main et détache les ficelles qui maintiennent les minuscules triangles en place. Le tissu tombe sur le ciment à ses pieds. Elle laisse Beck – et toutes les personnes dans le quartier – profiter de ses seins avant de courir et de sauter dans la piscine.

Les gens applaudissent, et d'autres filles se débarrassent de leur haut pour suivre Ava dans l'eau.

Un sourire se dessine sur le visage de Beck qui me jette un coup d'œil. Une lueur de défi s'allume dans ses yeux tandis qu'il penche sa tête vers la piscine. L'eau éclabousse le bord du carrelage azur tandis que d'autres personnes plongent.

Oh, mon Dieu, non.

Mon cœur bat la chamade, et je lève les mains en signe de reddition.

— Désolée, je n'ai pas pris de maillot.

Son sourire devient prédateur.

— On dirait que tu n'en as pas besoin.

Ouais... ça n'arrivera pas.

— Aussi amusant que ça puisse sembler, je passe mon tour, annoncé-je en agitant un bras en direction de la piscine. Mais que ça ne t'empêche pas de te mêler à tes invités. Ava attend.

Torse nu. Du coin de l'œil, je vois ses abdos bouger comme des dispositifs de sécurité gonflables.

Quand son attention se porte sur les gens qui s'éclaboussent, je le suis du regard. Il est tellement plus facile de détourner les yeux que de soutenir l'intensité de son regard. Même lorsque cette option consiste à regarder une bande de filles aux seins nus que je connais depuis l'école primaire. Je n'observe pas les gars qui traînent dans le coin, cependant, je suis certaine que la plupart sont sportifs.

Honnêtement, s'il n'y avait pas Alyssa, je me tirerais d'ici avant que ça ne tourne à l'orgie.

Beck s'approche, et mon regard croise le sien.

— Tu es sûre que je ne peux pas te convaincre de nager ?

— Non, confirmé-je en secouant la tête.

— Dommage. Cela aurait largement prouvé le fait que tu n'es pas la gentille fille que j'ai toujours cru que tu étais.

Avant que je ne puisse formuler une réplique acerbe, il court et plonge la tête la première dans l'eau. J'aperçois le tissu écossais alors qu'il disparaît sous la surface.

Un mélange entre le soulagement et la déception s'insinue en moi jusqu'à ce que j'étouffe. C'est cette dernière émotion que j'ai du mal à accepter.

Le souffle court, je me dirige vers l'une des nombreuses chaises longues qui entourent la piscine et m'installe sur un coussin moelleux. Je jette un coup d'œil autour de moi pour trouver Alyssa, espérant qu'elle ait abandonné Colton pour qu'on puisse rentrer. Il n'est pas trop tard pour sauver la soirée avec une pizza et un film. Au lieu de ça, je la trouve dans la piscine.

Seins nus.

En train de rouler une pelle à Colton.

Génial.

J'ai beau vouloir partir, je ne peux pas la laisser seule ici. Dieu seul sait ce qui se passera si je le fais.

Avec un gémissement, je ferme les yeux et me prépare à une longue nuit.

Achetez tout de suite Maintenant ou jamais

---

1. National Football League.

AUTRES TITRES DE JENNIFER SUCEVIC

Série Campus
Le Coureur du campus
L'Idole du campus
L'Idylle du campus
Le Canon du campus
Le Dieu du campus
La Légende du campus

Western Wildcats – Hockey
Ma liste d'envies
Ma liste de règles
Mon bien le plus précieux
Jamais au grand jamais

Tout et Maintenant
Maintenant ou jamais
Tout ou rien

Barnett Bulldogs
Comme un roi
Comme mon ombre

Aime-moi, déteste-moi

Même pas en rêve

À PROPOS DE L'AUTEURE

Jennifer Sucevic est une auteure de best-sellers au classement de *USA Today* qui a publié dix-neuf romans « New Adult » et « Mature Young Adult ». Son œuvre a été traduite en allemand, en néerlandais et en italien. Jen est titulaire d'une licence en histoire et d'une maîtrise en psychologie de l'éducation, de l'Université du Wisconsin-Milwaukee. Elle a commencé sa carrière en tant que conseillère d'orientation dans un collège, un métier qu'elle a adoré. Elle vit dans le Midwest avec son mari, ses quatre enfants et une ménagerie d'animaux. Si vous souhaitez recevoir des informations régulières concernant les nouvelles parutions, abonnez-vous à sa newsletter - Jennifer Sucevic Newsletter (subscribepage.com)

Ou contactez Jen par e-mail, sur son site web ou sa page Facebook.

sucevicjennifer@gmail.com

Envie de rejoindre son groupe de lecteurs ? C'est possible ici -)

J Sucevic's Book Boyfriends | Facebook

Liens vers ses réseaux sociaux

https://www.tiktok.com/@jennifersucevicauthor

www.jennifersucevic.com

www.ingramcontent.com/pod-product-compliance
Lightning Source LLC
Chambersburg PA
CBHW020323010826
48973CB00005B/1093